Maggie Stiefvater · Schimmert die Nacht

Maggie Stiefvater bei script5:

Vor dem Sommer (eShort)

Nach dem Sommer
Ruht das Licht
In deinen Augen

Schimmert die Nacht

Rot wie das Meer

Wen der Rabe ruft
Wer die Lilie träumt

Maggie
Stiefvater

Schimmert die Nacht

Roman

Übersetzt von Sandra Knuffinke und Jessika Komina

script5

Dieses Buch ist für meine Leser,
die immer da waren. Ihr wisst, wer ihr seid.

ISBN 978-3-8390-0177-6
1. Auflage 2015
Erschienen unter dem Originaltitel *Sinner*

Published by Arrangement with SCHOLASTIC INC., 557 Broadway, New York, NY 10012 USA
Dieses Werk wurde vermittelt durch die Literarische Agentur Thomas Schlück GmbH, 30827 Garbsen.

script5 ist ein Imprint der Loewe Verlag GmbH, Bindlach
Aus dem Amerikanischen übersetzt von Sandra Knuffinke und Jessika Komina
Redaktion: Johanna Prediger
Wir danken The Permissions Company, Inc. für die Abdruckgenehmigung
eines Auszugs aus *Letters of St. Vincent Millay* von Edna St. Vincent Millay:
Edna St. Vincent Millay, excerpt from a letter to Witter Bynner (October 29, 1920)
from *Letters of Edna St. Vincent Millay*, edited by Allan Ross Macdougall.

Umschlaggestaltung: Franziska Trotzer
unter Verwendung von Illustrationen von CREATIO IMAGINIS,
Maria-Franziska Ammon, und Shutterstock © Kotkoa
Printed in Germany

www.script5.de
www.maggiestiefvater.de

Hinab, hinab, hinab!
Würde der Fall denn nie enden?

LEWIS CARROLL

Wo du warst, da ist nun ein Loch in der Welt,
durch das ich tagsüber herumschleiche
und des Nachts hineinfalle.
Du fehlst mir höllisch.

EDNA ST. VINCENT MILLAY

Nicht ganz das Ende, aber kurz davor

Ich bin ein Werwolf in L.A.

Du hast gefragt, warum ich es getan habe.

Was eigentlich?

– Das Ganze, Cole. Alles.

Du, die du zum Übertreiben neigst, meinst doch gar nicht *alles*. Sondern die letzten fünf Wochen. Als ich deinen Arbeitsplatz niedergebrannt habe. Als ich dafür gesorgt habe, dass du aus dem einzigen Sushi-Restaurant geflogen bist, das du mochtest. Als ich deine Lieblingsleggings ausgeleiert und sie auf der Flucht vor der Polizei zerrissen habe.

Du willst wissen, warum ich hierher zurückgekommen bin.

Und das ist nicht *alles*, auch wenn es sich im Moment vielleicht so anfühlt.

– Ich weiß, warum du es getan hast.

Ach, ja?

– Du hast es nur getan, um hinterher sagen zu können: »Ich bin ein Werwolf in L.A.«

Du wirfst mir ständig vor, dass ich etwas nur sage, weil ich weiß, dass es einen guten Songtext abgibt, dass ich etwas nur tue, weil es im Fernsehen gut rüberkommt, weil ich weiß, dass ich gut dabei aussehe. Du tust so, als hätte ich eine Wahl. Aber die Sachen kommen mir nun mal unter die Augen, zu Ohren, in die Poren, und schon fangen meine Rezeptoren an, unruhig zu pulsieren, und meine Neuronen feuern drauflos wie Kanonen und wenn das Ganze mein Gehirn erreicht und auf der anderen Seite wieder rauskommt, gehört es zu einer komplett anderen Spezies, Pixel oder Funkwellen, Hochglanz oder Seidenmatt. Ich kann nichts daran ändern, wie ich bin. Ich bin ein Künstler, ein Sänger, ein Werwolf, ein Sünder.

Bloß weil ich etwas vor Publikum singe, heißt das nicht, dass es nicht wahr ist.

Wenn wir beide das hier lebendig überstehen, verrate ich dir den wahren Grund. Und diesmal solltest du mir besser glauben.

Ich bin deinetwegen zurückgekommen, Isabel.

Kapitel 1

Cole

F♮ LIVE: Heute haben wir Cole St. Clair, den Leadsänger von NARKOTIKA, an der Strippe, der sein erstes Interview nach – na ja, ziemlich langer Zeit gibt. Vor zwei Jahren ist er während eines Konzerts auf der Bühne zusammengeklappt und danach galt er als vermisst. Komplett von der Bildfläche verschwunden. Die Polizei hat einen Fluss nach dem anderen nach ihm abgesucht. Seine weiblichen Fans haben Tränen vergossen und ihm Schreine gebaut. Sechs Monate später kam dann die Nachricht, er sei in einer Entzugsklinik. Dann hörte man nichts mehr von ihm. Jetzt sieht es endlich so aus, als dürften wir uns auf ein bisschen neue Musik von Amerikas Wunderkind des Rock freuen. Cole hat gerade einen Vertrag mit Baby North abgeschlossen.

»Mögen Sie lieber ausgewachsene Hunde oder Welpen, Larry?«, fragte ich und reckte den Hals, um aus den dunkel getönten Fenstern zu spähen. Blick nach links: blendend weiße Autos. Blick nach rechts: schwarze Autos, glänzend wie Öl. Überwiegend Mercedes mit Aussicht auf einen gelegentlichen Audi. Die gleißende Sonne spiegelte sich in ihren blank geputzten Motorhauben. In unregelmäßigen Abständen sprossen Palmen aus der Landschaft. Ich war da. Endlich da.

Ich liebte die Westküste, wie es nur ein Typ von der Ostküste konnte. Es war eine schlichte, reine Liebe, kein bisschen verfälscht durch etwas so Obszönes wie die Wahrheit.

Mein Fahrer sah in den Rückspiegel, die Lider wie windschiefe Zelte über seinen geröteten Augen. Er wirkte wie ein äußerst unzufriedener Gast in seinem schicken Anzug, der ihn gleichermaßen widerwillig beherbergte. »Leon.«

Mein Handy war eine substanzlose Sonne an meinem Ohr. »Leon ist keine mögliche Antwort auf meine Frage.«

»Das ist mein Name.«

»Natürlich ist er das«, erwiderte ich liebenswürdig. Wenn ich recht darüber nachdachte, sah er auch gar nicht aus wie ein Larry. Nicht mit dieser Armbanduhr. Nicht mit diesem Mund. Leon war nicht aus L.A., beschloss ich. Sondern eher aus Wisconsin. Oder Illinois. »Also, Hunde: ausgewachsen oder als Welpen?«

Sein Mund erschlaffte, während er kurz überlegte. »Wahrscheinlich Welpen.«

Jeder sagte Welpen. »Warum?«

Larry – nein, Leon! – geriet ins Stammeln, als hätte er sich diese Frage noch nie gestellt. »Sind wohl irgendwie unterhaltsamer. Weil sie die ganze Zeit durch die Gegend wuseln.«

Wer wollte es ihm übel nehmen? Ich hätte ja selbst Welpen gesagt.

»Was meinen Sie, warum sie irgendwann nachlassen, Leon?«, fragte ich. Das Handy war heiß an meinem Ohr. »Die Hunde, meine ich.«

Diesmal musste Leon nicht über seine Antwort nachdenken. »Das Leben macht sie mürbe.«

F♮ LIVE: Cole? Bist du noch da?
COLE ST. CLAIR: *Ich hab mich während deiner Anmoderation kurz ausgeklinkt. Hab meinen Fahrer gefragt, ob er lieber ausgewachsene Hunde mag oder Welpen.*
F♮ LIVE: Das war aber auch eine lange Anmoderation. Und, hat er eine Vorliebe?
COLE ST. CLAIR: *Hast du eine?*
F♮ LIVE: Wahrscheinlich Welpen.
COLE ST. CLAIR: *Ha! Doppel-Ha! Da hast du was mit Larry – Leon – gemeinsam. Warum Welpen?*
F♮ LIVE: Die sind halt einfach niedlicher.

Ich hielt das Handy ein Stück von meinem Mund weg. »Martin von *F Natural Live* sagt auch Welpen. Weil niedlicher.«

Diese Information schien Leon nicht sonderlich aufzuheitern.

COLE ST. CLAIR: *Leon findet sie unterhaltsamer. Wuseliger.*
F♮ LIVE: Das kann aber auch anstrengend werden, oder? Am besten ist es, wenn einem der Welpe nicht selbst gehört. Dann kann man ihm zugucken, aber um den nervigen Kram muss sich jemand anderes kümmern. Hast du einen Hund?

Nein, aber ich *war* einer. Ich besaß ein Grundstück in Minnesota, auf dem ein Rudel – *mein* Rudel – extrem temperaturfühliger Werwölfe lebte. An manchen Tagen erschien mir diese Tatsache bedeutsamer als an anderen. Es war eins von diesen Geheimnissen, die anderen Leuten wichtiger waren als einem selbst.

COLE ST. CLAIR: *Nein. Nein, nein, nein.*

F♮ LIVE: Viermal nein. Leute, wenn das kein exklusives Statement ist: Cole St. Clair hat definitiv keinen Hund. Aber vielleicht ja bald ein neues Album. Denken wir doch mal kurz zurück. Wer kann sich noch an das hier erinnern?

Auf seiner Seite der Leitung dudelten die Anfangsakkorde einer unserer letzten Singles los, »Wait/Don't Wait«, dann die ersten Zeilen, klar und beißend. Dieses Lied war schon so oft gespielt worden, dass es für mich seine ursprüngliche emotionale Wucht verloren hatte; es war ein Song über mich, geschrieben von jemand anderem. Zugegeben, ein ziemlich genialer Song von jemand anderem. Wer auch immer sich dieses Bassriff ausgedacht hatte, beherrschte sein Handwerk.

»Jetzt können Sie reden«, sagte ich zu Leon. »Ich bin hier in so was wie 'ner Warteschleife. Sie spielen gerade einen meiner Songs.«

»Ich hab gar nichts gesagt«, erwiderte Leon.

Natürlich hatte er nichts gesagt. Stattdessen litt er stumm vor sich hin, der gute Leon, am Steuer dieser schnittigen Limo.

»Ich dachte, Sie wollten mir gerade erzählen, warum Sie eigentlich diesen Wagen fahren.«

Jetzt sprudelte es aus ihm heraus – seine komplette Lebensgeschichte. Sie nahm ihren Anfang in Cincinnati, als er noch zu jung zum Autofahren war. Und endete hier und heute in einem gemieteten Cadillac, als er zu alt war, um noch irgendetwas anderes mit seinem Leben anzufangen. Sie dauerte ganze dreißig Sekunden.

»Haben Sie einen Hund?«, fragte ich ihn.

»Der ist gestorben.«

Natürlich. Hinter uns hupte jemand. Ein schwarzes Auto oder ein weißes und mit ziemlicher Sicherheit ein Mercedes oder ein Audi. Ich war seit genau achtunddreißig Minuten in Los Angeles und hatte elf davon im Stau gestanden. Man hatte mir gesagt, dass das Klischee der permanent verstopften Straßen nicht für alle Gegenden von L.A. galt, aber das lag wahrscheinlich daran, dass diese anderen Gegenden einfach niemanden interessierten. Ich war noch nie besonders gut im Stillsitzen gewesen.

Ich drehte mich um und sah aus dem Heckfenster. Dort, mitten in diesem schwarz-weißen Karossenmeer vor einem Hintergrund aus Palmen, stand ein gelber Lamborghini, so leuchtend wie ein Spielzeugauto. Und gleich daneben ein swimmingpoolblauer VW-Bus, an dessen Steuer eine Frau mit Dreadlocks saß. Als ich mich wieder nach vorn wandte und mich tiefer in meinen Ledersitz sinken ließ, sah ich, wie sich die Sonne in den Dächern von Lagerhallen spiegelte, in Terrakotta-Fliesen und vierzig Millionen überdimensionierten Sonnenbrillen. Oh Mann, diese Stadt. *Diese Stadt.* Wieder durchzuckte mich Freude.

»Sind Sie berühmt?«, fragte Leon, während wir langsam vorankrochen. Aus meinem Handy plätscherte noch immer blechern unser Song.

»Wenn ich berühmt wäre, müssten Sie mich das dann fragen?«

Die Wahrheit war, dass Berühmtheit eine ziemlich unzuverlässige Weggefährtin war, nie da, wenn man sie brauchte, aber allgegenwärtig, wenn man seine Ruhe wollte. Die Wahrheit war, dass ich für Leon keinerlei Bedeutung hatte, dafür aber, statistisch gesehen, umso mehr für mindestens eine Person in einem Umkreis von fünf Meilen.

Im Wagen neben uns ertappte mich ein Typ mit Ray-Ban-Sonnenbrille dabei, wie ich Kalifornien bestaunte, und hob grinsend den Daumen. Ich erwiderte die Geste.

»Wird das Interview gerade live gesendet?«, wollte Leon wissen.

»Soweit ich weiß, ja.«

Leon zappte die Radiosender durch und drückte glatt an »Wait/ Don't Wait« vorbei. Ich rüttelte ein bisschen an seinem Sitz, bis er wieder zurückschaltete.

»Das hier?« Er blickte zweifelnd. Meine Stimme drang verführerisch aus den Lautsprechern und hielt die Zuhörer dazu an, mindestens ein Kleidungsstück abzulegen, mit dem Versprechen – dem *Versprechen* –, dass sie es am nächsten Morgen nicht bereuen würden.

»Klingt das etwa nicht nach mir?«

Leon musterte mein Gesicht durch den Rückspiegel, als könnte ihm das die Frage beantworten. Seine Augen waren so rot. Dies war ein Mann mit tiefen Gefühlen, dachte ich. Es war schwer vorstellbar, dass man an einem Ort wie diesem so traurig sein konnte wie er, andererseits war ich selbst hier auch einmal traurig gewesen.

Aber das schien schon ewig her zu sein.

»Doch, vielleicht.«

Der Song im Radio ging zu Ende.

F♮ LIVE: So, Leute, da sind wir wieder. Und, erinnert ihr euch? Mann, was waren das für Sommer, als wir zu NARKOTIKA abgerockt haben. Okay, Cole. Bist du noch da oder führst du schon die nächste Studie zum Thema Hunde durch?

COLE ST. CLAIR: *Wir haben gerade über Berühmtheit sinniert. Leon hat noch nie von mir gehört.*

LEON: *Das hat aber nichts mit Ihnen zu tun. Ich höre einfach die meiste Zeit über Talkshows oder manchmal Jazz.*

F♮ LIVE: War das gerade Leon? Was hat er gesagt?
COLE ST. CLAIR: *Dass er mehr der Jazz-Typ ist. Und ich sag's dir, Martin, das sieht man ihm sogar an. Leon hat den Jazz absolut im Blut.*

Ich hob meine Hände zur Jazz-Geste und hielt sie in Richtung des Rückspiegels. Leon beäugte mich einen Moment unter seinen schweren Lidern. Dann löste sich seine Faust langsam vom Schaltknüppel und seine Finger spreizten sich zu einer einzelnen Jazz-Hand.

F♮ LIVE: Das glaub ich dir gern. Mit welchem eurer Alben würdest du ihm empfehlen anzufangen?
COLE ST. CLAIR: *Wahrscheinlich bloß mit der Coverversion von »Spacebar«, die wir zusammen mit Magdalene gemacht haben. Die ist ziemlich jazzig.*
F♮ LIVE: Ach, ja?
COLE ST. CLAIR: *Da ist ein Saxofon drin.*
F♮ LIVE: Wow, ich bin hin und weg von deinem musikalischen Fachwissen. Apropos, kommen wir zu deinem Deal mit Baby North. Hast du schon mal mit ihr zusammengearbeitet?
COLE ST. CLAIR: *Ich wollte imm–*
F♮ LIVE: *Ich frage mich gerade, ob unsere Hörer eigentlich alle wissen, wer Baby ist.*
COLE ST. CLAIR: *Martin, es ist echt unhöflich, andere Leute nicht ausreden zu lassen.*
F♮ LIVE: Sorry.
LEON: *Ich kenne sie.*
COLE ST. CLAIR: *Echt jetzt? Aber mich nicht, oder was? Also, Leon weiß, wer sie ist.*

F♮ LIVE: Dabei hat das doch gar nichts mit Jazz zu tun. Vielleicht könnte er mal kurz für unsere Hörer zusammenfassen, wer Baby ist? Ich meine, solange er dann keinen Unfall baut?

Ich hielt Leon mein Handy hin.

»Hier darf man beim Autofahren nicht telefonieren«, protestierte er.

»Ich kann es ja für Sie halten«, bot ich an und rechnete schon mit der nächsten Abfuhr. Doch er zuckte mit den Schultern, offensichtlich einverstanden.

Also rutschte ich hinter seinen Sitz und hielt ihm das Handy ans Ohr. Er hatte einen von diesen Haarschnitten, die auf jeder Kopfseite eine exakt ohrenförmige Aussparung hatten.

LEON: *Das ist doch diese junge Dame mit den Internet-TV-Shows. So ein kleines bisschen verrückt. Die Seite heißt »Sharp Teeth Dot Com«, aber ich glaube, das wird irgendwie besonders geschrieben. Vielleicht mit Zahlen oder so? Sharp t-drei-drei-t-h dot com? Ich weiß nicht genau. Vielleicht waren es auch Einsen anstelle der T.*
F♮ LIVE: Sehen Sie sich manchmal ihre Shows an?
LEON: *Hin und wieder auf dem Handy, wenn ich gerade keinen Fahrgast habe. Letztes Jahr hatte sie diese eine da. Diese Drogensüchtige mit dem Baby.*
F♮ LIVE: Kristin Bank. Das war wohl die Staffel, durch die die meisten von uns auf »sharpt33th.com« aufmerksam geworden sind. Wer hätte gedacht, dass eine Serie über eine Schwangerschaft in der Entzugsklinik so einschlagen würde? Hat sie Ihnen gefallen?

LEON: *Ich weiß nicht, ob einem solche Shows gefallen oder nicht. Man guckt sie einfach.*

F♮ LIVE: Da haben Sie wahrscheinlich recht. Okay, dann mal wieder zu Cole. Man könnte sich jetzt fragen, warum Baby ausgerechnet dich für ihre Internetshow haben wollte. Hast du eine Ahnung, Cole?

Ich war ja schließlich kein Idiot. Baby North interessierte sich für mich, weil ich meine Zuschauer selbst mitbrachte. Sie interessierte sich für mich, weil ich ein hübsches Gesicht hatte und mir besser die Haare stylen konnte als die meisten anderen Typen. Sie interessierte sich für mich, weil ich mit einer Überdosis auf der Bühne des Club Josephine zusammengeklappt und anschließend verschwunden war.

COLE ST. CLAIR: *Tja, wegen meiner genialen Musik wahrscheinlich. Und außerdem bin ich ziemlich charmant. Ja, ich bin mir sicher, dass es daran liegt.*

Leon rang sich ein schwaches Lächeln ab. Vor uns vermischten die Autos sich träge, wie Spielkarten. Spiegel und andere glatte Oberflächen reflektierten das satte Sonnenlicht. Zwischen uns und den Palmen am Rand des Highways schienen sich unzählige Fahrspuren zu erstrecken. Ich konnte nicht glauben, dass ich tatsächlich in Kalifornien war, dass ich das alles direkt vor mir sah, ohne es berühren zu können. Das Innere dieses Wagens schien mindestens zwei Staaten entfernt zu liegen.

F♮ LIVE: Das kann natürlich sein. Sie ist schließlich bekannt für ihren guten Musikgeschmack.

COLE ST. CLAIR: *Schon kapiert. Das war ein Scherz.*
F♮ LIVE: Du bist ja ganz schön auf Zack.
COLE ST. CLAIR: *Ach, das höre ich heute zum allerersten Mal.*
F♮ LIVE: Schon kapiert. Das war ein Scherz.

Leon und ich lachten los.

Ich war Martin einmal begegnet. Er hatte eine ewig jung klingende Stimme, war aber schon länger Musikjournalist als ich auf der Welt. Bei meinem ersten Interview mit ihm hatte ich ihn zwanzig Minuten lang über alle möglichen geschmacklosen Sexkapaden zugetextet, um dann, als ich ihn schließlich persönlich traf, festzustellen, dass er alt genug gewesen wäre, um mein Vater zu sein. Fragen über Fragen: Wie konnte er es wagen, als Sechzigjähriger zu klingen wie ein Zwanzigjähriger? Konnte man sich die Stimmbänder liften lassen? Und hatte er mir die Sache sehr übel genommen? Aber wie sich herausstellte, gehörte Martin zu jenen unvulgären älteren Männern, die sich an uns noch vulgären jüngeren nicht störten.

F♮ LIVE: Wie lange wird es dauern, bis du dein Album fertig geschrieben und aufgenommen hast? Nicht besonders lange, oder?
COLE ST. CLAIR: Wahrscheinlich so sechs Wochen.
F♮ LIVE: Das sind ja ambitionierte Pläne.

Wenn man »ambitioniert« auf Wikipedia nachsah, erschien als Erstes mein Foto. Ich hatte ein paar Songs geschrieben, während ich allein in Minnesota die Stellung gehalten hatte, aber es war schwierig gewesen, in diesem Vakuum irgendetwas auf die Reihe zu kriegen. Ohne Band. Ohne Zuhörer.

Im Studio würde sich das endlich ändern.

COLE ST. CLAIR: *Ich habe halt eine Vision.*
F♮ LIVE: Könntest du dir vorstellen, in L.A. zu bleiben?

Irgendwo zu bleiben, gehörte nicht gerade zu meinen Stärken. Aber Isabel Culpeper war in L.A. Allein ihr Name lenkte meine Gedanken in gefährliche, obsessive Bahnen. Ich würde sie auf keinen Fall anrufen, bevor ich das Haus bezogen hatte. Ich würde sie nicht anrufen, bevor ich eine Idee hatte, wie ich ihr auf möglichst spektakuläre Weise eröffnen konnte, dass ich in Kalifornien war.

Ich würde sie nicht anrufen, bevor ich mir sicher sein konnte, dass sie sich freuen würde, mich zu sehen.

Wenn sie sich nicht freute, dann …

Mit einem Ruck schlug ich die Lüftungsschlitze zu. Ich fühlte mich so kurz davor, ein Wolf zu werden, wie schon lange nicht mehr. In meinen Eingeweiden erhob sich das typische Brodeln, das jeder Verwandlung vorausging.

COLE ST. CLAIR: *Kommt drauf an. Darauf, ob L.A. mich hier haben will.*
F♮ LIVE: Wer würde das nicht wollen?

Leon hielt sein Handy hoch, sodass ich das Display sehen konnte. Er hatte gerade »Spacebar« von NARKOTIKA (feat. Magdalene) runtergeladen. Er wirkte fröhlicher als am Anfang, als er noch Larry gewesen war. Draußen brüllte die Hitze. Der Asphalt flimmerte unter all den Abgasen. In der letzten Minute hatten wir uns keinen Zentimeter vom Fleck bewegt. Es war, als betrachtete ich L.A. über einen Fernsehbildschirm.

Und jetzt hatte ich zugelassen, dass ich an Isabel dachte, und in meinem Kopf war für nichts anderes mehr Platz. Nicht für dieses Auto, nicht für dieses Interview, für gar nichts – Isabel war alles, was zählte. Sie war der Song.

COLE ST. CLAIR: *Martin, Leon, wisst ihr, was?*
Ich glaube, ich steige jetzt aus. Den Rest gehe ich
zu Fuß.

Leon hob eine Augenbraue. »Hier kann man nicht zu Fuß gehen. Ich glaube, am Rand so einer Straße langzuspazieren, ist sogar verboten. Oder sehen Sie irgendjemanden sonst hier, der einfach aus dem Auto steigt und zu Fuß weitergeht?«

Nein, das nicht. Aber ich sah sowieso eher selten Leute, die machten, was ich machte. Und wenn, dann war das meist ein ziemlich sicheres Zeichen dafür, dass ich damit aufhören sollte.

Isabel …

F♮ LIVE: Warte, was hat Leon gesagt?
Wo seid ihr überhaupt gerade?

Das Interview schien längst der Vergangenheit anzugehören. Es kostete mich den letzten Rest meiner Willenskraft, mich wieder auf Martins Fragen zu konzentrieren.

COLE ST. CLAIR: *Er hat mir davon abgeraten.*
Wir sind auf der 405. Ist schon okay. Ich bin gut in Form.
Du würdest nicht glauben, was für Muskeln man sich in
der Entzugsklinik antrainiert. Kommen Sie mit,
Leon?

Ich hatte mich schon abgeschnallt und zerrte meinen Rucksack – das Einzige, was ich aus Minnesota mit hierhergebracht hatte – auf meine Seite des Wagens. Leons Augen wurden groß. Er war sich nicht sicher, ob ich ernst machen würde, was natürlich absolut lächerlich war, denn ich machte immer ernst.

Isabel. Nur ein paar Meilen weit weg.

Mein Herz begann zu rumpeln. Ich wusste, dass ich es besser ruhig halten sollte, schließlich hatte ich noch einen ziemlich weiten Weg vor mir. Aber ich schaffte es einfach nicht. Wie viele Wochen hatte ich von diesem Tag geträumt und darauf hingearbeitet?

F♮ LIVE: Versuchst du gerade, Leon dazu zu kriegen, seinen Wagen einfach auf der Interstate stehen zu lassen?
COLE ST. CLAIR: *Ich versuche lediglich, sein Leben zu retten, bevor es zu spät ist. Kommen Sie schon, Leon. Lassen wir beide dieses Auto hinter uns, Sie und ich. Kaufen wir uns irgendwo einen Frozen Yogurt und verbessern gemeinsam die Welt.*

Leon hob hilflos die Hand. Noch vor wenigen Minuten war es eine Jazz-Hand gewesen. Und jetzt ließ er mich einfach hängen.

LEON: *Ich kann nicht. Und Sie sollten es auch lieber bleiben lassen. Okay, gerade geht es ein bisschen langsam voran, aber das ist in ein paar Minuten wieder vorbei. Warten Sie einfach kurz –*

Ich legte ihm die Hand auf die Schulter.

COLE ST. CLAIR: *Okay, ich bin dann mal weg. Danke, dass ich in deiner Show sein durfte, Martin.*

F♮ LIVE: Und, geht Leon mit?

COLE ST. CLAIR: *Sieht nicht so aus. Nächstes Mal vielleicht. Viel Spaß mit dem Song, Leon. Finanziell ist ja alles geregelt, oder? Super.*

F♮ LIVE: Cole St. Clair, der frühere Frontmann von NARKOTIKA. Es war mir wie immer ein Vergnügen!

COLE ST. CLAIR: *Das dagegen höre ich nicht zum ersten Mal.*

F♮ LIVE: Die Welt kann sich freuen, dich zurückzuhaben, Cole.

COLE ST. CLAIR: *Jaja, das sagt die Welt jetzt. Okay, bis dann.*

Ich legte auf und öffnete die Tür. Der Wagen hinter uns hupte ganz zaghaft, als ich ausstieg. Die Hitze – oh Mann, diese Hitze. Sie war wie ein Gefühl, erfüllte mich von Kopf bis Fuß. Die Luft roch nach vierzig Millionen Autos und vierzig Millionen Blumen. Ein regelrechter Tsunami aus Adrenalin durchflutete mich, zusammen mit den Erinnerungen an alles, was ich in Kalifornien je erlebt hatte, und Aufregung beim Gedanken an alles, was ich noch erleben würde.

Leon starrte unglücklich zu mir heraus, also bückte ich mich noch mal kurz zu seinem Fenster. »Es ist nie zu spät für Veränderungen«, sagte ich zu ihm.

»Ich kann mich nicht verändern«, antwortete er niedergeschmettert.

»Gib Gummi, Baby.«

Ich warf mir meinen Rucksack über die Schulter, umrundete einen wartenden schwarzen Mercedes und machte mich auf den Weg zur nächsten Abfahrt.

Irgendjemand hinter mir rief: »NARKOTIKA!«

Ich warf der Person einen Handkuss zu und machte einen Satz über die Betonabsperrung. Als ich auf der anderen Seite landete, war ich in Kalifornien.

Kapitel 2

Isabel

In L.A. war immer Platz für noch mehr Monster.

»Isabel, meine Schöne. Zeit, an die Arbeit zu gehen«, sagte Sierra.

Natürlich war ich schon längst bei der Arbeit – ich goss Sierras blöde Blumen. Auf dem Betonfußboden des .blush., der kleinen Boutique für Sierra-ohne-Nachnamens Modekollektion, standen mehr Topfpflanzen als Kleiderständer. Sierra liebte ihre Farne und Palmen und Orchideen, hatte allerdings keine Lust, sich selbst darum zu kümmern. Ihr Talent konzentrierte sich eher auf das Quälen toter Dinge und unbelebter Objekte. Alles, was man mit Nadeln traktieren konnte, ohne dass es sauer wurde. Sachen, die man aufhängen konnte, ohne damit gegen irgendwelche Menschenrechte zu verstoßen.

»Ich *bin* bei der Arbeit«, sagte ich und stach ein Düngestäbchen in die Blumenerde. »Ich halte hier deine Pflanzen am Leben.«

Sierra schob sich zwei vertrocknete Palmwedel in die hochgesteckten Haare, deren Farbe noch ein paar Nuancen näher an Weiß war als mein Blond. Bei ihr sah das gut aus; aber an jemandem wie ihr sah sowieso fast alles gut aus. Schließlich war sie ein ehemaliges Topmodel. Wobei »ehemalig« in diesem Fall so viel bedeutete wie »letztes Jahr noch«. Das entsprach sieben Hunde- oder L.-A.-Jahren.

»Pflanzen leben von Sonne, Schätzchen.«

»Sierra«, erwiderte ich, »haben deine Eltern dir nie erklärt, was Fotosynthese ist? Das geht so: Wenn eine Pflanze und die Sonne sich ganz doll lieb haben –«

»Christina ist schon auf dem Weg«, unterbrach Sierra mich. »Bitte, Isabel. Tausend Knutscher. Danke.«

Oha, Christina. *Die* Christina. Die gab immer eine ganze Menge Geld bei uns aus, wenn sie in der richtigen Stimmung war, und außerdem ließ sie sich gern bedienen. Das heißt, eigentlich reichte es ihr zu wissen, dass sie bedient werden würde, wenn ihr der Sinn danach stand. Was sie nicht wollte, war belagert werden. Bevormundet. Sie wollte nicht, dass jemand das gewünschte Paar Leggings für sie bereithielt. Sie wollte nicht gefragt werden, ob sie es vielleicht auch noch in Champagnerfarben anprobieren wolle. Sie hatte einfach gern eine Schar jederzeit verfügbarer Leute um sich, die sie dann mit Nachdruck ignorieren konnte.

Also betraute Sierra uns alle mit der Aufgabe, uns an die fünf vorhandenen Möbelstücke zu lehnen, unsere Nägel zu inspizieren oder unseren Freunden SMS zu schreiben. Eine Reihe blonder kleiner Monster. Kühl zur Seite gestrichene Fransenponys, die Augen düsterschwarz umrahmt, Lippen in Kaugummipink oder Kirschrot – jede Einzelne von uns in etwa so zum Küssen wie ein Flugzeugabsturz.

Obwohl ich erst seit ein paar Wochen dabei war, war ich ziemlich gut in meinem Job. Nicht, dass Sierras andere Monster kein Talent zum Tunikenfalten oder gelangweilt Shirts-auf-Bügeln-Zurechtrücken gehabt hätten. Sie hatten einfach nur noch nicht kapiert, dass das Geheimnis, Sierras Klamotten an den Mann zu bringen, darin lag, auf dem Hocker neben dem Tresen zu lümmeln und so zu tun, als würde man sich überhaupt keinen Kopf machen, und darin, den Kunden exakt vor Augen zu führen, wie die Klamotten aussehen würden, wenn sie sie kauften und sich keinen Kopf machten.

Die anderen Monster waren nicht so gut wie ich, weil sie sich *doch* einen Kopf machten.

Ich konzentrierte mich hauptsächlich darauf, morgens die Augen aufzumachen, meine Beine in Bewegung zu setzen und genug Nahrung zu mir zu nehmen, damit meine Augen offen und meine Beine in Bewegung blieben. Mehr nicht. Wenn meine emotionale Beanspruchung nur um eine Winzigkeit anwuchs, wurde ich wütend und wenn ich wütend wurde, zerstörte ich vollkommen unschuldige Dinge.

Christina kam. Diesmal trug sie ihr Haar gekreppt.

»Ist die Pflanze da neu?«, fragte sie Sierra.

»Ja«, erwiderte Sierra. »Hast du jemals so ein fantastisches Grün gesehen?«

Christina berührte eins der Blätter mit einem manikürten Fingernagel. »Was ist das für eine?«

Auch Sierra streckte die Hand nach der Pflanze aus, allerdings auf eine Art, die mir verriet, dass sie schon wieder überlegte, wie sich die Blätter in ihren Haaren machen würden. »Die schönste von allen.«

Während Christina im Laden stöberte, lehnte ich mich bäuchlings über meinen Hocker und googelte mit meinem Handy Bilder von berühmten Neurochirurgen. Ich trug zwei von Sierras weit ausgeschnittenen durchsichtigen Tanktops übereinander, einen Sisalgürtel tief auf der Hüfte und meine Lieblingsleggings. Regenbogenmetallic und wunderhübsch, bis man auf den zweiten Blick das Totenkopfmuster sah. Die Leggings waren keiner von Sierras Entwürfen. Und auch generell nicht so ihr Geschmack. Eigentlich war das Teil sogar ein bisschen hässlich, wenn man erst mal darüber weggekommen war, wie schön es war.

Ich hörte auf mit den Chirurgenbildern und tippte als Nächstes »Freunde Definition« in die Suchmaske. Meine Mutter, die selbst keine Freunde hatte, lag mir immer damit in den Ohren, dass ich außer meiner Cousine Sofia und Grace, die in Minnesota lebte, keine Freunde hätte. Nicht dass sie damit unrecht gehabt hätte. Aber es gab eben auch eine Menge Gründe für meine Freundeslosigkeit. Zunächst mal war ich nur fünf Monate vor dem Abschluss an meine neue Schule gekommen. Zweitens hatte sich herausgestellt, dass es sehr viel schwieriger war, Freunde zu finden, wenn man nicht mehr zur Schule ging. Und drittens waren die meisten Mädels bei .blush. älter als ich, sie führten ein Ü-20-Leben mit Ü-20-Problemen und machten sich einen Kopf, während ich mir keinen machte.

Außerdem war ich nun mal einfach nicht besonders *freund*lich.

»Alles, was sie anhat«, verlangte Christina.

Ihre Stimme klang sehr nah, aber ich sah trotzdem nicht hoch. Obwohl allein ihr Tonfall in mir den Verdacht aufkommen ließ, dass sie mich meinen könnte. Es war wie damals in der Schule, als in meiner Klasse zwei Isabels gewesen waren. Alle hatten uns Isabel C. und Isabel D. genannt, aber ich hatte immer schon gewusst, welche Isabel gemeint war, bevor sie beim Anfangsbuchstaben unserer Nachnamen angekommen waren.

Ich hob gerade lange genug den Blick, um zu sehen, dass Christina mich argwöhnisch anstarrte. Die anderen buckelten und huschten sofort los, um ihr die Shirts und den Gürtel zu besorgen, ohne zu wissen, dass als Accessoires zu meinem Look ein Todesfall in der Familie und Herzschmerz im Allgemeinen vonnöten waren. Die Bässe aus der Musikanlage wummerten und wisperten. Ich begann, die Fenster auf meinem Handy zu schließen. Viele Neurochirurgen sahen seltsam aus. Ursache oder Wirkung?

»Isabel«, sagte Sierra. »Christina hätte gern deine Leggings.«

Mein Blick war weiterhin auf das Handydisplay gerichtet. »Kein Interesse.«

»Isabel, Süße. Sie möchte sie dir abkaufen.«

Ich hob den Blick und sah *die* Christina an. Es gab Stars, die in natura irgendwie weniger berühmt wirkten. Sie schienen einen Tick unscheinbarer oder kleiner zu werden, sobald keine Kameras auf sie gerichtet waren. Für Christina galt das nicht. Man wusste sofort, dass sie jemand war, selbst wenn man ihr Gesicht nicht kannte. Weil sie irgendwie *absichtlich* wirkte.

Das konnte ziemlich einschüchternd sein, sogar in dieser Stadt.

Und ihrem Gesichtsausdruck nach zu urteilen, war sie sich dieser Tatsache auch bewusst.

Ich aber blickte bloß von meiner wartenden Chefin zur wunderschönen Christina und dachte: *Ich habe schon berühmtere Lippen als deine geküsst.*

Schulterzuckend wandte ich mich wieder meinem Handy zu. Ich tippte »frontopolare Lobatomie«. Die Autokorrekturfunktion machte »frontopolare Lobotomie« daraus. Wie es aussah, konnte man diesen Begriff nicht ohne *ooo* schreiben.

»Isabel.«

Ich sah nicht hoch. »Die Artemis-Leggings in Dunkelgrau kommen ungefähr aufs Gleiche raus.« Als sich niemand rührte, hob ich träge die Hand und deutete in die Richtung der Artemis-Kollektion.

Fünfzehn Minuten später hatte Christina zwei Tanktops, einen Sisalgürtel und zwei Paar Artemis-Leggings gekauft – alles zum Preis einer Mandel-OP im Sonderangebot.

Als sie weg war, zischte Sierra mir zu: »Du bist so ein Miststück«, und gab mir einen liebevollen Klaps auf den Hintern.

Ich ließ mich nicht besonders gern von Leuten anfassen.

Ich rutschte von meinem Hocker und machte mich auf den Weg

ins Hinterzimmer. »Ich setze mich mal ein bisschen zu den Orchideen.«

»Hast es dir verdient.«

Was ich mir verdient gehabt hätte, wäre ein Pokal für allgemeines Desinteresse gewesen. Es hatte mich sämtliche Energie gekostet, derart unengagiert zu wirken.

Als ich den Leinenvorhang zum Hinterzimmer zur Seite zog, hörte ich, wie erneut die Ladentür aufging. Wenn Christina noch einen zweiten Versuch wagen würde, mir meine Leggings abzuschwatzen, würde ich laut werden müssen und das wurde ich nicht gern.

Aber es war nicht Christina, die ich vorn im Laden hörte.

Stattdessen sagte eine mir wohlbekannte Stimme: »Nein, nein. Ich suche nach etwas ganz Bestimmtem. Ah, Moment, ich hab es gerade gefunden.«

Ich drehte mich um.

Cole St. Clair schenkte mir sein träges Lächeln.

Kapitel 3

Isabel

Plötzlich machte ich mir so sehr einen Kopf, dass es regelrecht wehtat.

Es war einfach nicht möglich, die Realität dieses Augenblicks zu erfassen. Erstens, weil Cole St. Clair eines mit *der* Christina gemeinsam hatte: Er wirkte berühmt, nicht ganz real und nie tatsächlich anwesend. Zwischen ihm und seiner Umgebung schien immer eine Art Dissonanz zu bestehen, so als würde er reibungslos und originalgetreu von einem fernen Ort herprojiziert.

Zweitens: Cole war ein Wolf.

Ich wusste nicht, ob ich mich freuen sollte, ihn zu sehen, oder Angst haben. Es war noch nicht lange her, dass ich ihn mit einer Nadel im Arm auf dem Boden gefunden hatte; dass ich mit angesehen hatte, wie er sich vor meinen Augen in einen Wolf verwandelte; dass er mich angefleht hatte, ihm beim Sterben zu helfen.

Und drittens: Er hatte mich weinen sehen. Ich wusste einfach nicht, ob ich mit diesem Wissen weiterleben konnte.

Was willst du hier? Bist du meinetwegen gekommen?

»Hallöchen!«, sagte er. Er lächelte mich immer noch an, auf seine lässige, etwas schläfrige Art. Er hatte das schönste Lächeln der Welt und eine ganze Menge Leute hatte ihm das auch schon bestätigt. Die Tatsache, dass er sich der Macht seines Lächelns bewusst war, hätte sie eigentlich schmälern müssen, doch es war genau diese zwanglose Arroganz, die einen großen Teil des Reizes ausmachte.

Zum Glück hatte ich mir ein paar Monate zuvor eine Impfung verpassen lassen, die seitdem ihre Schutzwirkung entfaltete. Ich war immun gegen ihn.

Wir standen einen knappen Meter voneinander entfernt, zwischen uns ein Stoßdämpfer aus gemeinsamen Erlebnissen, während alles andere uns gnadenlos zueinander hinzog.

»Du hättest vorher anrufen können«, bemerkte ich stumpf.

Sein Grinsen wurde breiter. Mit einer ausladenden Geste deutete er auf sich selbst, wobei er fast einen Ständer voll hauchdünner Tops umgestoßen hätte. »Das hätte doch das hier total zunichtegemacht.«

Mit ihm darin wirkte der ganze Laden wie verwandelt. So als hätte er die Nachmittagssonne mit sich zur Tür hereingezerrt.

»Und was genau ist ›das hier‹?«, fragte ich.

»Tada.« Er gab sich Mühe, sein Cole-St.-Clair-Lächeln über seinem echten zu halten. Jedes Mal, wenn das echte kurz durchschimmerte, zog sich mein Herz zusammen.

Ich war mir unseres Publikums bewusst. Kein direktes Starren – dafür waren sie zu höflich –, sondern dezente Neugier. Ich wollte diese Unterhaltung draußen auf dem Bürgersteig oder im Hinterzimmer weiterführen oder zumindest einen Blick auf meine Hände werfen, um mich zu vergewissern, dass sie nicht so sehr zitterten, wie es sich anfühlte, aber irgendwie war ich zu nichts davon in der Lage.

Das Problem: Ich war in Cole verliebt.

Oder es zumindest gewesen. Oder würde es vielleicht irgendwann mal sein. Für mich gab es da keinen Unterschied.

Ich wusste nicht, ob er meinetwegen hier war, und hätte es nicht ertragen, wenn es anders gewesen wäre. Eigentlich war es vollkommen abwegig, dass er wegen mir den ganzen Weg aus Minnesota hergekommen war. Wahrscheinlich wollte er nur kurz Hallo sagen, da er nun schon mal aus irgendwelchen anderen Gründen hier war. Darum hatte er mich auch nicht vorher angerufen.

»Komm mit«, zischte ich. »Nach draußen. Zeit hast du ja wohl kurz?«

Er schlurfte hinter mir her, als wäre Zeit das Einzige, was er hatte. Auf dem Weg ins Hinterzimmer warf er Sierra mit hochgezogener Augenbraue einen Blick zu, als wäre er diesen Ton von mir nur zu gewohnt.

Passierte das alles gerade wirklich?

Ich führte ihn geradewegs durch das kleine Zimmer, in dem sich neugeborene Leggings neben verstoßenen Tuniken in unzähligen Khaki-Nuancen türmten. Schließlich standen wir im bläulichen Licht der kleinen Gasse hinter dem Laden. Dort befand sich eine Mülltonne, die nicht stank – sie war voll mit Pappe und Pflanzenresten. Ein Stück weiter parkte Sierras alter VW-Käfer, der nicht mehr fuhr – auch er voll mit Pappe und Pflanzenresten.

Während ich neben dem Auto stehen blieb, versuchte ich, mich zu beruhigen, mir einzureden, dass seine Anwesenheit hier nichts zu bedeuten hatte, nichts änderte, nichts, *nichts*. Nichts.

Ich drehte mich um, eine weitere giftige Bemerkung darüber auf der Zunge, dass er nicht angerufen hatte, bevor er in meiner Stadt, bei meiner Arbeit, in meinem Leben aufgetaucht war.

Doch in dem Moment schlang er die Arme um mich.

Mir stockte der Atem, als hätte er mir die Hand auf den Mund gedrückt. Ich erwiderte seine Umarmung nicht gleich, weil mir einfach nicht genug Informationen zur Verfügung standen, um zu wissen, *wie* ich ihn umarmen sollte.

Er roch fremd nach Flughafenseife und fühlte sich an wie ein Abgrund, in den ich drauf und dran war zu stürzen.

Cole trat einen Schritt zurück. Ich konnte nicht in seinem Gesicht lesen.

»Was sollte das denn?«, fragte ich.

»Freut mich auch, dich wiederzusehen«, entgegnete er.

»So was sagt man vielleicht zu jemandem, der vorher angerufen hat.«

Er wirkte kein bisschen beeindruckt. »Vor einem ›Tada‹ ruft man eben nicht an.«

»Vielleicht mag ich ja keine ›Tadas‹.«

Um ehrlich zu sein, hatte ich keine Ahnung, was ich mochte. Alles, was ich wusste, war, dass mein Herz so schnell raste, dass meine Fingerspitzen taub wurden. Meinem Verstand war klar, dass das an der Überraschung lag, aber ich hatte keine Ahnung, ob ich es mit »Überraschung, hier ist eine Torte für dich!« oder eher mit »Überraschung, du hattest gerade einen Herzinfarkt!« zu tun hatte.

Coles Lächeln vor mir wirkte plötzlich hohl. Sein Blick ging ins Leere, wie immer, wenn man ihn verletzte. In solchen Momenten floh der echte Cole aus der Situation und überließ seinen Körper seinem Schicksal.

Grausamerweise freute ich mich darüber, genauso wie kurz zuvor über die winzige Andeutung seines echten Lächelns. Denn diese Reaktion war immerhin echt. Sie besagte, dass es ihm etwas bedeutete, wie ich über unser Wiedersehen dachte. Einem Lächeln konnte ich nicht trauen, aber Schmerz – auf diesem Gebiet konnte man mir nur schwer eine Fälschung unterjubeln.

»Hör zu«, sagte ich. »Du kannst nicht aus heiterem Himmel hier auftauchen und erwarten, dass ich vor Freude kreische, dafür bin ich einfach nicht der Typ. Also guck nicht so traurig.«

Langsam schwappte wieder ein Ausdruck auf sein Gesicht. Dieser neue war gierig und ungeduldig. »Komm mit. Gehen wir irgendwohin. Was gibt es denn hier in der Nähe so? Lass uns gehen.«

»Ich muss noch bis sechs arbeiten.« Sechs? Sieben? Ich erinnerte mich nicht mal mehr an meine Arbeitszeiten. Wo waren wir überhaupt? Ach ja, hinter dem .blush. Eine sanfte Meeresbrise strich über meine Haut, über uns auf einer Telefonleitung zwitscherte ein Star sein verträumtes Lied, ein vertrocknetes Palmblatt sank langsam herab und blieb auf dem Betonboden liegen. Das hier war real. Es passierte wirklich.

Cole trat von einem Fuß auf den anderen – ich hatte beinahe vergessen, dass er nur aufhörte, sich zu bewegen, wenn es ihm nicht gut ging. »Welche Mahlzeit kommt als Nächstes? Mittagessen? Abendessen? Genau. Ich lad dich zum Abendessen ein.«

»Abendessen?« Bis zu diesem Zeitpunkt hatten sich meine Pläne für den Abend darauf beschränkt, mich zurück nach Glendale zur Villa Herzschmerz durchzuschlagen, wo ich ein paar östrogengeschwängerte Stunden voller Gelächter verbracht hätte, das kaum von Tränen zu unterscheiden war, und umgekehrt. »Und dann?«

Er griff nach meiner Hand. »Nachtisch. Sex. Leben.« Dann drückte er mir einen Kuss in die Handfläche – keinen von der liebevollen Sorte. Es war ein Kuss, unter dem meine Haut vor plötzlichem, unbändigem Verlangen zu kribbeln begann. Sein *Mund*.

Jetzt war ich fast sicher, einen Herzinfarkt zu haben. »Cole, hör auf, warte.«

»Aufhören« und »warten« waren keine allzu vertrauten Konzepte für ihn.

»Cole«, sagte ich. Ich hatte das Gefühl, in dieser blauen Gasse zu ertrinken.

»Was?«

Ich war kurz davor, schon wieder »Hör auf« zu sagen, aber das war gar nicht, was ich wollte. »Gib mir doch mal eine Sekunde. Mein Gott!«

Er ließ meine Hand los. Ich starrte ihn an. Das hier war Cole St. Clair: mit seinem scharf geschnittenen Gesicht, den leuchtend grünen Augen, dem halb verwuschelten, halb stachelig hochgegelten braunen Haar. Mit seinem Lächeln hätte er auch ohne NARKOTIKA berühmt werden können. Ich sah ihm an, dass er es genoss, wie ich ihn anstarrte. Ich sah ihm an, dass er alles an diesem Moment genoss. Alles daran war darauf ausgerichtet gewesen, mich zu überrumpeln, mir eine Reaktion zu entlocken.

Hoffnung und Angst wallten zu gleichen Teilen in mir auf.

»Warum bist du hier?«, fragte ich.

»Du.«

Es war die perfekte Antwort, gesagt auf unperfekte Weise. Wie schnell er geantwortet hatte. »Du.« Mehr nicht. Es war so einfach, nur ein einziges Wort zu sagen. Ich wollte, dass er es noch einmal sagte, damit ich beim zweiten Mal die Chance hatte, etwas dabei zu *fühlen.*

Du.

Ich.

»Okay«, sagte ich. Ich spürte ein Lächeln an meinem Gesicht zupfen. Schnell ließ ich es wieder verschwinden. Nie im Leben würde er ein Lächeln von mir bekommen, ohne vorher angerufen zu haben. »Abendessen. Holst du mich ab?«

Cole lachte, es war ein Laut, der in seiner schieren Freude absolut unerreichbar war. »Ab*holen*, ab*schleppen* – nenn es, wie du willst.«

Kapitel 4

Cole

Der Uhr im Taxi zufolge würde ich viel zu spät zu meinem Termin mit Baby North kommen. Unpünktlichkeit gehörte nicht zu meinen zahlreichen Lastern, darum hätte mich das normalerweise ziemlich gestört. Aber im Moment konnte mir gar nichts die Laune vermiesen. Ich vibrierte regelrecht vor wohliger Nervosität, mit der die rasiermesserscharfe Linie von Isabels Mund mich erfüllt hatte.

Bei unserer ersten Begegnung hatte ich mir gerade selbst das Leben gerettet, indem ich zum Werwolf geworden war, und ihr Bruder war gerade bei dem Versuch gestorben, keiner mehr zu sein. Isabel war die einzige Person in ganz Mercy Falls, die noch bissiger war als ich.

Sie war die Einzige, die mich wirklich kannte.

Über mir am Himmel glühte die Sonne, tausendmal intensiver als die Sonne über Minnesota. Alles hier schien aus Beton, Kunstrasen und zackigen Palmblättern zu bestehen.

»Welche Straße noch mal?«, fragte der Taxifahrer. Er trug eine Kopfbedeckung aus einem Land, das nicht L.A. war, und sah müde aus.

»Ocean Front Walk«, antwortete ich. »Der in Venice. Falls es zwei gibt. Na ja, wahrscheinlich nicht. Aber um Verwechslungen zu vermeiden.«

»Das ist keine Straße für Autos«, erwiderte der Fahrer. »Ist direkt am Strand. Ich lasse Sie vorher raus. Den Rest Sie müssen laufen.«

Ich wusste nicht, ob es daran lag, dass ich so lange nicht mehr an der Westküste gewesen war, oder daran, dass ich so lange nirgendwo anders als in Minnesota gewesen war, aber Kalifornien überraschte mich nach wie vor, einfach damit, wie sehr es Kalifornien war. Während wir uns weiter Baby Norths Haus näherten, erschien mir alles vertraut und irreal, genau wie ich es von unseren Touren, aus Träumen oder aus Filmen in Erinnerung hatte. Die Straßennamen – Mulholland Drive, Wilshire Boulevard –, die Stadtteile – Hollywood, Cheviot, Beverly Hills –, weckten in mir Gedanken an blonde Haare, rote Autos, Palmen und endlosen Sommer.

Isabel …

Los Angeles. Als ich zum ersten Mal hier gewesen war, ein Eindringling aus dem Norden, ein tapsiger Wichtigtuer, hatte ich ein Foto von einem Straßenschild des Hollywood Boulevard geschossen und es meiner Mutter gesimst, zusammen mit dem Text: *wow jetzt bin ich berühmt.*

Inzwischen war ich tatsächlich berühmt, aber ich simste meiner Mutter nicht mehr.

Ich bin wieder da.

Es war ein gutes Gefühl. Ein Gefühl, als wäre ich unglücklich gewesen und hätte es erst gemerkt, als ich es nicht mehr war. Ich hatte gedacht, ich wäre ganz zufrieden gewesen in Minnesota. Gelangweilt, einsam, zufrieden.

Kalifornien, Kalifornien, Kalifornien.

Ich spürte noch immer Isabel in meinen Armen, ihre Echtheit. Sie war wie die Sonne auf meinen Lidern, der Geruch des Ozeans in meinem Mund, während ich die Luft durch die Zähne einsog. Ich war schon einmal hier gewesen.

Diesmal würde es anders werden.

Ich rief meinen Freund Sam in Minnesota an. Zu meinem Erstaunen nahm er sofort ab – er hasste telefonieren, weil er dabei das Gesicht seines Gesprächspartners nicht sehen konnte.

»Ich bin da«, eröffnete ich ihm und knibbelte an dem Werbeaufkleber des Taxiunternehmens auf der Innenseite des Autofensters. Vorne führte der Fahrer ein leises, aber eindringliches Telefonat in einer fremden Sprache. »Mein Gesicht ist entspannt und zufrieden. Meine Mundwinkel weisen nach oben.«

Sam lachte nicht, weil er aus irgendeinem Grund immun gegen meinen Humor war. »Warst du schon in deiner Unterkunft? Ist sie okay?«

»Alles bestens, Mama«, zog ich ihn auf. »Aber nein, ich war noch nicht da. Ich hab erst noch einen Termin mit Baby.«

»Ich hatte letzte Nacht einen total schlimmen Albtraum über dich«, sagte Sam nachdenklich. »Du bist durch Los Angeles gezogen und hast zwanzig Leute gebissen, damit du da drüben auch ein Rudel haben konntest.«

Es gibt doch diese olle Kamelle über einen rosa Elefanten, an den man natürlich sofort denken muss, sobald einem jemand sagt, dass man es nicht darf. Somit war es eigentlich Sams Schuld, dass ich jetzt über die Idee, in Los Angeles ein Rudel Werwölfe zu haben, nachdachte. Klar, darauf hätte ich genauso gut selbst kommen können, war ich aber nun mal nicht. Und die Vorstellung erschien mir gar nicht so unromantisch. Wölfe, die im Sonnenuntergang über den Sunset Boulevard jagten.

»Zwanzig«, schnaubte ich abfällig. »Ich würde nie eine gerade Anzahl von Leuten beißen.«

»Und als ich dich dann gewarnt habe, dass das eine furchtbare Idee ist, hast du gesagt, du wolltest aber nicht allein sein.«

Das klang tatsächlich ziemlich nach mir, aber ich würde niemals so tief sinken, mir hier einen neuen Freundeskreis zusammenzubeißen. Während ich mich immer nur für ein paar Minuten am Stück verwandelte, mussten die meisten anderen mehrere Monate in ihren Wolfskörpern verbringen. Genauso war es auch in Minnesota gewesen. Zum Schluss waren nur noch Sam, Grace und ich übrig gewesen, bis die beiden beschlossen hatten, aufs College zu gehen – aufs *College*! Und dann auch noch zur Sommerakademie. In Duluth. Wer kam denn bitte auf so eine Idee?

»Aber das Schlimmste war«, fuhr Sam fort, »dass dann auf einmal mein Radiowecker angegangen ist und ich von ›Villain‹ geweckt wurde, diesem blöden Song von euch.«

»Scheint, als hättest du einen ganz ausgezeichneten Sender eingestellt.« Das Taxi wurde langsamer. »Ich muss Schluss machen«, sagte ich zu Sam. »Die Zukunft wartet auf mich, dekoriert mit Blumen und Früchten.«

»Warte!«, rief Sam. »Hast du Isabel schon getroffen?«

Meine Finger spürten noch immer ihren Körper unter sich. »*Da*. Wir hielten uns in den Armen. Der Himmel war voll singender Engel. Diese kleinen dicken. Cherubim. Putten. Ich muss los.«

»Beiß niemanden.«

Ich legte auf. Der Taxifahrer parkte den Wagen. »Jetzt Sie müssen laufen.«

Ich öffnete die Tür. Als ich ihm das Geld reichte, fragte ich ihn: »Wollen Sie mitkommen?«

Er starrte mich an.

Ich stieg aus. Als ich meinen Rucksack über die Schulter schwang, sauste eine Gruppe Skater-Kids an mir vorbei. Einer von ihnen rief mir zu: »Ey, wir skaten hier!«

Die anderen hinter ihm johlten fröhlich.

Ich schmeckte noch immer Isabels Parfüm auf den Lippen.

Über mir brannte die Sonne. Mein Schatten war winzig unter meinen Füßen. Ich hatte keine Ahnung, wie ich es bis zum Abendessen mit mir aushalten sollte.

Baby North wohnte in einem Haus am Venice Beach, das aussah, als wäre es von einem Kleinkind auf Koffein gebaut worden. Es war ein Sammelsurium knallbunter, aufeinander- und nebeneinandergestapelter Klötze in verschiedenen Formen und Größen, die durch Betontreppen und Metallbalkone verbunden waren. Von hier aus hatte man freien Blick über den breiten, von Touristen bevölkerten Strand, das Meer wirkte zum Greifen nah. Es war ein fröhlicheres Domizil, als ich erwartet hatte.

Die Leute hatten Angst vor Baby North. Und das nicht mal zu Unrecht, immerhin hatte sie den letzten sieben Personen, die in ihrer Show aufgetreten waren, das Leben ruiniert. Das war sozusagen ihre Masche: Such dir ein beliebiges Mängelexemplar, bring es ins Fernsehen, warte auf den Zusammenbruch und lass einen hübschen Scheck über das Bild der Verwüstung flattern.

Jeder, der einen Vertrag mit ihr abgeschlossen hatte, war sicher gewesen, dass er die große Ausnahme sein und unversehrt davonkommen würde, seine Würde und geistige Gesundheit unangetastet. Bisher hatten sie alle falschgelegen.

Keiner von ihnen schien sich bewusst gewesen zu sein, dass es einfach eine Show war.

Ich stieg die Betontreppe hoch. Als ich an die Tür klopfte, ging sie auf. Rufen wäre zwecklos gewesen. Die Musik im Inneren des Hauses war so laut, dass die Welt nur noch aus piepsigen Kopfstimmen und wummernden Bässen zu bestehen schien. Es war die Art von Song, wie man ihn von einem Mädchen erwarten würde, das beim Disney Channel entdeckt worden war.

Als ich eintrat, traf mich die kalte Luft aus der Klimaanlage wie ein Faustschlag. Ich fühlte sämtliche Nervenenden in meinem Körper erstarren, als sie ihre Form und Gestalt infrage stellten.

Daran würde ich mich gewöhnen müssen.

Meine letzte Verwandlung lag ziemlich lange zurück. Und jedes Mal war eine Menge Überzeugungsarbeit dafür nötig gewesen – ein plötzlicher Temperatursturz, ein interessanter chemischer Cocktail, ein nachdrücklicher Stups in den Hypothalamus. Der aktuelle Temperaturunterschied reichte nicht aus, aber der Schock war groß genug, um meinem Körper die verlockende Möglichkeit der Verwandlung in Erinnerung zu rufen.

Werwolf, Werwolf.

Das wäre ein guter Song.

Drinnen wölbte sich die Decke über dem Betonboden bis hoch zu den frei liegenden Rohrleitungen. Es gab genau vier Möbelstücke. Dazwischen stand Baby North über ein iPad gebeugt. Ich erkannte sie eher aus den Klatschblogs wieder als von unserer kurzen Begegnung vor ein paar Jahren. Ihr braunes Haar hing ihr als dicker Pony bis knapp über die tief liegenden Augen wie bei einem Siebzigerjahremodel. Sie trug geraffte Leggings unter einer Tunika aus Wolle oder Sackleinen oder sonst irgendwas Mönchmäßigem. Sie war klein und auf verstörende Weise hübsch – auf eine Weise, die »angucken ja, anfassen nein« zu sagen schien. Ich hatte keine Ahnung, wie alt sie war.

Ich deutete auf eine der Boxen über uns. Die Sängerin trällerte irgendwas darüber, dass wir sie doch bitte endlich anrufen sollten, bevor es zu spät war. Die Melodie war erbarmungslos eingängig. »Du weißt schon, dass dieser Kram einen blind machen kann, oder?«

Als Baby sich zu mir umdrehte, war ihr Lächeln breit und aufrichtig und geradezu weltverschlingend. Sie tippte kurz auf ihr iPad und die Musik verstummte.

»Cole St. Clair«, sagte sie.

Obwohl ich so sicher war, dass sie mich nicht würde knacken können, zog sich etwas in mir zusammen. Es war die Art, wie sie meinen Namen ausgesprochen hatte. Als wäre es ihr persönlicher Triumph, dass ich nun vor ihr stand.

»Tut mir leid, ich bin spät dran.«

Sie hob ihre Hände vor die Brust. »Mein Gott, diese *Stimme*!«

In einer Kritik des letzten NARKOTIKA-Albums hieß es:

Der Titelsong »Either One/Or the Other« beginnt mit einer zwanzigsekündigen Sprechsequenz. Die Jungs von NARKOTIKA sind sich ganz offensichtlich im Klaren darüber, dass Cole St. Clairs Stimme in der Lage ist, die Hörer auch ohne Victor Baranovas eindringliche Drumbeats und Jeremy Shutts geniale Bassriffs langsam in einen ekstatischen Tod zu locken.

»Das war die beste Idee meines Lebens«, fuhr Baby fort.

Mein Herz stotterte, kurz, aber heftig, wie ein anspringender Motor. Es war lange her, seit ich das letzte Mal auf Tour gewesen war. Seit ich als Musiker vor Publikum gestanden hatte. Jetzt, als mein Puls schneller schlug, konnte ich kaum glauben, dass ich das alles beinahe für immer aufgegeben hätte. Es war ein bedeutsames Gefühl, kraftvoll, entschlossen. Nachdem ich ein Jahr lang in eine Art Starre verfallen war, spürte ich zum ersten Mal wieder festen Boden unter den Füßen.

Ich war kein hoffnungsloser Fall.

Isabel würde mit mir zu Abend essen.

Ich war auseinandergenommen und wieder zusammengesetzt worden und diese neue Version von mir war unzerstörbar.

Baby legte ihr iPad auf eins der vier Möbelstücke – eine Birkenholzfußbank oder vielleicht war es auch ein Haustier oder so was – und umkreiste mich, die Hände noch immer vor ihrem Brustbein verschränkt. Diese Haltung kam mir bekannt vor. Es war die eines Mannes, der ein Auto auf dem Versteigerungspodest umkreist. Sie hatte mich unter nicht ganz unerheblichen Mühen erstanden und wollte sich nun vergewissern, ob ich meinen Preis auch wert war.

Ich wartete ab, bis sie mich einmal umrundet hatte.

»Zufrieden?«, fragte ich.

»Ich kann einfach nicht glauben, dass du echt bist. Du warst tot!«

Ich grinste. Es war kein echtes Lächeln. Sondern mein NARKOTIKA-Lächeln. Bei dem sich mein einer Mundwinkel weiter hob als der andere.

Langsam kam alles zu mir zurück.

»Dieses *Lächeln*«, schwärmte Baby. »Das war die beste Idee meines Lebens. Warst du schon am Haus?«

Natürlich nicht. Ich hatte schließlich erst Isabel in Santa Monica überfallen müssen.

»Na ja, du wirst es schon noch früh genug sehen«, fügte sie hinzu. »Der Rest der Band kommt morgen dazu. Willst du was trinken?«

Ich hätte sie gern genauer nach der Band gefragt, die sie für mich zusammengestellt hatte, beschloss jedoch, dass mich das nervös wirken lassen könnte. Also fragte ich stattdessen: »Hast du Cola da?«

Die Küche war riesig und ziemlich spärlich eingerichtet. Nichts darin wirkte besonders heimelig oder auch nur menschlich. Die Schränke bestanden aus bleichen, schmalen Holzplanken und die

Wände waren mit frei liegenden PVC-Rohren überzogen, die ins obere Stockwerk führten. Der Kühlschrank sah aus, als hätte er ursprünglich ein Tank für Industrieflüssigkeiten werden sollen. Mir brauchte niemand zu erklären, dass Baby allein lebte.

Sie reichte mir eine Cola. Es war eine von diesen Glasflaschen, die einem ein angenehm erfrischendes Gefühl gaben, bevor man auch nur den Kronkorken geknackt hatte. Baby sah zu, wie ich den Kopf in den Nacken legte und trank, bevor sie ihre eigene Flasche an die Lippen hob. Sie taxierte mich immer noch. Begutachtete meine Kehle und meine Hände.

Sie bildete sich ein, mich zu kennen.

»Ach ja, ich habe …« Nur mit dem kleinen Finger zog sie eine Schublade auf und holte ein Notizbuch heraus. Es war eins von diesen winzigen Dingern, die einem genau in die Handfläche passten und einen zwangen, sich kurz zu fassen. »Hattest du dir so was hier vorgestellt?«

Ich freute mich, dass sie daran gedacht hatte, nickte aber bloß kühl, als ich das Büchlein entgegennahm. Ich steckte es in meine hintere Hosentasche.

»Okay, Kleiner, pass auf«, sagte sie dann, »es könnte echt hart werden.«

Meine Augenbrauen zuckten beim Wort »Kleiner«.

»Denk dran, ich bin immer für dich da, wenn du mich brauchst. Wenn der Druck zu groß wird, bin ich nur einen Anruf weit weg. Oder wenn du herkommen willst, ist das auch okay. Zu deinem Haus ist es nur eine Meile von hier.« Ihre Sorge wirkte aufrichtig, was mich überraschte. Ihren bisherigen Shows nach zu urteilen, hatte ich mehr mit einem kinderfressenden Ungeheuer gerechnet.

»Okay«, erwiderte ich. »Das hast du mir schon mal gesagt. Hier, ich hab sogar deine Nummer eingespeichert.«

Ich drehte ihr mein Handy zu, sodass sie ihre Nummer unter dem Namen »Nervenzusammenbruch/Tod« sehen konnte.

Baby lachte laut auf, völlig entzückt.

»Ich mein's ernst. Du würdest dich wundern, wie sehr einem die Kameras an die Substanz gehen können«, fuhr sie fort. »Das heißt, das Team springt natürlich nicht den ganzen Tag um dich rum. Wir drehen ganz gezielt. Ein bisschen was im Haus, über dich und die Band. Im Prinzip kannst du recht frei darüber entscheiden, wann und wo du gefilmt werden willst. Aber, na ja, die Zuschauer können ziemlich grausam sein. Und bei deiner Vergangenheit …«

Ich schenkte ihr erneut mein NARKOTIKA-Lächeln. Ich hatte es schon öfter irgendwo gesehen, dieses Lächeln. In Zeitschriften und Blogs, Album-Booklets und meinem wohlmeinenden Freund, dem Spiegel. Ich hatte mal gehört, dass man mehr Muskeln zum Bösegucken braucht als zum Lächeln, und auf dieses spezielle Lächeln traf das ganz sicher zu. Es war eigentlich nur ein leichtes Lippenverziehen, die Augen kaum merklich zusammengekniffen. Ohne ein einziges Wort vermittelte ich so meinem Gegenüber, dass ich nicht nur ihn oder sie komplett durchschaut hatte, sondern dass ich *es* komplett durchschaut hatte, was in diesem Fall für die ganze Welt stand.

Meistens griff ich darauf zurück, wenn mir keine geistreiche Bemerkung einfiel.

»Den anderen ist es manchmal ein bisschen zu viel geworden«, räumte Baby ein, als wüssten wir nicht beide, welches Schicksal ihre bisherigen Opfer ereilt hatte. »Besonders wenn sie in der Vergangenheit … na ja, Drogenprobleme hatten.«

Ich lächelte weiter, trank den Rest meiner Cola aus und reichte ihr die Flasche.

»Sehen wir uns doch mal das Haus an«, schlug ich vor.

Sie pfefferte die Flasche in einen himmelblauen Mülleimer. »Eins nach dem anderen. Ihr Leute von der Ostküste habt es immer so eilig.«

Ich wollte gerade erwähnen, dass ich eine Verabredung zum Abendessen hatte, bevor mir klar wurde, dass ich ihr lieber nicht erzählen wollte, mit wem. »Ich bin eben gespannt auf die Zukunft, die du für mich geplant hast.«

Kapitel 5

Isabel

Ich hab Sandwiches gemacht«, verkündete meine Cousine Sofia, gleich als ich an diesem Abend die Villa Rosenkrieg betrat. Sie platzte regelrecht damit heraus und mir war sofort klar, dass sie die ganze Zeit hinter der Tür auf mich gewartet hatte, um mich mit diesen Worten zu empfangen. Außerdem war mir klar, dass sie zwar »Sandwiches« sagte, in Wirklichkeit aber meinte: *Bitte schenk dieser kulinarischen Höchstleistung, für die mehr als vier Stunden Vorbereitung nötig waren, ausreichend Beachtung.*

»In der Küche?«, fragte ich.

Sofia blinzelte mich mit großen braunen Augen an. Ihr Vater – einer der zahlreichen Vertreter des männlichen Geschlechts, die aus unserem gemeinsamen Leben ausradiert worden waren – hatte sie passenderweise nach der umwerfend schönen Schauspielerin Sophia Loren benannt. »Und ein bisschen im Esszimmer.«

Na fantastisch. Eine zwei Räume füllende Sandwich-Orgie.

Aber ich kam wohl nicht drum herum, davon zu probieren, obwohl ich mit Cole zum Abendessen verabredet war. Sofia war meine Cousine mütterlicherseits. Sie war ein Jahr jünger als ich und lebte in atemloser Angst davor, etwas falsch zu machen, davor, dass die Zeit verging, und davor, dass ihre Mutter eines Tages aufhören würde, sie zu lieben. Außerdem vergötterte sie mich aus für mich nicht ganz nachvollziehbaren Gründen. Dabei gab es doch so viele andere Menschen, die ihrer Bewunderung tatsächlich würdig gewesen wären.

»Haben nicht alle in die Küche gepasst?« Noch an der Haustür kickte ich meine dicken Stiefel von den Füßen, sodass sie auf einem Paar dicker Stiefel von meiner Mutter landeten. Der leere Garderobenständer wackelte und stieß dabei leise gegen die Wandlampe, bevor er sich wieder beruhigte. Mein Gott, dieses Haus konnte einem wirklich die Seele aussaugen. Obwohl ich nun schon seit einundzwanzig Dienstagen hier lebte, hatte ich mich immer noch nicht daran gewöhnt. Die protzige Vorstadtvilla war so steril, dass ich tatsächlich das Gefühl hatte, jedes Mal, wenn ich durch die Haustür trat, einen weiteren Teil meiner Persönlichkeit einzubüßen, der dann umgehend durch weiße Teppichböden und helle Hartholzdielen ersetzt wurde.

»Ich wollte nicht im Weg sein, falls jemand die Küche für etwas anderes braucht«, erklärte Sofia. »Du siehst hübsch aus.«

Ich winkte ab und marschierte direkt ins Esszimmer. Dort wurde mir klar, dass Sofia den gesamten Nachmittag damit verbracht haben musste, ein breites, nach Farben angeordnetes Büffet aus verschiedenen Sandwich-Belägen aufzubauen. Sie hatte Tomaten in Blütenform geschnitzt, einen Truthahn gebraten und hauchdünne Scheiben von einem Kuhhintern gehobelt. Dressings und Aiolis in vier verschiedenen Geschmacksrichtungen kreiert. Zweierlei Sorten Brot in zweierlei Formen gebacken.

Dann hatte sie alles spiralförmig arrangiert, mit dem Gemüse im Zentrum. An einem Tischende lagen ihr Handy und ihre riesige Kamera, was bedeutete, dass sie die Fotos bereits in mindestens einem ihrer vier Blogs gepostet hatte.

»Ist es okay?«, fragte Sofia besorgt, während sie eine Serviette in ihren lilienweißen Händen zerknüllte.

Dies war einer der Momente, in denen sich unweigerlich der Verdacht aufdrängte, Sofia hätte ihr Leben lang unter den übersteigerten Erwartungen ihrer Eltern zu leiden gehabt. Doch soweit ich das beurteilen konnte, war die einzige Forderung, die meine Tante Lauren an sie stellte, dass Sofia mindestens genauso unentspannt war wie sie. Und die erfüllte Sofia geradezu bravourös. Sie war wie ein perfekt gestimmtes Musikinstrument, dessen Resonanzkörper die emotionalen Schwingungen jeder Person aufnahm, die ihr nahe kam.

»Es ist ein geradezu grotesker Über-Erfolg geworden, wie immer«, erwiderte ich. Sofia seufzte erleichtert auf. Ich umrundete den Tisch und bestaunte ihr Werk. »Hast du auch noch gestaubsaugt?«

»Nur die Treppe hab ich nicht mehr geschafft«, entgegnete sie kleinlaut.

»Mein Gott, Sofia, das war ein Witz. Hast du wirklich gestaubsaugt?«

Sofia starrte mich aus riesigen, schimmernden Augen an. Sie war ein richtiges Märchenwesen. »Ich hatte noch Zeit!«

Ich ging mit einem Sägemesser auf einen Brotlaib los. Angestrebtes Ziel: ein Sandwich. Unerwünschter Nebeneffekt: Lebensmittelverstümmelung. Als Sofia mein Scheitern bemerkte, eilte sie hastig um den Tisch, um mir zu helfen. Wie in einer Zeitlupen-Mordszene entwand ich ihr das Messer und säbelte mir selbst zwei ungleichmäßige Scheiben Brot ab. Tante Lauren schien kein Problem mit diesem verdammten Unterwürfigkeitsgetue ihrer Tochter zu haben, mich allerdings trieb es in den Wahnsinn.

»Was ist denn mit deinem Buch?«

»Das habe ich durch.«

Ich entschied mich für Roastbeef und gehobelten Parmesan. »Bist du nicht noch mit diesem Collagen-Skulptur-Dingsbums beschäftigt?«

Sofia beobachtete aufmerksam, wie ich mich an einer Schale mit sehr grüner Mayonnaise bediente. »Der erste Teil trocknet gerade.«

»Was ist denn das hier? Rucola? Und wann fängt dein Erhu-Unterricht an?« Keine Ahnung, warum ausgerechnet Sofia, das unauffälligste Mädchen der Welt, Erhu-Stunden nehmen musste. Ich konnte mich nicht entscheiden, ob so was als kulturelle Annektierung durchging oder nicht. Aber Sofia schien es Spaß zu machen und sie war gut darin, genauso wie in allem anderen auch, und über ihren Erhu-Blog hatte sich noch nie jemand beschwert, also hielt ich den Mund.

»Wasserkresse. Erst später. Und ich hab heute Morgen schon geübt.«

»Wie wär's denn mal mit einem Päuschen? Normale Menschen machen so was hin und wieder, weißt du?«

Sofia blickte mich niedergeschlagen an. Was sie damit erreichen wollte, war, dass ich meine Worte zurücknahm und ihr versicherte, dass sie selbstverständlich ebenfalls vollkommen normal war und alles in bester Ordnung, dass sie nicht in eine Papiertüte atmen musste und dass das hier kein Notfall war, sondern einfach das Leben, wie es sich allen Menschen darbot.

Stattdessen erwiderte ich ihren Blick mit einem lang gezogenen Blinzeln und biss in mein Sandwich. Wie konnte es sein, dass Sofia schon wieder einen kompletten Nachmittag nur in Gesellschaft von Lebensmitteln verbracht hatte?

»Du solltest wirklich mal ein bisschen unter Leute gehen«, sagte ich und schluckte den Bissen hinunter. »Das hier ist so köstlich, dass ich fast sauer werden könnte.«

In Sofias Blick trat Panik. Die winzige Kreatur, die unter dem Namen »schlechtes Gewissen« in mir wohnte, krümmte sich zusammen. Außerdem musste ich jetzt daran denken, dass meine Mutter mir permanent dasselbe predigte. Das mit dem Unter-Leute-Gehen.

Meine Standardantwort darauf lautete, dass ich das liebend gern täte, sobald ich ein paar Leute gefunden hätte, die meine Zeit wert waren. Vielleicht war Sofia ja auch noch niemandem begegnet, der dieses Kriterium erfüllte.

»Lass uns heute Abend ausgehen. Du könntest was Rotes anziehen.«

»*Ausgehen?*«, wiederholte sie im selben Moment, als mir einfiel, dass ich ja mit Cole verabredet war. Ich konnte nicht glauben, dass ich das vergessen hatte, und gleichzeitig doch. Denn auf irgendeine Art war das Ganze wie ein schöner Traum, der schon auf dem Weg zum Frühstück wieder verblasste.

In meiner Magengegend breitete sich ein nicht vollständig angenehmes Gefühl aus, so als hätte jemand einen Regenschirm darin aufgespannt. Es war ein bisschen, als hätte ich Angst vor Cole, aber nicht ganz. Mehr, als hätte ich Angst davor, nicht die Person zu sein, für die er mich hielt. Er war so begeistert von der Vorstellung gewesen, dass ich in Kalifornien lebte, als wären dieser Staat und ich aus irgendeinem Grund gut füreinander.

Ich fragte mich, in was ich da hineinschlitterte.

»Ach, verdammt«, sagte ich. »Heute geht doch nicht. Ich bin zum Abendessen verabredet. Aber morgen. Rot. Du und ich.«

»Zum *Abendessen*?«, wiederholte sie.

»Wenn du mir weiter alles nachplapperst, kannst du es gleich wieder streichen.« Ich biss erneut von meinem Sandwich ab. Es war wirklich ein sagenhaftes Sandwich. »Wo ist denn deine Mutter?«

Ich wusste nie, wie ich meine Tante Lauren nennen sollte. Wenn ich Sofia gegenüber von »Lauren« redete, kam es mir frech vor. Wenn ich »deine Mutter« sagte, klang es distanziert. Und »deine Mom« war auch keine Alternative, weil ich das Wort »Mom« so gut es ging vermied. Vermutlich weil ich frech und distanziert *war*.

»Bei einem Vertragsabschluss«, antwortete Sofia. »Sie meinte, sie wäre vor Teresa wieder zu Hause.«

Teresa war meine Mutter. Aus Sofias Mund klang das weder arrogant noch distanziert. Sondern respektvoll und freundlich. Welch unergründliche Magie.

Es klingelte an der Tür. Sofia verzog gepeinigt das Gesicht. »Ich gehe schon.«

Sie hätte sich lieber davor gedrückt. An die Tür zu gehen, bedeutete nämlich, dass sie mit der Person, die davorstand, würde reden müssen, und in dem Fall war es schließlich möglich, dass die betreffende Person insgeheim Sofias Kleidung, ihre Frisur, ihr Gesicht oder ihr Verhalten im Allgemeinen bewertete und irgendetwas davon für mangelhaft befand.

»Ach, lass mal«, rief ich ihr nach. »Ehrlich. Ich gehe schon.«

Vor der Tür stand eine Berühmtheit. *Aller guten Dinge sind drei*, hatte mein Bruder immer zu sagen gepflegt, bevor er gestorben war. Drei Berühmtheiten an einem Tag. Keine schlechte Ausbeute, selbst für Los Angeles. Die aktuelle Berühmtheit präsentierte sich in Gestalt einer brünetten Frau mit einem vollen Pony, der ihr bis knapp über die halb geschlossenen grünen Augen fiel. Sie war hübsch auf eine retromäßige Art, so lässig, dass es sehr zeitaufwendig gewesen sein musste. Sie war keine Frau. Sie war ein Bild von einer Frau. Es dauerte einen Moment, bis ich sie einordnen konnte, denn sie gehörte zu diesen C-Promis, die man normalerweise auf den hinteren Seiten von Klatschzeitschriften oder als Lückenfüller auf Promi-News-Blogs fand. Sie hatte einen komischen Namen, fiel mir nun ein. Etwas wie –

»Hi, ich bin Baby North«, stellte sie sich vor. »Bist du Isabel?«

Anscheinend erwartete sie, dass ich mich zu irgendeiner Reaktion hinreißen ließ, indem sie mich so unerwartet mit meinem Namen konfrontierte, aber das verhinderte mein Stolz. Erst recht, nachdem meine Beeindruckbarkeit durch unerwartete Vorkommnisse seit Cole St. Clairs Auftauchen an diesem Nachmittag noch ziemlich eingeschränkt war. Ich konnte Sofia hinter mir spüren, genau wie die Tatsache, dass ihr Mund kaum merklich offen stand.

»Sofia«, wandte ich mich an sie, während ich einen Schritt nach draußen über die viel zu helle Türschwelle machte, »würdest du vielleicht mal kurz nach dem Ofen sehen? Ich bin nicht sicher, ob ich ihn vielleicht angelassen habe.«

Einen Moment lang herrschte Schweigen, dann verschwand Sofia. Sie war schließlich nicht blöd.

»Worum geht's?«, fragte ich. Erst als der Satz über meine Lippen war, merkte ich, dass Höflichkeit anders klang.

»Ein Angebot. Wenn du einen Moment Zeit hättest, könnte ich mich kurz vorstellen und dir erklären, wer ich bin und was ich mache –«

»Ich weiß, wer Sie sind«, entgegnete ich. Diese Frau war ein außerordentlich hübscher Aasgeier, der es sich zur Aufgabe gemacht hatte, für das Internetfernsehen Leichen zu fleddern, aber den Teil behielt ich lieber für mich, weil sie das vermutlich selbst wusste. In meinem Inneren breitete sich ein mulmiges Gefühl aus, eine Ahnung, warum sie hier war, und die Gewissheit, dass mir der Grund nicht gefallen würde.

»Umso besser!«, entgegnete sie mit einem breiten Lächeln. Ich traute diesem Lächeln nicht, einfach, weil es so breit war. Breit, von Grübchen umrahmt und symmetrisch, wie das eines Pin-up-Girls aus einer anderen Zeit. »Darf ich reinkommen?«

Ich musterte sie. Sie musterte mich. Ihr Auto stand hinter meinem Geländewagen am Bordstein. Es schien hauptsächlich aus Chrom zu bestehen.

»Nein«, antwortete ich.

Ihr Mund verzog sich zu einem etwas realeren Ausdruck. »Oh, na gut.«

Langsam meldete sich meine gute Erziehung und ich fügte, wenn auch mit dem eisigsten Lächeln, das ich zustande brachte, hinzu: »Ich bin nur zu Besuch hier und möchte niemandes Gastfreundschaft missbrauchen. Und, wie gesagt, ich weiß, wer Sie sind.«

»Clever«, befand Baby, als meinte sie das tatsächlich ernst. »Tja, dann mache ich es wohl lieber kurz: Du und Cole St. Clair, seid ihr ein Paar?«

Ich versuchte, mein Gesicht ausdruckslos zu halten, aber meine Überraschung machte mir einen Strich durch die Rechnung. Ich wusste, dass meine Miene mich für den Bruchteil einer Sekunde verraten hatte. »›Ein Paar‹ würde ich nicht unbedingt sagen.«

»Verstehe«, sagte sie. »Ich wollte dich fragen, ob du zusammen mit ihm in einer Sendung mitmachen würdest. Klingt doch cool, oder? Es würde nicht viel von deiner Zeit beanspruchen und dir dafür eine Menge Möglichkeiten eröffnen. Besonders einem so hübschen Mädchen wie dir.«

Das mulmige Gefühl in meinem Inneren wuchs und setzte sich fest. Ich umklammerte den Türknauf. »Was denn für eine Sendung?«

»Nur eine kleine, nette Show, bei der wir ihn und seine Band eine Weile bei den Aufnahmen für sein neues Album begleiten.«

Kleine,

nette

Show.

Hatte ich's doch gewusst, dass er nicht meinetwegen gekommen war. Ich hatte es von Anfang an gewusst.

Nur mein idiotisches Herz hatte sich täuschen lassen. Es hatte ihm so gern glauben wollen. Und jetzt wurde es von der immer weiter anwachsenden Beklemmung in mir brutal gegen meine Rippen gequetscht.

»Kein Interesse«, entgegnete ich. »Wie gesagt, wir sind nicht direkt ein Paar.«

»Aber als gute Freundin –«

»Wir sind auch nicht direkt Freunde«, unterbrach ich sie. Ich musste diese Tür schließen, damit ich ungestört schreien oder heulen oder irgendwas kaputt hauen konnte. »Wir kannten uns früher mal.«

Sie musterte mein Gesicht, auf der Suche nach der wahren Antwort, aber ich hatte mich wieder fest im Griff und starrte ihr bloß ausdruckslos unter meinem Eyeliner hindurch entgegen.

»Falls du deine Meinung doch noch ändern solltest«, sagte sie schließlich und zog eine Visitenkarte aus der Tasche ihrer Leinentunika.

Meine Miene blieb unverändert, aber ich nahm die Karte entgegen. So hatte ich wenigstens etwas zum Verbrennen.

»Es wäre richtig cool«, fuhr Baby fort. »Auf jeden Fall etwas, wovon man später seinen Enkeln erzählen kann. Denk einfach noch mal darüber nach.«

Sie zog sich zurück auf den Bürgersteig. Ich mich in die Villa Herzschmerz. Sobald sich die Tür hinter mir schloss, entriss mir das Haus einen weiteren Teil meiner Seele und ersetzte ihn durch ein pseudomaßangefertigtes Möbelstück. Mein Gehirn drohte zu explodieren.

Sofia stand in der Tür zum Wohnzimmer. »War das gerade wirklich –«

»Ja.« Ich riss mein Handy aus der Tasche. Und wählte.

»Was hat sie denn –«

Ich fuhr mit einer zur Klaue geformten Hand durch die Luft und deutete auf das Telefon an meinem Ohr.

»Ich dachte, du wärst meinetwegen hergekommen«, knurrte ich.

»Hallo«, entgegnete Cole. »Ich wollte mir gerade eine Hose anziehen. Es sei denn, es wäre dir lieber, wenn ich sie zu Hause lasse.«

»Tu einfach mal so, als hättest du gehört, was ich gerade gesagt habe.«

»Hab ich aber nicht.«

»Du hast gesagt, du wärst meinetwegen hergekommen. Das war gelogen.«

Es herrschte kurz Stille. Das Problem beim Telefonieren ist, dass man nie weiß, was in solchen Schweigemomenten vor sich geht. Ich konnte nicht sagen, ob die Pause eher in die »Lass dir schnell was einfallen, wie du das retten kannst«-Kategorie einzuordnen war oder eher in die »Ich bin gerade ernsthaft verwirrt«-Kategorie.

»Was?«

»Du nimmst ein Album auf? Du trittst in einer Internetshow auf? Das hat ja wohl kaum was mit mir zu tun.«

Wieder Schweigen.

»Sag was.«

»Was.«

»Oh ja, witzig. Okay, hör zu. Das Problem ist, dass du es mir gegenüber so dargestellt hast, als wärst du meinetwegen hergekommen, dabei bist du in Wahrheit hier, weil du ins Fernsehen willst. Nicht meinetwegen. Du bist gekommen, um Cole St. Clair zu sein.«

»Das ist genau falsch rum«, entgegnete er aufgebracht.

»Interessant, dass du bisher kein Wort davon gesagt hast«, fauchte ich. »Vergiss das Abendessen. Vergiss alles.«

»Aber das ist –«

»Ach, halt einfach den Mund. Oder noch besser«, fügte ich dann hinzu, »fahr zur Hölle.«

Ich legte auf.

Kapitel 6

Cole

Als Wolf erinnerte ich mich nicht daran, wie es war, ich zu sein. Ich war auf mein grundlegendes Ich reduziert, aufgelöst nach x. Ich war nicht mehr und nicht weniger als ein Tier.

Keine andere Droge, die ich jemals ausprobiert hatte, hatte das vollbracht.

Alles, woran ich nach Isabels Anruf denken konnte, war, dass dieses schreckliche Gefühl weggehen würde, zumindest für eine Weile, wenn ich mich in einen Wolf verwandelte.

Stattdessen stand ich auf dem mit einem Metallgeländer umgebenen Balkon des Hauses in Venice und blickte über das nächtliche Glitzern der Stadt. Der Mond hing riesig und rund am Ende des Abbot Kinney Boulevards wie ein Hollywood-Requisit. Palmen bildeten exotische Silhouetten vor der leuchtenden Scheibe – der Inbegriff einer Filmkulisse, der Inbegriff von L.A. Diese Stadt … Waren Hollywood-Filme so perfekt, weil die Stadt es war, oder hatte man die Stadt nach dem Vorbild der perfekten Filme konzipiert?

Hier auf diesem Balkon, ich selbst eine Silhouette vor dem violetten Himmel, wirkte sogar meine Niedergeschlagenheit glamourös.

Was hätte ich denn zu ihr sagen sollen?

Ich war mir der winzigen Kamera in meinem Rücken bewusst. Sie war an der Dachkante befestigt, eine von mehreren in der ganzen

Bude – obwohl »Bude« eigentlich nicht das richtige Wort dafür war. Mein Einzimmerapartment, hell, mit großen Fenstern und Oberlichtern, nahm die komplette erste Etage einer Betonvilla ein. Das Erdgeschoss war für ein anderes Bandmitglied vorgesehen. Ein Kiespfad führte zu einer dritten Wohnung in einem flachen Bungalow am anderen Ende des Grundstücks. Dazwischen erstreckte sich ein winziger Garten voller Pflanzen, die für meine an den Norden gewöhnten Augen unecht wirkten.

Plötzlich breiteten sich die sechs Wochen in voller Länge vor mir aus. Ich wusste nicht, wie ich jemals auf den Gedanken gekommen war, zweiundvierzig Tage könnten schnell vorbeigehen.

Ich verlagerte mein Gewicht gegen das Balkongeländer. Wie gern hätte ich jetzt ein Bier gehabt; wie gern hätte ich mir eine Nadel unter die Haut gerammt.

Nein, das alles war nicht mehr ich. Ich war jetzt anständig, clean, brandneu. Alles auf Anfang. Baby hatte mich engagiert, um meinen Zusammenbruch zu filmen, aber es würde keinen Zusammenbruch geben.

Isabel hatte mir nicht mal eine Chance gegeben.

Ich dachte daran, wie schnell ich ein Wolf sein könnte. Wie gründlich mir das den Kopf freipusten würde. Nur für ein paar Minuten. Und anders als alle meine anderen chemischen Retter hinterließ der Wolf keine Spuren und stellte keinerlei Forderungen an mich. Er war keine Sucht.

Doch ich rührte mich nicht.

Ich verschränkte die Arme auf dem Geländer und legte meinen Kopf darauf, während meine Brust sich langsam mit Schwärze füllte. Mein Gesicht lag genau dort, wo die Einstichspuren gewesen waren, bevor der Wolf in mir sie hatte verschwinden lassen.

Warum hätte ich sonst herkommen sollen, wenn nicht für sie?

Was für einen Sinn hatte das Ganze, wenn ich nicht mal diese eine Sache auf die Reihe bekam? Es ging doch nur um ein Abendessen. Es ging um –

Isabel …

Ich hörte, wie ein Auto hinter dem Haus hielt. Eine Tür ging auf und wieder zu. Der Kofferraum ging auf und wieder zu. Das Tor zum Innenhof schepperte.

Ich blickte zu der unidentifizierbaren Gestalt hinunter, die eine helle Mütze trug und sich mit dem Tor abmühte. Er/Sie/Es sah mich. Eine Stimme, höchstwahrscheinlich weiblich, rief zu mir hoch: »Wie wär's, wenn du mir mal hilfst?«

Ich rührte mich nicht. Ich sah zu, wie er/sie/es eine weitere Minute auf das Tastenfeld eintippte, bis Letzteres endlich klein beigab.

Vorhin bei Baby hatte das alles noch nach einem netten kleinen Spielchen ausgesehen. Aber jetzt? *Fahr zur Hölle.*

Es war, als wäre mein Streit mit Isabel, damals in Minnesota, nie zu Ende gegangen.

Ich konnte einfach nicht glauben, wie schnell es in meinem Herzen wieder zappenduster geworden war.

Unten war die Gestalt inzwischen im Innenhof angelangt. Sie hatte eine Tasche dabei. Eine ohne Rollen, wie es aussah, aber die Person schleifte sie trotzdem hinter sich her. Sie drängte sich an einem raumgreifenden Feigenbaum vorbei und stand schließlich direkt unter mir, ihr schmaler Schatten diffus und vielköpfig im Licht der Straßenlaternen, der Verandalampen und des Monds. Erst jetzt erkannte ich, dass das, was ich für eine Mütze gehalten hatte, ein massiver Wust blonder Dreadlocks war. Sie legte den Kopf in den Nacken und rief zu mir hoch: »Herzlichen Dank auch.«

Als ich immer noch nicht antwortete, zerrte sie ihre Tasche ein Stück weiter. Dann ließ sie sich neben dem Haus auf den Boden fallen und zündete sich eine Zigarette oder vielleicht auch einen Joint an.

Langsam zwang ich mich in den Performance-Modus. Den Cole-St.-Clair-Modus. Der war wie ein Kleidungsstück, ein altgedientes T-Shirt, aber es dauerte eine Weile, bis man hineingeschlüpft war.

Ich stapfte die Treppe hinunter. Die glühende Spitze ihres Joints ließ den Qualm um sie herum in der Dunkelheit leuchten. Ihr Gesicht war sehr lang und sehr schmal und erinnerte mich ziemlich an Ichabod Crane aus »Sleepy Hollow«, wenn Ichabod blonde Dreadlocks gehabt hätte, was durchaus möglich war. Im Hinblick auf Frisuren war das achtzehnte Jahrhundert keine gute Zeit gewesen.

»Hi, was machst du überhaupt hier?«, fragte ich.

»Ich bin deine Schlagzeugerin«, antwortete sie.

Es hatte kein Feuerwerk gegeben, keine Parade, und es waren auch keine Zeichen vom Himmel geregnet, um mich darauf vorzubereiten – auf die Ankunft des ersten Mitglieds der Band, die sich zu Füßen des begnadeten Cole St. Clair, Ex-Frontmann von NARKOTIKA, versammeln sollte.

Dieses Mädchen gehörte nicht zu meiner Band. Meine Band bestand zu einem Drittel aus Buddhisten und zu einem Drittel aus Toten.

Ich erwiderte: »Das ist nicht zufällig irgendeine nette Umschreibung für ›Prostituierte‹, oder? Ich bin nämlich gerade wirklich nicht in der Stimmung.«

Sie blies mir ihren Rauch ins Gesicht. Mit träger, nasaler Stimme, wie man sie sich nur sorgsam heranzüchten konnte, sagte sie: »Zieh mich nicht runter, Mann.«

Sie schloss die Augen. Mit einem Mal wirkte sie, als sei sie vollkommen im Reinen mit sich und der Welt. Diesen Effekt hatte Marihuana nie auf mich gehabt. Nach einem Joint fand ich zuerst alles zum Totlachen komisch, und dann wurde ich traurig. Die Einzigen, die je was davon gehabt hatten, waren eventuelle Zuschauer gewesen.

»Würde ich nie wagen. Ich dachte, du kämst erst morgen an. Das ist der Tag nach heute, falls du mit dem Konzept nicht vertraut bist.«

Miss Ichabod schlug die Augen auf. Ihr Dreadlock-Knäuel war wirklich gigantisch. Das brauchte bald seine eigene Postleitzahl. Ich hatte schon des Öfteren ziemlich geniale Dreads gesehen, aber diese hier sahen aus, als wären sie aus den Ruinen mehrerer verlassener Dritte-Welt-Dörfer geschaffen worden. »Nicht. Runterziehen.«

»'tschuldige. Ich bin Cole.«

»Leyla.« Sie hielt mir den Joint hin.

»Ich bin clean«, lehnte ich ab, obwohl ich kiffen vor nicht allzu langer Zeit noch als die minderschwerste einer ganzen Palette von verfügbaren Sünden angesehen hatte. Es war das erste Mal, dass ich diese Worte laut ausgesprochen hatte. Sie klangen so glorreich und edel.

»Könnte dich aber ein bisschen entspannen«, riet sie mir. »Bevor die anderen kommen.«

»Die anderen?«

Wie aufs Stichwort erhellte ein Paar Scheinwerfer den Garten. Ich hob die Hand, um meine Augen abzuschirmen. Vier Gestalten schlurften durch das Tor am anderen Ende des Gartens, langsam und düster wie eine Gruppe Zombies. Zwei von ihnen trugen Kameras. Die anderen beiden hatten Instrumente dabei. Erstere hielten ihre Objektive auf Letztere gerichtet, bis zu dem Moment, in dem sie Leyla und mich entdeckten, woraufhin sie sofort in unsere Richtung umschwenkten.

Ich hatte das Gefühl, plötzlich auf eine Bühne katapultiert worden zu sein – nur ohne Setlist. *Es geht los*, dachte ich bei mir. *Und Action.*

»Ich sag's ja«, bemerkte Leyla gleichgültig.

»Cole, hi«, begrüßte mich der Typ mit der Kamera. Ich konnte nur die Hälfte seines Gesichts sehen, das mich jedoch verblüffend an Babys erinnerte. Die gleichen schweren Lider, der gleiche braune Pony, das gleiche Gefühl, als wäre er soeben einem alten Foto aus den Siebzigern entstiegen. »Ich dachte, du würdest schon schlafen. Entschuldige die Überraschung. Die anderen waren alle früh dran, darum dachte ich, wir könnten schon mal ein paar Minuten drehen, während sie ins Haus gehen.« Er streckte mir eine Hand entgegen, in der anderen immer noch die Kamera. Er trug ungefähr vierhundert Hanf-Armbänder am Handgelenk. Allein anhand dieser Armbänder fällte ich mindestens drei vorschnelle Urteile über seinen Charakter. »Ich bin T.«

»T?«

»Genau, das ist mein Name. Der Buchstabe.«

Ich fällte das nächste Urteil und schüttelte ihm dann die Hand. »Du hast das gleiche Gesicht wie Baby.«

»Ha, kein Wunder. Ich bin ihr Zwillingsbruder.«

»Gruselig.«

»Ich weiß, glaub mir. Ich gehöre jedenfalls zum Kamerateam.« Ich merkte sofort, dass er einer von diesen farblosen Typen war, die sich gern in der Nähe von berühmten Leuten rumdrückten. Kein Fan von jemand Bestimmtem, sondern einfach von jedem, der irgendwann mal irgendwer gewesen war. Trotzdem war er mir immer noch sympathischer als Baby. Er wirkte aufrichtiger. »Und Joan wirst du in nächster Zeit auch öfter um dich haben.« Er deutete mit dem Finger auf die Frau mit der anderen Kamera. »Nur damit du keinen Schreck kriegst, wenn du einem von uns über den Weg läufst.«

Ich hörte ihm nur mit halbem Ohr zu, denn ich war gerade abgelenkt von dem Gedanken, dass Leute namens »Baby« und »T« wohl auch nur in der Unterhaltungsbranche landen konnten.

»Okay, wir filmen jetzt jedenfalls kurz ihren Einzug und dann seid ihr uns auch schon wieder los«, fuhr T fort. »Wir versuchen, so, na ja, unaufdringlich wie möglich zu sein.«

»Lasst euch nicht stören«, erwiderte ich.

T und Joan schwärmten aus und richteten ihre Kameras mal hierhin, mal dahin, auf der Suche nach dem besten Licht. Einmal stolperte Joan dabei fast über Leyla, die sich auf dem Rasen ausgestreckt hatte. Ich erhaschte einen kurzen Blick auf Joans Kameradisplay und sah etwas, das wie eine Nachtszene aus einer Naturdoku über Löwen wirkte. Fehlte bloß noch der Kotflügel eines Land Rover oder der angefressene Kadaver irgendeines Beutetiers.

Im selben Moment wie Joans Kamera wandte ich mich den beiden Musikern zu.

»Wieso sind das zwei?«, fragte ich.

T, eifrig und zuvorkommend, blieb sofort stehen und drehte sich zu mir um. »Zwei was? Kameras? Damit wir verschiedene –«

»Nein, die beiden da.«

»Das ist deine Band, Mann«, erwiderte T. Er hatte dasselbe breite Lächeln wie Baby. »Ein Gitarrist und ein Bassist.«

»Welcher ist der Gitarrist?«

T musterte die beiden Typen mit den identischen Instrumentenkoffern. Er hatte keinen Schimmer. Einer der Typen hob die Hand.

»Du kannst direkt wieder gehen«, sagte ich zu ihm.

Ts schläfrige Augen wirkten gleich etwas unschläfriger. »Hey, Moment.«

»Da geht's raus«, beharrte ich und der Gitarrist starrte mich mit einem Gesichtsausdruck an, den ich schon fast aus meiner Erinnerung gestrichen hatte – Unglaube vermischt mit Empörung. »War schön, dich kennenzulernen, *do swidanja* und so weiter, blabla.« Dann drehte ich mich zu dem Bassisten um, der schluckte. »Und d–«

»Hey, warte doch mal«, fiel T mir ins Wort. Er lächelte immer noch, aber sein Blick war leicht beunruhigt. »Baby hat die Jungs selbst ausgesucht. Ich glaube nicht, dass sie begeistert sein wird, wenn du einen davon schon nach Hause schickst, bevor wir überha–«

»Ich wollte keinen Gitarristen«, entgegnete ich. »Wozu auch? Wir sind doch hier nicht bei den Beatles.« Ich deutete mit dem Zeigefinger: »Bass. Schlagzeug. Ich. Fertig.«

T wollte um jeden Preis den Frieden wahren. »Warum behältst du ihn nicht einfach erst mal und wartest ab, wie es läuft? Dann bist du zufrieden, Baby ist zufrieden und Chip ist auch zufrieden.«

Bei Chip, nahm ich an, handelte es sich um den Gitarristen, den ich offenbar mit Gewalt aus meinem Leben entfernen musste. Das Nervigste an der Sache war, dass Baby mit ziemlicher Sicherheit nicht vergessen hatte, dass ich keinen Gitarristen wollte. Jemand, der sich ein Notizbuch merken konnte, würde keine unerwünschten Bandmitglieder dazufantasieren.

»Wenn er hier einfach rumsitzen will, von mir aus«, sagte ich. »Aber das Ding da bleibt im Koffer. Ich schreibe keine Songs für Gitarren. Er kann den Pflanzen Gesellschaft leisten.«

T hielt meinen Blick fest, als könnte ich doch noch einlenken. Aber das hatte ich nicht vor. Wenn schon alles andere in meinem Leben den Bach runterging, wollte ich wenigstens an einer Sache festhalten: Ich würde selbst über dieses Album bestimmen.

Schließlich sagte T: »Chip, könntest du kurz im Auto warten?«

Leyla pustete eine Rauchwolke ins Löwen-Doku-Licht.

Chip marschierte Richtung Tor.

»Okay«, seufzte T.

Ich drehte mich zu dem Bassisten um, einem großen schlaksigen Typen mit langen Haaren. Er hatte Finger wie Insektenbeine. »Hast du überhaupt was drauf?«, fragte ich. »Lass mal hören.«

Der Bassist öffnete den Mund, aber es kam kein Ton heraus.

T war nicht blöd. Ihm war klar, wie die Sache weitergehen würde. »Jetzt? Ich dachte, wir würden erst mal nur –«

»Was du heute kannst besorgen …«, unterbrach ich ihn. »Wir werden alle nicht jünger, T, und seine Jugend soll man bekanntlich nicht verschwenden. Also los, pack dein Schätzchen aus, Alter, und zeig mal, was du kannst.«

Der Bassist, der schnell begriffen hatte, dass ich hier das Sagen hatte und nicht etwa T, zerrte hastig sein Instrument aus dem Koffer. »Mit, äh, Verstärker wär's natürlich besser.«

»Ich bemühe einfach meine Fantasie.«

»Was soll ich denn spielen?«, fragte er.

»Such dir was aus.«

Jeremy, der Bassist von NARKOTIKA, war nicht der begnadetste Musiker der Welt gewesen, aber er hatte eine Art unerschöpfliche Energie verströmt. Er hatte sich tagelang mit einem Song beschäftigen müssen, bevor ihm auch nur die grundlegendsten Riffs dazu einfielen, aber wenn er sie dann gefunden hatte – wow, haltet euch fest, Leute, oder setzt euch lieber gleich hin. Dann war es plötzlich egal, wie lange er gebraucht hatte. Das Wichtigste war, was am Ende dabei rauskam.

Der langhaarige Bassist spielte ein Riff aus einem unserer Songs. Mir fiel nicht mal mehr der Titel ein. Verdammt, auf einmal fühlte ich mich so alt. Da spielt mir ein pickliges Milchgesicht hingebungsvoll eine von Jeremys alten Melodien vor und ich erinnere mich nicht mal an den Song.

»Nicht das«, winkte ich ab. »Irgendwas, was ich noch nicht kenne.«

Er spielte etwas anderes. Es war funky und absolut makellos, technisch völlig in Ordnung und nichts, was ich jemals in einem meiner Songs würde hören wollen. Ich wollte nicht mal damit im selben Raum sein. Sonst würde der Funk nachher noch auf mich übergreifen.

»Danke, Charlie, aber nein«, sagte ich schließlich. Ich konnte einfach nicht glauben, was aus diesem Abend geworden war. Dabei hätte ich jetzt mit Isabel unterwegs sein sollen.

»Ich heiße nicht –«

»Er kann sich auch ins Auto setzen«, wandte ich mich an T. »Okay, dann mal gute Nacht allerseits. Ich hau mich jetzt hin.« Ich ließ sie stehen. Als ich die Verandastufen hochging, überlegte ich, ob ich Isabel anrufen sollte. Vielleicht sollte ich ihr was schicken. Keine Blumen. Blumen waren langweilig. Davon würde sie sich nie überzeugen lassen. Vielleicht einen Zwerg, der aus einer Karte sprang, oder irgendwas in der Art.

»Arschloch«, sagte der Bassist laut genug, dass ich es hören musste. Er schien nicht viel über mich zu wissen, wenn er meinte, mich mit so was auch nur annähernd treffen zu können.

»Komm schon, Cole«, rief T mir nach. »Was soll ich denn Baby sagen?«

»Ich find es echt abartig, dass du deine Schwester ›Baby‹ nennst«, informierte ich ihn. »Sag ihr, dass morgen das Casting losgeht. Und diesmal mache ich es selbst. Bring deine Kamera und eine saubere Unterhose mit.«

Jetzt meldete sich zum ersten Mal auch die zweite Kamera – Jane? Joan? – zu Wort. Gereizt erkundigte sie sich: »Und, willst du Leyla auch direkt feuern?«

Ich warf Leyla einen Blick zu, die immer noch zufrieden rauchend im Gras saß. Ich wollte meine Band. Nicht diesen Haufen Witzfiguren.

»Noch nicht.«

Im Badezimmer vergewisserte ich mich zuerst, dass nirgends Kameras installiert waren, bevor ich als Geräuschkulisse die Dusche aufdrehte und alles auspackte, was ich brauchte, um mich für fünf oder sieben oder neun Minuten in einen Wolf zu verwandeln.

Es war eine vergleichbar lässliche Sünde. Auf dem Höhepunkt von NARKOTIKAs Erfolg war ich für meine Furchtlosigkeit in Bezug auf chemische Substanzen bekannt gewesen – es gab keine Droge, die ich nicht bereit war, zumindest ein Mal auszuprobieren. Ein paar davon hatten echt widerliche und komplizierte Nebenwirkungen gehabt, aber damals war mir mein Körper relativ egal gewesen. Was ich wirklich gewollt hatte, war, endlich aus diesem Leben auszuchecken, aber dafür war ich zu feige gewesen.

Ich reihte meine Utensilien auf dem Waschbeckenrand auf und zog mich aus. Mein verrückter Professor von Vater, ein leidenschaftlicher Fan von planvollem wissenschaftlichem Arbeiten, wäre stolz gewesen, wenn er gewusst hätte, welche Schritte mich bis zu diesem Punkt gebracht hatten. Eine monatelange Reihe von Selbstversuchen hatte mich zu meiner ganz individuellen Mixtur für stressfreies Werwolfen geführt: Epinephrin, um den Prozess in Gang zu setzen, ein gefäßerweiterndes Mittel, um ihn etwas geschmeidiger zu gestalten, ein Betablocker, um zu verhindern, dass mir der Kopf platzte, und Aspirin, um zu verhindern, dass mein Kopf sich so anfühlte, als würde er platzen.

Das alles war so viel sauberer als jede Droge, die ich in meinem Leben ausprobiert hatte. Kein bisschen schlimmer, als sich ein Bier aus dem Kühlschrank zu holen. Nein, eigentlich sogar weniger schlimm. Denn hinterher hatte man keinen Kater.

Es gab also keinen Grund, ein schlechtes Gewissen zu haben.

Trotzdem hatte ich eins, ein bisschen. Wahrscheinlich wegen des größeren Zusammenhangs. Schließlich war ich nur ein Werwolf geworden, weil jede andere Droge irgendwann aufgehört hatte, mir einen Kick zu geben, und ich etwas gebraucht hatte, das mich nicht im Regen stehen ließ. Weil ich nicht mehr tiefer hatte sinken können. Weil ich einfach nur rausgewollt hatte, aber leider eine Memme war – immer schon gewesen.

Egal, darum ging es heute nicht.

Heute war es, als würde ich mir ein Bier aus dem Kühlschrank holen. Eine Kleinigkeit, um den Kopf frei zu kriegen, um meinen Körper zum Schlafen zu bewegen, um mich über Wasser zu halten, bis die Sonne L.A.s mich heilen konnte. Fünf oder sieben oder neun Minuten.

Ich injizierte, schluckte, wartete ab. Ich betrachtete den Kram, mit dem irgendwer das Badezimmer dekoriert hatte, obwohl die Sachen eigentlich gar nichts im Badezimmer verloren hatten: eine Orchidee auf der Fensterbank, ein nachgemachtes Straßenschild an der Wand über dem Spiegel, eine Giraffenskulptur aus Beton in der Ecke. Meine letzte Verwandlung war schon Wochen her. Je öfter ich mich verwandelte, desto anfälliger wurde ich dafür, und ich hatte keine Überraschung am Flughafen von Minneapolis riskieren wollen.

Der Duschstrahl plätscherte auf die kleinen Kieseloptik-Fliesen. Ich roch das Eisen im Wasser wie das Blut in meinen Adern. Mein Puls wummerte mir in den Ohren. Ich kam einfach nicht darüber weg, dass Baby mir einen Gitarristen und *diesen* Bassisten aufdrücken wollte. Ich kam nicht darüber weg, dass ich, wenn nicht im letzten Moment alles in die Hose gegangen wäre, jetzt mit Isabel beim Abendessen gesessen hätte.

Isabel …

Mein Puls brandete durch die bröckelnde Infrastruktur meines Körpers.

Mein Bewusstsein schwand gleichzeitig mit meiner Menschenhaut.

Kapitel 7

Isabel

An diesem Abend lag ich mit meinem Laptop auf dem Bauch in meinem seelenlosen Schlafzimmer und sah mir Videos von Coles frühen Auftritten mit NARKOTIKA an. Darin wirkte er jung und strahlend und schien regelrecht zu sprühen vor einer so wilden Energie, dass der Funke auf jeden einzelnen Zuschauer übersprang. Sein Lächeln erhellte den ganzen Saal.

Je neuer die Videos wurden, desto mehr veränderte sich Cole. Seine Augen wirkten immer lebloser. Er war nur noch ein Abbild des früheren Cole, ein rockstarförmiger Klumpen Fleisch und Blut, den irgendwer auf der Bühne hinter dem Keyboard abgestellt hatte. Manchmal konnte man ihn, unter der Wirkung von was auch immer er vor dem Auftritt eingeworfen hatte, zittern sehen. Er machte sich selbst fertig, so wie er bei den frühen Konzerten das Publikum fertiggemacht hatte, all die Energie plötzlich gegen sich selbst gerichtet.

Ich wusste, dass Baby North genau das von ihm sehen wollte. Sie hatte ein Händchen für die richtigen Kandidaten, für die gestrandeten Existenzen, die sicheren Verlierer.

Tante Laurens Katze sprang auf das Fußende meines Betts. Ich fauchte sie an. Sie sprang wieder herunter, wirkte jedoch kein bisschen eingeschüchtert. Sie lebte schon so lange in diesem Haus, dass all ihre Emotionen inzwischen durch Linoleum der Extraklasse ersetzt worden waren. Als ich sie aus meinem Zimmer scheuchte und die Tür wieder zumachen wollte, hörte ich, wie die Haustür aufging: Meine Mutter war von ihrer Schicht zurück. Sie konnte gerade genug Zeit aufbringen, um ihrer Haut hin und wieder mal einen Besuch in der Sauerstoffkammer zu gönnen und vielleicht ab und an ihren toten Sohn und die Trennung von ihrem Ehemann zu betrauern.

Soll ich euch ein Geheimnis verraten? Durch Heulen weckt man weder Tote auf noch löst man damit Eheprobleme.

Schnell schloss ich meine Zimmertür.

Ich ließ mich zurück auf mein Bett fallen und fand ein paar Videos von Coles letztem NARKOTIKA-Auftritt. Dem, bei dem er zusammengebrochen und nicht mehr aufgestanden war. Tausende unbarmherzige Kamerahandys hatten das Aufjaulen seines Keyboards dokumentiert, als er im Fallen danach gegriffen – und es verfehlt – hatte. Keiner der anderen hatte nah genug bei ihm gestanden, um ihn aufzufangen. Es war der Fußboden gewesen, der seinem Sturz ein Ende gesetzt hatte.

In diesem Clip sah er Furcht einflößend aus. Nicht auf eine coole, gewollte Art. Sondern auf eine verschwitzte, angesengte, verweste. Ich sah mir das Video wieder und wieder an und konnte nicht aufhören, daran zu denken, wie gern ich ihn angerufen hätte.

Er war nicht meinetwegen gekommen. Und das hier war seine Vergangenheit. Vielleicht auch seine Zukunft. Aber ich wusste nicht, ob das wichtig war. Wichtig genug, um mich zu stoppen, meine ich.

Ich hasste es zu weinen.

Wieder klickte ich auf »Play«. Diesmal beobachtete ich seine Bandkollegen, die am Rand des Bildausschnitts zu sehen waren. Jeremys Mund leicht geöffnet vor Sorge. Victors Blick hasserfüllt.

Als wollten sie sagen: *Nicht schon wieder.*

Durch die Wand hörte ich meine Mutter mit meinem Vater am Telefon streiten.

MEINE MUTTER (WIE GEHÖRT):
Meine Erlaubnis? Du willst meine Erlaubnis, um mich besuchen zu dürfen? Wenn dir wirklich etwas daran liegen würde, mich zu sehen, wärst du längst hier. Hör doch auf mit diesen Spielchen.
MEIN VATER (WIE ANGENOMMEN):
Teresa, Spielchen sind was für kleine Kinder. Und wir sind keine Kinder. Wir sind gebildete, erwachsene Menschen. Wir haben jahrzehntelang eine strenge Bildung genossen, um nie wieder Spielchen spielen zu müssen.
MEINE MUTTER (WIE GEHÖRT):
Das ist nun mal meine Arbeit, Tom. Ich kann an meinen Schichten nichts ändern. Aber du könntest zumindest ein paar Termine verlegen.
MEIN VATER (WIE ANGENOMMEN):
»Termine verlegen« klingt schon wieder ziemlich nach Spielchen und wir kennen beide meine Meinung zu diesem Thema, Teresa, nachdem ich sie gerade kundgetan habe.
MEINE MUTTER (WIE GEHÖRT):
Tu doch wenigstens so, als hättest du mir zugehört.
MEIN VATER (WIE ANGENOMMEN):
Tu *du* doch so, als hättest *du* mir zugehört.
MEINE MUTTER (WIE GEHÖRT):
Willst du wissen, was ich gehört habe? »Blablabla, in Tom Culpepers Leben dreht sich alles um ihn.« Glaubst du vielleicht, du bist der Einzige hier, der Gefühle hat?

MEIN VATER (WIE ANGENOMMEN):
Sei nicht albern. Ich habe keine Gefühle. Gefühle sind
was für hysterische Weiber und Kinder.
MEINE MUTTER (WIE GEHÖRT):
Du bist so ein Mistkerl.
MEIN VATER (WIE ANGENOMMEN):
Heulst du jetzt etwa wieder? Mein Gott, ich dachte, Tränen
wären aus der Mode. Oder setzt du jetzt auf Antiquitäten?
Wir haben nämlich keinen Geldscheißer, weißt du?
MEINE MUTTER (WIE GEHÖRT):
Das war die beste Entscheidung meines Lebens.

Sie legte auf.

Dieses Haus. Was für ein Moloch. Ich konnte regelrecht spüren, wie er an den Rändern meiner Seele zupfte und versuchte, ein Stückchen abzureißen.

Wieder klickte ich auf »Play« und sah zu, wie Cole auf der Bühne des Club Josephine zusammenbrach.

Dann rief ich ihn an.

Er ging sofort ran. »Da?«

Mein grausames, hasserfülltes Herz schlug schneller. Coles Augen auf meinem Laptop-Bildschirm wurden glasig. Die Musik geriet ins Stocken, aber das merkte man erst, wenn man das Video vierzigmal gesehen hatte.

»Bist du noch auf Minnesota-Zeit eingestellt?«

»Ich bin auf alles eingestellt, was dieses Telefonat in die Länge ziehen könnte«, erwiderte er.

»Welche Mahlzeit kommt als Nächstes?«

Der Cole auf dem Bildschirm grabschte nach seinem Keyboard. Seine Finger rutschten von den Tasten ab.

»Frühstück, würde ich sagen. Das ist doch die erste, oder? Die man morgens isst?«

Der Cole auf dem Bildschirm schlug auf dem Boden auf. Dann rührte er sich nicht mehr.

Ich hatte die Nase voll von Toten und Eheproblemen.

Ich würde einfach nicht zu weit gehen. Ich würde mich nicht noch einmal in ihn verlieben. Schließlich konnte ich jederzeit auf die Bremse treten.

»Dann nehmen wir doch die.«

Kapitel 8

Cole

Nach Isabels Anruf war die Welt wieder in Ordnung.

Ich bestellte mir Falafel bei einem Lieferservice, saß in meiner Wohnung und guckte mir in Unterwäsche Musikvideos an. Einmal hatte mich jemand nach einem Konzert gefragt: »Glaubst du nicht auch, dass das Musikvideo tot ist?« Das Musikvideo würde niemals sterben. Solange ein Lied und ein Mensch auf dieser Welt übrig waren, würde dieser es singen, und solange ein Lied und zwei Menschen auf der Welt übrig waren, würde einer von ihnen es singen und der andere ihn dabei filmen.

Das Musikvideo würde erst dann sterben, wenn wir alle blind waren, und die Musik wird nie aussterben, denn selbst wenn man sie nicht hören kann, kann man sie immer noch spüren.

Jetzt, da ich allein, erleichtert und weit weg von allem war, was mein Zuhause hätte sein können, beschlich mich das Gefühl, dass das Einzige, was mich je wieder auf die Beine bringen würde, die Musik war. Ich fing an mit ein paar Bands, die ich kannte, und ließ mich anschließend von Kommentaren, Verweisen und Wikipedia-Einträgen durch ein endloses System akustischer Wurmlöcher treiben. Ich hörte schwedischen Folkrock, Elvis, Austropop, Krautrock, Dubstep und Sachen, für die es noch nicht mal Namen gab.

Damals, bevor ich berühmt geworden war, als ich noch ein ganz normaler Junge mit einem Keyboard und einem komischen Nachnamen gewesen war, war das meine Droge gewesen.

Ich war ein Gestaltwandler.

Ich legte mich rücklings aufs Bett, meine Kopfhörer auf den Ohren, das Fenster geöffnet, und während der Mond aufging und sein Licht über meine Augen strich und Autoscheinwerfer in metronomartiger Regelmäßigkeit ein Muster an die Decke zeichneten und all die Gerüche Kaliforniens in meine zurückverwandelte Wolfsschnauze stiegen, versank ich in einem Song nach dem anderen. Die Akkorde waren meine Rettungsbojen, meine Stoßdämpfer. Tief unter mir erstreckte sich eine beschissene Welt voll unwirklicher Menschen, doch diese Klänge waren reine Perfektion.

Später wachte ich auf und war kein bisschen müde mehr, meine Ohren glühten unter den Kopfhörern, ich hatte keine Lust mehr zu schlafen, aber zum Aufstehen war es zu früh.

Die Musik, die mich nur Stunden zuvor noch mit sich getragen hatte, war plötzlich viel zu träge. Ein paar Minuten lang blieb ich trotzdem liegen und lauschte weiter. Ein Teil von mir wusste, wenn ich nur lange genug stillhielt, würde die Musik wieder ihren einschläfernden Zauber entfalten.

Doch der Rest von mir war hellwach und ich spürte ein Nagen in meinen Eingeweiden.

Ich stand auf. Die Wohnung, ihre Enge und Heimeligkeit, ihre vier Wände scheuerten wie ein zu kleiner Schuh.

Ich ging nach draußen.

Die kühle Nachtluft erweckte mich mit einem Ruck zum Leben, mein Herzschlag scharf wie eine Guillotine.

Der Gartenbungalow lag still und dunkel da, als ich aus dem Tor trat. Hinter dem Haus blieb ich auf dem kleinen Betonparkplatz stehen und verzog das Gesicht beim Anblick des Autos, das Baby für mich ausgesucht hatte. Im schummrigen Licht der Straßenlaternen konnte ich nicht erkennen, was für ein Fabrikat es war, doch selbst nachdem ich es einmal umrundet hatte und auf das Markenlogo starrte, regte sich rein gar nichts in mir. Es war eine unscheinbare Karre aus den ersten Jahren des 21. Jahrhunderts. Ich entriegelte die Tür und öffnete sie. Die Farbe der Sitzbezüge erinnerte mich an die Lumpen von Waisenkindern.

Ich blieb draußen stehen, die Autotür noch immer geöffnet, und wählte eine Nummer auf meinem Handy. Es dauerte eine Weile, bis Babys Stimme erklang, schärfer als bei unserem Treffen. »St. Clair?« Dann korrigierte sie sich: »Cole.«

»Das Auto geht ja mal gar nicht«, sagte ich. »Keiner will eine Show über einen Rockstar sehen, der in einem Saturn – was soll das überhaupt sein? – durch die Gegend fährt. Weißt du, ich hab den echten Saturn nämlich schon mal gesehen und der ist wesentlich beeindruckender als dieses Auto. Außerdem ist er gelb und das hier ist irgendwie eher … menstruationsrot.«

»Cole, es ist drei Uhr dreiundzwanzig.«

»Vierundzwanzig«, widersprach ich freundlich. »Irre, wie die Zeit verfliegt, je älter wir werden, was? Ich will meinen Mustang.«

Das war mir erst klar geworden, als ich das Ende des Satzes erreicht hatte. Aber jetzt wollte ich ihn haben, verzehrte mich so sehr nach ihm, dass ich tagelang nicht würde schlafen können.

»Ich kaufe dir keinen Mustang«, erwiderte Baby. »Das gibt das Budget gar nicht her.«

»Immer locker bleiben. Ich *habe* schon einen. Aber der steht in Phoenix, New York.«

In der Garage meiner Eltern, neben meinem alten Fahrrad, vollkommen zugestaubt. Bezahlt von meinem allerersten Vorschuss und es gab niemanden, der ihn fuhr. »Die Leute lieben Shows über Rockstars in schwarzen Mustangs.«

»Drei Uhr fünfundzwanzig«, sagte Baby.

Das Bild des Wagens saugte sich langsam und unaufhaltsam in meinem Kopf fest: eine Lösung für all die Probleme, die die endlosen Nächte mit sich bringen würden. Ich überlegte, ob ich bereit war, meine Eltern anzurufen, um ihn zu bekommen.

Nein. War ich nicht.

»Je länger ich darüber nachdenke, desto weniger weiß ich, wie ich ohne den Wagen hier klarkommen soll.«

»Drei Uhr sechsundzwanzig.«

»Das heißt, sechs Uhr sechsundzwanzig in Phoenix«, entgegnete ich. »In der Morgensonne macht der Mustang sich übrigens besonders gut. Überleg's dir.«

Ich drückte auf »Beenden«. Der Saturn stand immer noch da. Ich war immer noch hellwach. Es war immer noch drei Uhr sechsundzwanzig, obwohl mir das unmöglich erschien.

Ich stand da und versuchte, mich zu entscheiden, wie ich als Nächstes vorgehen würde. Früher wäre ich wahrscheinlich nach Crenshaw oder irgendwohin gefahren, um mir Stoff zu besorgen, nicht für jetzt, sondern um ihn für später zu bunkern, bloß, um was zu tun zu haben, irgendwas, das dieses nagende Gefühl aus meinem Inneren vertreiben würde. Aber ich war gerade erst ein Wolf gewesen; ich hatte gerade erst mit Isabel telefoniert; ich hatte gerade erst geschlafen.

Erleichtert bemerkte ich, dass es sich mehr nach einem dumpfen Muskelschmerz anfühlte. Einer Erinnerung. Das war in Ordnung. Mit mir war alles in Ordnung. Das war nur meine Drogenvergangenheit, die sich regte. Mit der Betonung auf »Vergangenheit«.

Und Isabel …

Ich überlegte, ob ich sie anrufen sollte, aber ich war zu froh darüber, dass sie überhaupt wieder mit mir telefonierte, als dass ich diese Tatsache durch einen frühmorgendlichen Anruf aufs Spiel setzen würde.

Immer noch drei Uhr sechsundzwanzig. Es würde nie Morgen werden.

Ich wählte eine andere Nummer und wartete.

Die Stimme, die sich meldete, klang misstrauisch, aber höflich. »Hallo?«

»Leon«, sagte ich gedehnt. »Habe ich Sie geweckt?« Ich wusste, dass es nicht so war. Leon schlief nachts nicht. Und auch nicht tagsüber. Er war zu traurig zum Schlafen. »Hier ist Cole St. Clair. Einer von den ganzen Rockstars, die Sie gestern durch die Gegend gefahren haben. Erinnern Sie sich? Ich war der charmanteste von allen. Der mit dem Saxofon-Song.«

»Ja, ich … ich erinnere mich. Kann ich was für Sie tun?«

»Ich überlege, mir was zu essen zu holen. Nur eine Kleinigkeit. Popcorn. Eis. Ölsardinen. So was in der Art. Es geht mehr ums Prinzip als ums wirkliche Essen.«

Leon brauchte eine Weile, bis er schließlich antwortete: »Und dafür brauchen Sie einen Fahrer?«

Ich knibbelte einen Fleck vom anämisch roten Kotflügel des Saturn. »Ach so, nein. Ich habe selbst ein Auto. Aber ich dachte, Sie wollten vielleicht mitkommen.«

Eine noch längere Pause. »Mr St. Clair, soll das ein Witz sein?«

»Leon«, entgegnete ich streng. »Ich mache nie Witze. Ich wollte einfach gerade losfahren. Ich bin wach. Und Sie sind auch wach. Das wäre doch eine gute Gelegenheit, ein bisschen gesellig zu sein. Wir könnten uns weiter über den Song unterhalten. Aber fühlen Sie sich zu nichts gedrängt. Und mein Name ist Cole. Um drei Uhr achtundzwanzig gibt es keinen Mr St. Clair. Bei Nacht sind alle Katzen grau.«

»Also meinen Sie … meinst *du* das ernst? Das ist nicht für diese Show?«

»Darauf wäre ich überhaupt nicht gekommen. Keine schlechte Idee eigentlich. Aber nein. Im Moment ruhen sogar die Kameraleute, Leon.«

Ich hörte ein Rascheln, aber er antwortete nicht. Das Wissen, dass ich allein würde fahren müssen, wenn Leon ablehnte, zog mich ziemlich runter. Allein, mit nichts als dem Saturn, um mich an meine Menschlichkeit zu erinnern, würde ich mit Sicherheit auf dumme Gedanken kommen.

»Ich kann in zwanzig Minuten in Venice sein«, sagte Leon.

Kapitel 9

Cole

Wie sich herausstellte, fuhr Leon privat keinen schwarzen Cadillac, sondern einen topgepflegten, stattlichen Ford Five Hundred. Er ließ mich an den Knöpfen des Radios herumspielen, während wir auf der Suche nach irgendwas, das keine Bar und trotzdem noch offen war, den Abbott Kinney Boulevard rauf- und runterfuhren. Eigentlich wäre auch eine Bar okay gewesen, nur dass mich dort vermutlich irgendwer erkannt hätte und der Anblick von Leuten, die Alkohol tranken, mir in Erinnerung gerufen hätte, wie genial und leutselig ich unter Alkoholeinfluss wurde, und dann wäre alles vorbei gewesen.

Nein, in diesem Licht betrachtet wäre eine Bar wohl doch nicht okay gewesen.

Nach ganzen zwei Meilen parkte Leon den Wagen am Strand.

Beim Aussteigen sagte er: »Ist nicht mehr weit.« Er klang freundlich, verwirrt, unsicher. Er trug eine schwarze Hose und ein schickes blaues Hemd, keins von beidem im Entferntesten zerknittert. Eine geschmackvolle Armbanduhr. Er war ein Mann, dem man ohne Nachdenken vertraute. Er war ein Mann, über den man nicht nachdachte, fertig.

Mein Blick verschlang die Umgebung. Meine geschärften Wolfssinne registrierten den Geruch nach Eiswaffeln, Asphalt, brodelndem Meer, schäumendem Bier, ersten Küssen und letzten Küssen. Die schrägen Parklücken am Straßenrand standen voller rostfleckenfreier Autos, die nichts als den Sommer kannten. Die Mädchen schienen nur aus Beinen zu bestehen und die Jungs nur aus Zähnen. Der Mond schien tiefer zu hängen als zuvor. Die leeren Läden leuchteten auch im Dunklen in Aquamarin und Pink und Gelb. Ich stolperte über den Bordstein, als ich zu zwei Typen hinüberstarrte, die am nächtlichen Strand einen Drachen steigen ließen, dessen Schweif im Mondlicht silbern schimmerte. Meine Brust füllte sich mit den Bildern.

Hier gab es kein Versteck für einen Wolf.

»Du bist nicht von hier», vermutete Leon und mir wurde klar, dass er mich beobachtet hatte, während ich die Gegend in mich aufnahm. Ich wusste, dass er wusste, dass mir gefiel, was ich sah, aber es störte mich nicht.

Dieser glorreiche Ort sang meinen Namen, immer und immer wieder.

»Aus New York«, erwiderte ich. Und fügte dann hinzu: »Dem Staat.«

Ich konnte mich nicht erinnern, wann genau ich angefangen hatte, jedes Mal diese Erklärung anzuhängen, »Staat, nicht Stadt«, aber ich wusste noch, dass mir die Unterscheidung damals wichtig erschienen war. Und woher kam ich jetzt? Nicht von hier jedenfalls.

»Du bist auch nicht von hier«, entgegnete ich. »Du kommst aus Cincinnati.«

»Ich hätte nicht gedacht, dass du dir das merken würdest.«

Er hatte mich zu einem Café geführt, das mich an diese typischen Restaurants in Italien erinnerte – mit kleinen, schummrigen Innenräumen und dem Großteil der Tische draußen unter einer Markise. Obwohl ich meine Sorge, erkannt zu werden, mit keinem Wort erwähnt hatte, trat Leon vor mich und schirmte mein Gesicht vor der Bedienung ab, als er sagte: »Ein Tisch für zwei, bitte. Vielleicht draußen am Bürgersteig?«

Ich fühlte mich in all meinen Annahmen bestätigt. Ich hatte ihn genau richtig eingeschätzt. Hochanständig, der Mann.

Die Frau führte uns zu einem winzigen Tischchen. Jenseits des Bürgersteigs lagen der Strand und dahinter der schwarze Ozean. Ich fühlte mich wie im Traum, wie betrunken.

Beim Hinsetzen wären wir beinahe mit den Köpfen zusammengestoßen und ich überlegte kurz, ob ich ein paar mögliche Songverse in mein winziges Notizbuch schreiben sollte *(Like lovers or lawyers/biting and smiling)*. Stattdessen sah ich ein paar vorbeirasenden Skateboardern nach. »Gefällt es dir hier?«

Eine Weile herrschte Schweigen und als ich Leon ansah, lächelte er wehmütig und hielt den Blick auf das Tischtuch gesenkt. Nachdenklich entfaltete er seine Serviette. Er hatte kräftige Hände, robust und zuverlässig.

»Ich bin schon so lange hier.«

»Und hat es dir gefallen, als du hergekommen bist?«

»Was siehst du, wenn du dich hier umguckst?«, fragte Leon zurück.

»Magie«, erwiderte ich.

Er schob mir die Speisekarte rüber. »Wenn du mir sagst, was du möchtest, bestelle ich für dich mit. Und du kannst einfach das Meer bestaunen.«

Er meinte, damit ich nicht mit meiner berühmten Stimme mit der Kellnerin sprechen oder ihr mein berühmtes Gesicht zuwenden musste. Jetzt blickte ich ihn wirklich an. Er musste ein gut aussehender Kerl gewesen sein, als er in meinem Alter war. Und er wäre immer noch einer gewesen, wenn er mal ein bisschen die Schultern gestrafft und sich benommen hätte, als hätte er ein Paar Eier in der Hose. »Fährst du viele berühmte Leute durch die Gegend?«

»Den einen oder anderen.«

»Du hattest keine Ahnung, wer ich war, als ich in dein Auto gestiegen bin, und jetzt beschützt du mich vor neugierigen Kellnerinnen?«

»Ich hab dich gegoogelt, nachdem du ausgestiegen warst«, gab Leon zu.

Es war beruhigend zu hören, dass ich im Internet anscheinend noch eine gewisse Bedeutung hatte.

Er fuhr fort: »Die Berichte über dein Verschwinden waren … Ist es okay, wenn ich das anspreche?«

Ich zuckte mit den Schultern. Solange er nicht auf Victor zu sprechen kam, war mir alles recht. Solange er mich nicht fragte, wo Victor abgeblieben war.

»Na ja, das hat jedenfalls ganz schöne Wellen geschlagen.«

»So berühmt bin ich auch wieder nicht«, entgegnete ich, obwohl ich sehr wohl *so* berühmt war. »Die meisten Leute erkennen mich gar nicht, wenn sie mich sehen. Und wenn doch, dann denken sie, ich wäre nur jemand, der mir ähnlich sieht, oder sie trauen sich nicht, mich anzusprechen, oder es ist ihnen egal.«

Ehrlich, ich fand es nicht schlimm, erkannt zu werden. Viel schlimmer war, sich inmitten einer Menschenmenge allein zu fühlen.

Leon musterte mich nachdenklich. Ich merkte ihm an, dass er selbst nicht gerne als Leon, der Fahrer, erkannt wurde. Ihm graute es vor Small Talk an der Supermarktkasse. Er wartete ab, bis die Paketbotin an seine Tür geklopft, die Sendung auf die Fußmatte gelegt hatte und wieder in ihren Wagen gestiegen war, bevor er öffnete. Der Tod seines Hundes war schlimm für ihn gewesen, aber ich wusste auch, dass das Schrecklichste daran der Umgang mit den mitfühlenden Tierarzthelferinnen gewesen war.

»Ich weiß, was du sagen willst«, sagte ich zu Leon und mit »du« meinte ich »dein Gesicht«. »Du hasst Small Talk. Weil er dir so unsinnig erscheint. Das sehe ich genauso. Absolut lächerlich. Wir sollten uns lieber über wichtige Dinge unterhalten, du und ich.«

»Ich bin einfach nicht gut in Small Talk.« Leon milderte mein »hassen« zu etwas weniger Heiklem ab und ich widersprach ihm nicht. »Aber über was für wichtige Dinge soll ich mich schon unterhalten?«

»Du hast mir doch zum Beispiel im Auto deine Lebensgeschichte erzählt. Das ist was Großes.«

»Du hattest ja auch danach gefragt.«

»Echt? Das klingt gar nicht nach mir.«

Die Kellnerin kam. Ich bestellte mir ohne Zwischenfälle ein Sandwich. Leon bestellte sich ohne Zwischenfälle einen Milchshake. Als sein Shake gebracht wurde, schloss er genießerisch beide Hände um das Glas. Er schien ein regelrecht schlechtes Gewissen zu haben, als wäre das ein Luxus, den er sich nur mitten in der Nacht bei einem Treffen mit einem Fremden gönnen durfte.

Er blickte traurig drein, was nicht Sinn und Zweck dieser Übung war, also sagte ich: »Okay, Leon, ich sehe schon, du bist kein Fan dieser Stadt, aber wenn ich ein Tourist wäre, was würdest du mir empfehlen, mir anzusehen?«

»Bist du nicht schon mal hier gewesen?«

Das war ich tatsächlich. »Ja, aber nur auf Tour.«

»Und da hattest du keine Zeit für ein bisschen Sightseeing?«

Ich *hatte* Zeit dafür gehabt. Allerdings hatte sich mein Sightseeing damals auf ein paar Straßen in Koreatown, eine in Echo Park und noch eine in Long Beach beschränkt, auf eine Drogerie, um Spritzen zu kaufen, und dann auf meinen Hotelbalkon, meine Hoteletage und, nicht zu vergessen, den Fliesenfußboden meines Hotelbadezimmers. Bis Victor gekommen war, mich aus meiner eigenen Kotze gezogen und rechtzeitig für das Konzert sauber gemacht hatte.

Ich war schon mal in Los Angeles gewesen, aber dieses eine Mal hatte nicht gezählt. Denn damals hatte ich die ganze Zeit meinen eigenen Kopf nicht verlassen.

»Den Pier zum Beispiel «, antwortete Leon, wenn auch zögernd, so als wiederholte er bloß einen Tipp von jemand anderem. »Da soll es bei Sonnenuntergang schön sein. Und vielleicht Malibu? Das liegt eine Dreiviertelstunde die Küste rauf.«

»Malibu ist aber nicht L.A., Leon«, entgegnete ich streng. Ich blickte über den purpurhäutigen Strand. Ich stellte mir vor, mit Pfoten anstelle von Füßen über den Sand zu jagen. Das ginge mit meinen eigenen Füßen sicher genauso gut, entschied ich. »Ich finde, du solltest selbst mal ein bisschen deine Stadt erkunden.«

»Vielleicht mache ich das«, sagte Leon in dem höflichen Tonfall, der erahnen ließ, dass er es nicht tun würde. Dann kam das Essen. Leon nahm die Tomate von meinem Sandwich an, als ich sie ihm anbot.

»Du hättest bestimmt auch eins ohne Tomate bekommen, wenn du gefragt hättest.« Er gab etwas Salz auf die Tomatenscheibe und wirkte so zufrieden, wie ich ihn noch nie erlebt hatte, als er sie sich in den Mund schob.

»Ich hatte nicht dran gedacht, dass ich die nicht mag«, erklärte ich. »Die gehören zur Familie der bösen Nachtschattengewächse, wusstest du das? Sind leicht giftig für Hunde.«

Und Wölfe. Giftig genug, dass ich davon Bauchschmerzen bekam.

»Wie Schokolade«, fügte Leon mit einem Blick auf seinen Milchshake hinzu und mir fiel wieder ein, dass sein Hund gestorben war. »Darf ich dich mal was Persönliches fragen?«

»Es gibt keine unpersönlichen Fragen.«

»Ich …«

»Das war ein Ja, Leon, also schieß los.«

Solange es nicht um Victor ging.

»Warum bist du zurückgekommen?«

Es fühlte sich an wie eine Fangfrage. Mein hart erarbeitetes Einsiedlerdasein – das ich aus eigenem Antrieb begonnen und mit Jeremys Hilfe aufrechterhalten hatte – war nicht bloß eine Laune gewesen. Sondern eine Chance, zu jemand anderem zu werden, und wie viele davon bekommt man schon im Leben? Und trotzdem hatte ich sie aufgegeben.

Ich war zurückgekommen, weil ich musste. Weil die Welt in Ordnung war, bis auf die Tatsache, dass ich darin älter wurde. Weil Sam und Grace mir geraten hatten zu gehen, wenn es das war, was ich wollte.

Was ich wollte, war:

Ich wollte ...

Isabel …

Ich wollte etwas auf die Beine stellen. Als das alles angefangen hatte, war ich nicht viel mehr als ein Junge mit einem Keyboard gewesen. Inzwischen ging es mir weniger ums Berühmtsein als um die Stunden, die ich damit verbringen konnte, von einem Song in den anderen zu gleiten.

»Ich will ein Album aufnehmen«, sagte ich. »Mir fehlt das Musikmachen.«

Ich merkte ihm an, dass ihm meine Antwort gefiel. Die Kellnerin brachte die Rechnung.

Leon sagte: »Der Song hat mir gefallen.«

»Welcher – ach so. Echt?«

»Du hattest recht. Ziemlich jazzig.« Leons Hand formte die zaghaftesten Jazz-Hände der Welt und ich erwiderte die Geste, wenn auch wesentlich nachdrücklicher. »Hast du seitdem noch mal mit der Dame, die gesungen hat, zusammengearbeitet?«

»Dame« war nicht gerade ein Wort, das ich für Magdalene benutzt hätte. Damals war ich bis über beide Ohren in sie verknallt gewesen. »Für so was ist sie mittlerweile viel zu berühmt. Hast du noch nie von ihr gehört? Sie arbeitet jetzt als Schauspielerin, hat schon in mehreren Filmen mitgemacht.«

Er zuckte mit den Schultern. Wahrscheinlich nicht ganz sein Filmgeschmack. »Ich habe mir auch eins von deinen Alben gekauft.«

»Welches?«

Er überlegte. »Eins mit Damenunterwäsche auf dem Cover.«

Es schien ihm unangenehm zu sein, darum klärte ich ihn auf: »Wenn du dich dadurch besser fühlst: Es war unser Bassist Jeremy, der die anhatte.«

Wehmut zerrte an meinen Eingeweiden. Nein, sie zerrte nicht. Es war mehr ein Zupfen. Ganz sachte.

»Tja«, sagte Leon mit einem Blick auf unser zusammengeworfenes Geld neben der Rechnung. »Dann hätten wir das ja. Ich sollte dich wohl langsam zurückfahren.«

Ich deutete auf den Ozean.

»Der Pazifik«, bestätigte Leon, ohne zu lächeln, aber ich sah ein winziges Funkeln in seinen Augen.

»Ich finde, wir sollten unsere Schuhe ausziehen.«

Leon runzelte die Stirn. »Dafür bin ich nicht so der Typ.«

Das war mir klar gewesen. Oder zumindest war mir klar gewesen, dass er nicht der Typ war, der sein Auto mitten auf einem Freeway in L.A. stehen ließ. Woraus ich automatisch geschlossen hatte, dass er auch nicht der Typ war, der um fünf Uhr morgens in Begleitung eines fremden Rockstars seine Hosenbeine hochkrempelte und die Schuhe auszog.

»Guck mich nicht so an. Ich hab ja nicht vorgeschlagen, dass wir uns ein Freundschaftstattoo stechen lassen. Ich hab nur gefragt, ob wir nicht wie zwei ganz normale Kumpels ein bisschen am Strand entlangspazieren wollen. Wie lange dauert es noch, bis die Sonne aufgeht?«, fragte ich.

Er warf einen Blick auf seine geschmackvolle Uhr. »Vielleicht eine halbe Stunde.«

»Was ist schon eine halbe Stunde mehr, wenn man dafür sieht, wie die Sonne über dem Pazifik aufsteigt?«

»Wenn du sehen willst, wie die Sonne über dem Pazifik aufsteigt, müssen wir aber länger warten.«

»Jetzt sei doch nicht so kleinlich, Leon.«

So standen wir voreinander. Er wirkte erschöpft, ausgelaugt, vom Leben zermürbt, und ich wollte mich gerade damit abfinden, dass mein Charme bei ihm nichts bewirken konnte. Doch dann schüttelte er den Kopf und begann, seine Schuhe aufzuschnüren.

Triumphierend kickte ich meine Sneakers von den Füßen. Während Leon noch sorgfältig seine Schnürsenkel aufknotete und sich die Hosenbeine hochrollte, tollte ich schon über den kühlen Sand. Hier oben war er trocken und weich und gewichtslos. Leon neben mir legte den Kopf in den Nacken und blickte einem Hubschrauber nach, der von Norden nach Süden die Küste entlangflog. Die Jungs mit dem Drachen waren verschwunden und es sah aus, als würde der Strand sich nun doch langsam zur Nachtruhe begeben, gerade als es Zeit wurde, wieder aufzuwachen.

Ich führte Leon zum festeren Sand direkt am Wasser.

»Verfluchte Scheiße«, zischte ich. Das Wasser war eisig. Ich fühlte, wie jeder Nerv in meinem Körper zuckte und erbebte und erwog, sich in einen Wolf zu verwandeln.

»Kalt«, bemerkte Leon.

Ich biss die Zähne zusammen und hüpfte von einem Fuß auf den anderen, bis die Übelkeit abflaute und mein Körper sich daran erinnerte, dass er menschlich war, nichts als menschlich.

»Ich habe mal gelesen, dass das Wasser hier siebzehn bis achtzehn Grad haben soll«, fuhr Leon fort. Vorsichtig watete er ein Stückchen tiefer ins salzige Nass. »Fühlt sich kälter an, was?«

Nachdem ich mich einmal daran gewöhnt hatte, war es gar nicht mehr so schlimm. Ich grub meine Zehen in den Sand und spürte, wie etwas unter meinen Füßen hervorhuschte und floh.

»Wir sind nicht allein«, sagte ich. »Da unten ist irgendwas.«

Leon hockte sich hin, mit Bedacht, damit seine Hose nicht nass wurde, und fing an zu graben. Nach ein paar leisen Lauten der Enttäuschung richtete er sich schließlich wieder auf und hielt mir eine Handvoll Sand hin.

»Hier, da müsste einer drin sein«, sagte er.

Ich stocherte eine Weile im Sand, bis ich das Wesen fand: eine Art Insekt oder Krustentier mit weißem Rücken, ungefähr so groß wie eine Vierteldollarmünze. Es hatte ziemlich viele Beine. »Wow, ein Alien.«

»Ein Sandkrebs«, erklärte Leon. »Der tut nichts.«

»Aber hässlich ist er.«

»Hässlich tut doch keinem weh.«

Ich schnaubte. »Oh, und ob. Schön schmerzt bloß noch mehr.«

»Amen.« Leon warf den Krebs vorsichtig zurück ins Meer.

Schweigend gingen wir ein Stück weiter und man hörte nichts außer dem Meer und vereinzelten Autos auf der Straße. Der Himmel über uns lief grau an, dann zartrosa. In ein paar Stunden würde ich Isabel anrufen können und dann würde ich mein staubiges Keyboard einschalten und etwas erschaffen. Als ein Schwarm Pelikane über uns hinwegflog, dachte ich darüber nach, wie wunderschön dieser Ort war, wie viel Glück ich hatte und dass ich nichts tun musste, außer es diesmal nicht zu vermasseln.

Ich zog das kleine Notizbuch aus meiner hinteren Hosentasche. Leon sah mich an, also fragte ich: »Was?«

»Nichts, du bist bloß anders als die anderen«, antwortete Leon. »Die meisten Menschen sind das nicht. Was hast du da gerade aufgeschrieben?«

Ich drehte das Büchlein um, damit er es lesen konnte.

Lovers and lawyers
Lips and teeth
Tally that memory
Give it a price
Is that your dream?
Here's a check
Hier irgendwas Geistreiches einfügen – Pelikane?

Leon war begeistert. »Ein Songtext? Den hast du dir gerade ausgedacht? Wird das wirklich mal ein echter Song?«

»Vielleicht. Das mit den Pelikanen gehört zu meinen brillantesten Einfällen.«

Ohne uns abgesprochen zu haben, blieben wir beide stehen und blickten aufs Meer hinaus. Hinter uns ging langsam die Sonne auf, doch irgendein Dunst oder Smog filterte das meiste Orange heraus und verwandelte den Ozean ganz allmählich in ein Gemälde aus Blau und Violett.

»Du solltest ein Foto davon machen«, sagte ich zu Leon. »Und jetzt sag nicht, dass du dafür auch nicht der Typ bist. Du kannst es ja wieder löschen, wenn du zu Hause bist. Das würde ich nicht mal mitbekommen.«

Leon warf mir einen Blick zu, zog aber sein Handy aus der Tasche. Dann forderte er mich auf: »Na dann mal los, bitte lächeln.«

»Was? Das soll doch kein Foto von mir werden. Sondern eins von diesem atemberaubenden Morgen. Oder von dir an diesem atemberaubenden Morgen. Als Erinnerung.«

Leon schmunzelte. »Wozu? Ich weiß doch, wie ich aussehe. Und jetzt los.«

Gutmütig formte ich eine Metal-Hand, als er mich fotografierte. »Diesen Tag betrachte ich als genutzt.«

Leon warf einen Blick auf seine Uhr. »Und dabei hat er gerade erst angefangen.«

Kapitel 10

Isabel

Coles Frühstück bestand aus einer Tüte alter Donuts mit Puderzucker. Oder vielleicht auch aus mehr als einer. Als ich am nächsten Morgen an seinem Haus ankam, erwartete mich jedenfalls ein Zettel am Tor. Darauf stand: *24–13–8. Folge dem Zucker, Prinzessin.*

Dahinter führte, ohne Witz, eine Spur aus kleinen weißen Donuts um die Ecke des Betonhauses.

Kopfschüttelnd gab ich den Code in das Tastenfeld am Tor ein. Dann folgte ich den Donuts. Eine Schiebetür an einem Haus am anderen Ende des Gartens stand offen, aber dorthin führten die Donuts nicht. Ein Mädchen mit blonden Dreadlocks und einer dreckigen Öko-Cargohose machte Yoga auf dem Rasen. Sie öffnete gerade lange genug die Augen, um mein Outfit zu begutachten, mit einem Blick, der keinen Zweifel daran ließ, dass sie für meinen konsumorientierten Lebensstil nichts als Verachtung übrig hatte. Die Donutspur vollführte einen weiten Bogen um sie.

Als ich den letzten Donut erreichte, erschien Cole auf der Veranda über mir. Er sah umwerfend aus, mit freiem Oberkörper, seine Haut durch meine riesige Sonnenbrille in einen leichten Blauschimmer getaucht, und er trug dieselbe Jeans wie am Tag zuvor. Seine Haare waren total zerzaust. Er war jetzt schon ein einziger verschwommener Fleck aus Bewegung, ließ sich erst auf der einen Seite gegen das Geländer fallen, dann auf der anderen, bis er mich schließlich sah.

Mein Herz machte einen Satz. Ich versuchte, daran zu denken, wie ich ihn hinter seinem Keyboard hatte zusammenbrechen sehen. Wie er krampfartig zuckend neben einer Spritze lag.

Nicht an sein Gesicht über mir, als er, vor so langer Zeit, zu mir gesagt hatte: *So würde ich dich küssen, wenn ich dich lieben würde.*

Ich würde nicht zu weit gehen. Das war das Wichtigste.

»Die Treppe rauf«, bedeutete er mir. »Da sind mir die Donuts ausgegangen.«

Ich sah ihm an, dass sein Gehirn im Kurz-vorm-Überhitzen-Modus lief. »Gibt's da oben noch was Besseres als Donuts?«

Das Yoga-Mädchen musterte mich noch immer abschätzig – und anschließend Cole.

Wenn die nicht bald wegguckte, würde ich ihr wirklich was zum Anstarren liefern.

»Mich«, antwortete Cole. Er deutete zur Dachkante. »Kamera, Kamera, Kamera. Nur, damit du Bescheid weißt. Kamera. Und Kamera.« Er reckte den Hals, um über die Dächer zu spähen. Seine Rückenmuskeln dehnten sich beeindruckend, verwirrend. »Hast du irgendwen gesehen, der hierher unterwegs war?«

Ich stieg die Treppe hoch. Von der Veranda aus hatte man einen Blick über die Flachdächer an der California Avenue. »Nein. Erwartest du denn jemanden?«

»Nein. Wahrscheinlich nicht. Ich weiß nicht. Komm, komm, komm. Nach oben, nach oben.«

»Schön, dass du dich so schick für mich gemacht hast.«

Coles Blick glitt an seinem Körper hinunter; er zupfte an der Haut auf seiner Brust. »Hab ich etwa nicht – ich hab doch eine Hose an! Na los, rein, rein. Willkommen in meiner Höhle.«

Das Apartment war eine Überraschung. Hier an der Westküste hatte ich einen einzigartigen Zaubertrick kennengelernt: Such dir ein Gebäude, das von außen wirkt wie eine winzige Garage, und verwandle das Innere in einen riesigen, luftigen Wohnraum.

Ich erkannte sofort, dass diese aalglatte Wohnung *für* Cole, aber nicht *von* Cole eingerichtet worden war. Ein künstlerisch-cooles Bücherregal mit allem möglichen kalifornischen Nippes trennte das Schlafzimmer vom Wohnbereich. Gerahmte Vintage-Reiseposter und nachgemachte Vintage-Neonleuchten zierten die Wände. Auf einem Gestell im Wohnbereich stand ein ziemlich professionell aussehendes Keyboard, die Box daneben war von einer dünnen Staubschicht überzogen.

Es war das Keyboard, das diesen Augenblick für mich real erscheinen ließ.

Das hier passierte wirklich.

Es gab so viele Kameras. Manche davon waren auf Kniehöhe angebracht.

Coles einziger Beitrag zur Inneneinrichtung zeigte sich in der winzigen Küche: Auf der Arbeitsplatte sah ich drei halb leere Getränkeflaschen, eine aufgerissene Tüte Chips und das schlaffe Endstück eines Hotdogs.

»Das ist ja widerlich«, befand ich.

Ich stand genauso weit vom Abfalleimer entfernt wie Cole, aber ich blieb stehen und wartete, bis Cole schließlich mit einem kleinen unwilligen Brummen vortrat und die Sachen in den Müll verfrachtete.

»War das unser Frühstück? Oder hätte ich die Donuts da draußen essen sollen?«, fragte ich.

Anstelle einer Antwort packte Cole mich beim Arm. Auf ziemlich dramatische Weise zog er mich hinter sich her ins Badezimmer.

Mein Abbild erschien zeitgleich im Spiegel über dem Waschbecken und auf der Glaswand der Dusche.

»Hey –«

Cole legte sich einen Finger auf die Lippen und machte die Tür hinter uns zu. »Kameras. Kameras, Kameras, Kameras.«

»Aber hier drin nicht?« Ich wirbelte herum. Genau wie der Rest der Wohnung war auch das Badezimmer hell und luftig. Mehr als genug Platz für einen Rockstar und mich. Ich atmete ein und roch Lufterfrischer und Seife, aber keinen Wolf. Ich musste zugeben, dass ich erleichterter war, als ich erwartet hatte.

»Na ja, nur die eine da«, erwiderte Cole abfällig und deutete auf eine Kamera, die auf dem Grund des noblen Waschbeckens lag. Sie war ausgestöpselt und halb zerlegt, eine sezierte Leiche.

»Wo war die denn?«

Er stieg in die Dusche, ohne sie aufzudrehen, und seine nackten Füße patschten über die Kacheln auf dem Boden. »Über dem Bett. Bin mal gespannt, wie lange es dauert, bis ihnen auffällt, dass sie fehlt. Na komm rein, mein Kind, und sieh, welche Wunder dich hier erwarten.«

»Ist das jetzt ein Scherz oder willst du wirklich, dass ich in die Dusche komme?«

Cole drückte sich mit dem Rücken gegen die Wand, bis ich sehen konnte, dass er Handtücher über die gefliesten Sitze im Inneren der Dusche gelegt hatte. Ein gelber Küchenhocker aus Plastik diente als winziger Tisch. Er vollführte eine einladende Geste.

Das war also das Frühstück.

Mit einem vernehmlichen Seufzer stieg ich in die Dusche und setzte mich. Cole nahm mir gegenüber Platz. Auf dem Tischchen stand eine Schale mit Donuts – die mit der wachsartigen Schokoglasur, nicht die, mit der man ein Mädchen in seine Wohnung lockte. In einem Kaffeebecher sah ich zwei Eier und eine einzelne Kiwi. In der Mitte dazwischen stand ein leeres Glas; Cole streckte die Hand aus und schob es einen Zentimeter weiter zu mir.

»Nein, wie exquisit«, sagte ich. »Möchtest du vielleicht noch kurz die Speisenfolge erklären?«

Cole ließ seine Fingerknöchel knacken und deutete nacheinander auf die einzelnen Lebensmittel. »Hier haben wir glasierte Mini-Schoko-Badezimmer-Küchlein mit einem Häubchen aus Paraffin. Das da sind zwei Eier aus Freilandhaltung, höchstwahrscheinlich hart gekocht oder zumindest waren sie eine ganze Weile nass. Das daneben ist ein ganz besonders haariges grünes Ei. Und dann gibt es noch das hier …«

Aus der Ecke der Dusche förderte er eine Zweiliterflasche Cola light zutage und füllte damit mein Glas. Als die Flüssigkeit über den Rand schäumte, steckte er den Finger hinein, um das Sprudeln zu stoppen.

»Kein Glas für dich?«, fragte ich.

Cole leckte seinen Finger ab, bevor er einen Schluck direkt aus der Flasche nahm. »Nein, ich verzichte auf solchen Komfort.«

»Wie edel.«

Es war schwer vorstellbar, dass es auf dieser Welt auch nur einen Menschen geben sollte, der diesem Cole nicht sofort verfallen wäre.

»Kann ich dir ein Ei pellen?«, fragte er.

»Ich weiß nicht – meinst du denn, du kannst?«

»*Darf* ich?«

Ich gab ihm einen zustimmenden Wink. Mit einiger Mühe pellte er eins der Eier und reichte es mir. Während er sich dem zweiten zuwandte, begann ich, an dem Eiweiß zu nagen. Gerade als ich in der Mitte ankam, die noch ziemlich roh war, merkte ich, dass Cole seins verschlungen hatte, ohne auch nur zu kauen.

»Na los, auf ex«, sagte er zu mir.

Ich überließ ihm mein Ei. »Filmen die wirklich alles, was du machst?«

Cole schluckte den Rest meines Eis hinunter und reichte mir als Nächstes einen Donut. »Eigentlich soll es eine ungescriptete Show über mein neues Album werden. Aber ich bin mir relativ sicher, die hoffen, dass ich richtig Mist baue.«

Ich erwiderte über meinen Donut hinweg seinen Blick. In Coles Vergangenheit gab es so viele Beispiele für Mistbauen, dass ich mich kaum entscheiden konnte, welches davon am wenigsten im Fernsehen enden sollte.

»Und, könnte das passieren?«, fragte ich.

Seine Stimme klang völlig unbekümmert. »Unmöglich.«

Er antwortete genauso schnell wie am Tag zuvor, als er behauptet hatte, meinetwegen hergekommen zu sein. Einer so unüberlegten Erwiderung konnte ich einfach keinen Glauben schenken. Aber vielleicht war es ja tatsächlich unmöglich. Ich war mit den Regeln des Verwandelns nicht mehr vertraut. Irgendwann mal schien es temperaturabhängig gewesen zu sein. Je kälter es war, desto größer war die Wahrscheinlichkeit, dass man zum Wolf wurde. Aber für Cole, der seinen Gehirnstoffwechsel schon viel früher durch jede Menge verschiedene Substanzen durcheinandergebracht hatte, hatte diese Regel nie wirklich gegolten. Als ich Minnesota verlassen hatte, war er gerade mit allen möglichen Experimenten zu dem Thema beschäftigt gewesen.

Ich ging davon aus, dass er es inzwischen absichtlich herbeiführen konnte.

Ich wusste nicht so recht, was ich davon halten sollte. Immer noch besser als Heroin, beschloss ich, andererseits war es nicht Heroin gewesen, das meinen Bruder getötet hatte.

Cole bot mir einen weiteren Donut an und ich nahm ihn. Die Wachsglasur war nicht so schlimm, wenn man sie mit genug Cola hinunterspülte.

»Weiß Sam, dass du hier bist?«, fragte ich.

Sam war ein weiteres Mitglied des Wolfsrudels in Minnesota. Mehr oder weniger. Denn er war mehr oder weniger geheilt. Oder mehr oder weniger auf dem Weg dahin. Ich hätte ihn wahrscheinlich mal anrufen und fragen sollen, wie es ihm ging. Wahrscheinlich hätte ich auch mal Grace anrufen sollen, um mich zu erkundigen, ob sie sich aufs College freute. Aber wie gesagt. Ich war nicht besonders freundlich.

»Ja.«

»Hat er das für eine gute Idee gehalten?«

Cole zuckte mit den Schultern. »Sam hält es für eine gute Idee, obskure Lyrik als Hauptfach zu wählen. Er wollte bloß sicher sein, dass für das Rudel gesorgt ist, und das ist es. Ich hab alles in die Wege geleitet. Bis zum Winter wird es keine Probleme geben. Außerdem hat er verstanden, dass ich wieder Geld verdienen wollte. Nicht, dass man als Großgrundbesitzer kein erfülltes Leben führen würde.«

Cole hatte damals das Stück Land gekauft, auf dem die Wölfe heute lebten.

Und was ist mit mir?

»Es hätte nicht unbedingt Kalifornien sein müssen«, fuhr er fort. »Es hätte genauso gut New York werden können. Oder Nashville.«

Dann sagte er nichts mehr. Ich wollte ihn nicht weiter darüber löchern, denn das Wenige, was er gesagt hatte, hatte bereits dazu geführt, dass ich mich plötzlich sehr verletzlich und dünnhäutig fühlte.

Stattdessen fragte ich: »Was ist mit deinem grünen Ei?«

Cole hob die Kiwi hoch. »Muss man das pellen?«

»Jedenfalls nicht mit den Fingern«, entgegnete ich. In Wahrheit wusste ich selbst nicht so recht, wie das ging. Bislang hatte ich Kiwis nur so gesehen, wie sie von Gott vorgesehen waren: geschält und in Scheiben geschnitten. Sofia hingegen kannte vermutlich vier verschiedene Zubereitungsarten. »Haben die eine dicke Schale?«

Cole biss ganz vorsichtig in die Frucht, sodass seine Zähne gerade eben die haarige Haut durchstießen. Dann arbeitete er sich von den Rändern des Lochs weiter nach außen vor. Es sah aus, als würde er der Frucht aus der Jacke helfen. Als er einen kostbaren Quadratzentimeter Fruchtfleisch freigelegt hatte, hielt er mir die Kiwi über den Tisch hin. »Schon mal probieren?«

Ich beugte mich vor und knabberte vorsichtig. Der Fruchtsaft rann mir über die Lippen und bevor ich ihn abputzen konnte, presste Cole mir seinen Daumen an den Mund. Er wischte den Saft weg und steckte sich den Finger in den eigenen Mund. Genüsslich, so als könnte er dadurch meine Lippen auf seinen schmecken. Ich konnte nicht aufhören, auf seinen Mund zu starren.

Und plötzlich küssten wir uns, gierig, hart; stürmisch und unaufhörlich glitten wir von einem Kuss in den nächsten. Ich hörte, wie mein Glas umkippte und die Cola in den Abfluss sprudelte. Coles Handballen presste sich auf meine Wange; er hielt immer noch die Kiwi in der Hand. Alles roch nach Paradies. Meine Finger strichen über sein Schlüsselbein, seine Rippen, die Hüftknochen über seinem Hosenbund. Plötzlich kam es mir vor, als wäre es ewig her, dass ich einen anderen Menschen berührt hatte. Er war so real, seine Haut so warm, alles an ihm Rippen und Salz und Schweiß. Es kam mir vor, als wäre es ewig her, dass ich ihn gesehen hatte. Als wäre dies das Einzige gewesen, nach dem ich mich all die Monate über gesehnt hatte.

Cole schob hastig den provisorischen Tisch aus dem Weg und zog mich an sich. Die Kiwi gesellte sich zu den Colaresten rund um den Abfluss. Eine seiner Hände lag an meinem Hals, während die andere meinen Oberschenkel umklammerte, halb unter meinem Rock. Mir blieb die Luft weg. Ich sehnte mich zu sehr nach ihm, um mich zu bremsen, aber ich musste mich bremsen, sonst – sonst –

Irgendwo klingelte ein Telefon, so alarmierend wie eine Feuerwehrsirene.

Cole sagte in meinen Mund: »Nein.« Mehr nicht.

Doch das Telefon klingelte weiter. Ich verstand nicht, wie das Geräusch so nah sein konnte, bis ich sah, dass an der Wand neben der Toilette ein Telefon hing.

Cole stieß den zittrigsten Seufzer der Welt aus.

Ich hatte erwartet, erleichtert zu sein. Ich hatte mich getäuscht.

Meine Finger, die in den Bund seiner Jeans gehakt waren, lösten sich, als er aufstand. Er rieb sich mit der Hand übers Gesicht und stieg aus der Dusche. Dann klappte er mit dem Fuß den Toilettendeckel herunter und setzte sich darauf, bevor er das Telefon von der Station nahm. Seine Haare waren immer noch zerzaust, aber aus irgendeinem Grund sah er jetzt angezogener aus.

»*Da*«, meldete er sich, ziemlich kühl. Sein Gesicht verfinsterte sich; es wirkte unruhiger als zuvor, als er mich begrüßt oder in die Dusche eingeladen oder geküsst hatte. Einen Moment lang lauschte er. »Okay. Dann schick es mir per Mail. Ach was, so *klinge* ich, wenn ich aufgeregt bin. Du würdest dich wundern.«

Ich begann, die Sachen aufzusammeln, die in der Dusche herumlagen. Ich stellte den Hocker auf den Kopf und stapelte die Schüsseln und Eierschalen in dessen Hohlraum.

Dann stieg ich aus der Dusche und lehnte mich ans Waschbecken, während Cole mitten im Badezimmer stand und wie wild auf seinem Handydisplay herumtippte. Mein Herz raste immer noch. Er lehnte sich neben mich, seine Schulter an meiner, ohne den Blick von seinem Handy zu heben.

Meine Gedanken waren eine Kinoleinwand, auf die niemand etwas projizierte.

Nach einem Moment drehte er mir das Handy zu, sodass ich die E-Mail darauf lesen konnte. *Von: Baby North. Betreff: CASTING.*

T sagt, du willst ein Casting am Strand abhalten.
Ich habe mich mit ein paar Leuten in Verbindung gesetzt,
um die Sache zu verbreiten. Für danach habe ich noch
ein paar andere Ideen ins Notizbuch geschrieben.
Lass mich wissen, was du davon hältst.

Cole zog ein kleines Notizbuch aus seiner hinteren Hosentasche. Es wirkte neu, doch als er es aufschlug, sah ich, dass die erste Seite mit einer schrägen, hektischen Handschrift gefüllt war:

Gib dich im Plattenladen ein paar Fans zu erkennen.
Schmeiß eine Party in der Villa.
Stürm eine Hochzeitsfeier.
Klau ein Auto.

Du weißt schon. Sei einfach du selbst.

»Sollte das nicht eine Show über dein neues Album werden?«, fragte ich, aber eigentlich war es gar keine Frage.

»Wer würde sich das denn angucken?«, erwiderte er. Stirnrunzelnd starrte er auf die Liste. Er wirkte jedoch nicht beunruhigt, sondern mehr, als studiere er einen leicht verwirrenden Einkaufszettel und denke darüber nach, wo die Artikel sich am besten auftreiben ließen.

»Hast du vor, das wirklich zu machen?«

»Mal sehen«, antwortete Cole. »Vielleicht überlege ich mir auch was Besseres.«

»Die legt es echt darauf an, dass du eine Katastrophe lieferst.«

Nachdenklich klopfte er sich mit dem Notizbuch an die Lippen. »Sie will, dass es so *aussieht*, als würde ich eine Katastrophe liefern.«

»Das kommt aufs Gleiche raus.«

Diese Fragestellung schien ihn nicht zu interessieren. »Es ist nur eine Rolle, die ich spielen muss. Ich weiß, was die sehen wollen.«

»Wer sind denn überhaupt ›die‹? Wo kommt auf einmal dieser Plural her?«

»Die Massen. Die Leute. Guckst du etwa kein Fernsehen?«

Natürlich guckte ich Fernsehen. Zum Beispiel Babys Shows. Ich dachte an die Kameras auf Kniehöhe. Der perfekte Winkel, um jemanden zu filmen, der am Boden lag.

Am liebsten hätte ich ihn gebeten, die Show sausen zu lassen und meinetwegen hierzubleiben.

Aber das wäre wohl das Gegenteil von »nicht zu weit gehen« gewesen.

Langsam füllte sich die Kinoleinwand in meinem Inneren mit Bildern und es waren nur welche von Ereignissen, die mich zum Weinen bringen würden, wenn sie eintraten.

Ich stieß mich vom Waschbecken ab. »Ich muss zur Arbeit.«

»*Arbeit*«, echote Cole, als hätte er das Wort noch nie gehört. »Wie willst du denn arbeiten und mir gleichzeitig helfen, die Hoffnungen von einem Dutzend übereifriger Bassisten zu zerstören?«

»Ich kann nicht. Und ich werde nicht mitmachen, bei … dieser Sache. Ich bin kein Teil der großen Cole-St.-Clair-Show.«

»Wie langweilig.« Cole hielt sein Gesicht sorgsam ausdrucklos, was mir verdeutlichte, dass er statt »langweilig« eigentlich »frustrierend« oder »ärgerlich« meinte.

»Tja, so läuft das nun mal in der Isabel-Show. Ruf mich an, wenn du das nächste Mal kamerafrei hast.« Aus irgendeinem Grund war ich gereizt. Es war, als würden meine Gefühle, sobald sie einmal wachgerüttelt worden waren, nur unangenehm piksen.

Ich öffnete die Badezimmertür.

»Wow. Und jetzt kommt der eiskalte Abgang?«

»Erraten«, erwiderte ich.

Ich trat zurück vor all die Kameras. Cole, immer noch im Badezimmer außerhalb ihrer Reichweite, hielt sich ein imaginäres Telefon ans Ohr und fuhr sich mit der anderen Hand gespielt lasziv über den Oberkörper.

Unwillkürlich breitete sich ein Lächeln auf meinem Gesicht aus. Als Antwort erstrahlte auch sein Grinsen und ich wusste, er hatte die ganze Zeit darauf gewartet, dass ich etwas tun würde, was er mir verzeihen konnte.

Tja, da waren wir schon mal zu zweit.

Kapitel 11

Cole

Als Isabel weg war, fühlte ich mich wie elektrisiert und bereit, Cole St. Clair zu sein. Ich war so aufgekratzt, dass ich mich daran erinnerte, wie ich diesen Effekt früher mit Drogen vervielfacht hatte. Während ich darüber nachdachte, wurde mir bewusst, dass ich vor gar nicht langer Zeit in einem solchen Moment losgezogen wäre, um mir welche zu beschaffen: nicht für sofort, aber für später, sozusagen als Belohnung für gutes Betragen. Ein kleines, privates High in gefahrfreier Umgebung. Trotz meiner Isabel-Euphorie durchzuckte mich plötzlich Nervosität, ein freudiges Kribbeln, und ein Teil von mir plante bereits meine Schatzsuche quer durch L.A.

Ich kappte den Gedanken und bekam ein schlechtes Gewissen, dass ich mich auch nur daran erinnert hatte.

An etwas denken ist nicht dasselbe wie etwas tun.

Ich dachte daran, dass ich vor wenigen Stunden noch ein Wolf gewesen war. *Auch das war für einige Zeit das letzte Mal*, sagte ich zu mir selbst. Es war zwar kein Verbrechen, aber ich brauchte es nicht mehr.

Dann machte ich mich an die Arbeit. Auf dem Weg zum Strand rief ich Jeremy an, obwohl ich schon wusste, was er sagen würde, denn er war schließlich ein Teil von NARKOTIKA gewesen und damit auch ein Teil von mir.

Beim vierten Klingeln nahm er ab.

Ich warf einen Blick auf mein Spiegelbild in einem Schaufenster, während ich den Bürgersteig hinunterschlenderte. »Du willst nicht zufällig noch mal für mich Bass spielen, oder?«

»Hey, Mann«, erwiderte Jeremy auf seine träge, entspannte Art. Er hatte den dicksten Südstaatenakzent, den man bei einem Typen aus dem Norden New Yorks je gehört hatte. Ich kannte ihn schon so lange, dass ich mich noch an die Zeit erinnern konnte, bevor er ihn sich antrainiert hatte. Wenn er schockiert war, nach einem Jahr Funkstille von mir zu hören, ließ er es sich zumindest nicht anmerken. »Ich dachte, du hättest dich irgendwo eingebuddelt.«

Seine Stimme zu hören, war tröstlich und schnürte mir gleichzeitig die Luft ab. Er war einfach so eng mit meinen Erinnerungen an NARKOTIKA verknüpft und diese waren so eng mit allem verknüpft, was ich durchgemacht hatte, bevor ich ein Wolf geworden war. Es war eine grausame Nostalgie.

»Und jetzt komme ich als wunderschöner Schmetterling wieder an die Oberfläche«, erwiderte ich. »Und bald kannst du mich im Fernsehen bestaunen.«

»Hm.«

»Und ich brauche einen Bassisten. Ich –«

»Sch«, machte Jeremy, sanft wie eine Feder. »Ich google dich gerade.«

Ich wartete. Jeremy zu hetzen, hatte noch nie viel Sinn gehabt. Da konnte man genauso gut mit den Fäusten auf Nebelschwaden losgehen. Im strahlenden Sonnenlicht spazierte ich einen Häuserblock weiter, während er meine jüngere Vergangenheit recherchierte.

»Das einzige Problem damit, dass du in einer Reality-Show auftrittst«, sagte Jeremy schließlich, »ist, dass Realität noch nie so wirklich deine Stärke war.«

Ich blieb vor einem Schaufenster mit Sonnenbrillen stehen. In jedem der Gläser erschien ein winziges, getöntes Abbild meiner selbst. »Die wollten mir hier 'ne totale Knalltüte als Bassisten aufdrücken.«

»Cole, das kann ich mir kaum vorstellen«, entgegnete er ruhig. »Scheinen doch ziemlich clevere Leute zu sein. Die haben die Buchstaben im Namen ihrer Website durch Zahlen ersetzt.«

»An dem Typen stimmte einfach gar nichts. Und dann hat sie mir auch noch einen Gitarristen besorgt, aber das ist eine andere Geschichte.«

»Gitarren sind diese Dinger mit den sechs Saiten, oder? Weiß gar nicht, ob ich so was schon mal gesehen habe.«

Ich blieb vor einem weiteren Schaufenster stehen. In diesem Laden gab es ausschließlich Gürtel in der Farbe Blau. Es kam mir ziemlich übertrieben vor, sich derart zu spezialisieren. »Ich hab ihr *gesagt*, dass ich keinen Gitarristen will.«

»Dann nehme ich mal an, der Typ hat schon seine Koffer gepackt.«

»Na klar, was denkst du denn? Ich bin gerade auf dem Weg zum Strand, um da Bassisten zu casten, und super wäre natürlich, wenn du da auftauchen und der beste sein könntest.«

»Ich glaube nicht, dass ich der beste wäre«, erwiderte Jeremy.

Jeremy prahlte nicht, nicht mal aus Spaß. Das war wohl der Buddhist in ihm oder so. Er war ungefähr zur selben Zeit zum Buddhismus konvertiert wie zum Südstaatler.

»Du weißt genau, was ich meine. Ich suche nach einem Jeremy und du wärst einer.« Wieder blieb ich vor einem Schaufenster stehen. Manchmal war es unmöglich zu erkennen, was in diesen Läden eigentlich verkauft wurde.

»Du weißt, dass ich inzwischen in einer anderen Band spiele, oder?«, erkundigte er sich.

Ich wusste es. Schließlich war er nicht der Einzige, der Zugang zu einer Suchmaschine hatte. Nicht, dass ich es ihm übel genommen hätte. Ich war offiziell über ein Jahr als vermisst gemeldet gewesen und noch ein paar Monate länger raus aus dem Musikbusiness. Da hätte ich mir an seiner Stelle auch eine neue Band gesucht. »Die sind aber nicht so cool wie ich.«

Jeremy dachte darüber nach. »Nein. Sind sie nicht. Aber ich mag sie und ich will sie nicht hängen lassen.«

»Sind doch nur sechs Wochen. Danach können sie dich wiederhaben. Unbeschädigt. Wie neu. Der einzige Unterschied wird sein, dass du eine hammermäßige Zeit mit mir verbracht haben wirst.«

»Daran habe ich keine Zweifel. Aber es wären nicht nur sechs Wochen. Du würdest schließlich mit dem Album auf Tour gehen, oder?«

Wahrscheinlich, ja. So lief das nun mal – man brachte ein Album raus, spielte ein paar Konzerte, verkaufte ein paar Platten. Wenn alles glattlief, konnte das einem einen ziemlichen Kick geben. Wenn alles glattlief, war ich ziemlich gut darin.

Gefährlich wurde es erst, wenn nicht alles glattlief. Zumindest für mich. Für die Umstehenden nicht so sehr.

»Und?«

Er hielt inne, als müsse er erst darüber nachdenken. Aber wie schon gesagt, ich kannte Jeremy. Damals, als wir noch zusammen in einer Band waren, kannten wir einander besser als uns selbst. Das war ja auch der Grund, aus dem wir *die Band* waren. Und darum wusste ich auch jetzt, was er als Nächstes sagen würde. Ich war mir nur nicht ganz sicher, wie er es verpacken würde.

»Ich finde, es ist keine gute Idee, dass du auf Tour gehst«, sagte er. »Käme mir wie ein ziemlicher Rückschritt vor.«

Ich wusste genau, was er meinte, aber ich entgegnete: »Vielleicht eher ein *Seit*schritt. Rückschritt klingt unnötig negativ, findest du nicht?«

»Cole, hör zu, ich freu mich wirklich, dass du …«

Er beendete den Satz nicht, sondern ließ ihn einfach offenstehen, sodass ich mir den Rest selbst dazudichten durfte. *In Los Angeles bist. Wieder Musik machst. Noch am Leben bist.*

Worauf das alles hinauslief, war: Er vertraute mir nicht.

Seine Zweifel an mir hinterließen einen tieferen Kratzer in meiner Teflonbeschichtung, als ich erwartet hätte.

Nach einer Weile fragte Jeremy bloß: »Kann ich trotzdem zum Casting kommen? Zum Zugucken?«

»Nur, wenn du mir wenigstens hilfst, deinen Nachfolger auszusuchen.«

»Das wäre super.«

Keiner von uns brachte die Sprache auf Victor. Vielleicht fiel auch nur mir auf, dass wir ihn nicht erwähnten. Vielleicht war es leichter zu ertragen, wenn man nicht selbst sein Grab ausgehoben hatte. Wenn man ihn nicht selbst dorthinein gelegt hatte.

– Und was ist mit Victor, Cole?

Du weißt doch noch, dass wir immer alles zusammen gemacht haben, oder? Ich habe ihn dazu überredet, mit mir ein Werwolf zu werden. Und jetzt wohne ich in einem Loft in Kalifornien und er liegt in einem anonymen Erdloch in Minnesota.

– Er hat sich selbst dafür entschieden. Es war nicht allein deine Schuld.

Manchmal rede ich mir das auch ein.

»Cole, bist du noch da?«

»Ich bin immer da«, erwiderte ich, obwohl das für einen langen, langen Moment nicht der Fall gewesen war. »Sogar wenn du schläfst.«

»Ich weiß. Ich kann es spüren. Was ist das Motto? Heute. Dein Motto?«

Mein Spiegelbild im Schaufenster lächelte mich plötzlich an. Das Motto. Das *Motto*. Damals, auf Tour, bevor alles den Bach runtergegangen war, war jedes Konzert anders gewesen. Nicht bloß durch die Reihenfolge der Lieder. Manchmal waren wir auch als Zombies verkleidet aufgetreten, hatten einen Song rückwärts gespielt oder einen Kürbis mit Benzin getränkt und auf der Bühne angezündet. Klar ging es hauptsächlich um die Musik – die war immer das Wichtigste gewesen –, aber wir hatten eine Art Spiel daraus gemacht. Unsere Masche. Irgendwann mittendrin hatten wir angefangen, es das »Motto« zu nennen. *Was ist das Motto, Jeremy? Was ist das Motto, Victor?*

Obwohl, eigentlich hieß es immer nur:

Was ist das Motto, Cole?

»Ich suche gerade ein bisschen nach brauchbaren Requisiten, aber es hat keinen Zweck«, antwortete ich.

»Kann ich irgendwas tun?«

Ich wollte schon ablehnen und sagen, dass ich einfach noch ein bisschen nachdenken müsse, aber dann, mit einem Mal, hatte ich eine Idee.

Meine Augen wurden schmal. »Was haben denn die Boxen von deinem Soundsystem so drauf?«

Kapitel 12

Isabel

Manchmal machte ich Tests im Internet, um herauszufinden, ob ich eine Soziopathin war. Im Allgemeinen wird davon ausgegangen, dass es mehr männliche Soziopathen gibt als weibliche, aber das ist bloß eine dreckige, dreckige Lüge, die die Medien verbreiten. Da draußen gibt es mehr gefühlskalte Mädchen, als irgendwer zugeben will.

Vielleicht war ich nicht verrückt. Aber wenn nicht, dann mussten alle anderen es sein.

Ich wusste nicht, warum ich Cole gegenüber immer noch so zickig war. Und mit »Cole gegenüber« meinte ich in Wirklichkeit »dem Rest der Welt gegenüber«.

Er war nur ein paar Meilen entfernt von mir. In Kalifornien. In L.A.

Bei der Arbeit schlichen die Minuten dahin, verschwommen und ohne jede zeitliche Bedeutung. Ich arrangierte einen spärlichen Stapel mauvefarbener Oberteile mit U-Boot-Ausschnitt neu, dann staubte ich die Pflanzen ab und dann ging ich ins Hinterzimmer. Sierra war nicht im Laden, aber sie hatte eines ihrer typischen Häufchen Stoffreste und »Inspirationen« zurückgelassen, wie sie die seltsamen Dinge bezeichnete, die ihre Kreativität beflügeln sollten. Seit ich das letzte Mal hier gewesen war, hatte sie ihre Sammlung um eine Milchflasche aus Glas, irgendein gefriergetrocknetes Kraut und, irritierenderweise, den Fuß einer Seemöwe erweitert.

Ich konnte es kaum erwarten, die Entwürfe auf Bügel zu hängen, zu denen sie der abgetrennte Körperteil eines Vogels inspiriert hatte.

Ich schob Sierras Kram zur Seite, setzte mich auf den Tresen und holte die Notizen aus meinem GKPH-Kurs hervor. Die größte Herausforderung an diesem Kurs war, mir zu merken, wofür die Abkürzung GKPH stand: Gesundheits- und Krankenpflegehilfe. Man hatte mir gesagt, so was könne hilfreich sein, wenn man ein Medizinstudium anstrebte, obwohl ich mir kaum erklären konnte, warum. Auf meinem Handy war noch immer die Internetseite mit einer Übungsfrage für den Praxistest geöffnet. Sie lautete wie folgt:

Sie betreten ein Krankenzimmer und
überraschen den Patienten beim Masturbieren.
Wie reagieren Sie?

a) Sie lachen und schließen die Tür.
b) Sie bitten ihn freundlich, damit aufzuhören.
c) Sie schließen die Tür, um ihn nicht weiter zu stören.
d) Sie weisen ihn darauf hin, dass Masturbieren gesundheitsschädigend sein kann.
e) Sie informieren die Pflegedienstleitung.

Ich würde diesen Kurs abschließen. Ich würde diesen Kurs abschließen.

Ich würde aufs College gehen. Ich würde aufs College gehen.

Irgendwann würde ich Ärztin sein. Irgendwann würde ich Ärztin sein.

Wenn ich mir diese Sätze immer wieder vorsagte wie ein Mantra, würden sie nicht nur in Erfüllung gehen, sie würden sogar irgendwann anfangen, Sinn zu ergeben, oder sich zumindest so anfühlen, als könnten sie in Erfüllung gehen oder als könnten sie Sinn ergeben.

Die Stunden dünnten zu Minuten aus. Der Morgen mit Cole war noch in Farbe gewesen, alles andere erschien mir nun schwarz-weiß.

Ich verkaufte ein Tanktop.

Meine Mutter rief an. »Isabel? Hast du die weiße Hose an?«

Vor gar nicht langer Zeit hatte mir jemand eine Serie von Bildern gezeigt, die sich mit dem Thema Familienähnlichkeit beschäftigte. In Wirklichkeit war jedes Gesicht aus zwei verschiedenen Personen zusammengesetzt gewesen: der Vater auf der einen Seite, der Sohn auf der anderen und so weiter. Wenn man meine Mutter und mich zu so einem Bild kombiniert hätte, wäre einem Betrachter wohl nichts daran seltsam vorgekommen. Wir waren gleich groß und gleich schwer. Blonde Haare, blaue Augen, eine Braue dauerhaft auf Verachtung eingestellt. Es hätte also durchaus nahegelegen, dass wir hin und wieder Klamotten tauschten, dennoch war das eher die Ausnahme. Ich hatte nicht besonders viel für elegante Röcke übrig und meine Mutter genauso wenig für bauchfreie Tops.

Aber die weiße Hose teilten wir uns tatsächlich. Es war eine Röhre mit hohem Bund, Hollywood-Chic erster Güte. Ich trug sie zu abgeschnittenen Leoparden-Tops, sodass an meiner Taille ein winziger Streifen nackter Haut aufblitzte. Meine Mutter trug sie zu einer engen schwarzen Bluse, was meiner Meinung nach sogar aufreizender war als meine Variante.

»Wen willst du denn beeindrucken?«, fragte ich zurück.

»Sei nicht so frech«, entgegnete meine Mutter. »War das ein Ja oder ein Nein?«

»Ich habe sie in die Reinigung gebracht. Da war ein Fleck drauf. Ein ziemlich ekliger. Ich will gar nicht dran denken.«

Meine Mutter schnalzte missbilligend mit der Zunge. »Das war Kaffee. Ich bin gerade selbst auf dem Weg zur Reinigung. Ich wollte sie mitnehmen. Wann kommst du heute Abend nach Hause?«

»Gegen acht, wenn die Straßen frei sind. Aber dann gehe ich gleich wieder mit Sofia aus. Wann musst du denn los zur Arbeit?«

»Gegen acht, wenn die Straßen frei sind.« Meine Mutter musste im Moment viele Nachtschichten übernehmen. Das lag zum einen daran, dass sie eine neue Ärztin in einem alten Krankenhaus war und die Frischlinge immer die Nachtschichten aufgebrummt bekamen, und zum anderen daran, dass sie auf diese Weise am nächsten Tag die Realität verschlafen konnte. Zumindest sparten wir so eine ganze Menge Geld für Wein.

»Ach so, okay, dann sehen wir uns morgen.« Ich war nicht sonderlich traurig darüber und meine Mutter auch nicht. Mein Schulabschluss und mein Eintritt in die Volljährigkeit verliehen unserem Verhältnis die nötige gesellschaftliche Akzeptanz. Es war nicht so, als wäre meine Mutter schon immer eine extrem entspannte Mutter gewesen. Im Gegenteil – sie war so lange eine extrem unentspannte Mutter gewesen, dass ich permanent ihren Zeigefinger über mir schweben sah, selbst wenn sie ihn gar nicht erhoben hatte.

Der Tag zog sich hin. Cole rief nicht an. Und ich rief Cole nicht an. Was wollte ich denn nun? Ich wusste es nicht.

Sie möchten eine ernsthafte Beziehung zu einem Rockstar eingehen, doch dieser nimmt an einer Reality-Show teil, die mit ziemlicher Sicherheit für einen von Ihnen oder beide mit dem Tod oder in der Notaufnahme enden wird. Was tun Sie?

a) Sie lachen und schließen die Tür.
b) Sie bitten ihn freundlich, damit aufzuhören.
c) Sie schließen die Tür, um ihn nicht weiter zu stören.
d) Sie weisen ihn darauf hin, dass Masturbieren gesundheitsschädigend sein kann.
e) Sie informieren die Pflegedienstleitung.

Am Ende des Tages kam Mark, Sierras Ehemann, in den Laden. Eigentlich hatte er hier nichts zu sagen, aber er kam trotzdem hin und wieder vorbei, brachte die Kassenbelege durcheinander und schien davon überzeugt zu sein, dass er eine Riesenhilfe war. Ich wusste nicht genau, womit er eigentlich sein Geld verdiente. Vermutlich mit so was wie Modeln. Er hatte ein Gesicht, mit dem sich sicher gut Sonnenbrillen verkaufen ließen.

»Hallo, meine Schöne«, begrüßte er mich. Aus seinem Mund klang das seltsamer, als wenn Sierra mich so nannte. Sierra benutzte Wörter wie »fantastisch« und »schön« und »traumhaft« und »hinreißend« wie andere Leute unbestimmte Artikel. Mark dagegen, so vermutete ich, fand mich tatsächlich schön, genau wie er wahrscheinlich alle anderen von Sierras Monstern schön fand. Aber warum auch nicht? Wir waren schließlich alle eingestellt worden, weil wir einen bestimmten Look hatten – Sierras Look, um genau zu sein –, und dass Mark seine eigene Frau attraktiv fand, war wohl kaum verwunderlich.

Ich antwortete nicht, sondern hob bloß die Augenbraue, was meiner Ansicht nach denselben Zweck erfüllte.

»Was machst du da?«

»Lernen.«

»Und was?«

Beinahe hätte ich »Masturbieren« gesagt, einfach, weil es lustig gewesen wäre, aber nachdem Mark mich gerade »meine Schöne« genannt hatte, hätte das wohl zu sehr gewirkt, als würde ich mit ihm flirten.

»Wie man einen Menschen vor sich selbst rettet.«

Mark räumte ein paar Papiere von einer Ecke in die andere. Das hatte rein gar keinen Nutzen, außer dass es das komplette Ablagesystem durcheinanderbrachte, das eines der anderen Monster entwickelt hatte. »Dafür gibt's eine Anleitung im Internet?«

Jeder Mensch auf der Welt wusste, dass es auf jede Frage auf der Welt im Internet eine Antwort gab. Lustlos stöberte ich ganz am Rand meines Bewusstseins nach einem Teil von mir, der höflich genug war, etwas Geistreiches zu erwidern. Ich fand keinen.

Mein Telefon vibrierte. Es war Sofia.

»Sofia, was ist?« Ich nahm mir ständig vor, mich am Telefon mit »Culpeper« zu melden, weil mir der businessmäßige Touch gefiel. Und weil es weniger grantig klang als »Was ist?«.

Sofia wirkte kleinlaut. »Tut mir leid, dass ich dich störe. Es ist nur –«

Die Tatsache, dass sie sich für etwas entschuldigte, was nicht mal ihr Fehler war, machte mich noch gereizter. »Mein Gott, Sofia. Ist schon gut. Ich war bloß mal wieder ein bisschen zickig. Was ist denn?«

»Ich wollte dir nur Bescheid sagen, dass gerade die erste Folge kommt. Also, die von Coles Show.«

Jetzt schon?

»Aber wahrscheinlich weißt du das schon längst. Tut mir leid. Ich –«

»*Sofia.* Hör auf, dich zu entschuldigen. Wie ist noch mal die Adresse der Seite? Ach ja, stimmt. Mit Dreien anstelle der E. Vergiss unsere Verabredung heute Abend nicht, ja? Und zieh was Rotes an.«

Nachdem ich aufgelegt hatte, gab ich die Webadresse in meinen Browser ein. Mein Handydisplay war winzig und der Lautsprecher mies, aber es würde reichen müssen. Mein Magen zog sich leicht zusammen vor Nervosität. Diese hinterhältigen Momente, in denen ich mir plötzlich doch einen Kopf machte, brachen immer dann über mich herein, wenn ich am wenigsten damit rechnete.

Die Sendung lief schon; Cole hielt sein Bassisten-Casting am Strand ab. Um sich herum hatte er Dutzende von Boxen in allen Formen und Größen aufgebaut. Jedes Mal, wenn ein neuer Kandidat antrat, hielt Cole ihm den Gemeinschafts-Bass hin, rief eine kurze Ankündigung in die Zuschauermenge und schloss das Ganze mit einer kleinen »Tada«-Geste ab. Diese Geste musste irgendein Überbleibsel von früheren NARKOTIKA-Auftritten sein, denn die versammelte weibliche Fangemeinde brach jedes Mal in schrilles Gekreische aus.

Das machte mich wütend. Es war, als hätten diese Hühner mir irgendein intimes Insiderwissen über Cole voraus. Wussten die denn nicht, dass das alles überhaupt nichts damit zu tun hatte, wie er wirklich war? Die dachten, sie würden ihn kennen. Aber niemand kannte ihn.

Der Haufen Lautsprecher ließ den Sound jedes einzelnen Auftritts über den Strand schallen. Neben Cole stand ein schlaksiger Typ mit schulterlangen blonden Haaren und Pilotensonnenbrille an ein antik wirkendes, holzverkleidetes Boxenpaar gelehnt. Er wirkte so unglaublich verlottert, dass er nur ein Hippie oder berühmt sein konnte.

Unter seinem Gesicht erschien eine Textzeile auf dem Bildschirm: *Jeremy Shutt, Ex-Bassist von NARKOTIKA.*

Ich konnte mich nicht entscheiden, was ich davon halten sollte, dass dieser Teil von Coles Vergangenheit in seiner Gegenwart auftauchte. Es war, als brächte ihn das einen Schritt näher zu dem kaputten Rockstar zurück, der auf der Bühne zusammengebrochen war.

Mark drängelte sich neben mich an den Tresen und spähte auf mein Handydisplay. Ich drehte es ein Stück, damit er besser sehen konnte.

Eine Menschenmenge hatte sich um Cole versammelt. Er war so voller Energie, seine Körpersprache so eindringlich, dass er mich selbst über das winzige Handydisplay in seinen Bann zog. Ich beneidete ihn um die scheinbare Mühelosigkeit, bis mir wieder einfiel, dass er auch eine ganze Menge Übung in so was hatte – sein Charme hatte schließlich bis zu den billigen Plätzen einer Konzerthalle vordringen müssen.

Kabel wanden sich durch den Sand wie Schlangen; Cole forderte die Leute auf, immer mehr Lautsprecher herzubringen. Neben einer Horde winziger iPod-Speaker reihten sich auf dem Strand auch größere, teuer wirkende Boxen, die irgendwelche Zuschauer herangeschafft haben mussten. Das Ganze wirkte wie ein elektronischer Baum voll seltsam anmutender Früchte.

Und es kamen immer neue Bassisten.

Ich hatte keine Ahnung, wie sie alle von dem Casting erfahren hatten. Vielleicht hatte Baby ihre Kontakte spielen lassen. Vielleicht aber auch Cole. Vielleicht gab es ein paar eingefleischte NARKOTIKA-Fans, die jede seiner Bewegungen im Internet posteten. Oder vielleicht lag es auch einfach an der riesigen Menschenmenge und der Ansammlung von Boxen, mit deren Hilfe Cole den Venice Beach in seinen ganz persönlichen Spielplatz verwandelt hatte.

Gerade wurde ein kleines Mädchen gezeigt, das einen orangefarbenen Minilautsprecher einstöpselte und entzückt in die Hände klatschte. Und Cole St. Clair wurde noch ein kleines bisschen lauter.

»*Das* habe ich also auf der Fahrt hierher gehört«, bemerkte Mark. »Hatte mich schon gefragt, was das ist. Das muss doch unglaublich laut sein. Das muss doch illegal sein.«

Keiner der Bassisten konnte Cole zufriedenstellen, obwohl Jeremy einige mit einem wohlmeinenden Kopfnicken bedachte. Einer der Typen, ein Publikumsliebling, spielte einfach immer weiter und weiter und weiter. Der Gewinner?

Doch Cole schaltete kurzerhand den Verstärker aus. Und schüttelte den Kopf.

Ein enttäuschtes Raunen ging durch die Menge, aber Cole winkte ab. Dann drehte er sich um und der Typ existierte nicht mehr für ihn. Ich hatte mich schon immer gefragt, wie Cole eigentlich irgendetwas zustande brachte, wie er so weit gekommen war, und jetzt wurde es mir klar. Menschen waren für ihn keine Menschen mehr, sie waren nur noch Teile eines Plans, Abschnitte auf dem Weg zum Ziel. Und solche Teile konnte man nach Lust und Laune und ohne jede Rücksicht hin und her schieben.

Ich musste an all die Mädchen denken, mit denen Cole, wie er mir erzählt hatte, während seiner Touren geschlafen hatte. Mir war das nahezu unmöglich erschienen, nicht, weil ich ihm nicht geglaubt hatte, sondern eher, weil ich selbst mir nicht vorstellen konnte, so viele Leute so nah an mich heranzulassen. Das klang so anstrengend, so chaotisch. Aber jetzt verstand ich es plötzlich. Wie Cole Menschen in Objekte verwandelte, um sie dann einen nach dem anderen völlig mühelos abzufertigen.

Ein kühles Dunkel breitete sich in meinem Herzen aus.

»Der Typ ist echt unglaublich«, sagte Mark, aber ich wusste nicht, ob er Cole meinte oder den nächsten Bassisten. Wieder waren ein paar Boxen mehr angeschlossen worden, seit die Kameras das letzte Mal zu ihnen hinübergeschwenkt hatten. Es war schwer zu sagen, wo eigentlich der ganze Strom herkam. Jeremy musste immer wieder kurz verschwinden, um an irgendetwas herumzubasteln.

»Ich glaube, ich kenne noch ein paar von ihren Liedern. Bist du NARKOTIKA-Fan?«, wollte Mark wissen.

»Ich kenne ihn. Cole, meine ich.«

»Ist er wirklich so?«

Cole war wirklich so. Und gleichzeitig auch wieder nicht. Das hing davon ab, wann man ihm begegnete. Aber galt das nicht für jeden Menschen? »Schon, ja.«

»Übrigens: Nächsten Samstag bei uns«, sagte er dann. »Die anderen haben schon zugesagt. Kommst du auch?«

»Die anderen?«

Während Cole einen weiteren Bassisten durchwinkte, machte Mark eine Geste in Richtung des Ladens. Aha. Die anderen Monster.

»Und was genau steigt ›bei euch‹?«

Mark griff nach dem Seemöwenfuß. »Nur was Kleines. Ganz locker. Überleg's dir, okay?«

Ich hielt mein Gesicht ausdruckslos, innerlich aber war ich ein kleines bisschen geschmeichelt. »Mach ich«, versprach ich und versuchte mir vorzustellen, zusammen mit Cole zu »was Kleinem« zu gehen.

In der Show schickte Cole einen Bassisten nach dem anderen nach Hause, während immer mehr Lautsprecher dazukamen. Der Kameramann schlenderte an einer Reihe von Boxen entlang, die sich über zig Meter erstreckte: wuchtige schwarze Rechtecke neben handtellergroßen roten Kästchen und schlichten grauen Würfeln.

Natürlich ließ auch die Polizei nicht lange auf sich warten. Die beiden Beamten, ein Mann und eine Frau, sahen aus, als wären sie auf Ärger eingestellt, aber dieser Cole hatte keinen Ärger im Sinn.

»Wir tun doch keinem weh«, sagte er und deutete in die Runde.

»Gucken Sie sich doch nur mal die ganzen glücklichen Gesichter an.«

Die Kameras schwenkten über die Zuschauermenge und die Leute johlten und klatschten und hüpften, um auf sich aufmerksam zu machen. Cole hatte recht: Die meisten von ihnen wirkten tatsächlich glücklich. Wie mühelos er auf ihrer aller Gedanken und Stimmungen dahinglitt und beides durch fröhlichen Lärm ersetzte.

Die Polizisten informierten Cole darüber, dass er den zulässigen Lautstärkepegel überschritt.

»Dann bin ich ja erleichtert«, entgegnete Cole und klang auch so. »Spielt zufällig einer von Ihnen Bass?«

»Wie bitte?«

»Ich bin auf der Suche nach einem Bassisten.«

Einer der Polizisten lachte.

Cole fiel mit ein. Dann verstummte er abrupt. »Okay, ganz im Ernst jetzt. Geben Sie uns eine Kostprobe und hier herrscht sofort Ruhe.«

Die beiden Polizisten, oberste Vertreter der Vernunft, beäugten die Kameras und die Zuschauer und wechselten dann einen Blick.

Die Vernunft lag am Boden.

Natürlich spielten sie mit. Hatten sie eine andere Wahl?

Der eine Polizist nahm das Instrument und legte los. Seine Kollegin tanzte dazu. Die Menge rastete aus. Officer Bass war kein Ausnahmetalent, aber das war zweitrangig. Er war ein Polizist, der mitten am Strand ein Basssolo ablieferte, verstärkt von dreihundert Lautsprecherboxen und Cole St. Clairs Lächeln.

Die Welt lag Cole zu Füßen.

»Okay, also hören Sie jetzt auf?«, fragte der Polizist. »So war es abgemacht.«

Cole erwiderte: »Aber ich habe immer noch keinen Bassisten.«

So konnte diese Sache nicht zu Ende gehen. All die Mühe konnte nicht umsonst gewesen sein. Die Menge hielt den Atem an.

Inmitten der Stille trat plötzlich Jeremy vor. Beinahe ungläubig schüttelte er den Kopf. Dann strich er sich eine blonde Strähne hinters Ohr und verkündete: »Okay, Cole. Okay, ich mach's.«

Für eine Sekunde, *allerhöchstens* eine Sekunde, sah ich Coles echtes Lächeln aufblitzen, bevor es in sein Show-Lächeln hinüberglitt. Er vollführte irgendeinen komplizierten Jungshandschlag mit Jeremy und riss anschließend dessen Arm in die Höhe.

»Wir haben einen Gewinner!«, schrie er.

Dann beugte er sich zu Jeremy hinüber und redete leise mit ihm, als wären alle anderen ringsum verschwunden. Aber ich kannte Cole und ich wusste, dass er die Kameras nicht vergessen hatte.

Zu uns allen sagte er schließlich: »Willkommen zurück, Kumpel.«

Der Jubel wuchs ins Unermessliche.

Dies war ein brillantes kleines Stückchen Fernsehgeschichte.

Plötzlich war ich unerwartet stolz auf Cole. Er hatte recht gehabt heute Morgen, zumindest in einer Hinsicht: Er wusste, was die Leute wollten. Das bedeutete zwar nicht, dass er sich nicht trotzdem Ärger einhandeln konnte, aber immerhin war er sehr gut in dem, was er tat. Einen winzigen, kristallklaren Moment lang wünschte ich, er wäre jetzt hier, denn in diesem einen Moment hätte ich ihm genau das sagen können, ohne meine gewohnte Frostigkeit.

Aber er war nun mal nicht hier. Und darum war alles, was ich denken konnte: *Isabel, verlieb dich nicht noch einmal in ihn.*

Kapitel 13

Cole

Abendessen«, sagte ich auf dem Weg zurück zum Haus zu meinem Handy, in der Hand einen Becher Orangensaft für neun Dollar, bezahlt aus Babys Budget. An einem Schild vor dem Laden hatte gestanden: LASSEN SIE IHRE ZUKUNFT VON EINEM GLAS SONNENSCHEIN VERÄNDERN! Meine Zukunft sah auch so schon ziemlich rosig aus und ich konnte es kaum erwarten zu sehen, was passieren würde, wenn ich auch noch Orangensaft dazukippte. »Das ist die nächste Mahlzeit.«

»Was?«, fragte Isabel. Es hatte etwas extrem Befriedigendes an sich, ihre Nummer zu wählen, in dem Wissen, dass sie tatsächlich rangehen würde.

»Abendessen. Die nächste Mahlzeit. Du. Ich. Was für exquisite Aussichten für uns zwei.«

»Ich kann nicht«, entgegnete Isabel. »Ich hab meiner Cousine Sofia versprochen, dass wir zusammen ausgehen. Wenn ich sie nicht ab und zu vor die Tür zerre, verwandelt sie sich bald in eine wunderliche alte Jungfer.«

»Ich mag es, wenn du so selbstlos bist. Ihr könntet doch zu mir kommen«, schlug ich vor. Schwer zu sagen, ob das der Orangensaft war, der bereits meine Zukunft in die Hand nahm, denn ich hatte mir noch keine Gedanken über den Verlauf des heutigen Abends gemacht, bevor ich angefangen hatte, ihn zu trinken. »Die Dusche ist groß genug für drei.«

»Ich sperre meine Cousine bestimmt nicht in deine Dusche, damit sie mal ein bisschen Spaß hat. Was soll sie denn dabei über das Leben lernen? Aber wenn du willst, komm doch einfach mit.«

Ich wusste zwar nicht, wie diese Sofia so war, aber mir war gerade nicht sonderlich nach Small Talk. Im Moment sonnte ich mich noch in dem Wissen, gute Arbeit geleistet und mir meinen verdammten Orangensaft verdient zu haben. »Was ist denn heute so an Musik im Angebot?«

»Keine Ahnung.«

»Du lebst in L.A. und *hast keine Ahnung*?« Um ehrlich zu sein, wusste ich genauso wenig, wer heute ein Konzert spielte, aber ich hatte das Gefühl, dass ich es wissen würde, wenn ich schon eine Weile hier wohnen würde.

»Ich mag keine Konzerte. Da springt doch bloß ein Haufen schwitzender Leute auf und ab und der Sound ist sowieso mies.«

»Ich weiß nicht, ob ich noch mit dir reden kann, wenn du weiter solche blasphemischen Äußerungen von dir gibst.« Ich blieb stehen und betrachtete ein Schild, auf dem ein professioneller Phrenologe seine Dienste anpries. Darauf war der Umriss eines kahlköpfigen Mannes im Profil zu sehen, um dessen Kopf Sterne tanzten. Mir war nicht ganz klar, welches Produkt hier beworben werden sollte. »Bist du noch nie auf einem Konzert gewesen, das dir gefallen hat?«

»Lass mich kurz nachdenken; nein, nein, bin ich nicht. Du etwa? Oder bist du einfach so der Meinung, dass man Konzerte toll finden muss?«

»Was für eine blöde Frage«, erwiderte ich, obwohl sie vermutlich recht hatte. Ich war nicht auf sonderlich vielen Konzerten gewesen, bevor *ich* das Konzert gewesen war, und wie sich herausgestellt hatte, nahm die Branche es einem ziemlich übel, wenn man nicht zu seinen eigenen Konzerten erschien, auch wenn man sie vielleicht selbst nicht besonders gut fand. »Ist Sofia echt?«

»Was? Ich weiß nicht einmal, warum sie ist, wie sie ist. Meiner Meinung nach rechtfertigt kein Vorkommnis in ihrer Kindheit ihre heutigen Neurosen. Ach so, warte. Du meinst, ob es sie wirklich gibt? Ich habe nicht schnell eine Cousine erfunden, weil ich nicht mit dir essen gehen will, Cole. Das hätte ich dir direkt gesagt.«

»Gehst du das nächste Mal ans Telefon, wenn ich anrufe?«

»Bin ich doch diesmal auch oder etwa nicht?«

»Sag einfach Ja.«

»Ja. Unter Vorbehalt, ja.«

Ich trank meinen Orangensaft aus. Ich versuchte, großzügig über die Tatsache hinwegzusehen, dass Isabel Culpepers Lippen in meiner heutigen Abendgestaltung keine Rolle spielen würden. Dieser Saft hatte meine Zukunft nicht zum Positiven verändert. »Was denn für Vorbehalte bitte?«

»Manchmal kommst du auf so komische Ideen, wie zum Beispiel vierzigmal am Tag anzurufen oder mir obszöne Nachrichten auf der Mailbox zu hinterlassen, und dann gehe ich nicht ran.«

»So ein Quatsch. Das klingt ja wohl überhaupt nicht nach mir. Ich würde nie eine gerade Anzahl von Malen anrufen.«

»Außerdem rufst du manchmal nur an, weil dir langweilig ist, und nicht, weil du irgendetwas zu sagen hast, und ich will nicht so eine Art personifiziertes Internet sein, das nur dazu da ist, dich zu unterhalten.«

Das klang schon mehr nach mir.

»Also geh einfach nach Hause, schreib an deinem Album und morgen früh kannst du mich anrufen und mir sagen, was wir dieses Wochenende unternehmen.«

»Aber dann bin ich ja völlig allein.«

»Wir sind alle allein, Cole.«

»Ganz meine kleine Optimistin«, sagte ich.

Nachdem ich aufgelegt hatte, ging ich zurück zum Haus.

Ich dachte daran, wie Isabel und ich uns in der Dusche geküsst hatten.

Ich dachte an den Abend, den ich allein in diesem seltsamen New-Age-Paradies verbringen musste.

Ich dachte daran, an meinen Songs für das Album zu arbeiten.

Ich dachte daran, Sam anzurufen.

Ich dachte daran, mich im Badezimmer auf einen kleinen Trip zu begeben.

Ich ging durch den Garten zu dem kleinen Bungalow, in dem Leyla wohnte. Die Schiebetür zum Garten stand offen.

Das Innere bestand hauptsächlich aus einem weißen Sofa und sehr viel Bambus. Das Abendlicht, das durch die Vorderfenster hereinfiel, ließ das Ganze wie den Showroom eines Ökoauto-Händlers wirken, nur ohne die Autos. Leyla saß in der Mitte des Zimmers auf dem Boden und machte Yoga oder meditierte. Ich war mir nicht ganz sicher, ob dazwischen überhaupt ein Unterschied bestand. Meditieren war vermutlich das, wozu man nicht unbedingt Sportklamotten brauchte.

Ich klopfte an den Türrahmen.

»Lily. Leyla. Kann ich dich mal eine Sekunde wegen morgen sprechen? Wenn wir zusammen die Welt retten?«

Leyla bedachte mich mit einem schläfrigen, pazifischen Blick.

»Ach so, *du*.«

»Genau, *ich*. Witzig: Das war auch das Erste, was meine Mutter zu mir gesagt hat.«

Leyla lachte nicht. »Okay, dann lass mich nur erst eines loswerden«, sagte sie, »ich glaube nämlich an Ehrlichkeit: Ich respektiere weder deine Arbeit noch deinen persönlichen Lebensstil.«

»Wow. Okay, das wäre dann wohl geklärt.«

Leyla streckte einen Arm aus und dehnte sich. »Gutes Gefühl, oder?«

Von einem Hippie gedisst zu werden – das musste man auch erst mal hinkriegen. »›Gut‹ würde ich es jetzt vielleicht nicht unbedingt nennen, aber okay. Willst du das Ganze noch ein bisschen ausweiten oder ist damit alles gesagt?«

Sie wechselte den Arm. Die Geschwindigkeit ihrer Bewegungen rangierte irgendwo zwischen quälend langsam und Faultier. »Menschen sind dir vollkommen gleichgültig. Du betrachtest sie bloß als … Objekte.«

»Okay, und?«

»Und dir ist das Berühmtsein wichtiger als die Musik.«

»Da liegst du jetzt aber falsch, meine Liebe«, erwiderte ich. »Mir ist beides gleichermaßen wichtig. Fünfzig-fünfzig, mindestens. Vielleicht sogar vierzig-sechzig.«

»Hast du überhaupt schon was für das Album geschrieben, das in sechs Wochen fertig sein soll?«

»Jetzt ziehst du mich aber runter.« Es machte keinen Spaß, sich über jemanden lustig zu machen, der es nicht mal mitkriegte.

Leyla fragte: »Woher willst du wissen, dass du mich als Schlagzeugerin nicht auch ätzend findest?«

Ich schenkte ihr ein ausgewachsenes Cole-St.-Clair-Lächeln, um ein bisschen Zeit zu schinden.

Die Sache war die: Ich hatte das Casting für einen neuen Bassisten nur abhalten können, weil Jeremy, mein ehemaliger Bassist, neben mir gesessen hatte. Ich konnte nach einem neuen Bassisten suchen, weil ich nicht das Gefühl gehabt hatte, den alten ersetzen zu müssen. Jeremy hatte nicht aufgehört zu existieren, er war nur weitergezogen. Aber der Schlagzeuger von NARKOTIKA lebte nun mal nicht in einem Haus in irgendeinem Canyon. Er lag tot in einem Loch, im Körper eines Wolfs. Und ich glaube, ich hätte es nicht ertragen, in »Ist irgendeiner von denen besser als Victor?«-Kategorien zu denken. Ich hatte meine Schuldgefühle und meine Trauer mit ihm begraben. Ich hatte mich bei einem Toten entschuldigt und das war's.

Mehr oder weniger.

»Ich habe einen Plan«, erwiderte ich. »Alles unter Kontrolle.«

Sie schloss wieder die Augen. »Kontrolle ist eine Illusion. Tiere zum Beispiel bilden sich nicht ein, über irgendwas die Kontrolle zu haben.«

Plötzlich, von einem Moment auf den anderen, wollte ich bei Isabel sein, nur bei Isabel, und ich konnte einfach nicht fassen, dass ich den Abend allein hier verbringen musste, mit niemandem außer Leyla.

»Du bist ja echt ein totaler Hippie-Freak«, sagte ich zu ihr. Es war mir egal, ob die Kameras mich hörten.

»Es gibt auch keine Hippie-Tiere«, entgegnete Leyla, »weil jedes Tier von Natur aus eins ist mit seiner Umgebung.«

Ich klopfte an den Türrahmen und trat zurück in den Garten. Noch immer erfüllte mich diese brennende Sehnsucht. »Vielleicht feuere ich dich ja morgen.«

Sie öffnete nicht mal die Augen. »Ich bin mit allem einverstanden, was der morgige Tag für mich bereithält.«

Was für eine lächerliche Sicht der Dinge. Der morgige Tag hielt genau das für einen bereit, was man von ihm verlangte. Wenn man nichts verlangte, dann bekam man auch nichts. Und von nichts hatte ich die Nase voll. Ich wollte *etwas*. Nein. Ich wollte *alles*.

Kapitel 14

Isabel

Es dauerte nur ungefähr fünfundvierzig Minuten, bis Cole das nächste Mal anrief. Ich war gerade kurz davor, mich der Villa Katzenjammer auszuliefern.

»Ich hab noch mal über deine Abendplanung nachgedacht«, sagte Cole, »und ich finde, das kann doch nicht gut für Sylvia sein. Sofia? Sofia.«

»Du scheinst sie ja wirklich zu kennen. Und warum ist es nicht gut für sie?« Ich setzte meinen Geländewagen rückwärts in die Auffahrt. Ohne in den Spiegel zu gucken. Ich hatte mein Vorhaben von Anfang an deutlich gemacht – wenn ich jetzt irgendwelche alten Damen, Haustiere oder Kinder überfuhr, waren die selbst schuld. Schließlich waren sie gewarnt worden.

»Wie soll sie denn – oh wow, da hast du mir ja den Ball direkt zugespielt. Na, weil *ich* nicht daran beteiligt bin.«

»Und wie genau würde ein gutes Abendprogramm aussehen, an dem du beteiligt bist?«

»Alles, woran ich beteiligt bin, ist gut. Aber das hier wird eine Überraschung – pack einfach Sylv– Sofia und einen Pullover ein und vielleicht ein paar Käsespießchen.«

»Ich mag keine ›Tadas‹.« Doch mein Herz schlug bereits schneller. Genau das, was ich hatte vermeiden wollen.

»Es wird auch kein ›Tada‹. Nur ein genialer Plan. Ach ja, und es werden noch zwei andere Personen dabei sein. Aber die eine ist wie Sofia, weil das Leben nun mal Furcht einflößend ist, und die andere ist wie du. In etwa. Nur dass er nicht dem Sarkasmus frönt, sondern einer echten Religion.«

»Cole –«

»Vergiss nicht den Käse.«

Eine Stunde später fand ich mich zusammen mit Sofia einer Masse toter Menschen gegenüber.

Coles umwerfend genialer Plan hatte darin bestanden, sich mit uns auf dem Hollywood-Forever-Friedhof neben dem Grabmal von Johnny Ramone zu treffen. Er – Cole, nicht Johnny – wirkte frisch gewaschen und absolut zum Anbeißen in seinem schlichten weißen T-Shirt und sehr teuren Jeans. Er hatte zwei weitere nicht tote Menschen dabei: Jeremy und irgendeinen Mann namens Leon. Letzterer wäre alt genug gewesen, um als mein Vater durchzugehen, und trug eine sehr schicke Hose und ein adrettes Hemd mit hochgekrempelten Ärmeln. Vielleicht ein Manager oder so was? Jeremy dagegen wirkte in natura mehr wie ein Hippie und weniger berühmt.

Sofia war nicht begeistert über unseren Friedhofsbesuch. Leon auch nicht. Aber beide waren offensichtlich zu höflich, um es laut zu sagen.

Mir war es egal, denn:

- Die Leute hier waren alle schon lange tot und man konnte ihnen sowieso nicht mehr helfen.
- Ich kannte keinen Einzigen von ihnen, Johnny Ramone eingeschlossen.

- Ein Großteil meiner Gehirnfunktionen war damit beschäftigt, sich zu fragen, wann ich das nächste Mal Gelegenheit haben würde, mit Cole rumzuknutschen.

Außerdem war dieser Friedhof kein bisschen gruselig. Die Sonne hing strahlend rosa hinter den himmelhohen Palmen und weißen Mausoleen. Geradezu fröhlich anmutende Grabsteine gruppierten sich um hübsche kleine Seen. Und es gab Pfauen. Es war schlicht unmöglich, sich in der Gegenwart von Pfauen zu gruseln.

Hinzu kam, dass zwischen den Gräbern mehrere Hundert lebendige Menschen auf Decken herumlümmelten.

»Ich würde gern dem Flamingo eine Karte schreiben, der für deine Jacke sein Leben lassen musste«, sagte Cole zu mir, »der macht sich nämlich wunderbar als Kleidungsstück. Ich bin drauf und dran, alles, was er nicht bedeckt, in den Mund zu nehmen.«

Das wäre einiges gewesen, denn es handelte sich nur um einen rosafarbenen Hauch von Jäckchen (aus Fell, nicht aus Federn). Coles Augen fügten alles hinzu, was er nicht ausgesprochen hatte. Und ich konnte nicht sicher sein, dass mein Gesicht ihm nicht genau dasselbe mitteilte.

Diesen Abend würde ich nicht lebend überstehen.

»Doch nicht vor den Kindern«, ermahnte uns Jeremy.

Cole reichte mir seine Sonnenbrille. Ich setzte sie auf und musterte ihn. Von seinem Showlächeln war an diesem Abend nichts zu sehen oder aber die Sonnenbrille war so programmiert, dass sie es automatisch ausmerzte. Er sah einfach … gut aus, fröhlich, und so als hätte er am liebsten hier und jetzt mit mir Sex gehabt.

Hilfe.

Er wandte sich Sofia zu.

»Ist da Käse in diesem Dings?«, fragte er mit einer Geste auf den

Picknickkorb in ihrer Hand. Bis zu diesem Punkt hatte sie noch kein Wort gesagt, ihr Gehirn überfordert mit der Präsenz so vieler anderer Angehöriger ihrer Spezies. Und jetzt auch noch nach Käse gefragt zu werden, war einfach zu viel. Mit weit aufgerissenen Augen starrte sie ihn an.

»Nur Sandwiches«, brachte sie schließlich heraus. Und dann, ein bisschen lauter: »Verschiedene Sorten.«

Es waren längst nicht »nur Sandwiches«. Schließlich hatte Sofia sie zubereitet, und darum lugte unter dem Deckel des geschlossenen Korbes geschmackvoll die Ecke einer gestreiften Picknickdecke hervor. Man hätte das Ganze direkt für eine Hochglanzzeitschrift ablichten können, unter der Überschrift: *Alles für ein perfektes Sommerpicknick! Nur noch Freunde hinzufügen!*

»Ich will mal ein Keyboard auf meinem Grabstein«, merkte Cole an, der seine Aufmerksamkeit schon wieder der Gitarre spielenden Statue von Johnny Ramone zugewandt hatte. Er berührte Johnnys Gesicht, was wie Gotteslästerung wirkte. »Jeremy, was willst du auf deinem haben?«

Jeremy hatte die von Rob Zombie verfasste Inschrift an der Seite der Statue betrachtet: *Du warst ein Punk mit Leib und Seele und ein treuer Freund.* »Ich will eingeäschert werden. Wozu ist dieser Körper denn noch gut, wenn ich längst auf dem Weg in den nächsten bin?«

»Schon klar«, entgegnete Cole. »Ich lasse dich sowieso ausstopfen. Und Isabel? Was hättest du gern? Vielleicht ein Maschinengewehr oder ein Diadem?«

Ich durfte nicht lächeln, weil das nicht meiner Rolle in diesem Spiel entsprochen hätte. Aber seine Sicht von mir gefiel mir. »Beides, bitte«, antwortete ich.

»Leon?«, fragte Cole.

Leon war viel zu lieb für so was, das erkannte ich sofort. Er war eher der ernsthafte, freundliche Typ Mann, der es einen nie merken lassen würde, wenn man ihn gekränkt hatte, was irgendwie dazu führte, dass ich ihn auf keinen Fall kränken wollte. Aber er wollte Cole eine Freude machen, denn jeder wollte Cole entweder Freude machen oder ihn umbringen, also antwortete er: »Ich hab mal ein Grab mit einem Engel drauf gesehen, der hatte so ein bisschen den Kopf eingezogen« – er machte es vor – »verschüchtert irgendwie, aber gleichzeitig hatte er ein Lächeln im Gesicht. Ein ganz kleines. Das fände ich schön.«

»Sollte machbar sein«, befand Cole.

Eine Sekunde, bevor sie an der Reihe war, wurde Sofia genau das bewusst. Verzweiflung trat in ihren Blick.

»Das ist ja morbide«, warf sie mit sanfter Stimme ein, die im besten Fall für aufmerksame Hunde hörbar war. Zu ihrem Glück war Cole ein aufmerksamer Hund.

»Der Tod ist nicht morbide«, widersprach er. »Sondern alles andere auf der Welt.«

»Ich finde es nicht gut, darüber zu reden«, entgegnete Sofia tapfer. »Es gibt so viel schönere Dinge, über die man sich unterhalten kann.«

»Absolut«, stimmte Cole ihr zu meiner Erleichterung zu. Dann griff er nach Leons Arm und deutete in eine Richtung. »Da. Leon. Guck mal. Das Fotomotiv des Tages.« Leon zog gehorsam sein Handy aus der Hosentasche und visierte den Punkt an, auf den Coles Zeigefinger deutete: Die Palmen, alle leicht nach rechts geneigt, zeichneten sich als schwarze Silhouetten vor dem prächtigen Rosa des Himmels neben einem weißen Mausoleum ab.

»Ich hab ein geistiges Foto aufgenommen«, sagte Jeremy.

Die Speicherkarte meines Geistes war voll. Ich musste erst ein altes Bild von einem weniger beeindruckenden Sonnenuntergang in San Diego löschen, um diesen hier zu dokumentieren.

Während ein Grüppchen älterer Frauen an uns vorbeikam, kichernd und mit Weinflaschen in den Händen, fragte ich: »Also, wie sieht dein Plan aus, Cole?«

»Eigentlich«, erwiderte Cole, »ist es Leons Plan.«

Leon blickte bescheiden drein. »Ich habe in der Wochenendbeilage davon gelesen.«

Cole nickte. »Da, wo immer die neusten Neuigkeiten stehen. Anscheinend zeigen sie heute einen Film an der Seitenwand dieses Mausoleums da drüben« – er deutete auf das Fotomotiv von kurz zuvor – »und wir können uns gemütlich irgendwo hinkuscheln und ihn uns ansehen.«

Das Mausoleum, auf das er gezeigt hatte, war groß und hatte schlichtweiße Wände, ideal, um etwas darauf zu projizieren. »Was für einen Film?«

Cole beugte sich mit durchdringendem Blick ein Stück zu mir vor. Verlangen durchzuckte mich. *»Die Schöne und das Biest.«*

Er grinste. Also nicht *Die Schöne und das Biest.*

Meine Augen wurden schmal. »Ich mag es nicht, wenn du mich als Biest bezeichnest.«

Coles Lächeln war so wundervoll, dass es wehtat.

Schließlich schaltete sich Leon ein: »Leute, sollen wir uns vielleicht langsam einen Platz suchen?«

Während Cole mit Jeremy vorausstürmte, hakte sich Sofia bei mir unter. Sie flüsterte: »Wow, Isabel, der ist ja so *schön.*«

Ihrem Tonfall nach klang es jedoch eher, als meinte sie »schrecklich«.

Die Jungs hatten inzwischen ein Plätzchen ausfindig gemacht, wo uns nicht allzu viele große Leute die Sicht nehmen konnten. Sofia breitete die Decke aus und verteilte zu meinem Ärger Sandwiches an alle – aber die anderen konnten ja nicht wissen, dass sie deshalb mit ihr hätten schimpfen müssen. Ich beobachtete, wie sie still und zaghaft ihr eigenes Sandwich mümmelte, indem sie immer wieder kleine Stückchen davon abriss, damit sie auch bloß nichts falsch machte und womöglich mit offenem Mund erwischt wurde. Merkte sie denn nicht, dass es die anderen nicht interessierte, wie sie kaute? Wie alle bereit gewesen waren, sie zu mögen, selbst bevor sie angefangen hatte, die Sandwiches zu verteilen?

Ich hatte erwartet (gefürchtet?), dass es Alkohol geben würde, aber wie sich herausstellte, war Jeremy so was wie ein Hardcore-Buddhist und Leon seit fünf Jahren trocken, Cole übte sich ebenfalls in Abstinenz und Sofia und ich waren Sofia und ich.

Cole setzte sich neben mich und legte mir die Hand auf den Rücken, unter meiner Jacke. Seine Finger wollten mich und sonst nichts. Ich starb langsam vor mich hin.

»Möchtest du vielleicht meine Jacke haben?«, fragte Leon Sofia.

»Oh, nein, danke, schon in Ordnung«, erwiderte Sofia, obwohl sie sichtlich fror und Leons Angebot absolut väterlich gewirkt hatte. Wahrscheinlich konnte Sofia sich gar nicht daran erinnern, wie »väterlich« überhaupt aussah.

»Sofia«, mischte ich mich ein und ließ mein Sandwich sinken. Die Brotkante war von meinem Lippenstift rot verfärbt. »Wenn du nicht sofort diese Jacke annimmst, muss ich leider irgendwas in Brand stecken.«

Sofort kam Leben in Cole.

Jeremy schüttelte langsam den Kopf. »Vergiss es, Alter. Nicht hier.«

In seinen Worten lag ein so träger, verhaltener Humor, dass es plötzlich unübersehbar schien, wie lange die beiden zusammen in einer Band gewesen waren. Dass er Cole auf eine Weise kannte, wie es auf all diese kreischenden Fan-Mädchen nicht zutraf.

Ich wartete auf einen Anflug von Eifersucht, aber mir war mehr, als hätte ich soeben ein weiteres Mitglied eines Klubs von Überlebenden kennengelernt.

Sofia nahm die Jacke.

Dann fing der Film an. Es war *Ferris macht blau*, den wir alle schon gesehen hatten.

Einmal sah ich zu Cole hinüber und er – starrte bloß mich an. Seine Augen waren leicht zusammengekniffen, so als versuchte er, in meinem Gesicht zu lesen. Auch er war eine Silhouette vor den letzten Resten des rosafarbenen Himmels und den hohen, zur Seite geneigten Palmen. Es war kaum zu glauben, dass er nicht ein kalifornisches Urgestein war, denn er wirkte, als wäre er geradewegs aus dem Boden gewachsen neben all den Palmen und Pfauen und der Gitarre spielenden Johnny-Ramone-Statue.

Er sah nicht weg.

Gott, ich wollte ihn einfach nur küssen.

Ich wünschte, wir wären allein.

Doch da war ja noch Sofia, die mich brauchte, und Leon, der Coles Fahrer zu sein schien und gleichzeitig sein Date für heute Abend, und dann noch Jeremy, der – tja, keine Ahnung, was genau Jeremy war. Er machte jedenfalls den Eindruck, als könne er gut auf sich selbst aufpassen.

Nachdem der Film schon eine Weile lief, verkündete Sofia, sie müsse zur Toilette. Sie blieb ewig weg, also stemmte ich mich seufzend auf die Füße. »Ich gehe mal kurz nach ihr sehen.«

Ich fand sie in einem der Mausoleen. Durch den breiten Mittelgang gelangte ich unter eine Glaskuppel. Die wolkenkratzerhohen Wände zu beiden Seiten waren in Rechtecke unterteilt, die mich an

Postfächer erinnerten. In jedes davon war von außen eine kleine Urne geprägt, denn in diesen Fächern befanden sich tote Menschen.

Sofia hockte lautlos weinend neben einer Urne, noch immer Leons Jacke um die Schultern. Meine Absätze klickten über den Boden, als ich zu ihr ging.

»Das ist aber nicht sehr erwachsen«, sagte ich zu ihr.

Sie drehte ihr Gesicht weg und schniefte. »Ich bin auch nicht erwachsen.«

»Was ist denn überhaupt los?«

»Ich weiß einfach nicht, was ich mit anderen Leuten reden soll.«

»Wir gucken einen Film. Da redet man überhaupt nicht.«

»Aber wenn wir reden würden. Dann wüsste ich nicht, was ich sagen sollte.«

Ich hatte keine Ahnung, wie man ein rein hypothetisches Problem lösen sollte, das ich selbst dann kaum hätte nachvollziehen können, wenn es nicht rein hypothetisch gewesen wäre.

Was dazu führte, dass ein paar Sekunden verstrichen, in denen Sofia immer verzweifelter und ich immer wütender wurde und immer mehr über tote Menschen nachdachte und darüber, dass mein Bruder zu ihnen gehörte, dass er tot in einem Loch lag anstatt in einem sauberen weißen Fach in Kalifornien.

»Hey«, meldete sich eine Stimme hinter mir. Unbegreiflicherweise stand dort plötzlich Jeremy. Er wirkte demonstrativ harmlos mit seinen gekrümmten Schultern und strich sich eine Haarsträhne hinters Ohr. »Ich bin's. Ich wollte nur mal nachsehen, ob bei euch alles okay ist.«

»Tja, sie ist einfach …« *Nicht lebensfähig.*

Jeremys Auftauchen gab Sofia den Rest. »Jetzt hab ich wirklich alles verdorben!«, heulte sie.

»Hast du nicht!«, zischte ich.

Jeremy blieb ganz entspannt. »Ach, Unsinn«, sagte er. »Cole ist sowieso gerade mit seinem Date Leon beschäftigt; die amüsieren sich prächtig da draußen. Von daher, hey, wäre es okay, wenn ich was ausprobiere? Ich hab mal so was gelernt, das, also …«

Er ging um mich herum, bis er vor Sofia stand. Und irgendetwas an seinem Gesicht musste tröstlicher wirken als an meinem, denn Sofia schluckte ihren nächsten Schluchzer hinunter und sah ihm in die Augen.

»Es wird dir alles manchmal ein bisschen zu viel, was?«, fragte Jeremy und gestikulierte beim Sprechen. Er hatte lange, lange Finger. Bassistenfinger. Mit einer Hand begann er, sich aufs Brustbein zu tippen, und mit der anderen ergriff er Sofias schlaffen Unterarm, um die Geste damit bei ihr zu imitieren. »Klopf dir hierhin und sprich mir nach, ja? Okay, sag: ›Wir verstehen uns alle gut. Die anderen mögen mein Lächeln.‹«

Bitte was?!

Sofia lächelte scheu.

Bitte was hoch zwei?!

»Und jetzt klopf dir hierhin«, fuhr Jeremy fort und begann, sich aufs Kinn zu tippen. Ich rechnete damit, dass Sofia sich weigern würde – *ich* hätte mich geweigert –, aber sie machte ihm brav alles nach. »Und jetzt sag: ›Wir verstehen uns alle gut. Die anderen finden mich nett.‹«

Hoch drei: Bitte. *Was?*

»Oh mein Gott«, stöhnte ich. »Das ist doch wohl nicht euer Ernst.«

»Isabel«, ermahnte Jeremy mich sanft, »das hier ist eine positive Umgebung.«

Sofia unterdrückte ein zittriges, feuchtes Kichern. Ich verdrehte die Augen. »Dauert das noch lange?«

»Ist die Ewigkeit lang?«, fragte Jeremy zurück.

»Oh mein –«

Er grinste. »War nur ein Scherz. Noch fünf oder zehn Minuten.«

Ich deutete auf den Ausgang. »Ich warte dann draußen. Ist das in Ordnung, Sofia?«

Das war es. Natürlich. Märchenwesen sind immer zufrieden, wenn sie ein anderes Märchenwesen gefunden haben.

Ich war erst ein paar Meter weit gekommen, als Cole direkt vor mir auftauchte. Sein Blick war hungrig.

»Isabel …«

Ich spürte gerade noch, wie seine Finger nach meiner Hand griffen und mich mit sich zogen, dann standen wir auf der anderen Seite des Mausoleums und küssten uns. Es ging so schnell und ich hatte mich so sehr danach gesehnt, dass ich unmöglich hätte sagen können, ob er die Initiative ergriffen hatte oder ich. Mein Gehirn schaltete auf Stand-by, bis ich nur noch seinen Mund spürte, seinen Körper, seine Finger, die sich fest um meinen Oberarm schlossen, die meinen Rock hochschoben. Seine Hand auf meinem Oberschenkel war eine Frage – meine Hände, mit denen ich ihn enger an mich zog, die Antwort.

Es war nicht dunkel genug, um nicht gesehen zu werden, Sofia und Jeremy konnten jeden Moment aus dem Mausoleum kommen, ich durfte nicht zu weit gehen.

Es war mir egal.

Ich wollte ihn so sehr.

Der Strahl einer Taschenlampe glitt über unsere Gesichter. Eine Warnung.

»Hey, ihr zwei«, rief jemand. Ein handelsüblicher Sicherheitstyp. »Reißt euch mal zusammen, klar?«

Cole hörte auf, mich zu küssen, aber er ließ mich nicht los.

»Okay«, sagte er mit einem angespannten Lächeln zu dem Mann, der sich schon wieder umgedreht hatte. Dann flüsterte er, nichts als Zunge und Zähne an meinem Ohr: »Komm mit mir.«

Mein Puls wummerte durch meinen Bauch und meine Oberschenkel. Ich wusste, was er meinte, aber ich entgegnete trotzdem: »Ich war ja schon auf dem Weg zurück zu dir.«

»Das meine ich nicht«, sagte Cole. Dann noch einmal: »Das meine ich nicht. Heute Nacht. Komm mit zu mir.«

Er redete nicht vom Rumknutschen. Er redete von Sex.

Ich sagte: »Ich muss Sofia nach Hause bringen.«

»Ich hol dich ab«, sagte Cole.

Mein Körper summte eine Antwort für mich. Ich versuchte, klar zu denken. »Und wie soll ich dann wieder nach Hause kommen?«

»Nach Hause?«, wiederholte Cole, als hätte er keinerlei Vorstellung davon, was diese Worte bedeuteten. »Du sollst bleiben. Ich fahre dich morgen früh nach Hause. Isabel –«

»*Bleiben?*«, flüsterte ich und plötzlich war mir heiß. Es war nicht das Bleiben an sich, das mir Angst machte. Sondern der Gedanke, dass ich gern bleiben würde, und was war, wenn dann einer von uns plötzlich genug vom anderen hatte? Solche Szenen hatte ich in der Villa Hundeelend oft genug mit ansehen müssen, um zu wissen, dass ich mir das ersparen wollte. Vor zwei Tagen war er noch nicht mal hier gewesen und jetzt wollte er, dass ich die Nacht mit ihm verbrachte. Er mochte ja vielleicht ein supercooler Rockstar sein, der schon jede Menge Frauen flachgelegt hatte, aber ich war ein eventuell ex-erzkatholisches Mädchen, das erst ein paarmal fast bis zum Äußersten gegangen war. »Was willst du eigentlich von mir?«

»Hab ich dir doch schon gesagt«, erwiderte er. »Abendessen. Nachtisch. Sex. Leben.«

Aus irgendeinem Grund schmerzten mich seine Worte, vielleicht wegen des Missverhältnisses zwischen dem, was ich glauben wollte, und dem, was ich zu wissen glaubte. »Das sagst du doch nur, weil du denkst, dass du gut dabei aussiehst.«

Cole schnaubte abschätzig. »Tu ich ja auch, aber ich meine es trotzdem ernst.«

Ich schob seine Hand von meinem Hintern, damit ich besser denken konnte. »Langsam, Cole.«

Er seufzte, laut und theatralisch. Dann ließ er den Kopf auf meine Schulter sinken und atmete gegen mein Schlüsselbein. Ausnahmsweise bewegte er sich mal nicht, brauchte nichts, verlangte nichts, tat nichts. Er hielt mich bloß im Arm und ließ sich gleichzeitig von mir aufrecht halten.

Es war schockierend.

Es war keine Frage. Sondern ein Statement.

Und genau das war es, wovor ich solche Angst hatte: davor, dass Cole St. Clair sich in mich verlieben würde und ich mich in ihn, jeder von uns eine menschgewordene Waffe; davor, dass jeder von uns ein gebrochenes Herz davontragen würde.

Kapitel 15

Cole

Isabel kam nicht mit zu mir und wieder hockte ich einsam in der Wohnung, während durch die gläserne Terrassentür der riesige Mond zu mir hereinspähte. Ich sehnte mich so sehr nach ihr, dass ich nicht denken konnte. Eine undefinierbare Menge von Minuten erstreckte sich zwischen jetzt und morgen.

Ich starrte auf mein Keyboard und es starrte zurück, keiner von uns interessiert am anderen.

In der Küche untersuchte ich die an der Arbeitsplatte befestigten Kameras, die auf den Boden gerichtet waren. Ich kauerte mich davor und sagte: »Hallo. Ich bin Cole St. Clair. Und das hier ist mein Instrument.« Dann richtete ich mich wieder auf und ließ ein, zwei Minuten lang die Hüften davor kreisen. Die Kamera war kein sonderlich dankbares Publikum.

Ich kletterte auf die Arbeitsplatte, um zu sehen, ob ich mit den Händen die Decke berühren konnte. Konnte ich. Ich kickte den Toaster zu Boden, um zu hören, wie viel Lärm das machen würde. Nicht viel.

Es war immer noch nicht morgen.

Ich verstand einfach nicht, wie Isabel so eisern meiner Unwiderstehlichkeit widerstehen konnte. Ich ertrug diesen Zustand rasenden Verlangens nach ihr nur, solange ich mir sicher sein konnte, dass sie dasselbe Verlangen nach mir verspürte. Ich hätte sie gern angerufen und mich dessen vergewissert, aber selbst mir war klar, dass ich mit einem solchen Anruf jede Grenze niedergetrampelt hätte, die sie mir gesetzt hatte.

Das Bett erschien mir zu verbindlich, also rollte ich mich auf einem Sessel im Wohnzimmer zusammen und knibbelte am Stoff der Armlehne, bis ich schließlich einschlief. Ich träumte davon, wach in einem Sessel zu sitzen, der nach altem Meerwasser roch, und schreckte auf, allein, mit schmerzendem Nacken, den Mond immer noch im Gesicht. Mein Herz und meine Lunge schienen mich von innen her aufzufressen, also nahm ich meine Sachen und ging auf die Dachterrasse.

Dieses spät-frühe, nächtlich-morgendliche Los Angeles war kühl und violett. Der Mond sah aus wie kurz nach voll, war aber immer noch nah genug, um wie ein weit aufgerissenes Auge zu wirken. Aus einer Bar ein paar Straßen weiter drang Gelächter zu mir herüber.

Ich schlenderte auf und ab und ließ meine Finger unter das Geländer gleiten, über die Möbel und um die Zitronenbäumchen in ihren Töpfen. Hier gab es keine Kameras und der größte Teil von Venice lag unter mir; alles, was ich sah, waren Dächer. Die Terrasse nebenan war leer; genauso wie vermutlich das ganze Haus. Zu vermieten. Und die Terrasse am Haus dahinter, in der Dunkelheit kaum zu erkennen, war ebenfalls verlassen.

Niemand würde mich sehen. Wahrscheinlich. Ich war im Freien, wo ich nie hundertprozentig sicher sein konnte. Aber sicher genug. Das Restrisiko war so gering, dass ich mir nicht mal vorzumachen versuchte, es würde mich kümmern. Für fünf oder sieben oder zwölf Minuten müsste es reichen.

Ich injizierte, schluckte, wartete ab.

Als Wolf erschien mir die Welt kleiner. Meine Sinne fühlten sich an wie zersplittert. Ich erinnerte mich vage an einen jungen Mann mit rasendem Puls und sah die Umgebung durch seine Augen, höher, und dann vergaß ich ihn. Ich lief am Rand dieses Orts auf und ab, gefangen, hoch über dem zischenden Boden. Die Blätter der Zitronenbäumchen murmelten mir etwas zu. Der Geruch von etwas zu essen in der Nähe, scharf, verschwitzt. Über meinem Kopf zog ein lärmender Stern von einem Ende des Himmels zum anderen.

Ich setzte meine Pfoten auf die Kante – Sand knirschte unter den Ballen – und blickte hinunter. Zu weit, um zu springen. Doch die Welt unter mir war so verlockend. Ich stieß ein leises, frustriertes Fiepen aus.

Alles dort unten schien nach mir zu rufen, aber ich war hier oben gefangen.

Neben dem Terrakotta-Topf eines der Zitronenbäumchen fand ich zurück in meinen menschlichen Körper. Ich blieb auf dem Rücken liegen und sah hoch in die Blätter des in Gefangenschaft gehaltenen Obstbaums. Langsam ordneten sich meine Gedanken und Erinnerungen.

Selbst als Wolf sehnte ich mich nach mehr.

Kapitel 16

Cole

Ein paar Dinge nutzen sich einfach nicht ab: das erste Wort ins Mikrofon eines Aufnahmestudios, die Rohfassung eines Songs, das erste Mal, wenn man ihn im Radio hörte.

Andere sich schon: ich zum Beispiel.

Welcher Teil von mir es auch immer gewesen war, der mal ganze Nächte durchgemacht hatte, war anscheinend in meiner verkorksten Jugend verloren gegangen, oder vielleicht auch in Minnesota. Ich schlief, bis die Sonne hoch am Himmel stand und ich feststellen musste, dass ich nichts als eine leere Donut-Tüte mit ein paar gelangweilten Ameisen zum Frühstück hatte. Unter diesen Bedingungen konnte ich natürlich nicht arbeiten, also ging ich zu Fuß los und machte mich auf die Jagd (Jagd … *hunt* … *hunt/gather* – mögliche Songzeile? Ab damit ins Notizbuch) (*gather/hunt* interessanter, weil unerwartet).

(I gather/you hunt/we both miss the trap)

Als ich in die Wohnung zurückkam, stand die Sonne noch höher und Baby wartete auf mich.

Sie saß in einem der weißen Kunstledersessel in meinem spärlich eingerichteten Wohnbereich und tippte auf ihrem iPad herum. Als ich die Tür aufschob, sah sie hoch.

»Du solltest eigentlich arbeiten.«

Leise schloss ich mit dem Ellbogen die Tür hinter mir. »Bin dabei.«

»Was hast du da?«

Ich blickte auf meine Hände. Ich konnte mich nicht erinnern, was ich alles gekauft hatte. »Sachen. Für alles Mögliche. Zum Arbeiten.«

Sie sah zu, wie ich meine Beute auf dem Tisch vor ihrem Sessel ablud: ein kleiner Weidenkorb, der verlockend knackte und vermutlich noch besser in ein Mikrofon knacken würde, ein Kerzenhalter aus Elfenbeinnachbildung, ein XL-Hawaiihemd im Extreme-used-Look und eine kleine dunkelrote Buddha-Statue als »Willkommen zurück«-Geschenk für Jeremy.

»Hör zu, wir sind hier nicht beim *Bachelor*, okay?«, sagte sie. »Ich habe nicht das Budget, um dich rund um die Uhr zu stalken. Darum musst du auch mal hier vor den Kameras ein paar interessante Sachen machen. Oder mich anrufen, wenn du was vorhast. Außerdem hast du echt meine Gefühle verletzt, als du die Musiker gefeuert hast, die ich für dich ausgesucht hatte.«

Ich ging zum Keyboard. Es war ein Dave Smith. Vielleicht sogar mein Dave Smith. Ich hatte keine Ahnung, ob es verkauft worden war oder so, als ich für tot/vermisst/zum Werwolf geworden erklärt worden war. (*dead/missing/werewolf* – mögliche Songzeile?) (zu direkt) (anderes Wort für Werwolf?) *(beast) (unicorn) (suicide)* (ins Notizbuch?) (hier gibt's nichts zu sehen).

Ich zog mein Notizbuch hervor und schrieb *nothing to see here* hinein.

»Cole.«

»Was? Ach so. Ich wollte keinen Gitarristen und der Bassist ging gar nicht.«

Baby tippte auf irgendetwas auf ihrem iPad. »Nur damit du's weißt: Den hatten die User des Forums unserer Show ausgesucht, bevor du überhaupt hier warst. Sie kannten ihn beim Namen. Auf die Weise sollten die Fans mit einbezogen werden.«

Ich bevorzugte andere Weisen, meine Fans mit einzubeziehen: Sie durften gern das Album kaufen, zu meinen Konzerten kommen und die Texte auswendig können.

Ich schaltete das Keyboard ein. Alle möglichen Lämpchen flackerten auf. Einen Moment lang legte ich den Finger auf eine Taste. Nur um zu sehen, wie sich das noch mal anfühlte. Es war so lange her. Obwohl ich in den letzten Jahren weit mehr Zeit damit verbracht hatte, auf Tour Keyboard zu spielen als zu Hause, musste ich an früher denken. An mein erstes Keyboard, mein Zimmer, die Morgensonne auf den Tasten, Handyfotos von den Einstellungen, mit geschlossenen Augen gesummte Songs. Es war, als wäre NARKOTIKA nie passiert.

»Nimm dein Handy«, befahl Baby, »und hol ihn zurück. Sag ihm, dass du einen Fehler gemacht hast.«

Ich machte mir nicht mal die Mühe, mich umzudrehen. »Nein.«

»Das war keine Bitte.«

Wut wallte in mir auf, aber ich hielt mein Gesicht ausdruckslos und meine Stimme gleichgültig. »Willst du, dass ich dieses Album mache oder nicht?«

Keine Antwort.

»Ist die erste Folge etwa nicht gut angekommen?« Klar war sie das. »Mochten die Leute Jeremy nicht?«

»Das hier war nicht als große Wiedervereinigungsshow für NARKOTIKA geplant. Soll Victor vielleicht auch noch aus der Torte springen?«

Ich spürte, wie der Song mir entglitt. »Ich kann dir so ziemlich garantieren, dass das nicht passieren wird.«

Hinter mir herrschte Stille. Ich hörte, wie Baby weiter an ihrem elektronischen Leben herumtippte, während ich die Box einschaltete und mich auf das fetteste, lauteste, gemeinste Synthie-Crescendo konzentrierte, das diese Wohnung je erlebt hatte.

Der Akkord schwoll an, weiter und weiter, bis ich das Albumcover vor Augen hatte, die Anzahl der Tracks, und fühlte, wie es sein würde, es in die Welt zu entlassen, wo es fliegen oder abstürzen würde – nur dass sie immer flogen; der Einzige, der abstürzte, war ich –, und mich fragte, wie ich mich eigentlich nennen würde, wenn ich nicht mehr NARKOTIKA war.

Nach einer Weile sagte Baby (laut, um sich über dem fettesten, lautesten, gemeinsten Synthie-Crescendo, das diese Wohnung je erlebt hatte, Gehör zu verschaffen): »Okay, pass auf. Du bist also nicht bereit, Chip zurückzunehmen?«

Ich ließ den Akkord los, den ich gerade angeschlagen hatte. Die Töne verklangen langsam. »Wer ist denn jetzt wieder Chip? Ach so. Nein. Ich behalte Jeremy.«

»Dann pass auf«, wiederholte sie. »Das hier ist jetzt deins.«

Ich drehte mich um. In ihrer ausgestreckten Hand lag ein Handy. »Was ist das?«

Sie antwortete nicht, bevor ich es widerwillig entgegennahm. »Dein neues Arbeitshandy. Ich hab dich bei jedem sozialen Netzwerk im Internet angemeldet. Und die Welt wissen lassen, dass du dich höchstpersönlich um alles kümmerst. Du willst bei dieser Sache selbst den Ton angeben? Dann musst du auch doppelt so hart dafür arbeiten.«

Ich starrte auf das Telefon in meiner Hand. »Damit hast du mich gerade gekillt, das ist dir klar, oder?«

»Wenn ich dich gekillt hätte, hättest du das gemerkt.«

Ich stöhnte auf.

»Das kannst du dir sparen«, sagte Baby im Aufstehen. »Tu nicht so, als wäre ich dein Gefängniswärter oder so was. Wir ziehen nämlich beide am selben Strang. Wenn diese Show ein Erfolg wird, darf ich eine weitere machen. Wenn diese Show ein Erfolg wird, musst du nicht den Rest deines Lebens auf Tour verbringen. Also mach dich gefälligst an die Arbeit und vergiss nicht, dass du heute Nachmittag einen Termin im Studio hast.«

Ich machte mich an die Arbeit.

Denn sie hatte recht.

Kapitel 17

Isabel

Was ist die nächste Mahlzeit?«, fragte Cole.

»Mittagessen«, antwortete ich. Ich warf einen Blick auf die Tür zum Klassenraum, um sicherzugehen, dass sie geschlossen blieb, während ich auf dem Weg zur Mädchentoilette war. Toilettenpausen waren der einzig gültige Vorwand, um zumindest kurz meinem GKPH-Kurs zu entfliehen, was außer mir jedoch niemanden zu stören schien. Die anderen Kursteilnehmer wirkten aufrichtig engagiert, was ich mir nur damit erklären konnte, dass sie das Übungsbuch nicht aufmerksam genug gelesen hatten und ihnen somit die didaktischen Unzulänglichkeiten nicht aufgefallen waren.

Coles Nummer auf dem Display meines vibrierenden Handys war jedenfalls Grund genug für mich gewesen, die Toilettenkarte auszuspielen. Auf dem Flur versuchte ich, durch den Mund zu atmen. Es erforderte schon einen robusten Magen, freiwillig eine andere Highschool zu betreten, nachdem man seiner eigenen gerade erst entkommen war. Allein der Geruch in diesem Flur rief eine Reihe von Gefühlen in mir wach, von denen jedes für sich genug Stoff für eine Therapiesitzung geboten hätte.

Cole erwiderte: »Sag mir, dass du mich vermisst.«

Ich erreichte die Toiletten. »Meine Mittagspause ist ziemlich kurz.«

»Ich hatte ganz vergessen, dass du dich ja weiterbildest. Erzähl doch mal, was du heute gelernt hast.«

»Wir haben gerade über professionelles Arbeitsverhalten gesprochen. Wie es scheint, kannst du noch so ein enges Verhältnis zu den Patienten haben, sobald du sie einmal ›Schätzchen‹ nennst, ist der Ofen aus.«

»Du wirst mal 'ne gute G-K-B-H. Nein, G-K-*P*-H. Oder? Das heißt, wenn ich so an deinen BH denke …«

Mein Mund im Spiegel lächelte. Es war ein fieses, glückliches Lächeln.

»Ärztin«, korrigierte ich. »Ich will Medizin studieren. Das hier ist leider eine notwendige Voraussetzung dafür.« Obwohl das nicht die ganze Wahrheit war. Vermutlich würde ich auch so an einer akzeptablen Uni angenommen werden. Aber akzeptabel reichte mir nicht. Der Sinn dieses Wortes hatte sich mir noch nie ganz erschlossen.

»Kannst du mich abholen kommen?«, bettelte Cole. »Mit deinem Auto? In meinem sehe ich aus wie ein kompletter Loser.«

»Das ist ja noch nicht mal dein Auto«, entgegnete ich und Cole lachte in sich hinein. »Okay, mache ich. Aber diesmal bestimme ich, wo es hingeht.«

Ich legte auf. Ich wollte nicht zurück in den Unterricht. Ich wollte auch keine Praxisstunden in der Klinik absolvieren. Ich wollte keine alten Leute zur Seite rollen und wegwischen, was immer unter ihnen zum Vorschein kam. Ich wollte mir nicht sagen lassen, dass ich gefälligst lächeln sollte, wenn ich mich den Patienten vorstellte. Ich wollte keine Handschuhe anziehen und, wenn ich sie wieder auszog, für den Rest des Tages dieses fiese Handschuhgefühl haben. Ich wollte mir nicht vorkommen, als wäre ich der einzige Mensch auf der Welt, der keine anderen Menschen mochte.

Du schließt diesen Kurs ab.

Irgendwann bist du Ärztin.

Das hier ist das Leben.

Mein Spiegelbild wirkte kalt und fehl am Platz vor den ramponierten Türen der Toilettenkabinen. Ich war nicht ganz sicher, ob das an meinem Aussehen lag oder eher an meiner Haltung, die Ellbogen nach außen gedreht, damit nichts und niemand in diesem Raum mir zu nahekommen konnte. Denn das war die Regel: Nichts und niemand durfte mir zu nahekommen.

Keine Ahnung, warum ich zuließ, dass Cole diese Regel brach.

Eine Stunde später waren Cole und ich auf dem Weg zum Mittagessen in einem kleinen, unbekannten Lokal in L.A.

Ich fragte mich, warum die Leute immer noch so wild auf sogenannte »Geheimtipps« waren. Zum Beispiel, wenn Freunde deiner Eltern mit dir und deiner Mutter in irgendein winziges Lädchen gingen, in dem es supertolle Omeletts oder so was gab, und die Freunde sich aufplusterten, als hätten sie persönlich das Omelett erfunden, und deine Mutter schwärmte: »Das ist ja ein richtiger Geheimtipp! Wie seid ihr denn nur darauf gestoßen?« Die Antwort kann ich euch verraten: übers Internet. Fünf Minuten, eine Postleitzahl und die kurze Befragung einer Suchmaschine öffneten jedem die Türen zu einem ganzen Universum voll kulinarischer Geheimtipps.

Ich hasste es, wenn Leute logisches Denken behandelten wie eine Art Superkraft. Denn wenn es darauf ankam, konnte niemand mit meinen Superkräften mithalten.

Ich fuhr mit Cole zum Pie Hole, einem winzigen Café, das man leicht übersah, wenn man nicht ganz genau wusste, wonach man suchte, und das ich mithilfe ebenjener Superkräfte ausfindig gemacht hatte. Die Ladenfront war in Dunkellila gestrichen. Drinnen zeigte sich L.A. von seiner besten Seite. Der karge Essbereich bestand aus Betonfußboden, kahlen weißen Wänden und Tischen aus Recyclingholz. Die Luft roch nach Kaffee und Butter. Der enge Verkaufsbereich wirkte heimelig: ein Kühlschrank mit ausgefallenen Getränken, eine Wandtafel mit dem Tagesangebot und eine Vitrine voller Köstlichkeiten. Ich hatte sie alle probiert, von den samtigen Zitronentörtchen bis hin zum Meersalz-Karamell-Schoko-Kuchen.

Dieser Ort erschien mir so weit weg von dem widerlichen Highschool-Klassenraum, in dem mein Tag begonnen hatte, dass ich das Gefühl hatte, eins von beiden könne nicht real sein.

Wir stellten uns an. Ich merkte, dass ich zu nah bei Cole stand, so nah, dass sich mein Schulterblatt in seine Brust presste, und plötzlich wurde mir bewusst, dass wir beide im selben Rhythmus ein- und ausatmeten.

Ich wollte nicht zurück. Ich wollte hierbleiben, mit ihm. Ich wollte ihn behalten. Manchmal hatte ich es einfach so verdammt satt, immer allein zu sein –

Mit einem Mal stiegen ungewohnte, unwillkommene Tränen in mir auf.

Entschlossen trat ich einen Schritt zur Seite. Ohne meinen Körper, der ihn erdete, wandte Cole sich rastlos dem Kühlschrank zu, dann den Regalen mit Merchandise-Artikeln, dann wieder dem Kühlschrank und wieder den Regalen mit Merchandise-Artikeln.

»Eigentlich steh ich gar nicht so auf Süßes.« Er zupfte an einem T-Shirt, von dem ich genau wusste, dass er es nur kaufen wollte, weil es den Schriftzug »Muffin Else Matters« auf der Brust trug.

»Jetzt sei kein Spielverderber«, wies ich ihn zurecht.

»Dann sag mir wenigstens, was ich nehmen soll. Apfelkuchen, na das klingt doch mal ausgefallen …«

»Klappe jetzt. Ich bestelle dir was. Und du machst mich wahnsinnig mit deinem Rumgezappel. Geh doch schon mal nach draußen und halt uns einen Tisch frei.«

»*Da*«, erwiderte Cole und verschwand.

Als ich nach draußen kam, saß er an einem kleinen Metalltisch im Halbschatten und starrte auf zwei Handys, die vor ihm lagen. Es gab noch zwei andere Tische, von denen einer von einer fröhlichen, aber extrem hässlichen Frau und ihrem hübschen, aber extrem angepisst wirkenden Hündchen besetzt war. Am dritten Tisch saß ein Typ mit einer Kamera, dem ich den Mittelfinger zeigte. Mit einem unschuldigen Lächeln winkte der Typ zurück.

Ich stellte Coles Kaffee vor ihm auf den Tisch und setzte mich dann mit dem Rücken zur Kamera.

»Was hast du für mich bestellt?«, fragte er, ohne den Blick von seinen Telefonen zu wenden.

»Das siehst du schon, wenn es kommt. Ist eine Überraschung. Und nichts mit Apfel. Wofür ist denn das zweite Handy?«

Cole erzählte mir mürrisch von Babys Anordnung.

»Ist doch gar nicht so schlimm«, erwiderte ich. »Das heißt, sie will, dass du selbst mit deinen Fans kommunizierst?«

»Ich will aber nicht mit denen kommunizieren«, maulte er. »Alles, was die interessiert, ist, ob sie mir ihre Jungfräulichkeit schenken dürfen oder ob ich nicht noch so einen Song wie ›Villain‹ schreiben kann oder ob ich nicht mal ein Konzert in dem kleinen Kaff geben kann, in dem sie zufällig wohnen. Hast du da Zucker reingetan?«

»Nein. Das ist ein Erwachsenenkaffee. Und du musst ja nicht mit jedem einzelnen Kontakt haben. Du könntest einfach hin und wieder ein allgemeines Update posten.«

»Ein allgemeines Update? ›Ich bin der Beste. Und jetzt bin ich der Tollste.‹ Da langweilen die sich doch zu Tode.«

»Das tun sie so oder so. Baby ist klar, dass ich nicht in der Show auftreten will, oder?«

Cole blickte hoch in die Kamera. »Laut Gesetz darf sie Bilder von deinem Hinterkopf zeigen, nur dein Gesicht nicht. Hier«, er deutete auf die Straße, »ist es eh zu laut, um auch Ton aufzunehmen, aber – willst du vielleicht trotzdem lieber reingehen?«

Eine finstere Genugtuung erfüllte mich beim Gedanken daran, mein Revier zu markieren und all diesen Fan-Tussis zu demonstrieren, dass Cole vergeben war. Außerdem sah meine Frisur von hinten super aus.

»Nein«, erwiderte ich. »Und jetzt trink deinen Kaffee.«

Cole nahm einen weiteren Schluck. Gequält verzog er das Gesicht. Ich schob ihm ein Zuckertütchen rüber, das ich hinter meiner eigenen Tasse versteckt hatte, und er stürzte sich regelrecht darauf. Während er den Inhalt in seinen perfekten Milchkaffee streute, griff ich nach Babys Handy. Es war ein ziemlich nettes Modell.

»Wow, wie gut das in deine Hand passt.« Cole beäugte das Telefon kritisch. »Es respektiert dich. Du könntest Cole St. Clair sein!«

Ich lachte, einen Tick grausamer, als unbedingt nötig gewesen wäre. »Ha, das glaube ich kaum. Diese Position ist schon von jemand erschreckend Überqualifiziertem besetzt.«

»Ich meinte damit, du könntest meine *Stimme* sein. Versuch's doch mal. Poste irgendwas.«

Ich warf ihm einen vernichtenden Blick zu. Doch die Wahrheit war: So kompliziert Cole privat auch sein mochte, seine öffentliche Persönlichkeit war ziemlich einfach gestrickt. Ich öffnete Twitter und tippte: *Hi hi hi Welt.*

Dann sendete ich den Tweet.

Ich musste zugeben, dass das ziemlich aufregend war.

»Und, was hab ich gesagt?«, wollte Cole wissen.

Ich zeigte es ihm.

»Ich schreibe ohne Interpunktion«, nörgelte er. »Und außerdem benutze ich ganz oft diese Dinger hier.« Er krümmte seine Hände rechts und links von seinem Gesicht. »Klammern.«

»Hast du überhaupt gelesen, was ich geschrieben habe?«

»Klar. Ich weiß. Beeindruckend. Lass es mich noch mal sehen. Ja. Das ist eine geniale Idee. Wie viel Zeit mir das für wichtigere Dinge verschafft.«

»Wie zum Beispiel faul rumhängen und unschuldige Leute feuern?«

»Hey, ich quatsche dir auch nicht in *deine* Arbeit rein. Und nur damit du's weißt: Ich fahre heute Nachmittag ins Studio.«

Ich musterte ihn aufmerksam, um herauszufinden, wie es ihm damit ging, aber er saß ja mit dem Gesicht zur Kamera, darum wirkte es gut aussehend und entspannt und auf wohleingeübte Art lässig-arrogant.

»Komm doch mit«, fuhr Cole fort. »Als meine – wie heißen die noch mal? Diese nackten Frauen? Musen! Genau. Du könntest meine Muse sein.«

Ich hob eine Augenbraue. »Ich muss zurück zu meinem Kurs. Aber wenn du brav deine Hausaufgaben machst, komme ich vielleicht mal vorbei und klebe dir ein Goldsternchen ins Heft.«

»Oha«, sagte er. »Dann kriegst du aber auch eins. Ich teile nämlich gern, weißt du?«

»Du hast ja so ein großes Herz.«

»Herz? Nee, aber …« Cole hielt die Zeigefinger zwanzig Zentimeter auseinander, überlegte kurz und machte dann fünfundzwanzig daraus.

Das Mädchen aus dem Laden erschien mit einem Tablett. »Hier ist euer Erd–«

»Pst«, machte ich. »Es soll eine Überraschung sein. Für ihn, meine ich. Mach die Augen zu, Cole.«

Cole machte die Augen zu. Die Kellnerin lächelte und stellte die Teller vor uns auf den Tisch. Dann ging sie wieder, aber ich sah, wie sie sich in der Tür noch mal umdrehte, immer noch dieses zufriedene, erwartungsvolle Lächeln im Gesicht. Es war ein seltsames Gefühl, der Auslöser eines so schönen Gesichtsausdrucks zu sein.

»Und jetzt Mund auf«, befahl ich Cole. Mit einiger Mühe häufte ich etwas, das ich für eine mundgerechte Portion Erdbeer-Törtchen hielt, auf die Gabel. Es dauerte länger als erwartet.

»Ist offen«, sagte Cole. »Für den Fall, dass du's noch nicht gemerkt hast.«

»Dann lass ihn so. Ich hab dir schließlich nicht erlaubt, ihn wieder zuzumachen.«

Eine lange Minute saß ich bloß da und beobachtete Cole, um zu sehen, ob er die Geduld verlieren würde. Grinsend betrachtete ich seine geschlossenen Augen und die Stelle, an der sein Hals im Kragen seines T-Shirts verschwand. Er rutschte auf seinem Stuhl hin und her. Seine Augen bewegten sich unter den Lidern. Wenn man Cole foltern wollte, brauchte man ihn lediglich an einen Stuhl zu fesseln und dann absolut gar nichts zu tun. Nicht lange und er würde einen anflehen, ihm die Fußnägel auszureißen, einfach, um etwas zur Unterhaltung zu haben.

»Culpeper«, sagte Cole schließlich auf eine Art, die mir das Blut ins Gesicht schießen ließ. »Ich mache jetzt die Augen wieder auf.«

»Nein, machst du nicht.« Ich steckte ihm die Gabel in den Mund.

Er schob den Bissen eine ganze Weile auf der Zunge hin und her, bevor er schließlich schluckte. Dann stieß er einen tiefen Seufzer aus.

»Zulassen, es kommt noch mehr«, sagte ich. »Und, dein Urteil?«

»*Mmmm.*«

»Bereit für den nächsten?«

»Ist da Schokolade drin?«

Es war die Schoko-Karamell-Crostata mit einem Hauch von Meersalz. Das beste Essen der Welt, wenn man das schlechte Gewissen beiseiteschob. »Ziemlich viel, ja.«

»Dann nur ein kleines Stückchen«, warnte er.

»Gut. Ich hab nämlich eigentlich sowieso keine große Lust, es mit dir zu teilen.«

Gehorsam öffnete er den Mund und ich schob eine kleine Gabelvoll Schoko-Karamell hinein. »Augen bleiben zu«, ermahnte ich ihn.

Als er die Schokolade schmeckte, seufzte er noch ein bisschen tiefer.

»Von dem«, sagte er, »würde ich mich liebend gerne sofort töten lassen. Augen immer noch zu?«

»Ja«, erwiderte ich. »Und Mund auf.«

Wieder ließ ich ihn eine Weile schmoren und bewunderte dabei die Form seiner Wangen, seines Kiefers, seiner Augenbrauen. Alles an ihm wirkte so absichtlich wunderschön und vollkommen eins mit diesem Ort voller absichtlich wunderschöner Dinge. Ich lehnte mich über den Tisch und küsste ihn auf den offenen Mund. Er schmeckte immer noch nach Karamell. Ich fühlte, wie er *Mmmm* machte und der Laut an meinen Lippen vibrierte, dann legte er mir die Hand in den Nacken und erwiderte meinen Kuss, ernst und entschlossen.

Mein Herz schwoll plötzlich so sehr an, dass ich befürchtete, es würde explodieren. Es war einfach nicht daran gewöhnt, Blut zu pumpen anstelle von Eis.

Ich lehnte mich zurück. Cole wischte sich mit der Serviette meinen Lippenstift ab. Ich wartete darauf, dass mein Puls sich wieder normalisierte.

Dann sagte ich: »Okay, und dann noch das hier.«

Ich schob ein »Muffin Else Matters«-T-Shirt zu ihm rüber.

Cole seufzte ein drittes Mal, als schmeckte ihm diese Überraschung von allen am besten. Er drückte sich das T-Shirt an die Wange. Dann griff er nach seiner Gabel und aß seinen Kuchen mit zwei Bissen auf.

Ich ließ mir mit meinem mehr Zeit, erstens, weil ich kaute, und zweitens, weil ich während des Essens mit Coles neuem Handy rumspielte. Ich klickte mich durch unzählige Social-Media-Accounts, die alle Coles Namen trugen. »Willst du wirklich, dass ich dein Online-Ich übernehme?«

Cole lächelte. Sein echtes Lächeln. »Ich vertraue dir.«

Kapitel 18

Cole

Bevor ich mit meinem Gefolge aus Kameraleuten im Studio ankam, hatte ich Jeremy und Leyla schon ein paar Songideen gemailt und mir überlegt, wie die nächste Folge aussehen könnte. Solange ich mit guten Einfällen aufwartete, würde Baby mir nicht das Leben schwer machen.

www.sharpt33th.com funktionierte folgendermaßen: Eine Staffel dauerte sechs Wochen und umfasste meistens sechs bis neun Folgen, die jederzeit online auftauchen konnten. Das schien mir nicht das allerbeste Konzept zu sein, aber die Show war schon vor mir gut gelaufen und würde es wahrscheinlich auch noch nach mir tun. Baby hatte sich einen festen Stamm von Zuschauern erarbeitet, die die Sharpt33th-App auf allen möglichen Geräten installiert hatten und für ihre Treue damit belohnt wurden, dass sie die unregelmäßig erscheinenden Folgen zuerst zu sehen bekamen.

Die Idee dahinter: Wenn Babys aktuelles bemitleidenswertes Opfer irgendetwas Skandalöses veranstaltete, wurde das sofort – in Echtzeit sozusagen – im Internet gepostet, und wer die ganze Zeit brav neben seinem Handy saß, gehörte zu den Ersten, die es mitbekamen.

Nach dem anfänglichen Wirbel landeten die Shows dann im Archiv, wo jeder sie ansehen konnte, wann er wollte. Angestrebt wurde eine Folge pro Woche, aber laut meinem Vertrag konnte ich auch aufgefordert werden, »je nach vorhandenem Material und Nachfrage« bis zu zwei Folgen pro Woche zu liefern.

Diese Zusatzfolgen entstanden meistens, wenn Babys Opfer allmählich auf einen Zusammenbruch zusteuerten.

Von mir würde es also keine geben.

In diesem Aufnahmestudio, eng und grau und seelenlos, war ich nie zuvor gewesen, Leyla dagegen schon. Bei unserer Ankunft begrüßte sie den Tontechniker mit Handschlag und holte sich direkt eine Flasche Kombucha aus dem Kühlschrank. Joan und T lauerten mit ihren Kameras im Hintergrund.

»Tag, Kumpel«, begrüßte mich der Tontechniker. »Ich bin Dante. Was geht?«

Jeremy und ich wechselten einen Blick.

»So einiges«, erwiderte ich. »Wie viel Zeit haben wir?«

Leyla und Dante blickten leicht gekränkt, weil ich sofort zum Geschäftlichen kam, aber um ehrlich zu sein: Studios stressten mich irgendwie. Nicht, dass ich mich dort generell nicht wohlfühlte, es war nur einfach so, dass ich schon seit meinen Anfängen als Musiker im Studio immer nur panisch auf irgendeine Deadline hingearbeitet hatte. Egal, wie berühmt NARKOTIKA mit der Zeit geworden war; am Ende wurde jedes neues Album in eine festgesetzte Anzahl von Studioterminen gequetscht, bevor ich gefälligst wieder auf Tour zu gehen hatte. Nie hatte ich genug Ruhe gehabt, um die Songs so hinzubekommen, wie ich sie wollte. Gut, es war auch nie eine Komplettkatastrophe dabei herausgekommen, aber manchmal war es nah dran gewesen. So nah, dass ich nie ganz vergessen konnte, was auf dem Spiel stand.

Außerdem war es arschkalt in dem Studio. Ein Härtetest für meine wolfsgeplagten Nerven.

»Willst du dir vielleicht mal die Ausstattung angucken?«, schlug Dante vor. »Ich meine –«

»Was ich *will*«, entgegnete ich, »ist, als Erstes mal mein Zeug abladen, während die beiden sich ein bisschen mit der Ausstattung vertraut machen können, und in der Zwischenzeit könntest du deine Wikipedia-Seite aufrufen, damit ich sehen kann, wen du hier schon alles aufgenommen hast, und einen Eindruck davon kriege, ob wir am Ende dieser Session beste Freunde oder eher Todfeinde sind.«

Dante starrte mich an. Leyla starrte mich an. Die Kameras starrten mich an. Jeremy legte seinen Koffer hin und öffnete die Schnallen, um seinen Bass herauszuholen.

Von den anderen rührte sich niemand.

Jeremy sah hoch. Freundlich und ein bisschen erstaunt erklärte er: »Ach so. Wusstet ihr das gar nicht? Cole macht keinen Small Talk.«

Manchmal kann ich ein richtiges Arschloch sein. Und manchmal ist mir das egal.

Alle taten, was ich verlangt hatte.

»Ach«, fügte ich dann noch hinzu. »Und können wir es vielleicht ein bisschen wärmer haben? Ich spüre meine verdammten Finger ja kaum.«

Jeremy stand auf und rückte seinen Bassgurt zurecht. Er spielte ein langweiliges Riff und brach dann ab, um sein Instrument zu stimmen. »Genau wie früher.«

»Na ja, fast«, erwiderte ich. Ich sagte nicht »Victor«, aber ich dachte es. Mein Blick ruhte auf Leyla, die inzwischen am Schlagzeug herumfummelte.

»Mit welchem sollen wir anfangen?«, fragte Jeremy. Er meinte die Entwürfe, die ich geschickt hatte. »Ich hab mit allem ein bisschen rumexperimentiert.«

»Was meinst du denn, mit welchem?«

Jeremy drehte sich kurz zu den Kameras um. Dann zurück zu mir. Leise, ganz beiläufig, fragte er: »Kommt drauf an. Was ist denn das Motto?«

Mann, es ging doch nichts über kluge Menschen.

»Wir erwarten Special Guests«, sagte ich und drehte mein Handy so, dass er das Display sehen konnte.

»Okay, also laut«, nickte Jeremy. »Dann das dritte. Das hier.«

Er spielte eine kurze Melodiefolge, bis ich wusste, welches er meinte.

»Hast du gehört?«, wandte ich mich an Leyla, die mit wenig begeisterter Miene hochblickte. »Damit fangen wir an. Also schalt am besten mal dein Gehirn ein.«

Insgeheim hatte ich Sorge, ob ihr Gehirn unter der Last der Dreads überhaupt genug Sauerstoff bekam.

»Cole?«, fragte David – Derek – Damon – Dante? Seine Stimme schien aus allen Richtungen gleichzeitig zu kommen. Dann erst sah ich ihn hinter einer Glasscheibe, wo er an einer Reihe von Schaltpulten und Computerbildschirmen waltete. »Kannst du mich hören da drin?«

»*Da.*«

»Meine Jungs bringen dir gleich die Kopfhörer. Sag mir Bescheid, wie das Soundlevel ist, okay? Und dann nehmen wir hier noch ein paar Anpassungen vor. Ansonsten ist alles startklar. Wie ist der Arbeitstitel für den Track?«

»›Gasoline Love‹«, antwortete ich.

Dante tippte ihn ein. »Cool.«

»Lahm«, kommentierte Leyla hinter ihrem Schlagzeug.

Ich fuhr zu ihr herum. »Weder an Benzin noch an Liebe ist irgendwas lahm, Schätzchen. Warum ist dir nicht einfach wieder scheißegal, was der Tag bringt, so wie neulich?«

Leyla zuckte mit den Schultern und spielte eine kurze Schlagzeugsequenz.

Gar nicht so schlecht. Aber –

Ich will Victor

Ich will Victor

Ich will Victor

Das gestattete ich mir genau eine Sekunde lang zu denken, bevor ich erschauderte und mich meinem Keyboard zuwandte. Noch immer erfüllte mich ein ungutes Gefühl. Ich dachte an Isabels offenen Mund auf meinem, eben vor dem Café.

Dann machten wir uns an die Arbeit.

In einem Studio Songs aufzunehmen, ist kein bisschen wie live spielen. Live bedeutet alles auf einmal. Da gibt es keine zweiten Versuche, keine Problemerörterungen, da heißt es ganz oder gar nicht. In einem Studio dagegen ist es ein bisschen wie mit einem Puzzle. Am einfachsten ist es, wenn man mit den Außenrändern anfängt, nur dass man eben manchmal noch nicht mal weiß, was überhaupt die Ränder sind. Manchmal ist das Schwerste, sich zu entscheiden, welche Tonspur man als Grundlage nehmen will – welche das Skelett des Songs bilden soll, auf das man dann nach und nach Fleisch packt. Der Text? Aber was war, wenn der noch nicht zum Rhythmus passte oder einfach immer mal wieder ein paar Takte fehlten? Dann eben das Schlagzeug. Aber da hatte man so wenig in der Hand, dass man genauso gut mit nichts hätte anfangen können, oder einem Click-Track. Dann das Keyboard, mit dem man zumindest die Akkorde und die Tonart festlegen konnte. Zwar musste man dabei am Ende alles noch mal komplett neu aufnehmen, aber wenigstens hatte man etwas, womit man arbeiten konnte.

Außerdem war es mir sowieso am liebsten, wenn alles mit mir anfing und auch wieder mit mir aufhörte.

Wir arbeiteten eine Stunde durch, während der ich Leyla immer mehr zu hassen begann. An der Art, wie sie Schlagzeug spielte, war gar nichts auszusetzen. Es war okay. Aber Victor war von uns dreien nun mal der beste Musiker gewesen. Ständig hatten irgendwelche anderen Bands versucht, ihn abzuwerben. *Magische Hände.* Dagegen war Leyla einfach nur ein Mädchen mit einem Schlagzeug.

Bescheuert von mir zu denken, ich könnte mit irgendwelchen anderen Musikern ins Studio gehen und etwas fabrizieren, das auch nur im Entferntesten wie NARKOTIKA klang. Nein, nicht bescheuert. Arrogant. Klar, ich war NARKOTIKA, aber genauso waren es Jeremy und Victor gewesen.

Eine Stunde später klang »Gasoline Love« eher nach »Diesel zum Einpennen«.

Entsprechend mies war meine Laune, als die Special Guests eintrafen.

»Ich hatte überlegt, ob ich euch Kaffee mitbringen soll«, sagte Leon beim Reinkommen. Überrascht schwenkten die Kameras zu ihm herum – vergeblich, denn Leon hatte keinen Vertrag unterschrieben und auch nicht vor, das zu ändern. »Aber dann ist mir eingefallen, dass ihr jungen Leute heute ja eher dieses neumodische Zeug trinkt.«

Er hielt mir einen Energydrink hin. Ich war unverhältnismäßig erleichtert, ihn zu sehen.

»Leon, ich liebe dich«, sagte ich und griff nach der Dose. »Bitte heirate mich und mach einen ehrbaren Mann aus mir.«

»Ach, keine Ursache«, erwiderte er. Dann hielt er auch Jeremy eine Dose hin, der den Kopf schüttelte, aber »Danke trotzdem, Mann« sagte. Er hatte ein Einmachglas mit grünem Tee dabei.

Leyla schniefte abfällig und trank einen Schluck von ihrem Kombucha. »Wer ist das denn?«

»Ein Special Guest«, antwortete ich.

Sie sagte: »Jeder Gast ist auf seine Art speziell«, aber es klang halbherzig.

Schließlich kamen auch Leons Fahrgäste herein: die beiden Polizisten aus der ersten Folge. In voller Montur. Die Frau, das wusste ich, hatte seit einer halben Stunde Dienstschluss, sich aber trotzdem bereit erklärt, in Uniform hier aufzutauchen, um den Kameras ein bisschen was zu bieten. Ich war schließlich nicht blöd. Mir war klar, dass niemand die beiden ohne ihre Uniformen erkannt hätte.

Ich hoffte, dass Baby von meiner Ausgefuchstheit beeindruckt sein würde. Sie musste doch einfach einsehen, wie kompromisslos genial die Idee war, die beiden Cops ein zweites Mal auftreten zu lassen. Eigentlich hätte ich auch gern Leon gebeten mitzumachen, aber ich wusste, dass er nur Ja gesagt hätte, um mir einen Gefallen zu tun, und sich dann furchtbar unwohl gefühlt hätte, wenn er plötzlich im Supermarkt erkannt wurde. Darum hatte ich ihn gar nicht erst gefragt, obwohl Leon in meiner Vorstellung eine ziemlich gute Nebenrolle abgegeben hätte. Als jedermanns Dad/Bruder/Onkel oder einfach nur guter Typ.

Aber ich wollte, dass Leon glücklich war. Das war meine Mission. Oder zumindest *eine* meiner Missionen.

Ich plauderte eine Weile mit den Polizisten – nur ein bisschen höfliches Kennenlerngeplänkel wie zum Beispiel die Frage, ob sie schon mal Fallschirmspringen waren oder einen felllosen Hund streicheln würden. Dann machten wir uns an die Arbeit.

Die Herausforderung lag darin, eine Tätigkeit für die beiden zu finden, die kein besonderes Talent erforderte. Gut, der Typ konnte ein bisschen Bass spielen, aber fürs Studio würde das nicht reichen. Also entschied ich mich für Percussion. Damit würden sie zwar dem Schlagzeug in die Quere kommen, aber um ganz ehrlich zu sein, war mir alles, was Leyla auf die Palme bringen könnte, mehr als willkommen.

Ich gab den beiden eine Einführung in die Stampf-Klatsch-Abfolge des Songs, wobei sich herausstellte, dass die Frau (Darla? Diana?) eine klassische Gesangsausbildung hatte, sodass wir ein bisschen übermütig wurden. Dante hatte keine Ahnung, was er mit seinem Mischpult anfangen sollte, oder vielleicht hatte er auch nur keine Ahnung, was er mit uns anfangen sollte, aber das war kein Problem, denn zum Glück gab es hier jemanden, dessen Name mit *C* anfing und mit *ole* aufhörte und der zufällig Wunder mit einem Synthesizer vollbringen konnte.

Das Ergebnis war gar nicht schlecht. Es hatte vielleicht nicht gerade Single-Potenzial, aber so langsam bekam das Ganze etwas von diesen spontanen Impro-Stücken, für die manche Fans einen anbeteten, einem Kultklassiker, der aus irgendwelchen Gründen immer noch rauf- und runterlief, nachdem die großen Songs keiner mehr hören konnte. Nach diesen paar Stunden war ich wieder ziemlich versöhnt mit der Welt. Das alles stand natürlich nicht an erster Stelle – da stand Isabel –, aber doch an zweiter, und es lief gut.

Dann fiel der Strom aus.

Jeremy und ich sahen uns in der künstlichen Dunkelheit an. Die Opern-Polizistin fluchte, es war ein einziges deftiges Schimpfwort, ein bisschen wie ein Schrei. Jemand seufzte. Vermutlich war es Leon.

Ich rief in die Dunkelheit: »Dante, sag mir, dass die Sache auf ›automatisch speichern‹ lief.«

Dante antwortete nicht, denn er konnte mich gar nicht hören. Ohne Strom war er nur noch ein Typ hinter einer Glasscheibe.

Leyla nahm einen Schluck Kombucha – ich konnte es hören und es machte mich wahnsinnig. Jeremy strich sich eine Haarsträhne hinters Ohr.

Dann ging der Strom wieder an.

Meine Kopfhörer waren immer noch tot, also riss ich sie herunter und stürmte in den Technikraum. Alle Computer dort piepsten und surrten, während sie gerade wieder zum Leben erwachten.

»Ich will gute Nachrichten«, sagte ich.

Dante blickte mich an. Seine Pupillen waren von einem dünnen weißen Ring umgeben. Er schüttelte den Kopf.

»Gar nichts?«

»Die Schlagzeugspur?«, bot er an.

Es dauerte einen Moment, bis die Wahrheit zu mir durchdrang: Alles Verrückte, Einzigartige, was wir gerade geschaffen hatten, war weg. Klar hätten wir es noch mal von vorn machen können, aber dann hätte es auch so geklungen. Es war, als hätte es den heutigen Tag gar nicht gegeben. Als hätte sich irgendjemand meine Zeit geschnappt und sie aus dem Fenster geschmissen. Und das Ende der Deadline, das immer irgendwo lauerte, war ein Stückchen näher gerückt.

»Und du bist auch nicht auf die Idee gekommen, zwischendurch mal was zu speichern, nein?«, erkundigte ich mich. »Du arbeitest hier an einem Projekt im sechsstelligen Bereich und hast nach der Schlagzeugspur kein einziges Mal mehr gedacht: ›Vielleicht drücke ich jetzt mal diesen Knopf hier an dieser schicken Maschine und speichere den Kram‹?«

»Ich *habe* es gespeichert«, verteidigte sich Dante. »Aber der Stromausfall hat alles durcheinandergebracht. Man könnte fast meinen, da wären ein paar Dateien von vornherein manipuliert gewesen. Die Kiste da lässt sich nicht mal mehr einschalten.«

Ich war mir nicht sicher, auf welche Kiste genau er zeigte. Ich war mir bloß sicher, dass Baby bei der Sache ihre Finger im Spiel hatte. Außerdem war ich mir sicher, dass sie es getan hatte, um mich vor der Kamera ausrasten zu sehen. Und noch sicherer war ich mir, dass sie bekommen würde, was sie wollte.

»Zeig her«, verlangte ich. »Zeig mir die manipulierten Dateien.«

Dante scrollte über ein paar leere Bildschirme. »Die sind weg, Mann. Ich hab keine Ahnung …«

»*Das* ist mir klar. Hast du schließlich den ganzen Tag ausgiebig demonstriert. Ist das hier dein Job oder nicht? Hast du so was überhaupt schon mal benutzt? Und jetzt verrat mir, wie es sein kann, dass ausgerechnet das Schlagzeug noch übrig ist.«

Wenn er in den Plan eingeweiht war, spielte er seine Rolle des verstörten Technikers jedenfalls bravourös. Er klickte sich durch ein paar weitere Bildschirme und murmelte: »Das scheint der letzte Speicherbefehl gewesen zu sein, den es angenommen hat. Ich weiß nicht, ich weiß nicht …«

Ich deutete auf T, der neben mir stand. »Ich hoffe, es freut dich, dass der gesamte Planet Zeuge deiner grandiosen Inkompetenz sein wird.«

Dann stürmte ich aus dem Zimmer. Im Aufnahmeraum packte Jeremy seinen Bass ein, weil er mich kannte, während Leyla noch immer hinter ihrem Schlagzeug saß, weil sie mich nicht kannte.

»Wir könnten es doch noch mal machen«, schlug der Bass-Polizist vor.

Seine Opern-Kollegin schüttelte den Kopf. Sie kapierte, was Sache war.

Leon legte mir kurz die Hand auf die Schulter und holte seine Autoschlüssel raus.

»Vielleicht sollte es einfach nicht sein«, bemerkte Leyla. Sie wirkte kein bisschen überrascht, aber es war schwer zu beurteilen, ob sie mit Baby unter einer Decke steckte oder high war oder tatsächlich glaubte, dass es vielleicht einfach nicht hatte sein sollen.

»Ich weiß, du legst es darauf an, dass ich dir dein Schlagzeug zusammentrete«, warnte ich sie, »aber glaub mir, den Gefallen tu ich dir nicht.«

Jeremy bedankte sich bei den Cops und tröstete sie damit, dass zumindest die Kameras ihren Beitrag dokumentiert hatten. Er ließ sich ihre Telefonnummern geben. Er schüttelte Leon die Hand. Er begleitete sie nach draußen und schloss die Tür hinter ihnen. Er war wirklich gut in so was.

Ich rief Baby an. »Auf die Tour werden wir in diesem Leben keine Freunde mehr.«

Baby fragte: »Was?«

»Ach, komm schon.«

»Ich kann keine Gedanken lesen.«

»Pass auf: Ich weiß, wie sehr du auf Dramen aus bist. Aber wenn du noch einmal die Aufnahmen für mein Album sabotierst«, drohte ich, »dann –« Ich brach ab, weil ich keine Ahnung hatte, wie ich den Satz beenden sollte. Ich hatte *nichts* in der Hand. Ich war wieder genau da, wo ich angefangen hatte. Ich hatte mich für so clever gehalten, das System auszuhebeln und ohne eine Plattenfirma, die sich ständig einmischte, ein Album zu machen, und was war dabei rausgekommen? Ich wurde vermarktet, genau wie vorher.

Ich dachte daran, wie bemüht Baby am Anfang gewirkt hatte.

Ich trat einen der Mikroständer um. Er machte kaum ein Geräusch in diesem sinnlosen, nichtssagenden Studio. Das hier war kein Ort, an dem man ein Album aufnahm. Höchstens einen Werbespot für ein Album.

Keine Ahnung, was ich mir dabei gedacht hatte.

»*Was* dann, Cole? Weißt du, ich mag es nämlich nicht besonders, wenn man mich bedroht, und schon gar nicht völlig ohne Grund. Außerdem bin ich gerade bei der Arbeit. Ich habe noch jemanden in der Leitung. Hör zu, keine Ahnung, was bei euch passiert ist, aber wenn ich helfen kann, tue ich das gern.«

Am liebsten hätte ich geknurrt »Das bedeutet Krieg!«, aber ich hatte jeglichen Kampfwillen verloren. Ich konnte einfach nicht glauben, dass unser Track verschwunden war. Ich konnte es einfach nicht glauben. Was für eine verdammte Verschwendung.

»Ich will meinen Mustang«, sagte ich. »Damit kannst du mir helfen. Schaff mir meinen Mustang her.«

Dann legte ich auf. Ich fühlte mich wie ein zahnloser Hund.

Wenn Victor hier gewesen wäre, hätte ich mich jetzt zu ihm umgedreht und gesagt: »Komm, ich brauch 'nen Trip.«

Aber Victor war nicht hier. Und auf mich war eine Kamera gerichtet. Und außerdem war das nicht mehr ich. Das war nicht mehr ich. Das war nicht mehr ich.

Ich sah Jeremy an.

Er fragte: »Woran denkst du gerade?«

Ich antwortete: »Ich wünschte, Victor würde jetzt durch die Tür da kommen.«

Ich spürte den Blick der Kamera. Baby würde dieses Spiel kampflos gewinnen. Mein Gehirn arbeitete, suchte nach irgendeinem schmissigen Satz, einer Möglichkeit, diese Situation zu meinem Vorteil zu wenden, aber es fand nichts.

Jeremy sagte: »Das wird aber nicht passieren. Wir müssen halt mit dem arbeiten, was da ist.« Er hielt kurz inne. »Was ist das Motto, Cole?«

Es war eine lächerliche Frage, denn der Zug war ja wohl offensichtlich so was von abgefahren.

Mein Handy vibrierte. Eine SMS von Isabel. Sie schrieb bloß: *hoffe, ihr nehmt was auf, wozu ich tanzen kann.*

Das hatten wir, aber jetzt war es weg. Ich stellte mir vor, wie das

Stück geklungen hätte, während sie dazu tanzte. Es war eine Wunschvorstellung und eine Erinnerung zugleich, denn ich wusste, wie es sich anfühlte, wenn sich ihre Hüfte an meine presste. Isabel Culpeper, die Perfektion auf zwei Beinen.

Ich wollte dieses Goldsternchen.

Und dann war es, als hätte sich eine komplette Nebelbank von meinem Gehirn gehoben. Ich drehte mich zu Ts Kamera um. »Du hast doch die ganze Zeit über gefilmt, oder?«

»Na klar.« T wirkte beinahe beunruhigt. »Ist ja schließlich mein Job, ich –«

Ich schnitt ihm mit einer Geste das Wort ab. »Ich wollte bloß sichergehen, dass ich alles habe, was ich brauche. Na, dann wollen wir mal.«

Jeremy grinste.

Kapitel 19

Isabel

An meinem ersten Tag als virtueller Cole St. Clair verbrachte ich viel Zeit im Internet. Nicht weil ich pausenlos Updates postete, sondern weil ich intensive Recherchen darüber anstellte, wie Cole nach außen hin wirkte. Dabei fiel mir auf, dass ich bislang nur ziemlich wenige seiner Songs kannte, also hörte ich mir mit einem Ohrstöpsel welche an, während meine GKPH-Lehrerin uns im abgedunkelten Klassenraum einen Film zeigte. Den Rest hörte ich danach auf der Fahrt zum .blush. Ich hatte noch nie ein Interview mit ihm gelesen, also rief ich auf meinem Handy eine Website nach der anderen auf und scrollte mich hindurch, während Sierra mich im Hinterzimmer mit allen möglichen Kleidungsstücken behängte. Ich hörte mir gerade Teile von »NARKOTIKA – *Behind the Band*« an, als sie mich wieder davon befreite. Nachdem sie gegangen war und es mir überlassen hatte, den Laden zu schließen, sah ich mir Videos der Bands an, denen Cole in seinen Booklets dankte oder die er in Interviews als Vorbilder nannte.

Ich erfuhr, dass die kleine Geste, die mir in der ersten Folge bei ihm aufgefallen war, bedeutete, dass jetzt etwas Neues kam oder er irgendeine tänzerische oder musikalische Spezialeinlage folgen lassen würde. Das merkte ich mir. Oder, besser gesagt, ich merkte, dass er diese Geste noch nie gemacht hatte, wenn er mit mir zusammen war. Es war also keine echte Cole-Geste, die er hin und wieder für seine Shows benutzte. Er musste sie einzig und allein dafür erfunden haben.

Ich erfuhr, dass er eine Art Running Gag mit den Interviewern hatte, die ihn oft fragten, wovor er Angst habe, worauf er immer »Nichts« antwortete.

Ich erfuhr aus einem Interview von vor zwei Jahren, dass er die meisten seiner Songs im Auto, in der Dusche, im Kino oder während des Rumknutschens mit zukünftigen Exfreundinnen schrieb.

Danach hatte ich erst mal genug. Also googelte ich stattdessen Baby North.

Gegen Ende meiner Schicht rief ich Cole an. Als er abnahm, hörte ich im Hintergrund blecherne Musik inklusive Coles aufgezeichneter Singstimme. Ein Kribbeln überlief mich. »Fertig mit den Hausaufgaben?«

»Fast. Es gab ein paar Komplikationen. Aber ich will unbedingt mein goldenes Sternchen.«

»Das gibt es nur für die komplette Leistung«, erwiderte ich. Ich klickte auf einen Link zu einem Artikel über Baby. Ihr Gesicht strahlte mir entgegen, offen und aufrichtig, und daneben prangte die Schlagzeile: *Killer-Baby*. »Ich übe gerade, du zu sein. Gibt es eine Sache, die du niemals zu einem Interviewer sagen würdest?«

Die Antwort kam ohne Zögern. »›Entschuldigung.‹«

Ich brauchte sein Gesicht nicht zu sehen, um zu wissen, dass er mit seiner Antwort höchst zufrieden war. »Mein Gott, du bist wirklich unglaublich. Ich meine, fallen dir diese Sachen eigentlich spontan ein oder siehst du in deinem Kopf, wie die Worte gedruckt aussehen, bevor du sie sagst?«

»Das wäre mal eine Superkraft. Du meinst, wie in einer Denkblase?«

»Sagst du jemals irgendwas, ohne vorher zu überlegen, ob es gut klingt?«, bohrte ich nach.

»Ich wüsste nicht, warum ich sonst überhaupt den Mund aufmachen sollte.«

»Aha. Und dann diese Sache mit den Interviewern, die dich fragen, wovor du Angst hast, und du antwortest immer ›Nichts‹«, sagte ich. »Das ist ja wohl so was von gelogen.«

Cole schwieg. Es war unmöglich zu sagen, ob er gerade eine schlagfertige Antwort in einer Denkblase über seinem Kopf betrachtete, ob er, während er mit mir telefonierte, noch irgendwas anderes machte oder ob ihm einfach nichts einfiel.

Als er schließlich doch etwas erwiderte, klang seine Stimme anders als zuvor. »Das ist nicht gelogen. Nur extrem clever. Das ist der Grund, warum ich überhaupt noch auf diesem Planeten weile. Wundert mich, dass du mit deinem Superhirn nicht von selbst darauf gekommen bist. Es ist ein Rätsel. Genau wie die Frage, wie ich meinen Mustang von Phoenix hierherholen kann, ohne dafür mit meinen Eltern reden zu müssen. Das sind lauter Rätsel, Isabel, und ich finde, die solltest alle du für mich lösen.« Jetzt war seine Stimme wieder normal. Übernormal.

»Ich mag keine Rätsel«, entgegnete ich.

»Weil du selbst eins bist«, sagte Cole, »und du magst nichts, das ist wie du. Aber das ist okay. Ich mag auch keine anderen Ichs.«

Ich glaubte ihm nicht. Cole verstand sich blendend mit seinem Spiegelbild. »Solltest du nicht deine Hausaufgaben machen?«

»Hey, *du* hast mich angerufen.«

»Sag mir, was ich der Welt sagen soll.«

»Sag der Welt«, begann Cole und hielt dann kurz inne. »Sag der Welt, dass ich ein Geschenk für sie habe. Und dann sag *mir*, dass du dazu tanzen wirst.«

Kapitel 20

Cole

Als ich an diesem Abend in meine Wohnung zurückkam, war ich zu müde, um rastlos zu sein. Es war die Art von Müdigkeit, die sich einstellte, wenn ich etwas vollendet hatte, wenn ich vollkommen leer war. Diesem Gefühl war ich früher mithilfe von teuren Drinks und billigen Drinks und Pillen, die einen träge machten, nachgejagt. Aber genauso wie all die Drogen-Highs nie mit dem Hochgefühl, Musik zu machen, mithalten konnten, konnte die künstliche Ruhe nie mit der tiefen Befriedigung mithalten, etwas *geschaffen* zu haben.

Wenn ich mein Leben lang an einem Album arbeiten würde, wäre ich niemals unglücklich.

Ich legte mich auf mein Bett, setzte meine Kopfhörer auf und hörte mir den Track in Dauerschleife an. Am ersten Tag, nachdem ich einen neuen Song ins Leben gehaucht hatte, konnte ich ihn endlos hören. Ich schrieb Isabel: *hausaufgaben fertig.*

Sie schrieb zurück: *Ich begutachte gerade deine bisherige Arbeit.*

Am Ende hatte ich die qualitativ minderwertige Tonspur von Ts Videoaufnahmen genommen und ein kratziges Intro daraus gemacht. Dann folgte eine härtere Version des Songs, den wir am Ende doch noch mal neu aufgenommen hatten, und schließlich hatte ich den blechernen Operngesang darübergelegt. Es klang, als hätte es von Anfang an genau so werden sollen.

Ich freute mich, dass Isabel meine bisherige Arbeit begutachtete. Obwohl mir niemand mehr zu sagen brauchte, dass ich bestanden hatte.

Ich döste ein, während der Song weiter aus meinen Kopfhörern sickerte. Ich träumte, dass ich eindöste, während der Song weiter aus meinen Kopfhörern sickerte.

Dann wachte ich auf, als meine Wohnungstür sich öffnete.

Isabel …

Ich hörte leises Kichern.

Nicht Isabel.

Ich hatte gedacht, dass ich die Tür abgeschlossen hatte. Klar war ich müde gewesen, aber ich erinnerte mich genau daran, wie ich den Riegel umgedreht hatte.

Aus meinen Kopfhörern drang nur noch Rauschen; die Batterien meines Players hatten schlappgemacht. Ich zog mir die Kopfhörer von den Ohren und hörte ein weiteres kleines Prusten. Das Kichern war offenbar im Rudel unterwegs. Es war, als durchlebte ich eine Erinnerung.

Meine Wolfsohren identifizierten tastende Hände an der Wand. Ich roch Parfüm und Schweiß. Dann ging das Licht an.

Drei Mädchen standen oben ohne in meinem Wohnbereich und spähten durch den IKEA-Raumteiler zu mir ins Schlafzimmer. Eine von ihnen hatte in künstlerisch geschwungenen Lettern meinen Namen quer über den Brüsten stehen. *COLE* auf der einen. *CLAIR* auf der anderen. Und ganz klein auf ihrem Brustbein dazwischen: *ST.*

»Ich glaube, ihr habt euch in der Tür geirrt«, sagte ich freundlich zu ihnen, ohne mich aufzusetzen. Das führte zu einem weiteren Kicheranfall. Die drei blieben in meiner Wohnung. Sie blieben oben ohne. Ich blieb im Bett.

Früher wäre das alles kein Problem gewesen. Gelangweilt, spitz und zugedröhnt, wie ich die meiste Zeit war, hätte ich mich wahrscheinlich aller drei gleichzeitig angenommen und wäre anschließend auf der Terrasse bewusstlos geworden.

Jetzt aber wurde ich nicht nur gefilmt, sondern wollte außerdem, dass Isabel Culpeper weiterhin ans Telefon ging, wenn ich anrief. Ich arbeitete mühsam und zielstrebig auf mein Goldsternchen hin und nichts an dieser Situation würde mir dabei weiterhelfen.

»Ich bin mir ziemlich sicher, dass ich die Tür abgeschlossen hatte«, bemerkte ich und setzte mich auf.

Eins der Mädchen hielt einen Schlüssel hoch und schenkte mir ein strahlendes Lächeln.

Oh Mann, Baby.

Das Mädchen mit meinem Namen auf ihren Brüsten setzte mich darüber in Kenntnis, dass sie noch Jungfrau war.

»Ich bin stolz auf dich«, erwiderte ich. Dann hob ich den Zeigefinger und rief Isabel an, ohne meinen halb nackten Besuch aus den Augen zu lassen. »Schatz, hast du zufällig den virtuellen Cole in greifbarer Nähe?«

»*Schatz?*«, wiederholte Isabel.

»*Da.* Genau. Schatz.« Ich stand auf, froh, dass ich voll bekleidet eingeschlafen war.

»Hab ich, aber ich sitze gerade im Auto. Und ich bin mir ziemlich sicher, dass mir jemand mit einer Kamera auf den Fersen ist. So ein Zufall aber auch, was?«

Die Mädchen kamen näher. Sie waren bemerkenswert betrunken. Jede Kamera in der Wohnung kam in den Genuss von einem Stückchen Busen. Das Ganze ließ mich dermaßen kalt, dass ich mir vorkam wie ein Heiliger. Ich fragte mich, wie ich angesichts einer angezogenen Isabel so hin und weg sein konnte und gleichzeitig so uninteressiert an diesen Mädchen.

»Ja, die Zufälle hören heute überhaupt nicht mehr auf«, entgegnete ich. »Könntest du die Welt vielleicht wissen lassen, dass es bessere Wege gibt, mir seine Freude über mein kommendes neues Album zu zeigen, als nachts vor meiner Wohnung aufzutauchen? Und wieso sitzt du überhaupt im Auto? Um diese Zeit würdest du doch hoffentlich für niemanden außer mir eine Autofahrt auf dich nehmen.«

Von draußen drang ein nachdrückliches Hupen herein. Die drei Mädels und ich sahen aus dem Fenster. In diesem Moment hielt Isabels Geländewagen hinter dem Haus. Direkt gefolgt von einem Van mit Joan am Steuer.

Das Timing war ermüdend perfekt.

»Ich glaube, ihr drei geht jetzt besser«, sagte ich zu den Mädchen, die mir inzwischen allesamt sehr entschlossen auf die Pelle rückten. Ich versuchte, sie zurück zur Tür zu schieben. Ich blieb stehen, um mir eine Hand vom Arm zu klauben. »Hier dürfte es gleich ziemlich ungemütlich werden.«

Wie aufs Stichwort wurde die Tür aufgerissen und im selben Moment fing mein Herz an zu hämmern.

Isabel Culpeper klickerte herein. Sie hatte ein abgeschnittenes Leoparden-Top an, eine schwarze Lederhose und ein Paar Stiefel, mit deren Absätzen man den nächstbesten Thronräuber hätte erdolchen können. Außerdem trug sie gehäkelte Handschuhe, die ihr bis hoch zu den Ellbogen reichten. Alles an ihr war perfekt. Im ganzen Universum existierte keine Zahl, mit der man hätte ausdrücken können, um wie viel Mal sexyer sie war als diese drei halb nackten Mädels zusammen.

Ich konnte einfach nicht glauben, dass Baby mir diesen Moment durch drei Oben-ohne-Fans verdarb. Mit einem Mal fühlte ich mich alt und erschöpft. Wie viele Leben hatte ich eigentlich schon gelebt, um es an diesen Punkt zu schaffen, an dem ich diese kichernden Wesen als Störfaktor wahrnahm?

Isabel schürzte ihre roten Lippen. Die Mädchen starrten ihr so furchtlos entgegen, wie es nur Betrunkene konnten. Joan und ihre Kamera lugten zur Tür herein.

»Hast du mein Update gepostet?«, fragte ich Isabel.

Der Gedanke, dass sie nicht an meine Unschuld glauben könnte, stimmte mich erstaunlich nervös.

»Ja, habe ich«, erwiderte sie. »*Schatz.*« Ihr Blick war auf meinen bebenden Namen gefallen. Ich war alles andere als prüde – möge die Vergangenheit meine Zeugin sein –, aber in diesem Moment fühlte ich mich ziemlich unwohl angesichts der schieren Menge nackter Brüste im Raum. Es war, als wäre mein hart erarbeiteter Zynismus einem Mord zum Opfer gefallen und hätte einen viel naiveren sechzehnjährigen Cole zurückgelassen, der sich Sorgen machte, dass seine Angebetete ihm einen Korb geben könnte.

Das hier war ein gefährlicher Ort für das Wiederauftauchen dieses Cole.

Bitte, sei nicht sauer. Du musst doch sehen, dass das hier nicht echt ist. Bitte, Isabel …

Ich wusste nicht, was ich sagen sollte, nicht mit Joans Kamera, die uns von außerhalb der Wohnung genauestens beobachtete, während die Kameras innerhalb der Wohnung den Rest erledigten.

»Ich würde sagen, ihr gebt mir jetzt mal diesen Schlüssel«, wandte ich mich an die Mädchen. »Und nehmt am besten nie mehr Schlüssel von Fremden an. Man weiß nie, was einen auf der anderen Seite einer Wohnungstür erwartet.«

»Na los, hopp«, fügte Isabel hinzu, ihre Stimme so eisig, dass eine subtropische Topfpflanze in der Nähe in sich zusammensank.

»Bist du etwa seine *Freundin*?«, fragte das Mädchen mit dem

Schlüssel und ihre Stimme nahm einen boshaften Klang an. »Weil, also mal ganz im Ernst –«

Isabel schnitt ihr das Wort ab. »Sag lieber nichts, was wir beide später bereuen könnten. Und den Schlüssel gibst du am besten mir.«

Gebieterisch streckte sie eine behandschuhte Hand aus. Das Mädchen übergab ihr den Schlüssel mit einem Fauchen. Die Jungfrau schlich bereits an Isabel vorbei. Die dritte spuckte Isabel im Rausgehen auf die Stiefel.

Dann herrschte Schweigen. Die Spuckerin blieb kurz hinter Joan stehen und blickte Isabel herausfordernd an.

Isabel lachte, herablassend und fies. Mit einem Mal hatte ich eine ziemlich genaue Vorstellung davon, wie sie in der Highschool gewesen sein musste.

»Oh, bitte«, höhnte sie.

Dann schlug sie Joan die Tür vor der Nase zu.

Schweigen.

Das Herz hämmerte mir in der Brust. Es war kaum zu glauben, wie nervös ich war, obwohl ich gar nichts falsch gemacht hatte, obwohl es mir total egal war, was andere von mir dachten, obwohl ich so lange Zeit vollkommen gefühlstot gewesen war.

»Ich würde vorschlagen, wir ziehen uns kurz in dein Büro zurück«, verfügte Isabel mit einer Geste in Richtung des Badezimmers. Ich hatte absolut keinen Schimmer, was in ihr vorging.

Ich schloss die Tür hinter uns, doch als sie den Mund öffnete, hob ich den Finger an die Lippen. Joan und ihre Kamera hatten die Wohnung betreten. Mein Wolfsgehör vernahm leises Atmen auf der anderen Seite der Tür und ein Schaben, als sie das Mikrofon so nah an unsere Stimmen heranmanövrierte, wie sie konnte.

Isabel ging zum Waschbecken und drehte mit einem zackigen,

brutalen Ruck aus dem Handgelenk den Wasserhahn auf. Ich lehnte mich in die Dusche und schraubte dort an den Reglern.

Dann kehrten wir der zischenden Wasserverschwendung den Rücken und steckten über dem Klodeckel unsere Köpfe dicht zusammen.

»Oh Mann, riechst du gut«, sagte ich, leise und atemlos, weil einer von uns es aussprechen musste und um einen Teil meiner Nervosität loszuwerden.

»Und du riechst nach –« Isabel hielt inne. Dann fragte sie: »Moment, was ist hier los?«

Das war nicht die Reaktion, auf die ich gefasst gewesen war. Nicht viel verschlug Isabel die Sprache. Ich hob die Hand vors Gesicht und schnüffelte.

Wolf.

Erde, Moschus, Nacht und Instinkte.

Ich wusste nicht, wo der Geruch herkam, nur dass er da war. Es war, als sickerte der Wolf in mir durch meine Poren nach draußen, freigesetzt durch Angst. Ein Teil von mir dachte sehnsüchtig an meinen Wolfskörper und daran, wie eine einzige Minute als Wolf sofort Ordnung in meine durcheinandergewirbelten Gefühle bringen würde.

»Isabel –«

»So geht das nicht«, fiel sie mir ins Wort. »Ich mache das nicht mit.«

»Es war nicht meine Schuld. Baby –«

»Ich weiß, dass das Babys Schuld war!«

»Dann verstehe ich das Problem nicht.«

Wir blickten einander an. Meine Finger kribbelten, als wären meine Arme eingeschlafen gewesen und als würde nun das Gefühl zurückkehren. Wie konnte ich unschuldig sein und zugleich trotzdem

Riesenärger am Hals haben? Isabels Gesicht ließ immer noch nicht erkennen, was sie dachte. Ihr Eyeliner verdunkelte die Feinheiten der allermeisten Gefühlsregungen.

»Ich werde nie damit klarkommen, dich mit drei halb nackten Mädchen in einem Zimmer vorzufinden, Cole. Ich will, dass so was nie wieder vorkommt.«

Das Problem dabei war, dass so was dazugehörte – zu mir, zu Cole St. Clair, dazu, eine Band zu haben und bei einer voyeuristischen Fernsehsendung mitzumachen. »Ich hab nur Kontrolle über mich selbst.«

»Hast du das wirklich?«

»Hab ich doch gerade gesagt.«

»Kannst du dich zurückhalten?«

Hatte ich das nicht gerade? »Vertraust du mir nicht – ist das das Problem?«

Isabel öffnete den Mund und schloss ihn gleich darauf wieder. Sie wandte sich ab, verschränkte die Arme vor der Brust und starrte finster in die Dusche. »Ich war eben noch nicht mit Hunderten von Leuten zusammen, Cole. Ich habe noch nicht Hunderte von Leuten nackt gesehen. Ich weiß nicht, wie ...«

Sie schüttelte den Kopf, als wäre sie wütend. Aber ich kannte Isabel und ich wusste, dass jedes ihrer Gefühle nach außen hin wirkte wie Wut. Das machte die ganze Sache nicht fairer, denn schließlich hatte ich weder diese drei Mädchen zu mir eingeladen, noch hatte ich Isabel schon gekannt, als ich mit all den anderen geschlafen hatte. Was ich allerdings gewusst hatte, als ich diese ganze Sache angefangen hatte, war, dass zwischen uns ein wesentlicher Unterschied bestand: Isabel hatte in ihrer Teenagerzeit genau darauf geachtet, wer ihr nahekam – und ich nicht.

»Wegen irgendwelcher anderer Leute bin ich nicht hergekommen«, sagte ich. Meine Ernsthaftigkeit schien sie zu überfordern, also fügte ich hinzu: »Culpeper. Ich bin *deinetwegen* hier.«

Sie sah mich noch immer nicht an. Das Licht fiel durch ihr eisblondes Haar und erleuchtete ihre Wange, ihr Kinn, ihren Hals. Ich wollte immer noch mein Goldsternchen, obwohl mir klar war, dass ich es heute Nacht nicht bekommen würde. Sie antwortete: »Meinetwegen und für diese nette kleine Show.«

»Das ist nun mal mein Job.«

»Dich in Badezimmern verstecken?«

»Musik machen.«

»Ich hätte ja kein Problem damit, mit jemandem zusammen zu sein, der Musik macht«, sagte Isabel. »Aber ich glaube, das ist auch nicht wirklich dein Job.«

Ich meinte, mich zu erinnern, dieses Gespräch schon einmal mit Leyla geführt zu haben, und das war kein bisschen angenehmer gewesen.

»Keiner macht einfach nur Musik. Vom Musikmachen allein kann man nicht leben. Ich dachte, das hier wäre besser als eine Plattenfirma. Ich dachte, auf diese Art könnte ich mehr über das Album bestimmen. Und weißt du, was? Ich hab das alles schon einmal gesagt. Ich kann mich genau erinnern, wie mein Gesicht es gesagt hat.«

Isabel lachte, genauso dünn und herablassend wie zuvor, als das Mädchen sie angespuckt hatte, aber ich war trotzdem erleichtert, denn irgendwie ließ sie das weicher wirken. Sie zog den virtuellen Cole aus der Tasche und begann, sich durch die Bildschirme zu wischen. »Du hast im Ernst gedacht, dich mit Baby North einzulassen, wäre besser als eine Plattenfirma? Nachdem alle anderen am Ende zuckend und sabbernd auf dem Teppich lagen? Keiner schafft es heil da raus.«

»Ich bin aber nicht wie alle anderen.«

Isabel hörte auf zu scrollen. Ihre Stimme klang trocken und sexy, als sie entgegnete: »Gott sei Dank.«

Wir blickten einander an. Ihre schwarz umrandeten Augen waren himmelblau und sie blinzelte nicht. Ich hasste mich dafür, dass ich immer noch die Überreste der Angst in mir flattern fühlte. Ich wollte nicht, dass sie ging, obwohl mir klar war – nach allem, was passiert war, anhand ihrer Körperhaltung und mit Joan, die vor der Tür hockte und versuchte zu lauschen –, dass sie es tun musste.

Ich wollte nicht mehr allein sein.

Ich wollte sagen: »Bleib bei mir, Isabel.« Und ich wollte sagen: »Ich liebe dich, Isabel.«

Ich hatte nichts davon laut ausgesprochen, aber Isabel schüttelte den Kopf, nur ein kleines bisschen, als wollte sie mir bedeuten: »Tu es nicht.«

Also sagte ich bloß: »Und was ist mit meinem Goldsternchen?«

»Ha!« Ihr Lachen klang wütend und bitter. »Dein Goldsternchen hast du an Baby verloren. An drei Paar Brüste.«

»Willst du dir dann vielleicht wenigstens meine Meisterleistung von heute anhören? Also so, wie man sie hören sollte?«

Sie sagte nicht Ja, aber sie rührte sich auch nicht. Also stellte ich die Dusche aus, wischte die gekachelte Sitzfläche darin mit einem Handtuch trocken und faltete ein weiteres Handtuch zu einem Kissen zusammen. Meinen nutz- und saftlosen MP3-Player warf ich mitsamt den Kopfhörern ins Waschbecken. Dann setzte ich mich auf den Duschsitz, zog mein Handy aus der Hosentasche und klopfte auf den Platz neben mir.

»Das muss aufhören«, ermahnte sie mich, setzte sich jedoch neben mich und schlug ihre episch langen Beine übereinander. Oh Mann, sie war so schön, dass ich es kaum aushielt.

»Schon klar«, erwiderte ich. »Ohrstöpsel?« Sie reichte mir ihre Handtasche und ich wühlte nach ihnen (sie hatten ein Leopardenmuster). Dann steckte ich sie in mein Handy und schob einen Stöpsel in mein rechtes und einen in ihr linkes Ohr. Ich rückte ein Stückchen näher an sie heran, sodass sich unsere Schultern aneinanderpressten. Während sie ihren Ohrhörer zurechtrückte, warf ich einen Blick auf das Display und drückte auf »Play«.

Die erste Minute hörte sie bloß zu. Dann bewegte sich ihr Kopf, nur ein kleines bisschen, wie in einer Erinnerung ans Tanzen. Sie schaffte es, selbst das sexy wirken zu lassen. Ich beobachtete sie – sie hatte die Augen geschlossen und lauschte, die Lippen leicht geöffnet. Ich verstand nicht, wie sie das machte. Ich hatte das Gefühl, selbst nur sexy sein zu können, wenn ich es mir bewusst vornahm, aber ich fühlte mich genauso sehr zu ihr hingezogen, wenn sie sich absichtlich verführerisch gab, wie dann, wenn sie es nicht tat.

Der Song fing wieder von vorne an, ich hatte ganz vergessen, dass ich ihn ja auf »Repeat« gestellt hatte.

Isabels Augen gingen auf.

»Und?«, fragte ich.

Sie küsste mich.

Es war kein Kuss, der sich langsam anbahnte. Kein sich allmählich steigernder Ausdruck unseres körperlichen Verlangens nacheinander. Er war nichts und dann plötzlich alles. Ihre Hand lag auf meiner und zog sie über ihren nackten Bauch, drückte sie auf ihre Rippen, die Krümmung ihres Hüftknochens unter ihrem Gürtel. Ihre Finger drängten meine, sie auszuwickeln wie ein Geschenk. Ihr Mund nahm mir das letzte bisschen Atem, das mir geblieben war.

Ich stand auf und zog sie mit hoch, die ganze Zeit verbunden durch das Ohrhörerkabel. Ich wollte nicht, dass ihr Körper sich von meinem löste. Und während in meinem rechten und ihrem linken Ohr der Song weiterstampfte und -schepperte, küssten und küssten wir uns, ihre Zunge warm an meiner, ihre Haut weich unter meinen Händen, ihre Beine um meine geschlungen.

Isabel zog mich zur Tür. »Bett.«

Ich widersprach nicht. Der Song begann wieder von vorn. Ich tastete nach dem Türknauf.

Auf der anderen Seite starrte uns Joans Kamera entgegen.

Die hatte ich ganz vergessen. Isabel ließ sich nichts anmerken, aber sie blinzelte kurz, ihre Wimpern dunkel auf ihrer Wange, und als sie die Augen wieder öffnete, war sie bereit für die Kamera, jedes Fünkchen Wahrheit von ihrem Gesicht verschwunden.

»Hi, Joan«, sagte ich. »Hattest du vor, noch länger zu bleiben? Kann ich dir einen Kaffee anbieten oder so?«

Isabel machte sich von mir los. Joan, bei der es sich – nur damit es mal gesagt ist –, um einen humorlosen Wurzelzwerg handelte, wich bloß ein paar Schritte zurück, um uns aus dem Badezimmer zu lassen.

»Ich gehe dann mal«, sagte Isabel.

»Nein«, protestierte ich, »das ist doch nicht dein Ernst.«

Aber um ehrlich zu sein, hatte Joans vergessene Gegenwart sowieso eine eher ernüchternde Wirkung auf mein liebstes Instrument von allen gehabt.

Isabel zog mir ihren Stöpsel aus dem Ohr und den Stecker aus meinem Handy. Dann ging sie ihre Tasche holen, während ich Joan finster anstarrte.

»Danke für gar nichts«, sagte ich.

Joan schaltete ihre Kamera aus. »Dito.«

Isabel kam zurück. Sie hatte ihren Lippenstift nachgezogen. Ich streckte die Hand nach ihr aus, als sie an mir vorbeiging, und griff daneben. An der Tür blieb sie noch einmal stehen und ein Lächeln umspielte kaum merklich ihren Mund. »Ich finde, du solltest dir einen neuen Job suchen.«

»Und was soll ich bitte machen?«

»Musik.«

Kapitel 21

Isabel

Auf dem Nachhauseweg, nachdem Coles Bann von mir abgefallen war, ertappte ich mich dabei, wie ich immer wieder an Brüste dachte. Ich hatte mir meine eigenen noch vor Kurzem im Spiegel angesehen. Sie waren kein bisschen wie die drei Paare, die mir gerade in Coles Wohnung präsentiert worden waren, und zwar nicht nur, weil niemand Coles Namen draufgeschrieben hatte. Es lag auch nicht unbedingt an der Größe. Mehr an der Rundung und der Höhe und dem Hänge- und Wackelfaktor multipliziert mit Dreistigkeit und Entschlossenheit. Es lag an der Größe und der Form und der Farbe der Brustwarzen.

Anders. Aber besser? Schlechter? Es war schwer, das zu beurteilen.

Schlussendlich wurde ich nur sauer. Wen interessierte das denn überhaupt? Cole lief schließlich auch die ganze Zeit mit freiem Oberkörper rum. Und für diese Mädels war es wohl ebenfalls kaum etwas Besonderes gewesen, oben ohne bei ihm aufzutauchen. Es war nichts als eine willkürliche Entscheidung unserer Kultur, die dazu geführt hatte, dass wir Brustwarzen sexuell stimulierend fanden.

Aber es *war* etwas Besonderes. Es war *nicht* egal. Und ich konnte einfach nicht aufhören, darüber nachzugrübeln. Das machte mich wütender als alles andere – die Tatsache, dass ich nicht damit aufhören konnte, die Situation immer wieder von Neuem zu analysieren.

»Isabel, meinst du nicht, du solltest vielleicht jemandem Bescheid sagen, wenn du so spät noch wegfährst?«

Die Stimme meiner Mutter drang aus dem Wohnzimmer, kaum dass ich die Villa Herzschmerz betreten hatte. Bevor ich auch nur das Ende des Flurs und die Tür zum Wohnzimmer erreicht hatte, wusste ich, welcher Anblick mich dort erwartete: meine Mutter, elegant auf dem Sofa drapiert, das Haar offen über ihre Schultern fließend, in der Hand ein Weinglas.

Ich lag richtig, obwohl ich nicht erwartet hatte, dass meine Tante Lauren auch da sein würde, ebenfalls mit einem Weinglas in der Hand. Sie winkte mir vorsichtig zu und drehte ihren Kopf ganz langsam in meine Richtung, die Augen erschöpft über der Bandage. Sie hatte gerade eine Nasenkorrektur vornehmen lassen und behauptete nun ständig, dass sie durch hastige Bewegungen Kopfschmerzen bekam.

»Nein«, erwiderte ich und trat ans Ende des Sofas. Im Fernsehen starrte ein verbittert wirkender Soldat unter seinem Helm hinweg in die Ferne. Wenn es meiner Mutter schlecht ging, sah sie sich Kriegsfilme an. Wahrscheinlich weil das maßlose Blutvergießen und die hart erkämpften Siege sie an meinen Vater erinnerten. »Ich bin nämlich über achtzehn.«

Meine Mutter seufzte. Es klang nicht allzu enttäuscht. Sie wusste, dass ich in diesem Streit unschlagbar war. Ich wusste, wie das Gespräch weitergehen würde.

Mom: *Aber du wohnst immer noch unter meinem Dach.*

Ich: *Ich kann gerne ausziehen.*

Mom: *Dann müsstest du dir als Erstes aber mal einen Job –*

Ich: *Halleluja! Du hast mir auch immer gepredigt, dass ich mir Freunde suchen soll.*

Mom:

Auch meine Mutter wusste, wie das Gespräch weitergehen würde. Also hielt sie mir stattdessen ihr Weinglas hin. »Willst du mal probieren?«

»Ist der gut?«

»Nein.«

Ich schüttelte den Kopf. »Wonach riecht es denn hier?«

Meine Mutter sah Lauren an. Lauren antwortete: »Sofia backt Zimtschnecken.«

Es zwar zehn Uhr abends. Gut, es war vielleicht nicht unbedingt etwas dagegen einzuwenden, um zehn Uhr abends zu backen, aber es gab auch nichts, was dafürsprach.

»Ist er süß?«, erkundigte sich Lauren. »Du warst doch mit einem Jungen unterwegs, oder?«

Ich blinzelte sie ungläubig an. Ich hatte mich schon gefragt, wie es wohl sein würde, wenn meine Mom und Lauren rausfanden, dass ich mit Cole ausging, aber ich war nicht darauf gefasst gewesen, dass es so unangenehm sein würde, Lauren über ihn reden zu hören. Irgendwie war es mit einem Mal, als wäre er besudelt, auf eine Weise, wie er es vorher nicht gewesen war. Bestäubt mit dem sterilen Puder aus dem Haus des Verderbens, der Erwachsenenversion von Liebe.

»Klar«, antwortete ich. »So knuffig wie ein verdammter Pandabär.«

Im Fernsehen erzitterte ein Panzer, als sein Geschütz eine Salve abfeuerte. Die Kamera wechselte schnell zu seinem anvisierten Ziel, einem kleinen Bunker, der in einer Wolke aus Betonbrocken und zersplitterten Träumen explodierte. Meine Mutter begann, leise zu weinen. Ich ging in die Küche.

»Sofia, warum backst du um zehn Uhr abends Zimtschnecken?«

Meine Cousine an der Arbeitsplatte drehte sich um. Sie trug eine Flanell-Pyjamahose mit Entchenmuster und ihr Haar war offen. Sie sah aus wie zwölf. Ihr T-Shirt war voller Mehl. Ich versuchte, nicht an Brüste zu denken.

»Die sind für dich. Damit du morgen früh eine mit in deinen Kurs nehmen kannst.«

Ich öffnete den Mund, um irgendwas über Kohlenhydrate zu fauchen, bevor mir einfiel, dass das mal wieder ziemlich zickig gewesen wäre, also machte ich ihn wieder zu. Vielleicht war das Coles guter Einfluss.

»Okay«, sagte ich. Es war kein »Danke«, aber schon sehr viel näher dran, als ich es normalerweise über mich brachte. »Am Wochenende sollten wir dir mal ein Paar neue Schuhe kaufen gehen. Bei Erik's zum Beispiel.«

Sofia blinzelte. Ihre Augen schimmerten.

»Schuhe sind diese Dinger, die man sich an die Füße zieht.«

»Nur wir beide? Oder kommt Cole auch mit?« Gleich nachdem sie das gesagt hatte, fügte sie hinzu: »Ich meine, das würde mir nichts ausmachen oder so. Wenn er mitkommt. Das wäre okay. Wir müssen ja nicht alles zu zweit machen. Ich freue mich jedenfalls, dass du fragst. Weil –«

»Sofia«, fuhr ich sie an. »Aus!«

»Meinst du, ihr heiratet mal?«, platzte sie heraus.

»*Sofia*«, zischte ich, mit noch ein bisschen mehr Nachdruck. »Jetzt mach aber mal halblang. Meine Güte. Das ist doch kein Disneyfilm hier. Hast du denn gar nichts aus dem Schicksal unserer Eltern gelernt?«

Sie drehte sich zurück zur Arbeitsfläche und schaltete mit hängenden Schultern den Standmixer ein. Eine Wolke Puderzucker hüllte sie ein. Ohne mich anzusehen, sagte sie: »Dad hat angerufen.«

Aha. Das war zumindest eine Erklärung für die Depristimmung im Haus des Verderbens. Ich durchforstete mein Gehirn nach etwas, das ein normaler Mensch in einer solchen Situation sagen würde. Ich fragte: »Alles in Ordnung mit dir?«

Sofia fing an zu weinen, was genau der Grund war, aus dem ich es für gewöhnlich vermied, mich wie ein normaler Mensch zu benehmen. Ich wünschte, ich wäre bei Cole geblieben.

»Ja«, erwiderte Sofia, der die Tränen von der Nase tropften. »Danke, dass du fragst.« Sie klatschte einen riesigen Löffel Zuckerguss aus der Rührschüssel auf eine Zimtschnecke und reichte mir den Teller.

»Himmelherrgott«, sagte ich, als ich ihn entgegennahm. »Jetzt schnapp dir schon auch eine und komm mit.«

»Wohin denn?«

»In mein Zimmer. Wir rufen Cole an.«

Gesagt, getan. Oben in meinem Zimmer stellte ich mein Handy auf Lautsprecher und brachte Cole dazu, uns seinen neusten Song vorzusingen. Als er mitbekam, dass Sofia zuhörte, dichtete er den Text zu etwas Lustigerem um, und schon bald lachte und weinte sie gleichzeitig. Irgendwann stand ich auf, um mein Handy ans Ladekabel anzuschließen, denn die Singerei hatte den Akku ziemlich gemolken, und Sofia ging ins Bett, glücklich und traurig, was zumindest besser war als nur traurig.

Ich schaltete den Lautsprecher aus und kletterte aufs Bett. Dann legte ich den Kopf aufs Kissen und mir das Handy aufs Ohr. »So, jetzt sind wir allein. Das heißt, du kannst wieder wild rumfluchen.«

»Ich wünschte, du wärst hier«, sagte Cole.

Ich antwortete nicht gleich. Dann, weil wir schließlich nur telefonierten und er mein Gesicht nicht sehen und ich so ehrlich sein konnte, wie ich wollte, gestand ich: »Ich auch.«

»Isabel –«, begann Cole. Er brach ab. Dann fuhr er fort: »Leg nicht auf.«

»Ich hab nicht aufgelegt.«

»Dann leg immer noch nicht auf.«

»Ich hab immer noch nicht aufgelegt.« Ich hörte schrilles Vogelgezwitscher an seinem Ende der Leitung. »Bist du draußen?«

»Ich bin hinter dem Haus. Und warte auf Leon. Seine Schicht ist um Mitternacht zu Ende und dann wollen wir uns Zuckerwatte holen und ich schieße ihm einen Plüschaffen auf dem Pier. Das kommt davon, wenn du mich allein lässt, Isabel.«

Ich erwiderte: »Brich Leon nicht das Herz.«

Cole lachte. Sein echtes Lachen war ein komisches Geräusch – nicht »Haha, wie lustig«-komisch, sondern komisch im Sinne von seltsam. Es war mehr ein stimmloser Rhythmus als ein wirklicher Laut. Dann forderte er: »Sag, dass wir uns morgen sehen.«

»Wir sehen uns morgen.«

»Sag, dass wir uns übermorgen auch sehen. Und am Tag danach. Und am Tag danach.«

Mein Herz hämmerte krampfhaft. Es war zu spät. Gegen meinen Willen, trotz der nackten Mädchen und des Wolfsgeruchs und all der Dinge, die mich zukünftiges Unglück vorausahnen ließen, hatte ich mich wieder in Cole verliebt.

Ich sagte: »Gute Nacht, Cole.«

»Gute Nacht, Culpeper.«

Ich legte auf und schloss die Augen. Bald, bald würde ich das alles bereuen, das war mir klar. Aber jetzt, in diesem Moment, konnte ich keine Angst haben. Ich hörte noch immer seine albernen Songtexte und sein echtes Lachen. Ich erinnerte mich an das Gefühl seiner Hände auf meinem Körper. Ich versuchte, mich daran zu erinnern, dass es jedem im verdammten Haus des elendigen Verderbens vorherbestimmt war, sich in den Schlaf zu weinen, aber jetzt, in diesem Moment, gestattete ich mir zu glauben, dass ich anders war als sie.

Kapitel 22

Cole

Am nächsten Morgen wachte ich auf und stellte fest, dass die Welt eigentlich ganz in Ordnung war, abgesehen von meinem Grillfleisch-Atem, der noch vom Abend zuvor übrig geblieben war. Ich kochte mir ein paar Eier und trank einen Karton Milch leer und dann ging ich für eine Stunde auf die Terrasse, wo ich versuchte, das alles in einen Songtext zu fassen, ohne dass das alles explizit darin vorkam. Baby rief an und fragte: »Warum gehst du nicht an dein Arbeitshandy?«

Es dauerte einen Moment, bis ich kapierte, dass sie mein virtuelles Ich meinte, das sich ja gar nicht mehr in meinem Besitz befand. Ich streckte mich und schloss die Augen. Die Sonne stand direkt über mir und ihr Strahlen schien nur mir zu gelten. Ich erwiderte: »Weil ich das eigentlich nur benutze, um damit ins Internet zu gehen und so. Niemals die Ströme kreuzen, Baby. Warum hast du mir nicht meinen Mustang hergeholt?«

»Haha, hörst du mich lachen, Cole? Ich will dieses Mädchen in der Show.«

Plötzlich kam es mir hier draußen gar nicht mehr so sonnig vor. »Ich hoffe, mit ›dieses Mädchen‹ meinst du mein Auto.«

»Im Internet kommt es super an, dass du eine Freundin hast. Alle wollen wissen, ob sie deine große Liebe ist, Cole. Sie ist wirklich sehr hübsch. Überleg mal, was uns das für Zuschauerzahlen einbringen würde.«

Ich musste keine Sekunde überlegen. Ich wusste genau, wie die Sache in der Öffentlichkeit laufen würde – genauso wie bei jedem anderen Mädchen, mit dem ich je gesichtet worden war. Der Gedanke, jemals wieder eine Beziehung öffentlich zu machen, stimulierte bei mir genau dieselbe Hirnregion wie der, mich bei meinen Eltern oder alten Freunden von zu Hause zu melden. Und damit auch dieselbe Hirnregion, die sich permanent mit der Frage beschäftigte, ob ich mir nicht eine Kugel in den Kopf jagen, von einer Brücke springen oder einen Haufen Pillen schlucken sollte.

Es war keine Hirnregion, die ich gern aktivierte. Bis vor Kurzem hatte ich noch gehofft, ihre Verbindung zum Rest meines Gehirns erfolgreich gekappt zu haben, aber wie es aussah, war sie noch immer vorhanden.

Baby sagte: »Bring sie dazu, bei der Show mitzumachen, und du bekommst deinen Mustang.«

Ich lachte los, ohne auch nur darüber nachzudenken, denn dieses Angebot war so haarsträubend, dass ich nie im Leben darauf angesprungen wäre.

»Wir sollten uns mal zum Abendessen treffen, Cole«, fuhr Baby fort. »Genau, so machen wir es. Bring sie einfach mit. Heute Abend. Deine Termine kannst du verschieben.«

»Mir ist gerade nicht so nach Abendessen«, entgegnete ich. »Nachdem gestern beinahe mein neuer Song im Eimer gewesen wäre und ich heute Nacht Besuch von ein paar halb nackten Mädels hatte.«

»Klingt ja aufregend. Ich mag's aufregend.«

»Ich war ohne diesen Mist aufregend genug.«

»Findest du?«, fragte Baby scheinheilig. »Bist du jetzt gerade auch aufregend?«

»Klar«, log ich.

»Super. Ich freu mich drauf, das zu sehen. Abendessen, nicht vergessen. Und geh gefälligst ans Telefon, wenn ich anrufe.«

Sie legte auf. Ich wählte Isabels Nummer.

»Culpeper«, sagte sie.

Sie nahm meine Anrufe tatsächlich an – daran musste ich mich echt noch gewöhnen.

»Ich liebe es, wenn du dich so meldest«, sagte ich. Ich schlenderte zum Rand der Dachterrasse. Mein Blick schweifte über Palmen und noch mehr Dachterrassen. Die anderen waren alle leer und es gab nur mich und die Sonne. »Bitte sag mir, dass du nackt bist.«

»Ich bin bei der Arbeit, Cole.«

»Nackt? Na ja, ist ja in Santa Monica. Hast du mein virtuelles Ich dabei?«

»Klar. Du hast gerade was getwittert.«

»Was Witziges? Hat es der Cole-Crowd gefallen?« Zwei Dachterrassen weiter, auf der anderen Seite des leer stehenden Hauses, tauchte ein Junge auf. Er hielt ein kleines Flugzeug in der Hand und ließ es durch die Luft sausen, höher, noch höher, so hoch sein Arm reichte.

»Was denkst du denn?«, entgegnete Isabel. »Übrigens glaube ich, dass Baby versucht hat, dein virtuelles Du zu erreichen.«

»Ich weiß. Ich weiß alles. Könntest du vielleicht dein enormes Talent dafür aufwenden, in der Cole-Crowd nach jemandem zu fahnden, der heute in L.A. eine Party schmeißt? Oder heiratet? Oder sich scheiden lässt? Nach irgendeinem feierlichen Anlass, für den man Musik brauchen könnte?«

Ich beobachtete den kleinen Jungen auf der anderen Terrasse, der sein Flugzeug jetzt um den Tisch fliegen ließ. Er wirkte so grundzufrieden, wie ich mich nicht erinnern konnte, jemals gewesen zu sein.

Ich an seiner Stelle hätte das Flugzeug über die Dachkante fliegen lassen und wäre hinterhergesprungen.

»Ach, ich dachte, du weißt alles?« Isabel seufzte laut. »Und was krieg ich dafür?«

»Meine unendliche Bewunderung deiner überragenden geistigen Fähigkeiten.«

»Mal sehen, was sich machen lässt.«

»Ach ja, und Baby will mit uns essen gehen.«

Sie gab einen Laut von sich, den ich nicht deuten konnte. Dann wiederholte sie: »Mal sehen, was sich machen lässt.«

Nachdem sie aufgelegt hatte, fiel mir auf, dass der kleine Junge jetzt am Rand der Dachterrasse stand und zu mir herüberstarrte.

»Hallo«, rief ich ihm zu. »Wir sind Zwillinge.«

Das klingt wahrscheinlich gruseliger, als es war. Wir trugen beide Cargo-Shorts ohne T-Shirt, waren braun gebrannt und hatten dunkle Haare mit ein paar sonnengebleichten Strähnen. Ich konnte mich nicht entscheiden, ob er vier oder neun oder doch zwölf war. Ich hatte keine Ahnung von Kindern. Er war auf jeden Fall zu jung zum Autofahren, aber alt genug, um einen Türknauf zu drehen.

»Bist du ein Zeitreisender?«, rief er misstrauisch zurück.

»Ja«, erwiderte ich. Ich freute mich, dass ihm unsere Ähnlichkeit auch aufgefallen war. Schon formte sich das Ganze in meinem Kopf zu einem Song. »Aber nur vorwärts.«

»Bist du ich?«

»Klar«, sagte ich.

Er kratzte sich mit seinem Flugzeug den Bauch. »Wie ist meine Zukunft?«

Ich erwiderte: »Du bist berühmt und fährst einen Mustang.«

Wir blickten beide auf den Saturn hinter dem Haus. Stirnrunzelnd warf der Junge sein Flugzeug in meine Richtung. Es trudelte durch die flimmernde Luft und verschwand schließlich hinter den Palmen auf der Terrasse des leer stehenden Hauses.

»Tja, jetzt hast du's geschafft«, bemerkte ich. »Jetzt ist es bestimmt kaputt.«

Der Junge blickte mich herablassend an. »Es geht ja auch nicht ums Landen. Sondern ums Fliegen.«

Ich musterte ihn aus schmalen Augen. Plötzlich bekam ich eine angenehme Gänsehaut, so als würde ich mich zum Vergnügen gruseln. »Vielleicht bist du *wirklich* ich. Bist du echt?«

Auf dem Stuhl hinter mir klingelte mein Handy. Es war Isabel, die mich zurückrief. Ich deutete mit dem Finger auf den Jungen und drehte mich zum Telefon um.

»Ich hab eine Hochzeit gefunden«, sagte sie.

»Ich glaube, ich habe gerade mit meinem jüngeren Ich aus der Vergangenheit gesprochen«, entgegnete ich. Ich drehte mich wieder um, doch die Dachterrasse zwei Häuser weiter war leer. »Er hatte ein Flugzeug.«

»Super. Ich hoffe, du hast ihn gewarnt, nie Drogen zu nehmen. Willst du den Namen oder die Adresse oder was?«

Ich versuchte, das kleine Flugzeug auf der Terrasse nebenan zu erspähen. Aus irgendeinem Grund wollte ich es haben. Ich nahm mir für später vor, in das Haus einzubrechen, wenn es irgendwie ging. »Gib mir alles, was du hast. Oh, vielleicht solltest du das twittern. Genau so was würde ich sagen.«

»Okay, dann lege ich jetzt auf.« Und das tat sie.

Ich rief T an.

»Cole!«, meldete er sich erfreut.

»Es geht wieder was«, verkündete ich mit einem letzten Blick in die Richtung, in der ich mein jüngeres Ich gesehen hatte. »Ich zieh mir gerade ein T-Shirt über.«

Er und Joan kamen so schnell, dass ich mich fragte, ob er neben dem Telefon gelegen und nur auf meinen Anruf gewartet hatte. Zusammen machten wir uns auf den verhassten Weg durch den Garten zu Leylas Behausung. Joan und T, ihre Kameras geschultert, liefen direkt hinter mir.

»Hi«, sagte ich zu Leyla.

Einen Teller rohes Gemüse knabbernd saß sie auf der Kücheninsel und ihre Dreads hingen ihr um das schmale Gesicht. Blinzelnd blickte sie erst mich an, dann die Kameras. Ich hatte nicht angeklopft, aber dazu sagte sie nichts. Ich gab mir Mühe, sie nicht zu hassen, denn das hätte sich wie ein Sieg für Baby angefühlt.

»Heute lassen wir ein paar Träume in Erfüllung gehen«, sagte ich.

Leyla biss in etwas Grünes. Sie kaute. Wir alle wurden nicht jünger, während sie schluckte. »Und was schwebt dir da so vor?«

»Großartiges. Wo ist dein Kit?«

Sie starrte mich bloß an. Ich war mir nicht sicher, ob sie high war oder begriffsstutzig oder ob sie mich schlicht zurückhasste. Nicht dass diese Möglichkeiten einander ausgeschlossen hätten.

»Dein Schlagzeug? Dieses Ding hier?« Ich trommelte in die Luft. »Na los, pack alles zusammen und lad es in den Saturn. Und dann auf in die Zukunft.«

Sie steckte sich das nächste Gemüsestück in den Mund. Und kaute.

»Seit wir dieses Gespräch angefangen haben«, sagte ich, »sind auf diesem Planeten zweihundert Babys geboren worden. Und was haben wir erreicht? Du hast dieses Zeug da gegessen.«

Leyla schluckte. »Warum auf einmal so hektisch? Die Zeit ist ein Kontinuum, Cole. Sie wird nicht schneller oder langsamer. Jag keinen fixen Ideen hinterher. Das Glück liegt in der Beständigkeit.« Sie zeichnete eine langsame, gerade Linie mit etwas in die Luft, das wie ein Stück Zucchini aussah.

Ich entgegnete: »Okay. Schon klar. Aber jetzt haben wir halt was vor. Also: Schlagzeug. Saturn. Du und ich, Süße. Nimm deinen Garten mit, den kannst du unterwegs essen. Hast du vielleicht eine Schubkarre? Dann schaffe ich ihn rüber, während du deinen Kram zusammenpackst.«

Sie rührte sich nicht. »Was soll ich denn spielen?«

»Musik?«

»Was für Musik?«

»Meine.«

»Irgendwas, das ich kenne?«

»Hast du schon mal was von *Jammen* gehört? So nennt man das, wenn man mit anderen Leuten zusammen ein Stück spielt, das man nicht kennt, und wenn du mir jetzt erzählen willst, dass du das noch nie gemacht hast, dann kannst du die Möhre da gleich wieder hinlegen, denn dann bist du gefeuert.«

Leyla biss in die Möhre. »Musik kommt von innen, Mann«, erwiderte sie. »Und du musst dich nicht die ganze Zeit wie ein Arschloch aufführen. Ich hole schon mein Schlagzeug.«

Jeremy probte gerade mit einer Band, die nicht ich war, als ich kam, um ihn zu entführen.

Ich verstand ja, dass Jeremy sich eine neue Band gesucht hatte, während ich vermisst/tot/sonst was gewesen war. Ich war mir sogar ziemlich sicher, dass ich an seiner Stelle dasselbe getan hätte. Gut, ich hätte eher eine Band *gegründet*, als einer beizutreten, denn ich konnte mich noch nie sonderlich für Mannschaftssport begeistern, solange ich die Mannschaft und die Sportart nicht selbst ins Leben gerufen hatte. Aber ich nahm es ihm nicht übel, dass er sich neue Leute gesucht hatte, mit denen er Musik machen konnte. So ist das schließlich mit uns. Wir können einfach nicht ohne. Ohne Musik.

Das machte die Vorstellung, dass ich ihn teilen musste, jedoch kein bisschen besser. Besonders, weil ich ihm etwas Besseres gewünscht hätte als eine unspektakuläre Band, die in einer unspektakulären Garage eines unspektakulären Hauses in einem unspektakulären Teil von L.A. probte. Ich konnte hören, wie sie sich abmühten, als ich den Saturn am bröckeligen Bordstein parkte. Die typische solide Coverband mit einem einfallslosen Gitarristen, einem Schlagzeuger, der seine Lebenserfahrung aus Billardhallen bezog, und einem Sänger namens Chase oder Chad.

Der Bassist allerdings war allererste Sahne.

Ich stieg aus und machte einen Schritt über einen Gartenschlauch, der quer in der betonierten Auffahrt lag. Er führte zu einem lustlos dahinplätschernden Rasensprenger, der den kleinen, vertrockneten Garten bewässerte. Dieser Rasensprenger, fiel mir auf, war in gewisser Weise wie Jeremy. Das Wasser würde den Garten kein bisschen retten können, genauso wenig wie Jeremy diese Band retten konnte. Was für eine Verschwendung.

Die Musik stoppte, als ich näher kam. Alles, was blieb, war das leise *Cha-cha-cha* des Sprengers. Das schummrige Innere der Garage rief mir in Erinnerung, wie sehr ich mich nach meinem Mustang sehnte. Der Geruch rief mir in Erinnerung, wie sehr mir Victor fehlte. Unsere Garagenproben waren einmalig gewesen.

»Ich komme wegen Jeremy«, verkündete ich. »Jeremy Shutt. Für den Fall, dass es hier zwei Jeremys gibt.«

Die Menschen in der Garage starrten mich an, also erläuterte ich als Erstes mal ein paar offensichtliche Tatsachen: 1. Eine Bandprobe konnte man verschieben, eine Hochzeit dagegen nicht und 2. kein noch so ambitioniertes Proben würde diese Band je interessant genug für eine Plattenfirma machen, darum würde ich 3. ihnen allen eine Menge Zeit sparen.

Der Sänger, der von Nahem noch viel mehr wie ein Chad oder Chase aussah, schien nicht viel von meiner Argumentationsführung zu halten. Der Schlagzeuger und der Gitarrist winkten mir kurz zu. Wie sich herausstellte, kannte ich sie beide, obwohl mir zu keinem von ihnen ein Name einfiel. Der Schlagzeuger hatte mal in einer Band namens ChristCheese gespielt, die erfolgreicher gewesen war, als man hätte annehmen sollen, und der Gitarrist hatte zu Pursuit Ten gehört, bis deren Schlagzeuger sich in einer Badewanne in Oklahoma den goldenen Schuss gesetzt hatte, was eine ziemlich traurige Geschichte war, egal, wie man es betrachtete.

Zu dem Sänger sagte ich: »So gesehen macht es also im Großen und Ganzen gar keinen Unterschied, wenn Jeremy jetzt mit mir mitkommt.«

Der Sänger musste sich sichtlich zusammenreißen, um vor meinen Kameras nicht auszuflippen, aber seine Stimme klang doch einen Tick angespannt. »Du kannst nicht einfach abhauen und erwarten, dass deine Spielsachen alle noch da sind, wenn du wiederkommst.«

Ich erwiderte: »Ach, jetzt sei doch nicht so. Ich mache Jeremy auch nicht kaputt, versprochen. Dafür ist er viel zu wertvoll. Ihr bekommt ihn ja wieder und dann könnt ihr weiter an eurer grandiosen Karriere als Highschool-Abschlussball-Band arbeiten. Manchmal muss man eben auch teilen können.«

»Hör auf, hier einen auf dicke Hose zu machen«, maulte der Sänger. »Du kannst nicht so tun, als wärst du ein total netter Typ, und gleichzeitig meine Musik runtermachen.«

»Runtermachen?«, erwiderte ich. »Wenn du mal ernsthaft runtergemacht werden willst, kann ich gern ein bisschen was für dich vorbereiten. Nein, Kumpel, ich wollte dir bloß mal die Verhältnisse klarmachen. Du machst das da, da drin. Und ich mache das hier, mit diesen beiden.« Ich deutete auf T und Joan. Selbst in der wenig hilfreichen Gegenwart des Saturn draußen an der Straße erschien es mir offensichtlich, dass die Ungleichung »Cole > Chase« lautete.

Der ChristCheese-Schlagzeuger und der Pursuit-Ten-Gitarrist blickten Chad/Chase an, um zu sehen, wie er reagieren würde.

»Ja, schon klar, Mann. Ich weiß von deiner *Show*«, sagte er zu mir. »Du denkst, die Leute interessieren sich für dich wegen dem, was du mal warst. Dabei kümmert es keinen, dass du erfolgreich warst, Alter. Deine Singles sind so alt, dass meine Oma sie mitsummen kann. Du bist nur noch berühmt, weil du so ein kompletter Loser bist.«

Sehr beherrscht fügte ich hinzu: »Und eventuell, weil ich drei Mehrfach-Platin-Alben rausgebracht habe. Wenn wir schon dabei sind.«

»Ja, klar. Tu doch nicht so, als wüsstest du nicht, warum so viele Leute die Show gucken. Du weißt genau, dass ich recht habe«, schnaubte der Typ. »Ansonsten wärst du wohl eher bei einem Label unter Vertrag und nicht bei Baby North. Echt, Mann. Tu bloß nicht so, als ginge es dir um die Musik.«

Seine Worte fraßen sich mir ins Herz. Früher mal hatte ich unzähligen Menschen den Soundtrack für ihren Sommer geliefert. Früher mal war mein Gesicht auf allen möglichen Zeitschriften-Covers aufgetaucht. Früher mal hätten sich diese Typen in dieser Garage bepisst vor Freude, meine Stimme in echt zu hören. Und was machte ich heute?

Bring einfach die Show zu Ende. Mach dein Album. Und dann verschwinde mit Isabel in den Sonnenuntergang von Los Angeles. Aber auch das kam mir nicht ganz richtig vor, nicht wahrhaftig. Ich fragte: »Solltet ihr nicht irgendeine Eagles-Coverversion einüben oder so?«

Der ChristCheese-Drummer schlug auf sein Becken. Der Pursuit-

Ten-Gitarrist warf ihm einen finsteren Blick zu, wie um ihn zu warnen, nicht alles noch schlimmer zu machen. Ein bisschen hoffte ich, es würde noch schlimmer werden. Ich hatte große Lust, auf irgendetwas einzuschlagen oder wenigstens selbst ein paar Schläge einzustecken.

Der Sänger erwiderte: »So was muss ich mir von dir echt nicht sagen lassen.«

»Zu spät. So, und wenn's dir nichts ausmacht, auf mich wartet noch ein echter Job. Jeremy, wie lautet dein Urteil?«

Ich drehte mich zu ihm um. Es war keine Herausforderung. Es war bloß eine Frage. Jeremy zu irgendwas zu drängen, hatte noch nie einen Zweck gehabt. Hatte das vielleicht bei Gandhi funktioniert? Nein.

»Jeremy, wenn du mit diesem Hampelmann da mitgehst, brauchst du gar nicht erst wiederzukommen.«

»Chad«, sagte Jeremy sanft.

Ich hatte es gewusst.

»Ich mein's ernst«, sagte der Typ.

Der Chad. Ich *wusste* es.

Ich sagte: »Zwing Lassie nicht, sich zu entscheiden. Chad.«

»Klappe. Überleg's dir, Jeremy.«

Vor ein paar Jahren war ich mit Victors Schwester Angie zusammen gewesen. Das zwischen uns war ziemlich ernst gewesen und unsere Trennung nach meiner ersten Tour ziemlich unschön und fies und endgültig, nachdem ich mit allem geschlafen hatte, was bereit gewesen war, in meiner Gegenwart sein Shirt auszuziehen. Damals war mir zum ersten Mal klar geworden, dass ich meine Seele verkauft hatte, aber das Gute daran, keine Seele mehr zu haben, war, dass es einem herzlich egal war, ob man eine hatte oder nicht. Wir waren gerade erst von der Tour zurückgekommen, hatten aber trotzdem schon Studiotermine für das nächste Album gehabt. Angie hatte verlangt, dass Victor die Band verließ. Ich hatte verlangt, dass Victor und seine magischen Hände mit mir fortgingen und nie wieder nach Phoenix, New York zurückkehrten.

Ich hatte ihn gezwungen, sich zwischen ihr und mir zu entscheiden.

Ich hatte nicht gedacht, dass ihn das umbringen würde.

Ich hatte überhaupt nicht gedacht.

Wieder fiel Erde auf die Wolfsschnauze. Irgendwo wurde immer noch Victors Grab zugeschaufelt.

Mein Tag driftete unaufhaltsam Richtung Desaster.

»Jeremy«, wiederholte Chad. »Was sagst du?«

Jeremy klemmte sich eine Haarsträhne hinters Ohr. Er seufzte. Seine Augen huschten von seinem Bass zu meinem Auto.

Ich ließ ihn nicht zu Wort kommen. »Bleib hier.« Mir war gar nicht klar gewesen, dass ich das sagen würde, bis ich es gesagt hatte. Und dann, als es gesagt war, konnte ich es einfach nicht glauben. Es hatte kein bisschen nach etwas geklungen, das ich sagen würde.

Jedes Gesicht in der Garage wandte sich mir zu.

Es platzte weiter aus mir heraus. »Ich will dir keinen Ärger machen, Jeremy. Wenn dieser Schwachmat hier dich nicht zurücknehmen will, bloß, weil ich dich gerade brauche, dann muss ich heute eben ohne dich klarkommen. Beim nächsten Mal bist du wieder dabei. Kein Problem.«

Ich fühlte mich gigantisch und gleichzeitig furchtbar. Wenn das hier der richtige Weg war, dann war er nichts für mich. Ich musste mir merken, so etwas nie wieder zu machen.

Jeremy nickte. Einen Moment lang sagte er gar nichts. Genau wie Chad, der überhaupt nicht begriffen zu haben schien, was gerade passiert war.

Cole St. Clair hatte sich mal nicht wie ein Arschloch benommen – das war passiert.

Ich fühlte mich immer noch furchtbar. Genauso wie an meinem ersten Abend hier, als Isabel gesagt hatte, ich solle zur Hölle fahren, und mir aufgegangen war, dass ich verzweifelt ein Wolf werden wollte und es nicht mehr konnte. Nein, es nicht mehr *würde*.

Ich versuchte, mir einzureden, dass ich mich später bestimmt super fühlen würde. Ehrenhaft.

Da sagte Jeremy, ruhig, südstaatenmäßig: »Tut mir leid, Chad, aber ich glaube, ich gehe mit Cole. Vielleicht komme ich zurück, wenn du mich bittest, aber dann müsste ich erst mal 'ne Weile darüber nachdenken, wie du hier einen auf emotionale Manipulation gemacht hast. Du weißt genau, dass ich so was nicht leiden kann. Warte kurz, Cole, ich brauche noch meine Sandalen.«

Er hatte sich für mich entschieden. Ich hatte ihn nicht gedrängt und er hatte sich trotzdem für mich entschieden. Dieses Gefühl war fast noch furchtbarer als das vorherige. Im Ernst jetzt, am meisten zu schaffen machte mir die Diskrepanz zwischen diesen beiden Empfindungen. Der plötzliche Wechsel zwischen totalem Frust und Freude.

»Du Arschloch«, sagte Chad. Es war nicht ganz ersichtlich, ob er mich oder Jeremy meinte. Bis er jeden Zweifel ausräumte: »Du talentfreier Pop-Fuzzi.«

Ich hob zwei Finger und salutierte.

Jeremy trat mit seinem Basskoffer neben mich. Wir vollführten einen ausgedehnten Handschlag, was mein Gefühlschaos ein bisschen linderte. Im Gehen hakte ich locker den Fuß unter den Gartenschlauch und stieß den Rasensprenger um. Künstlicher Regen prasselte ins Innere der Garage. Jetzt wurden sogar der Gitarrist und der Schlagzeuger laut.

Chad kannte eine beeindruckende Menge an Schimpfwörtern.

Jeremy und ich gingen zurück zum Saturn, in dem die ganze Zeit Leyla gewartet hatte. T filmte wie besessen. Ich hatte schon die fertige Szene vor Augen: die Kulisse aus klitschnassen Musikern, besser als das im Hintergrund explodierende Auto in jedem Actionfilm.

»Das war ja mal fast anständig von dir«, sagte Jeremy. Dann fügte er optimistisch hinzu: »Die rufen mich schon wieder an.«

Ein Drumstick segelte an meinem Ohr vorbei. Klappernd landete er auf dem Beton und rollte noch ein Stück weiter.

Jeremy bückte sich, um ihn aufzuheben. »Aber dich wohl eher nicht.«

Kapitel 23

Cole

Nachdem die Folge im Kasten war und bevor Isabel von der Arbeit kam, hing ich noch eine Weile mit Jeremy an seinem verbeulten Pick-up auf einem Parkplatz am Strand rum. Nur wir zwei. Leyla hatte ich mit dem Saturn nach Hause geschickt, in der Hoffnung, keinen von beiden je wiederzusehen.

Alles, was man hörte, waren die Autos auf der Straße, irgendjemandes Gettoblaster, Meeresrauschen und das Klatschen eines Volleyballs auf bloße Unterarme. Ich legte mich auf eine trockene, zerknitterte Plane auf der Ladefläche des Pick-ups und Jeremy lehnte sich an einen der Reifen und betrachtete mich und den Ozean. Über unseren Köpfen schien die Sonne durch die Kondensstreifen der Flugzeuge und buk Risse in den Asphalt unter uns. Ich war immer noch ganz aufgedreht von der Arbeit an meinem Album und jetzt wäre der perfekte Moment für ein Bier gewesen. Jeremy bot mir ungesüßten Eistee an.

»Bleib mir bloß weg mit dem Gebräu«, sagte ich, nahm das Einmachglas aber trotzdem entgegen und stellte es neben meinen Kopf. Ein paar lange, kameradschaftliche Minuten taten wir gar nichts. Jeremy legte den Kopf in den Nacken und starrte in den Himmel. In der prallen Sonne sah er aus wie ein runzeliger Australier. Ich schloss die Augen und ließ mir die Hitze auf die Lider brennen.

Hier mit Jeremy wäre es so leicht gewesen, so zu tun, als hätte es die letzten drei Jahre meines Lebens nie gegeben, als könnte ich einfach noch mal von vorn anfangen, ohne meine ganzen Sünden. Nur dass ich dann nie Isabel getroffen hätte und jetzt nicht hier in Kalifornien gewesen wäre. Ich fragte mich, ob es auch einen direkteren Weg an diesen Ort gegeben hätte. Vielleicht hatte ich mich ja längst darauf befunden und dann bloß alles in den Sand gesetzt. Vielleicht hätte ich Isabel, wenn ich immer schön auf dem Pfad der Tugend geblieben wäre, irgendwann auf einem Konzert kennengelernt.

Nein, sie mochte schließlich keine Konzerte, und ich eigentlich auch nicht.

Ich dachte an die drei halb nackten Mädels in meiner Wohnung und daran, dass sie niemals Isabel hätten sein können und Isabel niemals sie.

Ich konnte die Augen nicht geschlossen halten, weil mein Gehirn plötzlich schneller und schneller arbeitete anstatt langsamer und langsamer. Ich öffnete sie und sagte: »Irgendwie sehen auf einmal alle Mädchen so alt aus. Wann hat das bloß angefangen? Bei jeder, die mir begegnet, sehe ich bloß, wie sie mal mit vierzig aussehen wird. Das ist die schlimmste Superkraft, die es gibt.«

Jeremy erwiderte nachdenklich: »Echt? Ich sehe Menschen immer als Kinder. Schon seit der Highschool oder so. Egal, wie sie sich benehmen oder wie alt sie in Wirklichkeit sind, ich kann sie nicht *nicht* als Kinder sehen.«

»Wie schrecklich. Wie soll man denn je jemandem den Mittelfinger zeigen, wenn man ihn als Kleinkind vor sich sieht?«

»Genau«, sagte Jeremy.

»Sag mal. Warum ist Leyla eigentlich so unausstehlich?«

»Ach komm, du weißt doch, dass ich es nicht mag, Leute zu beurteilen.«

»Wir alle tun Sachen, die wir nicht mögen.«

Er knibbelte ein Klümpchen Gummi von dem Reifen und schnippte es auf meine Brust. »Sie ist einfach nicht ganz auf einer Wellenlänge mit uns. So von der Einstellung her.«

»Was die Musik betrifft oder ihre Weltanschauung?«

Jeremy antwortete: »Ich will da ungern irgendwelche Thesen aufstellen.«

»Weißt du überhaupt, was eine These ist?« Ich war mir selbst nicht hundertprozentig sicher. Mein Wissensfundus war auf einen sehr engen Fachbereich begrenzt. »Ich würde sie so gern rausschmeißen. Ehrlich. Aber was wäre denn die Alternative?«

Ich bereute meine Worte, sobald sie meinen Mund verlassen hatten. Denn die Alternative war tot und darüber wollte ich nicht reden. *Sag nichts, Jeremy. Sag nicht seinen Namen.*

Und, bist du bereit?

– Wofür?

NARKOTIKA.

Ich ließ Jeremy keine Zeit zum Antworten. »Du wärst jetzt nicht hier, wenn die Musik nicht wäre, oder? Ich meine, du würdest bei dieser Sache nicht mitmachen, wenn es nur darum ginge, dass ich mir vor der Kamera einen runterhole, stimmt's?«

»Du meinst, wegen dem, was Chad gesagt hat?«

»Chad? Wer ist denn Chad?«, fragte ich, als könne ich mich nicht erinnern. »Ach so, *der*. Nein. Ich dachte nur so in Bezug auf … vielleicht. Womöglich. Ich bin gerade auf einem Weg der Selbstfindung. Und das ist eine der Seitenstraßen.«

Jeremy dachte darüber nach. Er dachte so lange darüber nach, dass die Sonne über uns ein Stückchen weiterzog. Eine Familie kam auf dem Weg zum Strand an uns vorbei. Einer der Dads trug einen Neoprenanzug und ein Surfbrett unter dem Arm. Der andere Dad präsentierte sich in der peinlichsten Badehose der Welt. Die Kinder trotteten hinter ihnen her und gaben dabei ultraschallartige Laute von sich, während sie einander immer wieder anrempelten.

»Jeremy?«, hakte ich nach, denn länger hielt ich es einfach nicht aus.

Er sagte: »Bei der Aktion heute ging es nicht um Musik. Aber beim *Motto* ging es noch nie wirklich um die Musik. Sondern um uns. Um die Show. Und das hier ist einfach eine spezielle Art von Show. Um die Musik ging es im Studio.«

»Meinst du, ich könnte auch ohne ein Motto Musik machen? Also, und trotzdem noch Platten verkaufen?«

»Ich glaube, dafür magst du das Motto einfach zu gern.«

»Hey.«

Jeremy ergänzte: »Ich sag ja nicht, dass das was Schlechtes ist. Du hast es ja auch echt drauf. Ich glaube nur, du hast vielleicht vergessen, wie man damit wieder aufhört. Hast du schon mal darüber nachgedacht, für eine Weile wegzufahren? Raus aus der Stadt?«

»Ist das ein Vorschlag oder eine Frage?«

»Nur um mal wieder einen klaren Kopf zu kriegen.«

Ich drehte ihm mein Gesicht zu. Ich spürte, wie mein Hinterkopf über die Plane und die geriffelte Ladefläche darunter scheuerte und schabte. Irgendwie war es ein befriedigendes Gefühl. Ich schüttelte langsam den Kopf, hin und zurück. Nicht, um Jeremy zu widersprechen, sondern weil mir das Knirschen meines Schädels gefiel. »Wie kommst du darauf, dass mein Kopf nicht auch so klar ist? Mir geht es super hier.«

Jeremy trank einen Schluck von seinem ungesüßten Eistee. Dann sagte er: »Chip ist tot.«

»Wer ist denn jetzt wieder Chip?«

»Chip Mac.«

»Alter, sind das überhaupt Wörter? Oder versuchst du neuerdings, über irgendwelche Schnalz- und Zischlaute zu kommunizieren?«

Jeremy wiederholte, langsam: »Chip. Mac. Der Gitarrist, den Baby für dich angeheuert hatte.«

»Ich wusste überhaupt nicht, wie der hieß. Wie ist er denn gestorben?«

»Überdosis.«

Zuerst reagierte ich gar nicht. Dann stellte mein Kopf einen Zusammenhang her, aber den falschen. »Das ist aber nicht meine Schuld.«

»Nein«, stimmte Jeremy mir zu. »Ist es auch nicht. Er hatte gerade einen Entzug hinter sich, war sogar in der Klinik deswegen. Kanntest du den Bassisten?«

»Irgend so ein Milchgesicht.«

»Den haben sie letztes Jahr hochgenommen, weil er gedealt hat«, sagte Jeremy. »Ich hab ein bisschen rumgefragt.«

Mir wurde warm ums Herz bei der Vorstellung, wie Jeremy meinetwegen Nachforschungen anstellte. »Also … Du meinst, Baby hat versucht, mir ein paar Komplizen zur Seite zu stellen.«

Jeremy gab einen beipflichtenden Laut von sich. Nicht dass mich das wirklich überraschte. Aber es war schon ein seltsamer Gedanke, dass der Gitarrist, der gerade noch so lebendig und stinksauer auf mich gewesen war, jetzt tot sein sollte. Und dass sich die Dinge vielleicht ganz anders entwickelt hätten, wenn ich die beiden nicht direkt gefeuert hätte. Kein Wunder, dass Baby so angepisst darüber war, dass ich Chip rausgeschmissen hatte, der quasi ein Garant für einen fetten Skandal gewesen war. »Stell dir vor, ich hätte die beiden nicht gefeuert. Glück gehabt.«

»Glück«, schnaubte Jeremy leise. »So was gibt's doch gar nicht.«

»Was denn sonst?«

»Die Füße tragen einen dahin, wo man sein soll.«

Ich dachte darüber nach. »Meine Füße haben mich bisher aber nicht an die allerbesten Orte gebracht.«

»Das war bloß dein Schwanz, der deine Füße mitgeschleift hat.«

Ich lachte. Ein Schwarm Pelikane flog über uns hinweg, ungelenk, aber wunderschön, was mich daran erinnerte, dass ich noch Leon anrufen wollte, um mit ihm Riesenrad zu fahren. Zwei Worte tauchten ungebeten in meinem Kopf auf: *Zu Hause*. War es das, was dahintersteckte? Was ich wirklich wollte?

»Ich will dich nicht an Chad zurückgeben«, sagte ich.

Ein langes Schweigen folgte. Selbst für Jeremys Verhältnisse. Dann entgegnete er: »Ich kann nicht mit dir auf Tour gehen, Cole.«

Das tat weh, genau wie an meinem zweiten Tag hier, als er mir nicht vertraut hatte. Es war mir egal, ob der Rest der Welt mir vertraute, Baby und Amerika und die alle. Aber Jeremy … Isabel …

»Ich hab mich verändert.«

»Ich weiß«, erwiderte er und zog den Autoschlüssel aus der Tasche. »Aber manche Dinge kannst selbst du nicht ändern.«

Kapitel 24

Isabel

Heute in der Klinik haben wir Codes durchgenommen. Codes sind im Grunde nichts anderes als Abkürzungen für alles, was in einem Krankenhaus schieflaufen kann. In Kalifornien gibt es eine Reihe einheitlicher Codes für bestimmte Vorkommnisse:

Code Red: Es brennt.

Code Orange: Gesundheitsgefährdende Stoffe sind ausgetreten.

Code Yellow: Wir haben eine Bombendrohung.

Code Blue: Jemandes Herz ist stehen geblieben.

Ein paar der nervöseren Kursteilnehmer wurden von der Angst beherrscht, dass ein solcher Code möglicherweise während unserer Klinikstunden eintreten könnte. Ehrlich gesagt, ein kleines bisschen hoffte ich beinahe darauf. Ich langweilte mich nämlich zu Tode. Da erschien die Aussicht auf das Austreten gesundheitsgefährdender Stoffe geradezu verlockend. Das Wichtigste bei solchen Codes war sowieso, nicht in Panik zu geraten, und ich war unschlagbar im Unterdrücken von Emotionen jeglicher Art. Als Erstes hieß es, so viele Informationen zu sammeln, wie man konnte, und dann, die richtigen Maßnahmen zu ergreifen.

Auch Baby war im Prinzip nichts anderes als ein Code. Ich konnte mich nur nicht recht entscheiden, ob sie eher einem Code Gray (angriffslustige Person) oder eher einem Code Silver (bewaffnete

Person/Geiselnahme) entsprach. In jedem Fall konnte es wohl nicht schaden, sich ein bisschen über sie schlauzumachen. Was auch der Grund war, warum ich dieses Abendessen mit ihr zugesagt hatte, solange ich die Lokalität aussuchen durfte. Ich wollte, dass sich das Ganze auf meinem Territorium abspielte, nicht auf ihrem.

Ich holte Cole ab und wir fuhren nach Koreatown, ein Viertel, vor dem sich die meisten von Sierras Monstern fürchteten, weil sie kleine dumme Angsthasen waren, die die Schauermärchen ihrer Mütter glaubten. Meine Mutter hatte mir ebenfalls nahegelegt, nicht allein durch Koreatown zu spazieren, allerdings war sie selbst nie dort gewesen, wie also hätte sie sich da ein Urteil bilden können? In den Nachrichten wurden sowieso nur Lügen verbreitet und das Essen war nun mal super.

Jeder, der nach Koreatown fuhr, war auf der Suche nach etwas, und niemand tat so, als wäre das anders. Es war nicht das alleridyllischste Viertel, aber auf mich wirkte es angenehm urban. Die Straßen waren breit und baumlos; jedes Gebäude, das nicht zum Wohnen genutzt wurde, beherbergte ein Einkaufszentrum, und alles, was kein Einkaufszentrum war, bestand aus Beton. Es gab mehr Wände mit als ohne Graffiti. Keine Wohlfühl-Graffiti wie am ewig gut gelaunten Venice Beach. Sondern hauptsächlich Gang-Tags und aufwendige Murals über hässliche Dinge. Eines meiner Lieblingsmotive zeigte ein Rudel Wölfe beim Reißen eines Beutetiers. Es war jedoch nirgends Blut zu sehen – nur Schmetterlinge. Das war für mich Koreatown. Es schien L.A.s Schönheit brutal anzugreifen, aber gerade dadurch wurde es zu einem Teil davon. Das war der hungrige Zauber von Los Angeles. Die Stadt verleibte sich jeden Neuankömmling ein, um ihn in noch mehr Los Angeles zu verwandeln.

Ich parkte meinen Geländewagen, zog meine Kreditkarte durch den Parkscheinautomaten und wir gingen zu Fuß weiter. Auf dem Weg zum Restaurant pfiffen uns ein paar Latino-Jungs von der gegenüberliegenden Straßenseite hinterher. Ich dachte zuerst, ich wäre der Grund dafür, bis einer von ihnen Cole den Mittelfinger zeigte und »NARKOTIKA!« brüllte, damit ja keine Missverständnisse aufkamen.

Cole, aufgedreht und überreizt nach was auch immer sich während seines Drehtags zugetragen haben mochte, warf einen Blick über die Schulter. Einen Moment lang hatte ich Sorge, er könnte etwas tun, was damit enden würde, dass er mit einem Messer im Bauch auf der Straße lag, aber er hob bloß die Finger zum Peace-Zeichen in Richtung der Jungs. Dann drehte er sich wieder um und ignorierte ihr Antwortgeschrei. Fertig. Kurzer Prozess.

Das Yuzu war ein japanisches Restaurant in einer postapokalyptisch wirkenden Mall ganz am Rand von Koreatown. Die Mall umfasste vier halb verlassene, spärlich beleuchtete Etagen, die durch uralte Rolltreppen miteinander verbunden waren. Jeder Laden, der hier noch offen war, hatte Schilder mit koreanischer Schrift vor dem Eingang.

Ich kam gern hierher, weil das Essen gut war, aber auch, weil dies ein Ort war, auf den man nicht mithilfe des Internets stieß. Man musste sich auf etwas Echteres verlassen, auf seinen eigenen Instinkt. Und man durfte sich aufrichtig keinen Kopf darüber machen, was andere Leute sagten.

Wir nahmen die Rolltreppe nach oben. Ich trug ein Spitzentop und Coles Hand, die sich unter den Saum geschoben hatte, ruhte in meinem Kreuz. Ich erwiderte die Geste. Sein Rücken war glatt und kühl unter seinem *Proud to be Canadian*-T-Shirt. Doch er wirkte abwesend. Seine Augen waren schmal, als er seinen Blick von den

Läden löste und mich ansah. An seinem Kiefer zuckte ein kleiner Muskel.

»Was ist?«, fragte ich. »Na los, sag schon.«

Er sagte: »Ich glaube, ich war schon mal hier.«

»Du glaubst? Erscheint mir wie ein Ort, an den man sich erinnern würde.«

»Kann sein, dass meine Aufnahmefähigkeit zu der Zeit etwas eingeschränkt war.«

Der Gedanke, dass Cole während einer seiner Touren hier gewesen war, um sich Stoff zu besorgen, gefiel mir nicht, also sagte ich nichts dazu. Schweigend fuhren wir die Rolltreppe hoch und machten dann zwei Schritte weiter auf die nächste, bis wir auch deren Ende erreicht hatten. Ich führte ihn zum Yuzu. Cole deutete auf ein Schild am Eingang, auf dem stand: *Wir behalten uns das Recht vor, jedem den Zutritt zu unserem Lokal oder den Service zu verweigern.*

Drinnen wurden wir an einem durchscheinenden Wandschirm vorbei in einen überraschend kleinen Gastraum geführt. Wir waren früh dran, weil ich immer (mindestens) pünktlich war. Baby war noch nicht da. Ich rutschte in eine schummrige Sitzecke und Cole ließ sich auf die Bank mir gegenüber plumpsen. Die Ellbogen auf den Tisch gestützt, lehnte er sich zu mir rüber, kam mir ganz nah, wobei er eine Papierlaterne umstieß und die Speisekarten über den ganzen Tisch verteilte.

»Sag schon«, forderte er. Ich hob die Hand. *Was denn?*

Am Ende des Tisches räusperte sich der Kellner. Er musterte Cole extrem unbegeistert. »Zu trinken?«

»Wasser«, sagte Cole. »Und Cola. Und noch mehr Wasser.«

Ich warf dem Kellner einen Blick zu. »Für mich Wasser, bitte. Und keine Cola für ihn.«

Cole protestierte: »Hey«, aber der Kellner schien mit mir einer Meinung zu sein, dass Cole weder mehr Zucker noch mehr Koffein bekommen sollte, denn er nickte mir nur knapp zu und verschwand.

»Oha«, zischte Cole und beugte sich noch weiter vor, bis er sich den Kopf an der Lampe stieß. »Showtime. Sagt man das heute noch? Stimmt nämlich. It's showtime.«

»Hi, ihr zwei«, begrüßte uns Baby, die plötzlich neben unserem Tisch aufgetaucht war, ihr Lächeln so breit und grübchenbewehrt wie eh und je. Ich stellte sie mir immer irgendwie Furcht einflößend vor, als Superschurkin, und jedes Mal … belehrte sie mich eines Besseren. »Wohin darf ich mich setzen?«

Cole sprang auf und rutschte neben mir auf die Bank, sodass wir mit den Schultern zusammenkrachten. Dann deutete er auf seinen soeben frei gewordenen Platz. »Bitte schön. Nimm, was mir gehört.«

Sie setzte sich. Auf ihrem Gesicht lag noch immer dieses verschwiegene, mild amüsierte Lächeln, so als fände sie das Leben höchst unterhaltsam. »Hier war ich ja noch nie.«

»Wir besorgen dir eine Speisekarte. Eine Gebrauchsanweisung für das Essen hier. Eine Beschreibung all der …« Cole verlor das Interesse an seinem eigenen Satz. Er trommelte mit den Fingern auf den Tisch; ich legte meine Hand auf seine und hielt sie fest.

Baby wirkte nicht so manisch wie Cole, doch ihr Blick schweifte immer wieder kaum merklich umher, was mir verriet, dass sie das Lokal genau taxierte. Hauptsächlich die Leute. Ihre Augen blieben an den kleinsten Interaktionen hängen: einer der Sushi-Köche, der mit erhobener Hand einem anderen zugestikulierte. Der Lieferjunge an der Tür, der die Frau am Empfang mit hochgezogenen Augenbrauen anblickte. Meine Hand auf Coles.

Ich fragte mich, ob sie uns eigentlich alle als Spielfiguren betrachtete.

Coles Bein wippte unter dem Tisch auf und ab. Ich presste meinen Oberschenkel dagegen, bis es sich beruhigte.

Eine adrett gekleidete junge Frau mit einer rot gefärbten Ponysträhne im schwarzen Haar trat an unseren Tisch. Sie blickte uns fragend an.

»Oh, wir sind noch nicht so weit«, sagte ich zu ihr.

Ihre Nasenflügel blähten sich. »Ich bin auch nicht wegen Bestellung hier. Masaki hat mich geschickt, um bei Ihnen zu sehen nach dem Rechten.«

Etwas in ihrem Tonfall ließ mich ahnen, dass ich nach so einer Ansage, wenn das hier nicht zufällig mein Lieblings-Sushi-Restaurant gewesen wäre und Baby mir nicht gegenüber gesessen hätte, vermutlich angeboten hätte, ihr einen echten Grund dafür zu liefern, bei uns nach dem Rechten zu sehen. So aber sagte ich lediglich: »Alles in Ordnung. Danke.« Mein »Danke« klang noch immer ziemlich eisig, aber zumindest war es mir gelungen, es größtenteils aufzutauen, bevor es meinen Mund verließ.

Das Mädchen presste die Lippen zusammen und ließ uns allein.

»Komisch«, bemerkte Cole.

»Interessant«, korrigierte Baby. »Was könnt ihr denn empfehlen?«

Ich drehte die Speisekarte um. Auf der Vorderseite prangte ein blasses, nicht sonderlich verlockend wirkendes Foto einer California Roll. »Alles, was sie an Sashimi haben«, sagte ich.

Cole fuhr mit dem Finger die Karte hinunter wie ein Kind, das gerade lesen lernte.

»Hast du schon mal Sushi gegessen?«, fragte Baby ihn.

Cole schüttelte den Kopf. Dann sagte er zu mir: »Du musst mir beibringen, wie man die hier benutzt. Diese Pikser.« Er ließ seine Essstäbchen über den Tisch auf mich zustaksen. Ich kämpfte den Impuls, sie ihm aus der Hand zu reißen, nieder.

»Guter Drehtag heute«, bemerkte Baby. »Größtenteils.«

Coles Finger erstarrten. »Dem Saturn ist auf dem Weg zum Gig der Sprit ausgegangen.«

»Wie unangenehm«, sagte Baby.

»Ich bin mir ganz sicher, dass der Tank noch zu drei Vierteln voll war«, fuhr Cole fort. Es war seltsam, ihn so zu erleben, ohne seinen gewohnten Entertainer-Charme.

Baby wirkte kein bisschen betroffen. Sie tippte auf etwas in der Speisekarte und sagte: »Für die Show war es jedenfalls großartig.«

»Unser Auftritt bei der Hochzeit auch«, entgegnete Cole.

»Nein«, widersprach Baby. »Der war *gut* für die Show. Um eine *großartige* Show zu machen, muss man eben ein bisschen dicker auftragen.«

Mit eisiger Stimme schaltete ich mich ein: »So wie gestern, als Sie diese halb nackten Mädels engagiert haben, damit sie Coles Wohnung stürmen?«

Baby blickte aufrichtig schockiert. »Die hatte ich nicht engagiert!«

»Ach, komm«, schnaubte Cole. »Jetzt ist echt mal langsam Schluss mit diesem Theater.«

»Was glaubst du, warum ich dich für diese Show haben wollte, Cole?«, fragte Baby.

Er starrte sie an, das Kinn arrogant schräg gelegt. Wieder spürte ich sein Bein an meinem zucken, nur einen Hauch davon entfernt, wieder loszuzappeln.

Ich antwortete für ihn: »Weil Sie denken, dass Sie ihn vor laufender Kamera zerstören können. Für Ihre großartige Show.«

Ihre Augen wurden groß. »Das glaubst du doch nicht etwa auch, oder, Cole?«

Er starrte sie bloß an.

»Alle anderen vor ihm haben Sie schließlich auch fertiggemacht«, sagte ich. Ich wusste, dass ich Cole mit meinen nächsten Worten verletzen würde, aber ich sprach sie trotzdem aus. »Sie wollten Cole, weil Sie gedacht haben, er wäre ein leichtes Opfer.«

Babys Miene war weiterhin schockiert. »Ich wollte Cole, weil ich wusste, dass er unterhaltsam sein würde. Weil er weiß, wie man sein Publikum begeistern kann. Ich meine, guck ihn dir doch mal an. Er war das reinste Wrack. Und jetzt? Sieht er wieder super aus. Und gutes Aussehen schafft nun mal gutes Fernsehen.«

Ich dachte an das, was Cole zu mir gesagt hatte, als er mir Babys Liste für ihn gezeigt hatte: *Sie will, dass es so aussieht, als würde ich eine Katastrophe liefern.*

»Denkt ihr etwa im Ernst, dass diese ganzen Leute in meiner Show wirklich zusammengebrochen und komplett ausgetickt sind?«, fragte Baby. »Dass *ich* das bewirkt habe? So gut ist niemand. Nein, die wussten bloß ganz genau, was die Leute sehen wollten.«

»Also war das alles nur gefakt?«, fragte ich und hasste Baby dafür, wie sie mich ansah, so als könne sie gar nicht glauben, wie naiv ich doch war. Natürlich wusste ich, dass Reality-TV nicht echt war.

»Es war *inszeniert*«, korrigierte Baby. »Wir haben den Zuschauern gegeben, was sie sehen wollten.«

Cole fügte mit leerer Stimme hinzu: »Die Welt mag uns lieber, wenn wir scheitern.«

Baby zuckte mit einer Schulter, als wäre das eine allgemein anerkannte Tatsache. »Aber keine echten Tragödien. Wollt ihr wissen, was schlechtes Fernsehen ist? Wenn jemand bewusstlos und sabbernd auf dem Boden liegt. Kotzende Rockstars. Die zu besoffen sind, um es ins Studio zu schaffen. Wenn ich mir ein richtiges Wrack an Bord holen würde, könnte ich die Show knicken. Habt ihr mal mit einem echten Junkie zu tun gehabt? Ziemlich miese Arbeitsmoral, das kann ich euch sagen.«

Das Ganze verlief so anders, als ich mir dieses Abendessen vorgestellt hatte, dass ich es kaum glauben konnte. Auf der einen Seite ergab alles, was Baby sagte, Sinn. Aber auf der anderen Seite hatte ich am Abend zuvor drei halb nackte Mädchen in Coles Wohnung vorgefunden.

»Ich glaube Ihnen kein Wort«, sagte ich. »Wozu dann die drei Mädels gestern, wenn nicht, um Cole in Versuchung zu führen?«

»In Versuchung?«, entgegnete Baby. »Guckt euch das doch mal an …« Sie deutete auf Cole und mich. Ich war nicht sicher, worauf sie hinauswollte. Nähe vielleicht? »In Versuchung? Die drei haben vor dem Haus rumgelungert und da habe ich ihnen bloß ein bisschen Starthilfe gegeben. Ich habe darauf vertraut, dass Cole genug Grips haben würde, um eine gute Szene daraus zu machen. Ich puzzele mir nicht irgendwas zusammen, um Drama in meine Shows zu bringen. Ich … schaffe lediglich einen Rahmen. Bringe die Leute in gewisse Situationen und warte ab, was passiert.«

»Aber ich liefere dir doch selbst gute Situationen«, wandte Cole ein.

»Nicht gut genug«, entgegnete Baby. »Darum werfe ich eben hin und wieder ein paar Variablen ins Spiel, wenn mir was einfällt. Habe ich auch nur einmal versucht, dich auszutricksen? Hast du Drogen im Badezimmer gefunden, um dich wirklich in Versuchung zu führen? Bier im Kühlschrank? Habe ich irgendwas arrangiert, um dich rückfällig werden zu lassen?«

Cole runzelte die Stirn. »Die Band. Die beiden Typen, die ich gefeuert habe. Einer von denen ist gestorben. Chuck.«

Ein Schatten huschte über Babys Gesicht. »Chip.«

»Ja, egal, Jeremy hat mir jedenfalls erzählt, dass er tot ist. Und dieser andere Typ hat gedealt. Ich finde, das wirkt alles *ziemlich* arrangiert.«

Davon hatte er mir gar nichts gesagt. Ich fragte mich, ob der Grund dafür war, dass er selbst noch nicht sicher war, was er mit diesen Infos anfangen sollte, oder ob er einfach nicht gewollt hatte, dass ich davon erfuhr.

»Die beiden waren wirklich ziemlich fertig«, gab Baby zu. »Klar kann man nicht genau den Punkt voraussagen, an dem jemand ausrastet, aber ich hatte so eine Ahnung. Ich bin davon ausgegangen, dass Chip irgendwann im Laufe der Show völlig zugedröhnt im Krankenhaus landen würde. Und dass du dir einen bombastischen Streit mit Dennis liefern würdest, darüber, dass du clean bist, und wer weiß, vielleicht wären ja sogar die Fäuste geflogen. Damit, ein paar abgewrackte Gestalten als Requisiten einzusetzen, hab ich jedenfalls kein Problem.«

»Heißt das, Leyla hat auch noch ein paar Leichen im Keller?«, verlangte Cole zu wissen.

Baby lachte. »Nein. Die sollst du einfach nur hassen.«

»Ziel erreicht.«

»Tja, ich habe eben meine Hausaufgaben gemacht. Aber, Isabel, du guckst immer noch so unglücklich.«

Ich war nicht unglücklich, sondern misstrauisch. Die Zusammenbrüche der anderen hatten so echt gewirkt. So überzeugend. Lag es daran, dass ich, genau wie der Rest der amerikanischen Bevölkerung, nicht daran glaubte, dass jemand seine katastrophale Vergangenheit abschütteln konnte? Oder dass ich nicht daran glaubte, dass Cole seine Vergangenheit abschütteln konnte? »Das soll dann also heißen, Sie sind nicht der Feind.«

»Isabel«, sagte Baby. »Ich habe kein Interesse daran, mir eine Klage einzuhandeln. Wenn meine Serienhelden schlappgemacht haben, dann nur durch ihr eigenes Verschulden. Ich hab's euch doch gerade erklärt. Ich bringe meine Leute einfach gern in gewisse Situationen. Was sie dann damit anfangen, liegt bei ihnen. *Wenn* es dabei einen Feind gibt, dann lauert der in ihrem Inneren.«

Das Ganze hätte mich nicht überraschen sollen. Alles in Los Angeles war eine Tarnung für etwas anderes. Das Hässliche gab sich schön und nun stellte sich heraus, dass sogar das Schöne so tat, als sei es hässlich. Ich fragte mich, ob eigentlich irgendetwas auf dieser Welt so war, wie es schien.

»Du willst also, dass ich mir noch mehr Mühe gebe«, fasste Cole schließlich zusammen. »Du willst mehr Show. Das volle Cole-St.-Clair-Programm.«

»Ich weiß, dass du das Zeug dazu hast«, erwiderte Baby. »Wie gesagt, ich habe meine Hausaufgaben gemacht.«

»Muss es schmutzig werden?«, fragte er, ein bisschen wehmütig, wenn man ihn gut genug kannte, um es zu bemerken.

»Sorg nur dafür, dass es gut wird. Mehr erwarte ich nicht. Aha …«

Eine neue junge Frau war neben unserem Tisch aufgetaucht. Sie wirkte, wenn das überhaupt möglich war, noch eine Spur weniger freundlich als ihre Vorgängerin. In nicht sonderlich serviceorientiertem Ton fragte sie: »Was wollen Sie?«

Ich zog die Speisekarte zu mir hin. »Ich –«

Sie schüttelte den Kopf. Sie starrte Cole an. »Was wollen *Sie* hier?«

Coles Miene war noch immer verwirrt. Er deutete auf mich. »Sie bestellt für mich.«

Die Frau sah kurz mich an. Dann wieder ihn. »Sie wollen essen?«

Plötzlich schien ihm etwas zu dämmern. »Ach so. Jetzt verstehe ich. Genau. *Essen.* Das ist nämlich ihr Lieblingsrestaurant. Und ich finde, diese kleinen runden Dinger hier auf dem Foto sehen nett aus.« Mit dem Zeigefinger beschrieb er einen Kreis um das blutleere Foto der California Roll vorn auf der Karte. Baby blickte interessiert zwischen ihnen hin und her.

Der Gesichtsausdruck der Kellnerin kühlte sich um weitere acht Grad ab, dann verschwand sie wieder.

Ich wandte mich Cole zu. »Du warst also schon mal hier, ja?«

Coles Stimme klang ein wenig bestürzt. »Als ich vorhin gesagt habe, ich wäre schon mal hier gewesen, meinte ich nicht *hier*. Also, in diesem Laden. Aber vielleicht ja doch. Die müssen mich wiedererkannt haben. Vielleicht denken sie, ich bin noch … wie früher.«

Wie früher. Was auch immer das heißen mochte. Dass er in ein Restaurant spaziert war und als Vorspeise eine Portion Koks bestellt hatte? Übelkeit stieg in mir auf. Ich konnte niemand anderem die Schuld geben als mir selbst. Schließlich hatte ich gewusst, wie Cole gewesen war, bevor ich ihn kennengelernt hatte.

Baby dagegen lächelte weiter ihr verschwiegenes Lächeln. Sie hatte ja auch allen Grund dazu – Cole verhielt sich vollkommen erwartungsgemäß.

Der Kellner vom Anfang kam wieder an unseren Tisch. Gefolgt von dem Mädchen mit der roten Haarsträhne.

»Sind Sie Cole St. Clair?«, erkundigte er sich.

Cole nickte. Es war nur eine winzige Bewegung. Plötzlich wirkte er wieder vollkommen selbstsicher und arrogant, als hätte er sich innerhalb von Sekunden seine öffentliche Persönlichkeit übergestreift. Er wirkte zu groß für unsere Sitzecke, das gesamte Lokal war nur noch eine Kulisse für seine Cole-Show. Dies war genau das Bild, das der Rest der Welt von ihm hatte.

»Wir haben Ihnen damals erteilt Hausverbot.«

Cole legte den Kopf schräg. »Damals?«

»Wir haben Ihnen gesagt, dass Sie nicht mehr sind willkommen hier. Nicht Sie und nicht Ihr anderer Freund. Sie haben kaputt gemacht alles. Ich habe nie vergessen Ihr Gesicht danach.«

Mit einem Mal schien eine Erinnerung über Coles Gesicht zu huschen und gleich danach etwas wie Schmerz oder Leere. Letzteres so schnell, dass wohl nur ich es sah. »Oh. Ach das. Hören Sie, das ist doch schon so lange her. Diesmal wird so was nicht passieren. Ich bin clean. Und ich möchte nur gemütlich mit meiner Freundin zu Abend essen.«

Ich hätte ihn erwürgen können für die Beiläufigkeit, mit der er mitten in all diesem Chaos das Wort »Freundin« fallen ließ.

Der Kellner lächelte nicht. »Gerüchte sagen aber nicht clean.«

Cole schien nun doch die Geduld zu verlieren. »Und was bitte schön sagen die Gerüchte, wenn ich fragen darf?«

Das Mädchen mit der roten Haarsträhne antwortete: »Dass Sie von China White umgestiegen sind auf was Besseres.«

Baby lächelte weiter. Die Welt liebte Loser.

»Ich bin hier«, erwiderte Cole gemessen, »um ein bisschen gottverdammtes Sushi zu essen.«

»Gehen Sie«, verlangte der Kellner. Er trat einen Schritt zurück, damit wir die Sitzecke verlassen konnten. »Sie sind hier nicht willkommen.«

»Mein lieber Freund«, sagte Cole, beunruhigend gedehnt, »das nenne ich mal einen ziemlich miesen Geschäftssinn. Recherchieren Sie immer zuerst den Hintergrund Ihrer Gäste, bevor Sie sie bedienen? Ist das hier ein geweihtes Restaurant oder so? Nur für Nonnen? Oder Buddha? Irgendwelche weniger bekannten Engel, die es zufällig mal nach Koreatown verschlägt? Ein Wunder, dass Sie den Laden überhaupt am Laufen halten können, wenn Sie jeden armen Sünder direkt wieder nach Hause schicken.«

Inzwischen war ihm die volle Aufmerksamkeit sämtlicher Sushi-Köche und Servicemitarbeiter sicher. Alle starrten uns an. Mir war klar, dass ich in ihren Augen von nun an und für alle Zeit »Cole St.

Clairs Freundin« sein würde, egal, wie diese Sache weiterging. Für so etwas gab es einfach kein gutes Ende.

Ich würde hier nie wieder Sashimi bekommen.

»Meiste Sünder lassen nicht so bleibenden Eindruck wie Sie«, entgegnete der Kellner kühl. »Bitte, raus.«

»Was hast du denn hier angestellt, Cole?«, fauchte ich.

Baby blickte zwischen uns hin und her wie bei einem Tennisspiel.

»Das ist schon *so* lange her«, sagte er wieder.

»Nicht lange genug«, erklärte der Kellner.

Ich hätte mich kaum mehr schämen können, wenn ich selbst diejenige gewesen wäre, die diesen Leuten irgendetwas getan hatte. »Na wunderbar. Dann gehen wir wohl mal besser.«

Ein wütendes Flackern trat in Coles Augen, aber er rutschte trotzdem von der Bank und warf verächtlich seine Serviette auf den Tisch. »Das mit den Gerüchten funktioniert in beide Richtungen, das ist Ihnen klar, oder?«, sagte er zu dem Kellner.

Einer der Typen hinter dem Tresen hob wie beiläufig sein Messer, sodass sich kurz das Licht darin spiegelte.

»Oh ja, ich hab's gesehen. Wow, mir zittern die Knie«, höhnte Cole. »Ganz locker bleiben, Leute. Wir gehen ja schon.«

Ich konnte mich nicht erinnern, wann mir das letzte Mal etwas so peinlich gewesen war. Einer der Vorteile dabei, wenn man sich wegen nichts einen Kopf machte. Ich bekam kein Wort heraus.

Wie viele Nachmittage hatte ich hier im Yuzu gesessen und Hausaufgaben gemacht, ganz für mich, wo niemand mich kannte oder wusste, wie mein normaler Gesichtsausdruck aussah? Und plötzlich gehörten meine Besuche dort nicht mehr der Gegenwart, sondern der Vergangenheit an, einfach so.

Draußen im tödlich grellen Neonlicht der vergessenen Mall sagte

Cole zu Baby, seine Stimme kühl und unnahbar: »Okay, verschieben wir das Ganze. Mir ist der Appetit vergangen.«

»Bist du sicher?«, fragte Baby, als wir uns auf den Weg zur Rolltreppe machten. »Jetzt wäre nämlich ein optimaler Zeitpunkt für ein bisschen Qualitätsfernsehen.«

»Ja«, entgegnete Cole. »Absolut sicher. Da fällt mir bestimmt was Besseres ein.«

»Na dann streng dich mal an«, sagte Baby. »Ich hab nämlich eine ziemlich geniale Geburtstagsüberraschung für dich, aber die musst du dir erst mal verdienen.«

Draußen verabschiedeten wir uns von ihr. All der Beton wirkte schockierend weiß nach der schummrigen, aus der Zeit gefallenen Mall. Wir redeten kein Wort, bis wir wieder in meinem Geländewagen saßen.

»Was war das denn bitte?«, fuhr ich ihn an. »Was hast du diesen Leuten angetan?«

Cole auf dem Beifahrersitz schüttelte den Kopf. »Ich hab keine Ahnung.«

»Wie kannst du keine Ahnung haben? Und außerdem hab ich dein Gesicht gesehen. Du weißt wohl was.«

»Isabel, ich kann mich nicht *erinnern.*«

»Lüg mich nicht an!«, fauchte ich. »Ich hab's gesehen! Also, was hast du gemacht?«

»Victor und ich …« Cole kniff sich in die Nasenwurzel und wedelte eine Sekunde später mit den Händen durch die Luft, wie um einen Gedanken zu verscheuchen. Er war schon vor unserem Restaurantbesuch hibbelig gewesen. Jetzt wirkte es, als purzelte er lose in seinem eigenen Körper herum.

Ich lenkte den Wagen über eine Ampelkreuzung und an einem Wohngebäude mit Pagodendach vorbei. »Ich hoffe, das bedeutet, dass du gerade nach Worten suchst, um mir zu erklären, warum ich mich nie wieder in meinem Lieblingsrestaurant blicken lassen kann.«

Cole entgegnete: »Mein Gott, Isabel, gib mir doch mal eine Sekunde.«

»Und außerdem«, wütete ich weiter, nachdem ich einmal so richtig in Fahrt war. *»Freundin?«*

»Was, willst du dafür vielleicht auch eine Entschuldigung? Hätte ich erst irgendein Bewerbungsformular ausfüllen müssen, um dich so nennen zu dürfen? Mann. Als wäre das das Wichtigste …«

Als wäre das das Wichtigste? Mochte ja sein, dass er schon haufenweise Freundinnen gehabt hatte, ich dagegen hatte eine Menge Zeit darauf verwendet, niemandes Freundin zu sein. Und jetzt wusste ich nicht, ob er mich nur so genannt hatte, um eine misstrauische Kellnerin abzuwimmeln, oder weil er es ernst gemeint hatte. Ganz abgesehen davon, dass ich keine Ahnung hatte, ob ich das überhaupt sein wollte. Plötzlich war ich nicht mal mehr sicher, ob es einen Unterschied machte, dass der Typ, der mich als seine Freundin bezeichnete, kein Wrack war, wenn der Rest der Welt ihn trotzdem für eines hielt.

Cole lehnte die Schläfe an die Fensterscheibe, den Blick in den wolkenlosen Himmel gerichtet. »Ich geb mir ja Mühe«, sagte er schließlich. »Ich gebe mir echt Mühe, aber das scheint niemanden zu interessieren. Ich werde immer er bleiben.«

»Wer?«

»Cole St. Clair.«

Oberflächlich betrachtet wirkte das vielleicht wie eine ziemlich einfältige Bemerkung, aber ich wusste genau, was er meinte. Ich kannte das Gefühl, wenn man nichts mehr fürchtete, als man selbst zu sein.

Kapitel 25

Cole

Ich wusste nur so viel: Wenn ich allein zurück in meine Wohnung ging, würde ich ins Bad marschieren und mir eine Nadel unter die Haut stechen, und auch wenn es keine Drogen waren, auch wenn es etwas tausendmal Reineres war als Drogen, würde es mich an den Menschen erinnern, der ich vor nicht allzu langer Zeit gewesen war. Der Mensch, der nach Koreatown gefahren war, um sich Stoff zu beschaffen, und dann, als die Sache nicht ganz rund lief, ein Sushi-Restaurant verwüstet hatte. Ich ertrug es einfach nicht mehr, mich so sehr zu hassen, wie ich mich damals gehasst hatte.

Also flehte ich Isabel an, mich mit zu sich nach Hause zu nehmen, zumindest für eine Weile.

Und sie musste mich inzwischen ziemlich gut kennen, denn sie tat es, obwohl sie immer noch sauer auf mich war.

Isabels Mutter wohnte in einem dieser Häuser, die sehr viel schöner wären, wenn die Häuser drumherum nicht auf genau dieselbe Art genauso schön wären. Für mich sah es nicht nach Kalifornien aus – sondern hauptsächlich nach »gehobene Mittelklasse, USA«. Isabel parkte ihren riesigen Geländewagen in der Auffahrt, und zwar so sauber und geschickt, dass sie das Blumenbeet zu unserer Rechten genau anvisiert haben musste. Als sie ihre Tür öffnete und in den abendlichen Vorgarten trat, nahmen ihre Lippen einen herablassenden Zug an und ich wusste, dass ich recht gehabt hatte. Das hier war ein Guerillakrieg: Isabel gegen die Vorstadt. Sie hatte noch nicht erkannt, dass der einzige Weg zum Sieg der Rückzug war. Oder vielleicht war ihr das auch längst klar, aber ihre Rückzugsmöglichkeiten waren blockiert. Und darum hatte sie sich darauf eingestellt, bis zum Letzten zu kämpfen.

Allein beim Anblick dieses Viertels fühlte ich mich ganz erschöpft. Es erinnerte mich an meine Eltern und Phoenix, New York.

Wir betraten den Hausflur, in dem es nach Lufterfrischer roch. Die Einrichtung war so … *hübsch*, dass ich vergaß, wie irgendetwas aussah, sobald ich den Blick weiterbewegte. Isabel wirkte hier absolut fehl am Platz, eine regelrechte Exotin. Sie presste die erdbeereisrosa Lippen zusammen und im nächsten Moment hörten wir ihre Mutter rufen: »Isabel?«

Isabel hatte mich vorgewarnt, dass ihre Mutter zu Hause sein würde, und gleich darauf versprochen, sich etwas einfallen zu lassen.

Doch da ertönte noch ein tieferes Grollen: eine Männerstimme.

Isabels Augen wurden schmal, als im selben Moment Sofia auf dem mit Teppich ausgelegten Treppenabsatz über uns erschien, die hier genauso fehl am Platz wirkte – wie eine traumwandlerische Entlehnung aus einem alten Schwarz-Weiß-Stummfilm, komplett mit einer dieser Wasserwellenfrisuren und edel verschnörkelten Untertiteln. Ihre weiße Hand umklammerte Hilfe suchend das Treppengeländer.

Sie formte Worte mit den Lippen, die folgendermaßen am unteren Bildschirmrand erscheinen würden: *Dein Dad!*

Tom Culpeper.

Das letzte Mal hatte ich ihn neben Victors Leiche gesehen, zweitausend Meilen und eine Million Jahre weit weg. Culpeper hatte damals natürlich nicht gewusst, dass es sich um einen Menschen im Wolfspelz handelte. Darum war Victors Tod wohl auch nicht wirklich seine Schuld. Sondern meine. Wie immer.

Ich hätte doch zurück in meine Wohnung fahren sollen.

»Isabel, bist du da? Das warst doch du gerade, oder? Sofia, ist Isabel da?«

Die beiden Mädchen sahen mich an. Sofia glitt lautlos die letzten Stufen hinunter und streckte die Hand aus, um meinen Arm zu berühren. Im letzten Moment jedoch überlegte sie es sich anders und machte stattdessen eine kleine Winkbewegung. Untertitel: *Komm mit!* Isabel legte sich einen Finger auf die Lippen – *schh (air kisses, baby/air kisses/follow my breath)* – und verschwand durch eine Tür.

Während Sofia mich rasch den Flur hinunter und geradewegs durch eine hübsche, nette, uneinprägsame Küche zu einer offenen Terrassentür führte, hörte ich Isabels Stimme, kühl: »Ach wie reizend. Meine gesamte DNS, endlich wieder vereint.«

Sofia blieb erst stehen, nachdem sie mich mit zwei Schritten über eine kleine Veranda und in ein winziges Kinder-Spielhäuschen gelotst hatte, das mit der Rückseite zum Geländer stand. Es war die Art von Spielhäuschen, die mit einer grünen Plastikrutsche, einer Kletterwand und in den meisten Fällen einem Wespennest in irgendeinem Winkel aufwarteten. Der Innenraum war etwa anderthalb Quadratmeter groß und nur schwach durch die Verandalampe erleuchtet. Sofia drückte sich möglichst weit weg von mir in eine Ecke, die Arme um die Knie geschlungen, und ich hockte mich ihr gegenüber. Mir fiel auf, dass wir die Culpepers noch immer hören konnten, besonders, als sie nach einem Moment die Küche jenseits der offenen Verandatür betraten. Durch das kleine Fenster mit den grünen Fensterläden hatten wir sogar einen ziemlich guten Blick auf das fröhliche Treiben – Sofia und ich waren selbst nicht zu sehen, aber für uns waren die Culpepers so hell erleuchtet wie auf einem Fernsehbildschirm.

»Wie ich sehe, hast du unsere Sachen aus der Reinigung geholt«, bemerkte Isabel, noch immer mit kühler Stimme. Sie goss sich ein Glas Wasser ein. Zu ihrem Vater sagte sie nichts.

Isabels Mutter strich sich mit den Händen über die Hüften. Sie trug eine perfekt sitzende weiße Hose und dazu eine tief ausgeschnittene schwarze Bluse. Sie gehörte zu jenen bemerkenswerten Frauen, die gut gekleidet, aber nicht künstlich wirkten. Kombinationen aus Mutter und Tochter hatten oft den etwas deprimierenden Charme von Vorher-Nachher-Fotos, diese beiden jedoch mussten jeden Raum, den sie betraten, mit Verblüffung über ihre vortreffliche Ansammlung von Genen erfüllen.

»Dein Vater hat gefragt, ob wir nicht vielleicht das Wochenende mit ihm verbringen möchten«, sagte Isabels Mutter.

Sofia kauerte sich neben mir zu einer noch kleineren Kugel zusammen. Alles, was ich über ihren Knien erkennen konnte, waren ihre weit aufgerissenen Augen, die in die Küche starrten. Sie schimmerten wie vor Tränen, aber sie weinte nicht. Ich fragte mich, wie alt Sofia sein mochte. Fünfzehn? Sechzehn? Sie wirkte jünger. Sie hatte noch immer diesen kindlichen Zauber an sich, der in einem eher das Bedürfnis weckte, sie zu beschützen, als sie um ein Date zu bitten.

»Hier?«, erwiderte Isabel in der Küche. »Oder in San Diego?«

»Zu Hause», sagte Tom Culpeper. Er lehnte mit verschränkten Armen im Türrahmen und wirkte höchst anwältlich. »Natürlich.«

Isabel lächelte hämisch in ihr Glas. »Natürlich.«

Sofia flüsterte: »Ich wünschte, ich wäre wie Isabel.«

Ich holte meine Aufmerksamkeit zurück in unser Häuschen. »Was meinst du?«

»Sie weiß einfach immer, was sie sagen muss«, antwortete Sofia ernst. »Wenn meine Eltern sich gestritten haben, konnte ich immer nur vor mich hin heulen und dumm gucken. Isabel ist nie so verzweifelt wie ich.«

Da war ich mir nicht so sicher. In meinen Augen war Isabel ständig verzweifelt.

»Gegen ein bisschen Heulen ist doch nichts einzuwenden«, entgegnete ich und fügte dann, nicht ganz wahrheitsgemäß, hinzu: »Ich heule andauernd.«

Sofia hob eine Augenbraue und lächelte mich von hinter ihren Knien an. Ich sah nur ein winziges Eckchen davon, schüchtern und ungläubig. Aber sie war trotzdem dankbar, dass ich es gesagt hatte. Ich zog mein kleines Notizbuch hervor und schrieb die »air kisses«-Songzeile von eben hinein, bevor ich sie wieder vergaß.

»Sind deine Eltern geschieden?«, fragte ich.

Sofia nickte.

»War dein Dad auch so ein Anwalt-Arsch?«

Sie schüttelte den Kopf. Ihre schimmernden Augen schimmerten noch ein bisschen mehr. »Kein Anwalt und auch kein Arsch.« Selbst das Wort »Arsch« klang aus ihrem Mund irgendwie harmlos. Sie sprach es ganz vorsichtig aus, als redete sie über menschliche Anatomie und als wollte sie nicht, dass jemand sie hörte.

In der Küche hörte ich Isabel, immer noch sehr kühl, sagen: »Nur weil du eine zweistündige Fahrt auf dich genommen hast, heißt das nicht, dass du frei über meine Zeit verfügen kannst. Ich habe schon was vor. Aber wenn meine Mutter mit dir ein Wochenende voller Erwachsenenspaß und Rettungswesten verbringen möchte, habe ich nichts dagegen. Ihr seid schließlich schon groß.«

»Nur weil du achtzehn bist, heißt das nicht, dass du in diesem Ton mit mir reden kannst, Isabel«, erwiderte Tom. Ich schloss die Augen und dachte an die verschiedensten Arten, auf die ich ihm gern wehtun würde, angefangen bei der einfachsten bis hin zur grausamsten: mit den Fäusten, mit Worten, mit meinem Lächeln. »Redest du mit deiner Mutter etwa auch so?«

»Ja«, sagte Isabel.

Ich öffnete die Augen wieder und fragte Sofia: »Seit wann sind deine Eltern schon geschieden?«

Sofia zuckte mit den Schultern und rubbelte mit dem Finger über eine Stelle an der Innenwand des Häuschens. Im schummrigen Licht sah ich, dass dort in krakeliger Schrift »Sofia war hier« geschrieben stand. Sie war auf eine Art traurig, die nicht von mir zu verlangen schien, dass ich etwas daran änderte, was allerdings bewirkte, dass ich etwas daran ändern *wollte*. Ich wühlte in der Tasche meiner Cargo-Shorts, bis ich einen Filzstift fand, lehnte mich zu ihr rüber und schrieb »Cole war hier« daneben. Dann setzte ich meine Unterschrift darunter. Ich habe eine ziemlich coole Unterschrift.

Ihre Zähne formten einen kleinen weißen Halbmond in der Dunkelheit.

Wieder hörte ich Teresas Stimme an- und abschwellen und Sofia und ich wandten die Köpfe, um zu lauschen. Das Ende des Satzes bekam ich nicht mehr mit, aber Toms Antwort drang unmissverständlich durch alle offenen Fenster und Türen.

»Wir wissen beide, dass Liebe Kinderkram ist«, sagte er. »Wir sind erwachsen. Da zählt, ob man kompatibel ist oder nicht.«

»Mein Handy und mein Auto sind dank Bluetooth kompatibel«, entgegnete Teresa. »Nur dass die beiden wunderbar miteinander zurechtkommen und mein Auto nie dafür sorgt, dass mein Handy sich wie der letzte Dreck fühlt.«

»*Okay*«, schaltete sich Isabel wieder ein, ihre Stimme dünn und schneidend und herablassend, »dann will ich euch zwei mal allein lassen. Ich hab nämlich Besseres zu tun, zum Beispiel mir ein Loch in den Kopf bohren. Bis dann.«

Tom löste seinen Todesblick von seiner Frau und richtete ihn auf seine Tochter. »Ich bin zwei Stunden gefahren, um dich zu sehen.«

Isabel stand mit dem Rücken zu uns, sodass ich zwar nicht ihr Gesicht, dafür aber ihre hinter dem Rücken verschränkten Arme sehen konnte. Was ich außerdem sehen konnte, war, wie sie sich mit der linken Hand so fest in den rechten Arm kniff, dass die Haut dort feuerrot war. Ihre Stimme jedoch klang genauso eisig wie zuvor. »Jetzt hast du mich ja gesehen.«

Ihre Absätze klackerten aus dem Raum.

Tom leckte sich über die Zähne. Dann sagte er: »Wie ich sehe, hat deine Erziehung Wunder gewirkt, Teresa.«

Es existierte kein Universum, in dem Tom Culpeper und ich Freunde hätten sein können. Sofia beugte sich über ihr Handy und tippte hastig eine SMS. Ich sah nichts als Isabels Namen am oberen Rand des Displays.

Einen Moment später erschien Isabel auf der Veranda und quetschte sich zu uns ins Häuschen – ich musste mich gegen Sofia drängen, um ihr Platz zu machen. Isabel wirkte wie eine Eisskulptur. Ihr Blick lag auf der Stelle, an der ich mich an der Wand verewigt hatte, aber sie schien nichts richtig wahrzunehmen.

»Hier«, sagte ich.

Ich hielt ihr den Filzstift hin, aber sie nahm ihn nicht. Dann sagte sie: »Ich will einfach nur vergessen, dass ich jemals hier gewesen bin.«

»Ich kann reingehen und ein paar Plätzchen holen, wenn ihr welche wollt«, bot Sofia an.

»Verdammt, ich will nicht, dass du reingehst und mir was zu essen holst, Sofia!«, fuhr Isabel sie an.

Ihre Cousine vollbrachte das Kunststück, noch ein bisschen kleiner zu werden, ohne dabei weniger Platz einzunehmen. Isabel schloss die Augen und ihre Lippen pressten sich zu einem Strich zusammen.

Hier saß ich also, eingeklemmt zwischen zwei unglücklichen Mädchen und ohne eigenes Auto, um mich davonzumachen, und selbst wenn ich eins gehabt hätte, wäre es ein Saturn gewesen. Dazu kam, dass ich, seit Sofia »Plätzchen« gesagt hatte, wirklich eins wollte, nachdem uns unser Abendessen von einem Haufen misstrauischer Sushi-Köche verwehrt worden war. Aber Teresa und Tom Culpeper lieferten sich in der Küche inzwischen ein ausgewachsenes Schreiduell und niemand hätte sich mehr hineinwagen können, ohne dass zivile Opfer drohten.

»Ich würde ja ein Plätzchen nehmen«, sagte ich zu Sofia, »aber ich muss auf meine Figur achten. Die Kamera lässt einen zehn Kilo schwerer wirken, weißt du, und mein Leben hat leider absolut keinen Sinn, wenn ich vor der Kamera nicht gut aussehe.«

Isabel schnaubte. Sofia zog leise die Nase hoch und murmelte etwas in sich hinein.

»Was denn?«, fragte ich.

»Das liegt an der Linsenverzerrung«, schniefte Sofia. »Darum wirkt man zehn Kilo schwerer. Eine« – *schnief* – »Linse ist praktisch nichts anderes als ein Fischauge, wodurch alles in der Mitte größer wirkt, wie zum Beispiel deine Nase und dein Bauch und so. Und das ganze Licht und die Blitze und Servoblitze und« – *schnief* – »das alles lässt kleine Schatten und Konturen verschwinden, sodass man noch dicker wirkt.«

»Okay«, sagte ich. »Wieder was gelernt.«

Der Streit in der Küche eskalierte. (Teresa hatte gerade voller Inbrunst geschrien: »Ist ›Anwalt‹ nicht bloß ein anderes Wort für ›Hure‹?« Und Tom hatte gekontert: »Wenn du von Frauen sprichst, die nächtelang durcharbeiten, dann ist das richtige Wort dafür, glaube ich, ›Ärztin‹.«)

Ich griff nach meinem Handy. »Wollt ihr mal die Folge sehen, die wir heute aufgenommen haben?«

Sofia fragte: »Worum ging's denn diesmal?«

»Lasst euch überraschen. Klar könnte ich es euch verraten, aber dann würdet ihr ja nicht mehr zur Masse der unvoreingenommenen Zuschauer gehören.«

Isabel öffnete die Augen. Ich tippte auf meinem Handy herum und rief die Website auf. Beide Mädchen beugten sich in der Dunkelheit ein Stückchen weiter über das hell erleuchtete Display.

Die Folge begann mit meinem Streit mit Leyla und wechselte dann rasch zu meinem Streit mit Chad um Jeremy.

»Was für ein Idiot«, bemerkte Sofia.

»Wusste der denn nicht, dass Jeremy als Erstes mit dir verheiratet war?«, fügte Isabel tonlos hinzu. Mir war klar, dass sie das nur Sofia zuliebe sagte, um so zu klingen, als interessierte sie sich wirklich für unsere kleine Videosession, und damit ihre Cousine ihr verzieh, dass sie kurz zuvor noch so gemein zu ihr gewesen war. Das funktionierte hauptsächlich deswegen, weil Sofia ziemlich wild darauf war, Isabel zu verzeihen.

Nachdem ich Jeremy ergattert hatte, waren wir zu dritt zu einer Adresse in Echo Park gefahren, die Isabel mir gegeben hatte. Dort stieg die Hochzeitsfeier eines Super-Fans. Na ja, oder zumindest hatte Isabel behauptet, dass es ein Super-Fan war. Ich hatte mich absolut darauf verlassen müssen, dass sie meine Online-Präsenz im Griff und außerdem sorgfältig recherchiert hatte. Denn wenn sich herausgestellt hätte, dass wir zur Hochzeit irgendwelcher normalen Leute oder auch nur eines normalen Fans unterwegs waren, wäre die Aktion ganz schön in die Hose gegangen. Wir waren sowieso spät dran und dann war dem Saturn auch noch rätselhafterweise der Sprit ausgegangen. Uns war nichts anderes übrig geblieben, als zur nächsten Tankstelle zu laufen, und wie der Zufall es wollte, musste mich der Typ dort an der Kasse auch noch erkennen.

Ich stoppte das Video. »Jetzt kommt der Teil, in dem ich rausfinde, ob Isabel *wirklich* alles weiß.«

»Wieso?«, fragte Sofia.

»Weil sie diese Hochzeit für mich gefunden hat.«

Sofias riesige Augen wandten sich Isabel zu.

Isabel sagte: »Tja, gut, dass ich tatsächlich alles weiß.«

Und sie hatte recht. Irgendwann hatten wir Echo Park erreicht, wo sich herausstellte, dass Braut und Bräutigam beide Super-Fans waren, und die Braut wunderbar kameratauglich in Ohnmacht fiel, als Jeremy und ich aus dem Auto stiegen. Zum Entsetzen der anwesenden Eltern sorgten wir mit einer gepflegten Jamsession für die musikalische Untermalung, als das Paar zum Altar schritt. Leyla legte sogar eine ganz ordentliche Schlagzeugleistung hin. Es war großartiges Fernsehen.

Sofia seufzte glücklich. »Das sieht ja so romantisch aus. War es in Wirklichkeit auch so romantisch?«

»Klar«, sagte ich.

Isabel scrollte sich auf dem virtuellen Cole durch die Videokommentare. Davon gab es eine ganze Menge. Zu viele, um sie alle zu lesen, selbst wenn man gewollt hätte. Isabel blinzelte, als sie den aktuellsten las. Es war ein Absatz voller Liebesbekundungen für NARKOTIKA und Hochzeitskram und am Ende die Frage, ob ich nicht noch mal einen Song wie »Villain« schreiben könne.

Während wir alle drei auf das Display starrten, erschien ein neuer Kommentar. Nummer 1.362, bestehend aus einer einzelnen Zeile:

cole st clair kenn ich nur krepierend auf der bühne

Isabel presste die Lippen zusammen. Sie sah mich nicht an. Ich fühlte mich wie gefangen zwischen diesem Kommentar und den Szenen im Sushi-Restaurant und Chads Garage. Es war, als rückte meine Vergangenheit näher und näher, statt hinter mir zurückzubleiben.

Sofia schwärmte immer noch von dem aalglatten Ende unserer Folge. »Glaubst du, du hast auch mal eine Rockband bei deiner Hochzeit, Isabel?«

»Ich hab nicht vor zu heiraten«, antwortete Isabel, dann schaltete sie das Handy aus und steckte es in die Tasche. Sie sah mich immer noch nicht an, genauso wenig wie das Haus oder irgendetwas anderes. »Ich glaube nicht an Happy Ends.«

Später in der leeren Wohnung war das alles, woran ich denken konnte. Das geplatzte Abendessen mit Baby war nur noch ein verschwommener Nebel aus Demütigung und Wut. Der Streit mit Chad ein verschmierter Klecks Zweifel. Die glücklichen Gesichter der Hochzeitsgäste: vergessen.

Alles, woran ich mich erinnern konnte, war, wie die einzige Person, mit der ich zusammen sein wollte, sagte, sie glaube nicht an Happy Ends.

Als ich spätnachts oder frühmorgens in den Saturn stieg, lief im Radio »Villain«. Während ich den Wagen aus der Auffahrt setzte, grollte mir meine eigene Stimme ins Ohr:

Didn't you always want me this way?
On-sale late-night going-out-of-business
I'm so much cheaper.

Die Straßen wirkten gespenstisch und verlassen. Selbst die Kneipen hatten geschlossen. Aus irgendeinem Grund ließ das Fehlen von Menschen und Sonne das Fehlen von Gras und Bäumen am Straßenrand deutlicher hervortreten. Die Welt wirkte wie aus dem nackten Beton geschlagen. Meine Stimme im Radio klang verbittert. Ich schaltete es nicht aus.

Don't pretend you like me

Der Strandparkplatz war leer und als ich die Tür öffnete, war die Luft draußen kalt.

That this is about me

Kalt war gut. So würde es länger anhalten.

I'll be just a story in your wild youth

Ich nahm meine Sachen und lief barfuß durch den Sand zum Meer. Dort zog ich mich aus. Niemand würde mich sehen außer dem schwarzen, sternlosen Himmel und den noch schwärzeren Silhouetten der Palmen am Rand des Parkplatzes. Ich rammte mir die Nadel unter die Haut.

God you're a villain a villain

Natürlich konnte ich erwischt werden. Jemand konnte mich sehen, während ich als Wolf durch die Brandung jagte. Oder in neun oder fünfzehn oder zweiundzwanzig Minuten, wenn ich wieder zu einem splitternackten Menschen wurde. Oder möglicherweise, ja, absolut *möglicherweise*, würde mich jemand sehen, während ich mich gerade verwandelte.

Aber das würde nicht passieren. Statistisch gesehen würde das nicht passieren.

Und das Risiko allein reichte nicht aus, um mich aufzuhalten. Ich wartete ab, während meine Venen zu jaulen begannen und meine Nerven krampften. Wenn es einen Weg gegeben hätte, mein Bewusstsein abzuschalten, bevor der Schmerz einsetzte, der brüllende Schmerz der Verwandlung, dann wäre dies die perfekte Flucht vor der Realität gewesen. Die sauberste Droge, die schonendste Art geistiger Erholung.

Manchmal vergaß ich, wie versifft ich mich durch die Drogen gefühlt hatte. Aber Baby hatte recht. Heute sah ich wieder super aus.

Villain villain villain

Und dann, endlich, war ich ein Wolf. Sand unter meinen Pfoten, kühl und feucht und endlos. Keine Farben am nächtlichen Strand, die ich hätte verpassen können. Nur Geräusche und Gerüche und der Wind, der mir beim Laufen um die Ohren pfiff. Jeder Gedanke ein Bild.

Als ich wieder zu mir kam, kauerte ich in der eisigen Brandung. Es war niemand in der Nähe. Der Strand war noch immer vollkommen leer. Ich war damit davongekommen, was aus irgendeinem Grund dazu führte, dass ich mich noch schlechter fühlte. Ich allein kannte die Wahrheit über mich selbst, aber das war genug. Alle anderen hatten sie ohnehin längst erraten.

Ich würde immer er sein, immer Cole St. Clair.

Und schon hörte ich wieder Isabels Stimme, wie sie sagte: »Ich glaube nicht an Happy Ends.«

Kapitel 26

Isabel

INTERNET: *Hey, Cole St. Clair, stimmt es, dass du aus dem Yuzu geflogen bist?*
VIRTUELLER COLE: *zu cool für den laden*
INTERNET: *Mein Kumpel meint, weil du dir auf dem Klo nen Schuss gesetzt hast.*
VIRTUELLER COLE: *du brauchst neue kumpels*
INTERNET: LOLOL *bist echt der beste alter*
VIRTUELLER COLE: *klar wer sonst*
INTERNET: *Kannst du nicht noch mal nen Song wie »Villain« schreiben?*
INTERNET: *Wer war dieses Mädchen in der letzten Folge?*
VIRTUELLER COLE: *n superheißer alien*
INTERNET: *Vergiss die! Ich liebe dich Cole!*
VIRTUELLER COLE: *der superheiße alien würde den planeten zerstören*
VIRTUELLER COLE: *ich rette hier gerade die welt (echt jetzt)*
VIRTUELLER COLE: *solltet mir danken*
INTERNET: *sie brauchts ja nicht zu wissen haha lol*
INTERNET: *sehen wir irgendwann mal victor wieder? NARKOTIKA rocks!*
VIRTUELLER COLE:

INTERNET: *Super, dich und Jeremy wieder zusammen zu sehen! Was ist mit Victor?*
VIRTUELLER COLE:
INTERNET: *Jaaa, wir wollen Victor!!!!!*
VIRTUELLER COLE: *leute leyla kriegt grad ne vegane krise*
INTERNET: *hahaha nee im ernst jetzt: NARKOTIKA 4EVER*
INTERNET: *Was wünschst du dir zum Geburtstag?*
VIRTUELLER COLE: *ewige jugend*

Cole schrieb mir eine SMS:
eigentlich wünsch ich mir dich

Kapitel 27

Cole

Baby rief mich an: »Alles Gute zum Geburtstag. Bist du bereit für deine Überraschung?«

Ich spazierte gerade durch das leer stehende Haus nebenan; ich war gleich nach dem Frühstück dort eingebrochen. Mit »Frühstück« meine ich übrigens eine Banane im Hotdog-Brötchen und mit »eingebrochen«, dass ich auf der Rückseite des Hauses eine Schiebetür gefunden hatte, die nicht abgeschlossen war. Der Gedanke, dass heute mein Geburtstag war, versetzte mich nicht gerade in Hochstimmung, obwohl ich gar nicht genau sagen konnte, warum. »Wird sie mir denn gefallen?«, fragte ich zurück.

»Ich hab mir echt viel Mühe damit gegeben.«

»Wie wär's mit einem Tipp?«

»Genieß es einfach«, sagte Baby. »Ach ja, und denk dran, eine Hose anzuziehen. Ich hoffe, du hast noch ein bisschen was an Musik geschrieben.«

Die erste Überraschung erwartete mich um zehn Uhr morgens direkt vor der Haustür. Das heißt, eigentlich nicht vor der Tür, sondern hinter dem Haus, und sie machte einen solchen Lärm, dass ich auf die Dachterrasse ging, um nachzusehen, was los war.

Unten stand ein himmelblauer Lamborghini, dessen Motor immer wieder laut aufheulte. Kurz dachte ich: »Das ist mal ein Geschenk«, bis mir klar wurde, dass das eigentliche Geschenk hinter dem Steuer saß, und zwar in Gestalt einer kleinen, umwerfend aussehenden Latina mit weißer Piloten-Sonnenbrille. Sie wirkte reicher und berühmte als ich – weil sie es war. Mein Herz machte einen unwillkürlichen Hüpfer.

Baby, du gerissenes Miststück.

»Magdalene«, rief ich nach unten. »Wie nett, dass du mal vorbeischaust.«

Als ich Magdalene kennengelernt hatte, war sie gerade erst entdeckt worden, die Tochter eines Gelegenheitsmechanikers aus irgendeiner Kleinstadt in Arkansas oder Georgia oder South Carolina, die in ihrer Freizeit Spritztouren mit fremden Autos unternahm und in Einkaufszentren sang. Damals kam sie gerade frisch von der Highschool, hatte ihre erste EP rausgebracht und wartete auf den großen Durchbruch.

Sie hatte »Spacebar« mit uns aufgenommen und danach waren wir wieder getrennte Wege gegangen. Was in meinem Fall so viel hieß wie: Ich hatte NARKOTIKA in mehreren Ländern der Welt berühmt gemacht und war irgendwann mit dem Gesicht in meiner eigenen Sabberpfütze auf der Bühne geendet. Sie dagegen hatte eins der fünf bestverkauften Dance-Alben des Jahrzehnts rausgebracht, innerhalb von zwei Jahren zwei Schauspieler und eine Schauspielerin geheiratet und sich wieder von ihnen scheiden lassen, wegen illegaler Straßenrennen ihren Führerschein verloren und dann wiederbekommen und in einem Film aus der »Reckless on the Road«-Reihe mitgespielt – dem einzigen, der jemals Geld eingebracht hatte. Irgendwo hatte ich immer noch das Poster, das sie mir mal geschickt hatte. Mit metallicblauem Filzstift hatte sie daraufgeschrieben:

Shut up (and Drive), Cole.

Wenn ich mich nicht irrte, besaß sie die größte Sammlung himmelblauer Rennschlitten in ganz Nordamerika.

Außerdem war sie die netteste Betrunkene, die mir je begegnet war. In früheren, gefährlicheren Zeiten war ich mal unsterblich in sie verliebt gewesen. Zwei Tatsachen, von denen ich mir ziemlich sicher war, dass Baby darüber Bescheid wusste. Ich fragte mich, was sie sich für diese Folge von mir erhoffte.

»Alles Gute zum Geburtstag, Cole St. Clair!« Magdalene ließ den Lambo abermals aufheulen. Von irgendwoher kam ein Windstoß und hob ihre schwarzen Haare an. So wie die Strähnen flatterten, deutete alles darauf hin, dass sie das Werk eines Teams von Spezialisten waren. »Los, steig ein, bevor mir der Sprit ausgeht!«

Ich lehnte mich über das Geländer und bewunderte die Blauheit des Autos. Mir fiel auf, dass T in einem Van dahinter saß und alles aufzeichnete. Und dass an Magdalenes Glitzer-Tanktop ein dezentes kleines Mikrofon befestigt war.

»Wo soll's denn hingehen?«, rief ich zu ihr hinunter.

»Baby hat gesagt, wir machen zusammen einen Song!«

»Ach, hat sie das?«

»Ich nehme jedenfalls nur bei mir zu Hause auf. Und ich hoffe, du hast was, das mich gut klingen lässt.«

»Meine Schlagzeugerin passt aber nicht mit ins Auto.«

»Die kann ja das da nehmen«, sagte Magdalene. Verachtung triefte aus ihren Worten und sammelte sich in einer Pfütze um die Reifen des Saturn.

Die Vorstellung, wie Leyla schon wieder nichts anderes übrig bleiben würde, als den Saturn zu nehmen, versetzte mir einen kräftigen Motivationsschub. Ich stieß mich vom Geländer ab. Auf dem Weg zur Treppe schrieb ich Isabel. *virtueller cole könnte betreuung brauchen. filmen nächste folge.*

Isabel schrieb zurück: *das internet schläft nie*

Ich antwortete: *könntest ja mitkommen*

Isabel: *geht nicht, unterricht bis heute abend*

Ich schrieb: *sag dass ich geburtstag hab*

Sie antwortete nicht mehr, aber das hatte ich auch nicht erwartet. Ich rief Jeremy an. »Ich schicke dir einen Wagen. Die nächste Folge steht an.«

Jeremy fragte: »Was ist das Motto?«

Ich antwortete: »Ich hab keine Ahnung.«

Magdalene fuhr mit mir zu ihrem Privatstudio in Long Beach. Eigentlich konnte man es kaum ein Studio nennen. Ich wusste nicht, wie ich es nennen sollte. Es war eine Lagerhalle in der Nähe des Flughafens, mit Betonfußboden und riesigen Toren, die für Sattelschlepper gedacht waren. Das Ganze wäre groß genug gewesen, um einen kompletten Häuserblock aufzunehmen. Die Hälfte davon stand voll mit himmelblauen Rennautos. Von den meisten kannte ich nicht mal die Marke. Flache Autos mit großen Motoren und Spoilern, die an Folterwerkzeuge erinnerten. Der Betonboden dazwischen war mit Reifenspuren übersät, weite Bögen, manche davon seitwärts verschmiert.

Die andere Hälfte bildete das Studio. Es war das größte, schickste Studio, das ich je gesehen hatte, und ich hatte schon einige ziemlich große, ziemlich schicke Studios gesehen. Es gab Extrakabinen für Sänger und fürs Schlagzeug, einen Flügel, ein hipstermäßiges Standklavier, verschiedene Synthesizer und eine Auswahl an Gitarren und Bässen und Cellos, die alle nur darauf warteten, benutzt zu werden. Die Wände waren mit einer Schallschutzpolsterung versehen und von der Decke hingen verstellbare Mikrofone an Schienen. Eine Sekunde lang meinte ich, einen Hauch Wolfsgeruch zwischen den

Mischpulten aufgeschnappt zu haben, aber dann war er wieder weg und wahrscheinlich war ich es sowieso bloß selbst gewesen. Über mir an der Wand hing ein riesiges, glänzendes 3-D-Lippenpaar, inklusive Piercing. Es war größer als jedes der Autos hier drin und so rot wie das Blut in meinem schlagenden Herz.

Es war der pure Exzess, selbst für einen exzessiven Lebensstil. Ich drehte mich zu Magdalene um. Sie trank bereits irgendwas aus einem winzig kleinen Glas.

Kleiner Tipp: Sachen in kleinen Gläsern hauen erfahrungsgemäß mehr rein als Sachen in großen Gläsern.

Sie lächelte mich an. Es war ein Lächeln, das schon Zehntausende von Kameras gesehen hatte. Und zwei von diesen zehntausend waren in diesem Moment auf sie gerichtet.

»Willst du auch was? Ich habe bestimmt irgendwas da, das nach deinem Geschmack ist.«

Ich schüttelte den Kopf. »Das ist vorbei.«

»Gut für dich.« Magdalene lachte und ihr Lachen klang ein kleines bisschen heiser, so wie meins damals, als wir viel auf Tour waren. »Die Welt braucht dringend ein paar Heilige mehr.«

Ich fragte mich, ob Baby darauf spekulierte, dass hier ein Streit ausbrechen würde. Ich ließ den Moment verstreichen. »Wow, guck sich einer dieses Spielzimmer an.«

Das Verrückteste an dem Ganzen war, wie offensichtlich dieser Ort eine Verkörperung ihrer Fantasie war. Sie war selbst der Inbegriff von Übermaß – wolkenkratzerhohe Frisur, riesige Augen, enges Glitzertop, kunstvolles Bauchnabelpiercing, ein Gürtel, der breiter war als meine Hand, Schlaghose, Kampfstiefel – und passte damit perfekt hierher.

»Warte, bis erst die Jungs hier sind«, sagte sie. »Spiel was für mich, ja?«

Sie deutete auf den Flügel. Es war ein Steinway D-274. Klar, alles darunter war schließlich nur was für Poser.

Es gab nur eins, was man tun konnte, wenn plötzlich ein Steinway-D-274-Konzertflügel vor einem stand, besonders wenn er, wie dieser hier, auch noch himmelblau war.

Ich setzte mich auf die Bank.

Ich war nicht immer ein Rockstar gewesen. Es waren keine Keyboardstunden gewesen, um die ich meine Eltern angebettelt hatte.

Ich spielte ein kurzes Stück von Bach. Absichtlich langsam, gedehnt und leise, wie ein gruseliger Clown oder als Parodie. Der Anschlag war genial. Dieser Flügel spielte sich wie von selbst.

»Ach komm schon, Cole«, schnurrte Magdalene und lehnte sich auf den Flügel. Sie verdrehte die Augen in Richtung der Kameras. »Wir sind praktisch unter uns. Du hast doch wohl nicht plötzlich Hemmungen?«

Ich schenkte ihr ein Lächeln – das Cole-St.-Clair-Lächeln – und ließ einen weiteren hingeschlunzten Fetzen Bach folgen, schnell, aber geübt, bevor ich schließlich in das Intro von »Spacebar« überleitete.

Magdalene, die die Akkorde sofort erkannte, grinste breit. Sie löste das Glas von ihren Lippen und sang den Refrain mit: »Hit it, hit it, hit it!«

Mit jedem »Hit it« bewegte sie sich ein Stück weiter die Tonleiter hoch. Mann, was für ein Organ. Sie war sogar noch besser geworden, seit wir den Song zusammen aufgenommen hatten. Sie klopfte den Takt auf dem Gehäuse des Flügels mit, während ich mich durch den Refrain von »Spacebar« klimperte und hämmerte, in dem Versuch, die Keyboard-Akkorde in ein Klavierstück zu verwandeln. Es war eine Million Jahre her, seit ich diesen Song zum letzten Mal gespielt hatte.

Aber er ging immer noch ins Ohr.

Wer es auch gewesen war, der diesen Song geschrieben hatte, er hatte verdammt noch mal Ahnung von dem, was er tat.

Mein Spiegelbild grinste mir verschlagen vom offen stehenden Deckel des Flügels entgegen.

Magdalene sang weiter.

Und, oh Mann, wie gut es sich anfühlte, wieder zu spielen. Zu hören, wie jemand deine Melodie aufnahm, ihm ein paar Impro-Happen zuzuwerfen und immer und immer wieder zu diesen vier krachenden Akkorden zurückzukehren, die zwei glorreiche Wochen lang ganz Amerika rauf und runter gesungen hatte, bis sie in jedermanns Träume übergegangen waren.

Dann hatten wir die Rechte daran einem Autohersteller für einen Werbespot verkauft und uns was Neues ausgedacht.

Magdalene schraubte sich bis zum Ende der Tonleiter hoch, während ich die allertiefste Stimmlage des Steinways ausreizte, und als der letzte Ton verklungen war, holte sie sich einen neuen Drink.

Ich fragte mich, ob Baby sie vielleicht als Kandidatin für den kleinen Skandal am Rande vorgesehen hatte.

Ich hörte langsames Klatschen. Jeremy und Leyla waren angekommen und inzwischen auch Magdalenes »Jungs« – die Tontechniker. Der älteste von ihnen war derjenige, der klatschte. Ein Tonassistent hatte uns mit seinem Handy gefilmt.

Er fragte: »Darf ich das ins Internet stellen?«

»Klar«, entgegnete Magdalene gleichgültig. »Für später hat er sowieso noch was Besseres geschrieben.« Dann drehte sie sich zu mir um. Ich war immer noch ein bisschen außer Atem, nachdem ich mich dermaßen in unsere kleine Performance gestürzt hatte. Sie legte mir ihre kleine Hand auf die Wange. »Ach, Cole. Ich hatte fast vergessen, wie echtes Talent klingt.«

Kapitel 28

Isabel

Ich könnte jetzt behaupten, dass ich noch niemals zuvor meinen GKPH-Unterricht verpasst und nur für Cole eine Ausnahme gemacht hätte, aber das wäre gelogen. Ich hatte schon immer jede Art von Unterricht als verhandelbares Konzept betrachtet. Alles, worauf es am Ende ankam, war doch die Note. Schon seit der Highschool vollführte ich diesen gefährlichen Balanceakt auf dem schmalen Grat zwischen *den Stoff draufhaben* und *wegen Schwänzens verwarnt werden.*

Dennoch hatte ich bisher nur ein einziges Mal den GKPH-Kurs geschwänzt und das war am Geburtstag meines toten Bruders Jack gewesen, aber an ihn dachte ich heute nicht. Heute dachte ich vielmehr, dass ich, wenn ich wieder sechs Stunden in einer fremden Highschool hocken musste, höchstwahrscheinlich ausrasten und Amok laufen würde.

Diesmal schwänzte ich für einen anderen Geburtstag: Coles. Ich wollte ihn jedoch nicht überraschen, bevor er nicht schon ein bisschen Zeit für die Arbeit gehabt hatte, und so sah ich mich ein paar hübschen Stunden gegenüber, in denen ich absolut nichts zu tun hatte. Normalerweise erfüllten mich solche Schneisen unerwarteter Freizeit mit Angst und Hass gegenüber unserem Planeten, aber heute erschienen mir die Stunden gutartig. Ich beschloss, Sofia von ihrem Erhu-Kurs abzuholen und sie dazu zu bringen, sich ein Paar sexy Stiefel zu kaufen, bevor ich nach Long Beach zu Cole fahren würde.

Ich war mir nicht sicher, was dieses Gefühl in mir war. Fühlte sich so gute Laune an? Vielleicht.

Doch als ich die Treppe der Villa Herzschmerz hinunterging und die Kerkerschlüssel in meiner Hand bereits ein süßes Lied von Flucht klimperten, sah ich meinen Vater im Foyer stehen. Er wirkte aufgeräumt und mächtig, ein halb gezogenes Messer im grauen Anzug.

Ich zögerte. Das war mein Fehler. Mein Vater war dazu erzogen und abgerichtet, jedes Aufflackern von Schwäche zu wittern. Eine Sekunde später lag sein Blick auf mir.

VATER: *Isabel.*
ISABEL: *Vater.*
VATER: *Nicht in diesem Ton.*
ISABEL: *Das ist meine Stimme.*
VATER: *Du weißt genau, was ich meine.*

Ich überlegte, ob ich zurück in mein Zimmer gehen und mich aus dem Fenster abseilen sollte. Körperlich wäre ich dazu in der Lage gewesen. In der Praxis allerdings hätte mir das höchstwahrscheinlich meinen Rock versaut. Ziel des Ganzen war schließlich, später für Cole super auszusehen. Ich konnte nur hoffen, dass das hier schnell vorbeiging.

Mein Vater sah von unten zu mir hoch. Sein Blick wirkte gehetzt, wie ich es noch von früher kannte, wenn er an irgendwelchen großen Fällen arbeitete.

VATER: *Wir müssen uns mal unterhalten.*

ISABEL: *Nein, ich hab jetzt keine Zeit.*

VATER: *Ein paar Minuten wirst du ja wohl erübrigen können.*

ISABEL: *Ich schlage vor, dass du dich mal näher mit der Bedeutung des Wortes »nein« auseinandersetzt, während ich weg bin.*

VATER: *Isabel, bitte. Es ist wirklich wichtig.*

Mit einem Mal klang seine Stimme seltsam. Ich ging nach unten.

Ein unangenehmes Flattern regte sich in meiner Brust, wie damals, als ich die Nachricht von Jacks Tod bekommen hatte.

Ich folgte ihm in die Küche. Es war Tag, darum war kein Licht an, doch die Sonne stand so hoch, dass sie es nicht zu den Fenstern hereinschaffte. Das ließ den Raum kalt und feindselig wirken. Drinnen posierte meine Mutter bereits an der Arbeitsplatte, die Arme vor der Brust verschränkt. Sie hatte sich in pure Verachtung gehüllt. Nicht ihr vorteilhaftestes Outfit, aber immer noch besser als Tränen.

Meine gute Laune stand kurz vor dem Aussterben.

Ich versuchte, mir vorzustellen, was der Grund für diese Ausdrücke auf den Gesichtern meiner Eltern sein mochte.

Ich hatte eine Ahnung. Ich wollte es nur einfach nicht –

»Wir haben beschlossen, uns scheiden zu lassen«, sagte meine Mutter.

Peng.

Nach all den Andeutungen und Forderungen und Drohungen, da war es nun.

»Tatsächlich«, erwiderte ich.

»Isabel«, mahnte meine Mutter.

Mein Vater blickte scharf auf. Er hatte nicht gehört, was ich gesagt hatte, weil er so damit beschäftigt gewesen war, meiner guten Laune auf der Kücheninsel die Kehle aufzuschlitzen. Zum Glück war die Granitoberfläche abwischbar, sodass nichts Flecken hinterließ – egal ob Blut, Orangensaft oder Enttäuschung.

Ich versuchte, mir vorzustellen, was sich nun ändern würde. Ich konnte nicht sagen, ob jetzt alles schlimmer würde. Oder besser. Oder anders. Als Erstes ging mir auf, dass ich in Zukunft, wenn ich auf dem College war, jeden Elternteil in seinem eigenen Haus würde besuchen müssen. Und dass Jack, sollte er je durch Zauberhand wieder lebendig werden, seine Familie nicht wiedererkennen würde, weil sie sich in nichts aufgelöst hatte. Und dass Liebe statistisch gesehen wirklich völlig sinnlos war und die aktuelle Entwicklung vor diesem Hintergrund betrachtet kein bisschen überraschend.

»Weinst du?«, erkundigte sich meine Mutter.

»Nein«, antwortete ich. »Warum sollte ich weinen?«

»Lauren hat erzählt, Sofia hätte sehr viel geweint, als sie das mit ihr und Paolo rausgefunden hat.«

Jetzt starrten mein Vater und ich beide meine Mutter an.

»Wann?«, fragte ich, obwohl mir, gleich nachdem die Frage ausgesprochen war, klar wurde, wie idiotisch sie war. Eine Scheidung war nicht wie eine Hochzeit oder eine Geburtstagsfeier. Man einigte sich nicht auf ein Datum und organisierte den Blumenschmuck. Ich dachte an die Fotos, die in unserem alten Zuhause in Minnesota eine komplette Wand in der Eingangshalle eingenommen hatten. Es war eine Sammlung von Hochzeits- und Flitterwochenbildern gewesen. Mein Erbgut war wirklich äußerst attraktiv und die beiden gaben auf jedem einzelnen Foto ein umwerfendes Paar ab. Ich würde gern behaupten, dass sich schon auf diesen frühen Bildern erste Anzeichen von Dissonanz abzeichneten, aber das wäre gelogen. Es waren schöne ungestellte Fotos zweier schöner junger Menschen, die einander liebten. Sie hatten einander vor der Hochzeit, bei der Hochzeit und nach der Hochzeit geliebt, als der kleine Jack und die kleine Isabel auf die Welt gekommen waren.

Aber das war jetzt vorbei.

Mein Vater fragte: »Möchtest du darüber reden?«

»Wir reden doch gerade darüber.«

Meine Mutter warf meinem Vater einen Blick zu, als sei das ja wohl offensichtlich.

»Was ist mit Weihnachten?«, fragte ich. Es war eine alberne Frage. Eine kindische Frage. Und ich war sofort wütend auf mich selbst, weil ich sie gestellt hatte. »Schon gut. Die Frage hab ich mir gerade selbst beantwortet.«

Meine Mutter sagte: »Ach, Schätzchen, ich weiß es doch auch nicht. Bis dahin sind ja auch noch Monate Zeit«, woraufhin ich mich fragte, ob ich den »Schon gut«-Teil überhaupt laut ausgesprochen hatte. Ich dachte darüber nach und meinte, mich ziemlich sicher daran zu erinnern, wie die Worte meinen Mund verlassen hatten.

Ich überlegte, ob ich der Leiche meiner guten Laune eine standesgemäße Beisetzung organisieren oder sie einfach hier in der Villa Herzschmerz verrotten lassen sollte.

Meine Mutter trug ihren Ehering nicht. Das fiel mir erst jetzt auf. Mein Vater seinen auch nicht. Am liebsten hätte ich losgelacht. Ein richtig fieses, eiskaltes Lachen. Stattdessen fletschte ich ein bisschen die Zähne. Mein Gesicht brauchte einfach irgendwas zu tun.

»Was können wir tun, damit es für dich leichter wird?«, fragte meine Mutter. Ihr Tonfall verriet mir mit hundertprozentiger Sicherheit, dass ihr Therapeut, Dr. Karottennase, ihr aufgetragen hatte, mich das zu fragen. Das kleine Scheidungs-Einmaleins.

»Mir eure Gene geben«, erwiderte ich. Meine Haut schien plötzlich zu vibrieren. »Ach stimmt, die hab ich ja schon. Tja, danke dafür. Und herzlichen Glückwunsch zur Trennung. Also dazu, dass ihr es endlich offiziell macht. Okay, ich muss dann los.«

»So geht das nicht«, verkündete mein Vater. Er hatte recht, aber keiner von uns konnte etwas dagegen tun.

»Isabel –«, begann meine Mutter, aber da war ich schon weg.

Kapitel 29

Cole

Während unsere Akustikversion von »Spacebar« das Internet eroberte, eroberten wir »Air Kisses«, den Song, den ich beschlossen hatte, an diesem Tag aufzunehmen. Den Text musste ich spontan etwas abändern – von einer Frauenstimme gesungen klang der Song sowieso besser, aber ich hatte ihn nun mal für mich selbst geschrieben und wollte nicht, dass Magdalene über Isabel sang, auch wenn ich der Einzige war, dem das aufgefallen wäre. Während die anderen Mittagspause machten, saß ich mit Kopfhörern über den Synthesizer gebeugt und feilte an einer neuen Bridge. Wieder und wieder nahm ich den pulsierenden Synthie-Herzschlag auf. Wieder und wieder ließ ich Leyla ihren Schlagzeugpart einspielen, was sie genauso anstands- wie leidenschaftslos erledigte. Jeremy hörte uns die ersten paar Stunden schweigend zu, bevor er schließlich, in Stunde vier, ein Bassriff raushaute, das uns alle verstummen ließ. Danach stolzierte Magdalene in die Aufnahmekabine, schmiegte sich ans Mikro und ergänzte das Ganze um einen Vocal-Track, der uns alle laut werden ließ.

Sie war sternhagelvoll.

Zwei Jahre zuvor wäre ich es auch gewesen.

Was ist das Motto, Baby?

Dann, während zwei von Magdalenes Jungs sich daranmachten,

den Refrain zu mischen, öffnete sie eins der riesigen Tore, damit wir nicht allesamt an einer Kohlenmonoxidvergiftung starben, und wir fuhren mit ein paar ihrer wunderschönen Autos im Kreis, zuerst in der Lagerhalle und dann auf dem von Maschendraht umzäunten Parkplatz davor.

Die Sonne war, während wir gearbeitet hatten, hochgestiegen und wieder gesunken. Ein ganzer Tag, verschwunden in einem Mikrofon. Staub wirbelte in die Luft, in dicken, erstickenden Schwaden, die im Orange und Violett des Sonnenuntergangs erstrahlten, alles wirkte prachtvoll und industriell und apokalyptisch vor einem Hintergrund aus Lagerhallen und himmelblauen Autos.

Vielleicht war das der Sinn und Zweck dieser Folge. Schönheit und beneidenswerter Exzess, gute Musik und attraktive Menschen.

Als ich Auto Nummer vier oder fünf bestieg – ein Nissan GT-R oder irgendein anderes schnittiges, mundförmiges Modell –, ließ sich Magdalene neben mir auf den Beifahrersitz fallen.

»Bis zum Ende der Straße und zurück. Hol alles aus ihm raus!«, rief sie und deutete die vollkommen gerade Straße vor ihrer Lagerhalle hinunter. »Wir sind in zwei Minuten wieder da, Leute!«

Dann wandte sie sich mir zu. »Na los, dann gib mal Gummi, mein Hübscher.«

Ich hatte keine Ahnung, was ich da fuhr, aber es war nicht der Saturn und das allein war schon mal ein super Gefühl.

Ich raste zur Parkplatzausfahrt. Kurz bevor wir mit quietschenden Reifen auf die lange, gerade Straße schlitterten, die direkt zum Flughafen führte, riss sich Magdalene ihr Mikrofon ab und warf es aus dem Fenster. Im Rückspiegel beobachtete ich, wie es im Kies landete und nicht mehr zu sehen war.

»Vandalismus«, bemerkte ich unsicher. »Da wird Baby aber nicht begeistert sein.«

Während die Tachonadel langsam höher kletterte und die Lagerhalle hinter uns in einer frischen Staubwolke verschwand, fragte Magdalene, ihre Stimme verrucht, sexy: »Und, gefällt dir dein Käfig?«

Der Motor dröhnte. Im Rückspiegel sah ich, dass die Kameraleute uns auf die Straße gefolgt waren, um unsere kurze Flucht zu filmen. »Welcher Käfig?«

»Der, in dem dich das ganze Land auf- und abtigern sieht. Ich hab was für dich«, fügte sie dann hinzu. »Wenn wir außer Sichtweite sind.«

Ich verschaltete mich. Was zum Teufel wusste ich denn schon übers Autofahren? Und was zum Teufel fuhr ich hier eigentlich? Wir hatten jetzt schon achttausend Meilen pro Stunde drauf und ich war mir ziemlich sicher, dass wir erst im dritten Gang fuhren und nicht mehr allzu viel Straße übrig war. »Wenn du damit irgendwelchen Stoff meinst, Süße, dann vergiss es, ich bin clean.«

Die Straße endete auf einem riesigen Parkplatz. Bevor ich auf die Bremse treten konnte, streckte Magdalene den Arm aus und riss die Handbremse hoch. Sofort gerieten wir ins Schleudern. Einen Moment lang waren wir schwerelos. Es war Leben und Tod, Fahren und Stehenbleiben, alles zur gleichen Zeit. Der Wagen schlitterte seitwärts, das Lenkrad unbrauchbar, aber es gab nichts, was sich uns in den Weg stellte.

Chaos ohne Konsequenzen.

Magdalene löste die Bremse. Mit einem letzten Ruck beendete der Wagen seine Schleuderfahrt. Wir standen mit der Vorderseite zur Straße, die wir gekommen waren. Staubwolken waberten an uns vorbei.

»Ich bin die Beste«, verkündete Magdalene. »Und du, Cole, warst nie clean.«

»Ich nehme aber nichts«, entgegnete ich, während die Sicht langsam wieder frei wurde. »Wie wär's, wenn du mir einfach mal glaubst?«

»Du bist der Suchtmensch schlechthin«, sagte sie. »Du wärst sogar süchtig, wenn niemand je auch nur eine Droge erfunden hätte. Ich kannte dich schon, bevor du angefangen hast, was zu nehmen. Und du bist heute kein bisschen anders als vorher.«

Das Auto war unglaublich laut, selbst wenn es gar nicht fuhr. »Ich bin komplett nüchtern.«

»Das warst du damals auch. Mag sein, dass die Welt denkt, es wäre Heroin gewesen, aber ich weiß, was deine wirkliche Sucht ist.«

Ich blickte sie an. Sie blickte mich an. Ich wollte, dass sie »Musik«, sagte, aber das würde sie nicht. Wir hatten beide am selben Punkt angefangen: als ehrgeizige Teenies, die keine Ahnung hatten, wie sie damit umgehen sollten, dass die Welt plötzlich nach oben offen war.

Sie fragte: »Hast du mal diese großen schwarz-weißen Affen im Zoo gesehen? Die sitzen den ganzen Tag rum und pulen sich am Hintern, *ugga-ugga-ugga*, bis endlich mal irgendwer vorbeikommt. Und dann schnappen sie sich auf einmal ihr Spielzeug, schmeißen es durch die Gegend und liefern die totale Clown-Show ab. Die machen das nur, um ein paar Lacher zu ernten. Weil sie wissen, dass sie Zuschauer haben. Denen geht es nicht mal um das Spielzeug. Sondern nur um die Leute.«

Sie meinte das *Motto*. Jetzt lächelte sie, verschmitzt und wunderschön, immer noch dasselbe Mädchen, das damals im Studio aufgetaucht war, ganz am Anfang, bevor alles den Bach runtergegangen war.

Magdalene streckte mir die geöffnete Hand hin und darin lag Ecstasy. »Na, wer ist deine beste Freundin? Ich.«

Ich hasste mich dafür, wie sehr ich es nehmen wollte. Mein Herz hämmerte, als hätte ich die Pillen längst eingeworfen.

Noch mehr aber hasste ich Magdalene dafür, dass sie immer noch an diese alte Version von mir glaubte. Sie war sich ihrer Sache so sicher, als wäre ich bereits eingeknickt. Die Welt wollte einfach nicht, dass ich mich neu erfand. Kein einziger Mensch auf diesem Planeten.

»Hat Baby dir die gegeben?«, fragte ich.

Sie stieß ein verächtliches Schnauben aus, begleitet von einer ziemlich alkoholhaltigen Atemwolke. Sie war so eine charmante Betrunkene.

»Ach, Magdalene, Magdalene. Was hat sie zu dir gesagt, als sie dich gefragt hat, ob du bei der Show mitmachen willst?«

Magdalene lächelte mich an, ihre freie Hand lag wieder auf meiner Wange. Es war ihr echtes Lächeln, nicht die Kameraversion von vorher. Ihre geradezu obszön schönen Lippen teilten sich und gaben den Blick auf eine kleine Zahnlücke frei. Plötzlich musste ich daran denken, wie Jeremy erzählt hatte, dass alle Leute für ihn wie Kinder wirkten, und mit einem Mal sah ich sie als das kleine Mädchen, das sie gewesen sein musste, bevor sie entdeckt worden war. Es war das Traurigste, was ich jemals gesehen hatte. Wie hielt Jeremy das bloß aus?

»Sie hat gesagt, ich soll einfach ich selbst sein«, antwortete Magdalene.

Ich schloss ihre Hand über dem Ecstasy. Ihre Augen weiteten sich vor Staunen.

Cole, was ist das Motto? Ich würde mir von niemandem vorschreiben lassen, wie Cole St. Clair war.

»Ja«, sagte ich. »Ja, mir auch.«

Als der Kameravan uns einholte, legte ich den Gang ein und kachelte zurück die Straße hinunter.

KAPITEL 30

ISABEL

Ich war nicht in der Stimmung, sexy Stiefel kaufen zu gehen. Ich war nicht mal in der Stimmung, berühmte Leute anzustarren und zu analysieren, was genau es war, das sie berühmt aussehen ließ. Ich war mehr in der Stimmung für Laborarbeit. Damals im Biokurs an der Highschool hatte ich festgestellt, dass es nichts Besseres gibt als zerpflücken und zerschneiden und beobachten, um mein Gehirn bei Laune zu halten. Wenn dieses Fach einen Vorteil hatte, dann, dass es gnadenlos logisch war. Seine Regeln ließen sich nicht ändern. Man hatte keine andere Wahl, als sie zu befolgen.

Aber das hier hatte nichts mit Biologie zu tun. Das hier war Sunset Plaza und damit so ziemlich das Gegenteil von Biologie. Dieser Ort schien jeglicher Logik zu trotzen. Er war berühmt dafür, dass sich hier haufenweise berühmte Leute rumtrieben, aber davon abgesehen war er nichts Besonderes. Die Erik's-Filiale zum Beispiel war absolut unspektakulär. Die enge Boutique wartete mit dünnem, ausgetretenem Teppichboden, durchsichtigem Plastik und spärlicher Beleuchtung auf, die nicht mal den Versuch wagte, zu dem von der gelben Markise über dem Eingang abgehaltenen Sonnenlicht in Konkurrenz zu treten. Dagegen machte das .blush. wesentlich mehr her.

Jedoch war es gerade dieser schäbige Touch, der einem verriet, dass Erik's eine Institution war. Wenn man in dieser Stadt überlebte, ohne wie aus dem Ei gepellt auszusehen, bedeutete das, dass man etwas Besonderes war. Und während dieser unscheinbare Laden sich eisern hielt, schloss rechts und links davon eine hübsch hergerichtete Boutique nach der anderen, nachdem ihre hübschen neuen Pächter dem gefräßigen Monster Los Angeles zum Opfer gefallen waren.

»Sofia«, schimpfte ich, während ich sie vor einem vorbeirasenden Geländewagen zurückriss. »Pass gefälligst auf, wo du hinläufst.«

Sofias Blick huschte kurz zu mir, hauptsächlich aber starrte sie immer noch die anderen Leute auf dem Sunset Strip an. »Hast du die Frau da drüben gesehen? Ich glaube, das war Christina –«

»Kann sein«, fiel ich ihr ins Wort. »Filmstars. So ist das nun mal hier. Aber solange du keiner bist, würde ich dir raten, nicht einfach vor irgendwelche Autos zu rennen. Die werden nämlich kaum für dich anhalten.«

Sofia glotzte weiter in die Gegend, also packte ich sie beim Arm und zog sie wie ein Blindenhund von unserem Parkplatz über die Straße zu Erik's. Erst im Inneren des schummrigen Ladens ließ ich sie wieder frei. Während sie langsam an den Regalen vorbeischlenderte, zog ich den virtuellen Cole aus der Tasche, um zu sehen, wie die Reaktion der Welt auf die Akustikversion von »Spacebar« ausfiel.

Gut. Sie fiel ziemlich gut aus.

Um genauer zu sein, war es ein bunter Mix aus Jubeln, Kreischen, Hassen, Grölen und Klatschen. Sämtliche Musik-Blogs berichteten darüber. Teile des Songs wurden als musikalische Unterlegung für GIFs benutzt, in denen ein früherer Cole Sachen aus einem Hotelzimmerfenster warf. Eine Schrift am unteren Bildrand verkündete: COLE ST. CLAIR IST WIEDER DA.

In meinen vier Herzkammern herrschte Leere.

Ich ließ den virtuellen Cole ein paar Updates posten und rührte noch ein bisschen mehr die Werbetrommel, wo es nötig war, doch meine Gedanken huschten dabei immer wieder zurück nach Minnesota. Zurück zu dem Moment, in dem sich Cole den Flur eines Hauses entlangschleppte, das ich einfach nicht vergessen konnte. Er war ein Junge und ein Wolf und dann wieder ein Junge. Er flehte mich an, ihm beim Sterben zu helfen. Beim Sterben oder dabei, ein Wolf bleiben zu können.

Meine Gedanken bewegten sich weiter den Flur hinunter, an Cole vorbei, zu einer anderen Erinnerung, die mit diesem Haus verbunden war. Es war die Erinnerung an meinen Bruder Jack, der in einem Zimmer am Ende des Flurs im Sterben lag. Zusammengekrümmt auf dem Bett, glühend vor Fieber, wild entschlossen, ein Mensch zu bleiben oder bei dem Versuch zu sterben. Es roch nach Wolf und Tod. Vielleicht bestand dazwischen gar kein Unterschied.

COLE ST. CLAIR IST WIEDER DA. War der Wolf es auch?

Mir wurde bewusst, dass ich nun schon eine ganze Weile hinter Sofia hertrottete, ohne von meinem Handy aufzusehen. Ich hob den Kopf und sah, dass sie vor einem Paar Riemchensandalen stehen geblieben war, die sie nie im Leben anziehen würde. Sie starrte schon eine Ewigkeit darauf, bis mir klar wurde, dass es ihr gar nicht um die Schuhe ging.

»Sofia«, sagte ich. »Wartest du darauf, dass die anfangen zu sprechen?«

Sie rieb sich über die Wange und klimperte mit ihren dunklen Wimpern, während sie mich entschuldigend anlächelte. »Ich bin nur ein bisschen in Gedanken. Dad kommt bald mal wieder vorbei!«

Sofort musste ich an das Gespräch mit meinen Eltern in der Küche denken. Das Einzige, woran ich mich klar erinnern konnte, war, wie seltsam mein Vater geklungen hatte, als er gesagt hatte, wir müssten uns unterhalten. Ich war kurz davor, einen Schwung Schuhe vom Regal zu reißen. Leute, die behaupteten, es würde nicht helfen, mit Sachen um sich zu schmeißen, wenn man wütend war, hatten noch nie mit Sachen um sich geschmissen, wenn sie wütend waren.

»Was für ein glücklicher Tag für die Menschheit«, entgegnete ich.

Sofia begann zu nicken, bevor sie meinen Sarkasmus bemerkte. Dann sagte sie voller Ernst: »Mom hat gesagt, sie kommt vielleicht mit, wenn wir was unternehmen.«

Sie strahlte.

Ich ertrug den hoffnungsvollen Ausdruck in ihrem Gesicht nicht. »Oh, Mann, Sofia! Die beiden kommen nicht wieder zusammen!«

Meine Cousine sah mich an, als hätte ich sie ins Gesicht geschlagen. Ihre Wangen verfärbten sich so feuerrot, dass man hätte meinen können, ich hätte es wirklich getan. »Das habe ich doch auch gar nicht behauptet!«

»Dein Gesicht schon. So läuft das aber nun mal nicht.«

Erwartungsgemäß schimmerten die ersten Tränen in ihren Augen. »Darum geht es doch gar nicht. Wir verbringen einfach nur einen Tag zusammen.«

»Bist du sicher? Und du hoffst nicht ein klitzekleines bisschen, dass sie wieder zusammenkommen?«

Sofia schüttelte heftig den Kopf und fuhr sich mit dem Handrücken über die Augen. Sie weinte immer noch nicht, dafür zierte jetzt ein schwarzer Mascarastreifen ihre Hand. Sie beharrte: »Ich will einfach nur ein bisschen Zeit mit ihm verbringen. Das ist alles.«

»Na, dann ist ja alles in Butter«, entgegnete ich. »Das wird bestimmt kein bisschen unbehaglich für euch drei.«

Sie starrte auf ihre Füße. Ich hasste es, dass sie sich nie wehrte. Wenn sie das mal tun würde, müsste ich mich nämlich nicht immer wie das letzte Miststück fühlen. Doch sie strich sich bloß mit einer Hand erst den Rock glatt und dann die Haare, bevor sie die Hand schließlich in die andere legte, als wolle sie sie trösten und in den Schlaf wiegen.

»Ich hab schlechte Laune heute«, erklärte ich.

»Schon gut.« Das sagte sie zu ihren Schuhen.

»Nein, es ist nicht gut«, entgegnete ich. »Sag mir einfach mal, dass ich mich zusammenreißen soll.«

Eine Träne tropfte auf ihren Schuh. »Ich will aber nicht. Außerdem sagst du sowieso immer nur die Wahrheit.«

Sie erwähnte jedoch nicht die Kehrseite der Medaille: nämlich, dass die Wahrheit nicht immer das Klügste war, was man zu einem Gespräch beisteuern konnte. Inzwischen – Minuten, nachdem diese Unterhaltung angefangen hatte – war selbst mir klar, dass die angemessene Reaktion auf »Dad kommt bald zu Besuch« »Cool! Und was wollt ihr unternehmen?« gewesen wäre.

»Okay«, sagte ich dann. »Also, willst du jetzt Schuhe kaufen oder nicht?«

»Ich brauche keine Schuhe.«

Ich biss mir auf die Zunge, bevor ich sie fragen konnte, warum sie dann überhaupt mitgekommen war. Sie war mitgekommen, weil ich sie gefragt hatte. »Dann lass uns fahren, solange die Straßen noch frei sind. Ich muss weiter nach Long Beach.«

Es war schwer, mir meine gute Laune von heute Morgen in Erinnerung zu rufen. Und noch schwerer war es, mir einzureden, dass Coles Geburtstagsüberraschung Sofias trauriges Gesicht wieder ausgleichen würde. Das, an dem ich schuld war.

Als ich den Laden verließ, wäre ich fast mit Christina zusammengestoßen. Erst als sie fluchte und mir ein biestiges »Geht's noch?« zuzischte, wurde mir klar, dass es gar nicht *die* Christina war, sondern eine der willkürlich austauschbaren berühmten jungen Frauen, die diese Straße bevölkerten. Frauen, die auf der Leinwand umwerfend schön und schlank wirkten und in Wirklichkeit nur aus knubbeligen Ellbogen, zu großen Füßen und riesigen Sonnenbrillen zu bestehen schienen.

»Ging nie besser«, fauchte ich zurück und meine Absätze klackerten über den unerbittlich sonnenüberfluteten Bürgersteig.

Sofia hinter mir konnte der falschen Christina nicht mal in die Augen sehen. Sie presste sich die Hand auf die Taille. Ich merkte ihr an, dass sie sich dick vorkam, weil die falsche Christina Magerstufe war und Sofia fettarm. Ich merkte ihr an, dass sie traurig war, weil ihre Cousine eine solche Zicke war. Ich merkte ihr an, dass sie sich trotz allem immer noch ein bisschen auf den Besuch ihres Vaters freute.

Ich hasste diesen Ort.

Kapitel 31

Cole

Ich saß mit einem Paar Kopfhörern in der Aufnahmekabine, die Füße auf den Notenständer vor meinem Drehstuhl gestellt, und hörte mir den Song an. Im letzten Moment hatte ich mir überlegt, beim Refrain doch mitzusingen.

Es klang gut. Der ganze Song klang gut. Und zwar nicht bloß gut, sondern *gut.*

Obwohl wir schon so viele Stunden hier waren und ich erschöpft hätte sein müssen, hatte ich das Gefühl, gerade erst aufgewacht zu sein. Mein Herz war zu hektischem Leben erwacht. Oder mein Hirn. Oder mein Körper.

Manchmal, wenn ich einen neuen Song fertig hatte, gab es einen Moment, in dem ich mir völlig sicher war, dass er die Welt erobern würde. War das selbstherrlich? Das Wissen, dass man soeben etwas geschaffen hatte, das super klingen würde, wenn es aus den Boxen an einer Skatebahn drang? Oder war es ein teleskopartig ausfahrbarer sechster Sinn, der sich durch Lautsprecherkabel fortbewegte?

Ich zog mein Handy aus der Tasche. Ich rief Sam an, der nicht ranging, also hinterließ ich ihm den Song als Nachricht auf der Mailbox. Dann machte ich dasselbe bei Grace.

Ich fühlte mich nicht besser als vorher. Ich rief Isabel an, obwohl ich wusste, dass sie in ihrem Kurs sitzen würde. Ich hatte nicht erwartet, dass ich sie erreichen würde, aber sie meldete sich tatsächlich.

»Ich habe gerade was Geniales kreiert«, sagte ich zu ihr. Ich wollte sie bei mir haben, unvermittelt, bedingungslos, unendlich, genau wie den Song in meinem Kopf. »Komm her und sonn dich mit mir in meinem Ruhm.«

»Ich hab Unterricht«, antwortete sie mit gedämpfter Stimme. »Also fass dich kurz.«

Ich hatte die Kopfhörer abgenommen, aber die Musik drang trotzdem heraus. Ich spürte die Bässe an meinem Oberschenkel. Es fühlte sich an wie das Jüngste Gericht. Oder die Schöpfung. Irgendetwas schien zu explodieren. Ich brauchte ein paar Engel um mich herum. Ein Mann in meiner Situation sollte nicht allein sein. »Hab ich gerade.«

»Mit Worten.«

Die Worte lauteten »Ich brauche dich hier ich will dich küssen ich will dich bei mir haben ich will einfach nur dich«, aber ich hatte Probleme mit der Übersetzung. »Ich hab gerade meinen ersten richtigen Song seit meinem Tod aufgenommen und der wird sämtliche Tanzflächen Amerikas erobern und dabei ist es noch nicht mal der beste Song, den ich bisher geschrieben habe, und ich bekomme Geld dafür, dass ich ins Studio gehe und die anderen auch noch aufnehme, und ich kann's gar nicht erwarten, ich kann's einfach nicht erwarten, ich würde es am liebsten gleich heute Abend machen und ich will dich dabeihaben, weil es total idiotisch ist, jetzt allein zu sein.«

Ich wusste nicht, wie viel davon ich laut ausgesprochen hatte oder ob das überhaupt die Worte waren, die ich benutzt hatte. Mein Gehirn schwappte beinahe über vor Adrenalin und Emotionen und Musik, Musik, Musik, da kam mein Mund einfach nicht mehr mit.

»Bist du high?«, fragte Isabel misstrauisch.

Ich lachte. Ich war high, aber nicht so, wie sie dachte. »Ich hab's geschafft. Ich hab was auf die Reihe gekriegt, Isabel!«

»Super. Ich bin scho– Ach, verdammt. Ich muss auflegen. Aber denk dran …« Sie hielt kurz inne und ich dachte, ich hätte ein Auto hupen gehört, aber wahrscheinlich waren das bloß irgendwelche Stimmen in ihrem Kurs. Ich versuchte, mir einzureden, wie viel Glück ich gehabt hatte, dass sie überhaupt ans Telefon gegangen war. »… wenn ein Patient andersgläubig ist als du, dann heißt das nicht, dass du ihn missionieren musst, auch wenn er auf dem Sterbebett liegt.«

»Aha. Kriege ich jetzt mein GKPH-Diplom?«, fragte ich.

»Ja«, erwiderte Isabel. Dann legte sie auf.

Über die Kopfhörer in meinem Schoß hörte ich, wie der Song wieder von vorn anfing. Ich fühlte mich, als hätte ich meinen Fuß auf dem Gaspedal, aber kein Ziel. Hinauf, hinauf, hinauf.

Magdalene riss die Tür auf. Sie grinste mich breit an. »So«, sagte sie, »und jetzt wird gefeiert.«

Kapitel 32

Isabel

Es dauerte ewig, bis ich bei Cole ankam. Zuerst gab es einen Unfall auf der Strecke, dann irgendeine Großveranstaltung in der Innenstadt und dann noch einen Unfall. Die Autos schoben sich im Schneckentempo über den Freeway. Aus der dreiviertelstündigen Fahrt wurden anderthalb Stunden, wurden zwei. Der Himmel errötete, dann stand er in Flammen und wurde schließlich schwarz.

Meine Laune wurde schlecht, schlechter, am schlechtesten.

Ich redete mir ein, dass sein Gesicht, wenn ich im Studio auftauchte, mich für alles entschädigen würde, vorausgesetzt, er war überhaupt noch da, wenn ich irgendwann mal ankam.

Ich drehte das Radio so laut auf, wie ich es gerade noch aushielt, und versuchte, die in Endlosschleife in meinem Kopf ablaufende Szene mit meinen Eltern in der Küche zu übertönen. Zumindest waren jetzt die Stimmen verschwunden und nur noch Gesten übrig. Wie eine auf stumm geschaltete Fernsehserie. Titel der Folge: *Scheidung bei den Culpepers.*

Ich wusste nicht, warum mir das überhaupt was ausmachte. Mein Vater hatte nicht mal mehr bei uns gewohnt. Und ich würde sowieso bald aufs College gehen. Meine Eltern hassten sich und so was passierte eben, wenn erwachsene Menschen sich hassten. Aber ändern würde sich nichts, abgesehen davon, dass das Ganze offiziell sein würde.

Trotzdem schaffte ich es nicht, mir keinen Kopf zu machen.

Also konzentrierte ich mich auf den Weg zu Magdalenes Studio. Es war nicht schwer gewesen, im Internet die Adresse rauszufinden, aber ich war dennoch nicht ganz sicher, was mich dort erwartete. Auf den Fotos hatte es ausgesehen wie eine alte Lagerhalle. Eine alte Lagerhalle mitten im Nirgendwo.

Als ich endlich ankam, wirkte es mehr wie eine Disco.

Der Parkplatz war voller Autos. Dutzende und Aberdutzende von Autos, die sich eng aneinanderschmiegten, kreuz und quer standen, sich gegenseitig zuparkten. Menschen liefen herum, lachend und trinkend.

Eine Party.

Ich hätte nicht überrascht sein dürfen, aber ich war es trotzdem.

Ich war nicht gerade in Partylaune.

Eine kurze, selbstsüchtige Sekunde lang überlegte ich, einfach wieder umzudrehen und nach Hause zu fahren. Cole hätte nicht enttäuscht sein können, weil er schließlich keine Ahnung hatte, dass ich kommen würde.

Dann aber dachte ich an das, was mich zu Hause erwartete.

Ich hätte einfach in meinen Kurs gehen sollen.

Ich schloss die Augen, öffnete sie wieder und überprüfte im Rückspiegel mein Make-up. Dann versuchte ich mir auszumalen, was ich auf der anderen Seite dieser Türen vorfinden würde. Eine riesige Party mit Leuten, die sich amüsierten, Cole, in Selbstmitleid versunken, in einer Aufnahmekabine, traurig und einsam unter all den Menschen. Cole betrachtete sich immer gern als einsam, egal wie sehr die äußeren Umstände das Gegenteil behaupteten.

Das Einzige, was mich in Bewegung setzen konnte, war der Gedanke daran, wie glücklich er sein würde, mich zu sehen. Ich stieg aus.

In der riesigen Halle war der Teufel los. Musik dröhnte auf uns nieder. Der Boden war glitschig vor verschüttetem Alkohol. Eine Million Leute tanzten. Darunter ziemlich viele Mädchen. Es roch nach Bier. Und hoch über allem prangte ein gigantisches Paar rote Lippen.

Dann sah ich ihn.

Cole St. Clair saß auf einem Sofa, das von vier Typen getragen wurde. Neben ihm eine Frau. Sie war berühmt und schön und hatte ihren verlockend goldenen Arm um seinen Hals geschlungen. Die Kameras bekamen gar nicht genug von ihnen.

Mein Magen spürte es als Erster. Ich konnte mich nicht rühren.

Ich versuchte, fair zu bleiben. Versuchte, mir einzureden, dass er immerhin nicht mit irgendjemandem rumknutschte. Dass er am Telefon zwar high geklungen hatte, aber ich trotzdem nicht sicher sein konnte. Dass ich mir vor ein paar Tagen nur eingebildet hatte, den Wolf an ihm zu riechen; schließlich hatte er sich meines Wissens kein einziges Mal verwandelt, seit er hier war.

Ich versuchte, mir einzureden, dass er möglicherweise wirklich clean war und kein Typ, der mich hintergehen würde, und dass er nicht mehr der Cole St. Clair von NARKOTIKA war.

Aber ich konnte meinen Blick nicht von ihm lösen, wie er da mit dieser unfassbar schönen Frau auf dem Sofa saß. Denn in diesem Moment sah er dem Cole St. Clair von NARKOTIKA zum Verwechseln ähnlich.

Wut und Enttäuschung regten sich in mir.

Er hatte keine Ahnung, dass ich hier war.

Ich würde einfach gehen.

Ich würde einfach gehen.

Ich würde einfach gehen. Sobald ich meinen Blick von ihm losreißen konnte.

Cole sah mich genau in dem Moment, als es mir endlich gelang, meine Füße in Bewegung zu setzen und mich umzudrehen, während meine Hand schon in meiner Tasche nach dem Autoschlüssel wühlte. Ich sah, wie sein Blick auf mich fiel, nur für eine Sekunde, und in diesem Moment wusste ich, dass ich zu lange gewartet hatte. Denn jetzt würde es –

»Isabel! Hey! *Hey.*«

Ich ging weiter. Das Tor der Lagerhalle schien meilenweit entfernt. Ich sah es vor mir, aber es kam einfach nicht näher. Ich drehte mich nicht um. Ging einfach weiter. Die Leute machten mir Platz.

»Isabel!«

Draußen, im Schwarz des Abends, atmete ich tief die leere Luft ein in dem Versuch, diese Leere in meinem Inneren zu füllen.

»*Hey.*« Cole ergriff mich beim Arm und hielt mich fest. Von so Nahem roch ich Alkohol und Marihuana. Und Wolf. Wolf Wolf *Wolf.* Er war überall an ihm.

Ich hatte das Haus in Minnesota nie verlassen.

Ich wirbelte herum. »Lass. Mich. Los.«

Hier in der Dunkelheit wirkten seine Augen hell und strahlend, aber ich sah auch die tiefen Ringe darunter. Er war müde und wach. Ganz oben und ganz unten. Himmelhoch jauchzend und zu Tode betrübt. Er verwandelte Menschen in Objekte und wenn er mit ihnen fertig war, warf er sie weg.

»Was hast du denn auf einmal?«, fragte er.

»Diese Frage wird dem Problem nicht mal annähernd gerecht«, entgegnete ich. Ich hatte das Gefühl, schreien zu müssen, damit er mich über die Musik überhaupt hörte, aber eigentlich konnte ich sie bloß aus dem Inneren des Gebäudes in den Füßen spüren.

»Und was für ein Problem soll das sein? Wenn du so nett wärst, mich aufzuklären?«

Ich deutete mit dem Finger auf ihn. »Du! Du bist das Problem!«

Coles Augen wurden schmal. »Okay, also ist das Problem schon mal ziemlich gut aussehend.«

Der mit Maschendraht geschützte Industriescheinwerfer an der Außenwand des Lagerhauses zitterte und bebte im Takt der Musik von drinnen. Und jedes Mal, wenn ich an Cole mit dieser Frau auf dem Sofa dachte, jedes Mal, wenn ich einatmete und das Bier roch, zitterte und bebte auch etwas in mir. Ich wusste nicht, wie ich auf die Idee gekommen war, das hier ertragen zu können. »Weißt du, was? Das ... Ach, vergiss es.«

Ich entriss ihm meinen Arm und machte mich auf den Weg zurück zu meinem Auto. Es stand ganz am Ende des Parkplatzes. Auf dem Hinweg hatte es nicht so weit gewirkt.

»Okay, also ist es jetzt ein Verbrechen zu existieren?«, rief Cole mir hinterher. »Das würde einiges erklären.«

Ich war stinksauer. »Ruf mich an, wenn du wieder nüchtern bist«, blaffte ich zurück. »Oder, ach. Lass es einfach sein.«

Hinter mir herrschte Stille, so lange, dass ich genug Zeit hatte, um mein Auto zu entriegeln und die Tür zu öffnen.

Dann sagte er: »Nüchtern? Ich *bin* nüchtern.«

Die Behauptung war so lächerlich, dass ich mich wieder zu ihm umdrehte. »Ach komm, Cole. Langsam wird's peinlich. Ich bin schließlich nicht blöd.«

Sein Gesichtsausdruck spiegelte Erschütterung in Reinform. Er breitete die Arme aus. »Ich hab nichts getrunken.«

»Ich kann es doch an dir *riechen*!« In einem Zuhause wie meinem wächst man nicht auf, ohne den Geruch harter Alkoholika, Bier und Wein identifizieren zu lernen. Nicht ohne zu wissen, wie sie die

Charaktermerkmale der Menschen verstärkten, bis sie zu Karikaturen ihrer selbst werden: die schweigsamen Typen still, die aufbrausenden zu einer Naturgewalt.

»Da drinnen gibt es Bier«, verteidigte sich Cole. »Auf der Couch war Bier. Aber in mir drin ist keins.«

»Na klar. Und diese Frau?«

»Welche Frau?«

»Die, die an dir dranklebte? Falls du dich erinnerst?«

Er winkte ab. »Magdalene. Die hat bloß keine Berührungsängste, wenn sie was getrunken hat. Da war gar nichts.«

Gar nichts. Für ihn vielleicht. Vielleicht zählte für ihn niemand, der nicht nackt war. Aber für mich, die noch nie jemandes *Freundin* gewesen war, schon – und ich hatte es so satt. Ich war extra hier rausgefahren, um ihm eine Freude zu machen, diese blöde Geburtstagsüberraschung, und jetzt war ich müde und wünschte, ich wäre nie hergekommen und hätte das nie gesehen und er wäre überhaupt nie im .blush. aufgetaucht, denn das hier ertrug ich einfach nicht mehr. Ich wollte mir keinen Kopf machen. Ich wollte wieder diese Isabel sein. Alles tat nur noch weh. »Und der *Wolf*?«

Er antwortete nicht gleich. Stattdessen flackerte sein Blick ganz kurz, kaum merklich, schuldbewusst. Verdammt, ich konnte einfach nicht mehr. Ich hatte es die ganze Zeit gewusst und mir nur was vorgemacht.

»Also bist du wieder der alte Cole, ja?«, verlangte ich zu wissen. »Cole St. Clair ist wieder da!«

»Was? Ach so. Nein, so ist das nicht.«

»Sieht aber verdammt danach aus«, schoss ich zurück.

»›Aussehen‹ ist nicht dasselbe wie ›sein‹. Sonst gäbe es schließlich nicht zwei Wörter dafür. Details, Culpeper! Ich dachte, damit kennst du dich aus. Wenn du dabei gewesen wärst, anstatt immer nur zu sagen, dass du nicht bei der Cole-St.-Clair-Show mitmachen willst, dann hättest du selbst miterlebt, was hier heute passiert ist. Dann wärst du nicht einfach eine von denen da draußen, die den ganzen Quatsch glauben.«

»Versuch nicht, mir ein schlechtes Gewissen zu machen, weil ich keine Spielfigur in deinem Leben sein will.«

»Wenn du ein schlechtes Gewissen hast, dann ist das deine Schuld, nicht meine. *Ich* hab dich nie gebeten, bei der Show mitzumachen.«

»*Gebeten!* Das musstest du ja auch gar nicht. Der Mist ist wie eine riesige Wolke, die mir überallhin folgt!«

»Okay, jetzt wirfst du mir also schon Sachen vor, die ich nie gesagt habe? Dass ich *gedacht* habe, wie gern ich mehr Zeit mit dir verbringen würde?«

Meine Augen brannten, als würden jeden Moment Tränen darin aufsteigen, obwohl die dazugehörigen Emotionen komplett ausblieben. »Ja! Du verlangst immer mehr von mir. Dass ich mich nicht an halb nackten Mädchen in deiner Wohnung störe. Dass ich mich im Internet als du ausgebe. Dass ich es okay finde, wenn du nach Wolf stinkst. Mehr, Isabel, noch mehr! Tja, mehr habe ich aber nicht! Ich gebe dir schon alles, was ich kann, ohne dass ich total … Und dann kommst du mir mit so was hier?«

Cole stieß ein völlig freudloses Lachen aus. »So was hier? *So was hier?* Ich weiß noch nicht mal, was ›so was hier‹ sein soll. Atmen? Am Leben sein? Ich sein? Was für ein wunderschöner Tag das doch geworden ist!« Er machte seine kleine NARKOTIKA-Geste, die mir verriet, dass jetzt eine Spezialeinlage kam. »Glückwunsch zum Geburtstag, Cole! Den allerherzlichsten Glückwunsch zum Geburtstag.«

»Ich bin doch hier, oder etwa nicht?«

»Um mir zu sagen, dass ich alles versaut habe!«

Das war zu viel. »Ja, weil es *stimmt*!«

Er trat direkt neben mich. Ich spürte, wie wütend er war, aber es war mir egal. Wolf Wolf Wolf. »Ich. Bin. Nüchtern.«

Glaubte er etwa im Ernst, ich könnte es nicht riechen? »Ja, schon klar.«

»*Ja, schon klar?*«, echote er. »Wie wär's denn, wenn du mir einfach mal glaubst?«

»Und warum sollte ich das tun?«

»Vielleicht weil du mir vertraust?«

»*Dir vertrauen?* Gibt es irgendjemanden auf der Welt, der das tut? Von allen verrückten Sachen, die ich vielleicht machen würde, Cole, wird das ganz sicher nie dazugehören.«

Im nächsten Augenblick war er nicht mehr da. Sein Körper hatte sich nicht von der Stelle gerührt, aber seine Augen waren völlig leer. Cole St. Clair hatte das Gebäude verlassen. Ein sauberer Partytrick und das gewiefteste Beispiel überhaupt für seine Angewohnheit, Menschen zu Objekten zu machen – nicht mal vor sich selbst machte er halt. Vielleicht hätte ich sogar ein schlechtes Gewissen bekommen, wenn ich nicht gesehen hätte, was ich gesehen hatte. Schließlich hatte ich mir das alles nicht eingebildet. Ich roch immer noch den Wolf, das Bier, sah immer noch klar und deutlich den besitzergreifenden Arm dieser Frau um seinen Hals.

Ich würde mir kein schlechtes Gewissen machen lassen.

Ich *hatte* kein schlechtes Gewissen.

»Ruf mich nicht an«, sagte ich. »Hör auf, mir das anzutun. Ich bin nicht deine … Hör einfach auf, mir das anzutun.«

Ich stieg ins Auto.

Ich blickte nicht zurück, um zu sehen, ob er noch immer auf dem Parkplatz stand.

Kapitel 33

Cole

Ich war nüchtern.

Ich hatte die Wahrheit gesagt und sie hatte mir nicht geglaubt. Am Ende hatte sie mir genau dasselbe unterstellt wie alle anderen auch.

Welchen Sinn hatte es, wenn man sich änderte und niemand einem glaubte?

Nachdem Isabel weg war, schlurfte ich wie benebelt zurück zur Party. Ich wusste, dass ich irgendwas zu Jeremy sagte. Ich wusste, dass ich über einen Witz lachte, den irgendein Typ erzählte. Ich wusste, dass ich jemandem seinen Hut signierte. An Details erinnerte ich mich nicht mehr. Die gingen alle im permanenten Rauschen in meinen Ohren unter.

Ich drängte mich durch die Leute, bis ich Magdalene auf der Couch unter den riesigen Lippen fand, wo sie mit einem ihrer Jungs rumknutschte.

»Adieu, Schnucki«, sagte ich zu ihr. Mein Lächeln war eine Leiche, die ich kurz für sie reanimierte. »Ich hau ab.«

Magdalene schubste den Typen von sich weg. »Aber es ist doch noch so früh! Ist es doch, oder? Geh noch nicht.«

»Ich muss«, entgegnete ich. »Komm, lass dich brüder- und schwesterlich drücken.«

Sie stand schwankend auf. »Ist das langweilig, wenn du nüchtern bist! Bleib doch noch.«

Sie schlang mir die Arme um den Hals, wie ich es bei meiner Schwester nicht geduldet hätte, wenn ich denn eine gehabt hätte. Ich klaubte ihre Finger von meinem Mund. Ich musste hier weg, bevor ich etwas Dummes machte-fühlte-wurde. Ich musste hier raus und Isabel anrufen und nicht mehr sauer sein und aufhören, immer nur an die vielen Möglichkeiten zu denken, wie ich mich von diesem Gefühl ablenken könnte –

»Nein, warte. Warte«, sagte Magdalene. »Heute ist doch dein Geburtstag.«

»Ja, ich erinnere mich.«

»Du hast dein Geschenk noch gar nicht bekommen.«

Ich sah an ihr vorbei. Dort stand T mit seiner Kamera, unfähig, sein zufriedenes Grinsen zu unterdrücken. Joan und ihre Kamera waren auch da. Ich registrierte, dass die Musik leiser gedreht worden war. Gespanntes Murmeln erhob sich unter den Partygästen, die jetzt eine ungleichmäßige Gasse in Richtung eines der Tore bildeten. Es war komplett hochgefahren und gab den Blick auf den Nachthimmel und tausend bittere Sterne frei.

Jeremy, der direkt am Tor stand, grinste als Einziger nicht. Seine Miene war skeptisch.

Ich fragte: »Wird es mir gefallen?«

Magdalene führte mich durch die Gasse auf das Tor zu. T ging rückwärts vor uns her, um meinen Gesichtsausdruck zu filmen; Joan folgte uns.

Am Tor blieben wir stehen und blickten auf den nächtlichen Parkplatz hinaus. Mein Geschenk wurde von drei Flutlichtscheinwerfern angestrahlt.

Es war mein Mustang. Schwarz, glänzend, getunt und neu – das heißt, eigentlich nicht mehr neu. Er war neu gewesen, als ich ihn gekauft hatte, damals, als ich mich für mein erstes Platinalbum belohnt hatte, bevor mir klar war, dass man weder einen Mustang noch seine Seele mit auf Tour nehmen konnte.

Nun war er nicht mehr ganz neu, aber immer noch makellos. Ich sah sofort, dass es mein Mustang aus Phoenix war und nicht irgendein Mietwagen aus irgendeinem Verleih, denn am Rückspiegel baumelte dieselbe Christophorus-Medaille wie damals, als ich ihn zurückgelassen hatte.

In diesem Licht wirkte der Wagen wie geschmolzen. Das Schwarz des Lacks spiegelte das Schwarz des Himmels, sodass nur noch ein dunkler Fleck Nichts übrig zu sein schien.

Dann gingen die Türen auf.

Auf der Beifahrerseite stieg meine Mutter aus.

Auf der Fahrerseite stieg mein Vater aus.

T joggte um mich herum, um mein Gesicht aufzunehmen.

Mein Gesicht reflektierte das Auto, das den Nachthimmel reflektierte, der eine Scheibe des Universums war, das ein endloses Nichts war.

An meinem Vater gab es nichts auszusetzen, außer dass sein Gesicht ein bisschen aussah wie meins, und an meiner Mutter gab es nichts auszusetzen, außer dass sie ein Twinset trug, und es gab nichts daran auszusetzen, wie die beiden jetzt vor mir standen und mich anblickten, außer dass es sich anfühlte, als hätte sich ihre kleine Vorstadt in meinem Herzen eingenistet.

»Alles Gute zum Geburtstag!«, rief eine Gruppe von Leuten hinter mir.

Jeremy stand neben dem Auto, seine Schultern zeigten nach unten und sein Blick lag auf mir. Er war der Einzige, der wusste, dass das hier kein Geschenk für mich war.

Ich sah meine Eltern an. Sie sahen mich an. Sie hörten nicht auf, mich anzusehen.

Ich hatte sie im Glauben gelassen, ich sei tot.

Ich hatte sie nicht angerufen, als die Welt herausfand, dass ich es nicht war.

Äußerlich hatten sie sich kaum verändert, nur dass sie ein bisschen älter und verstaubter wirkten. Mein Vater hatte schon immer einen zerbrechlichen Eindruck gemacht; jetzt sah er aus wie ein Krebspatient. Ich erkannte die Übergangsjacke, die er trug. Und auch die Schuhe meiner Mutter hatte ich schon mal gesehen. An diesen beiden Menschen war nichts auszusetzen, bis auf die absolute Gleichförmigkeit ihres Lebens, ein ewiger Kreislauf aus Supermarkt, Büro, samstags große Wäsche, sonntags Kirche, dienstagabends Ratatouille, donnerstags Gemeindetreffen, gründlich-ausspülen-bei Bedarf-wiederholen.

Es war nichts an ihnen auszusetzen, außer dass ich vor drei Jahren beschlossen hatte, lieber zu sterben, als zu werden wie sie.

Sie waren so nette Leute.

Sie hatten das Auto den ganzen Weg hierhergefahren.

Ich durfte mich nicht rühren, für den Fall, dass eine Bewegung meinerseits bei ihnen die Hoffnung auf eine emotionale Wiedervereinigung weckte.

Magdalene bemerkte, laut und vergnügt: »Wow, wenn das mal keine beeindruckende Show ist.«

Worauf sie anspielte, war, dass ich schon viel zu lange hier stand, dass meine Miene zu ungeschützt und ich schon seit wer weiß wie lange nicht mehr der kamerataugliche Cole St. Clair war.

Aber ich hatte nun mal keine Ahnung, wie er reagieren sollte. Ich hatte keine Ahnung, was Cole St. Clair mit diesen Leuten anfangen sollte. Schließlich hatte ich ihn unter anderem gerade deswegen erfunden, weil er nicht neben ihnen existieren konnte. Weil er ihr komplettes Gegenteil war, alles, was sie nicht waren. Er war die Alternative zu einer Kugel im Kopf.

Das Ganze hatte nicht mal etwas Grausames an sich gehabt, diese Metamorphose. Solange ich niemals nach Hause zurückgekehrt war.

Und jetzt: das.

Ich hätte mir keine Sorgen wegen einer tränenreichen Wiedervereinigung machen müssen. Meine Eltern standen bloß da und blinzelten unsicher in die Kameras.

Und in diesem Moment begriff ich. Das hier war immer noch die Show. Wenn sie mein reales Ich gewollt hätten, hätten sie vorher angerufen.

Ich stürzte nach vorn und nahm meine Mutter beim Ellbogen. Ein dünner, bestrickjackter Vogelknochen. »Willkommen im Fernsehen! Nur nicht so schüchtern! Na los, dann machen wir mal schön einen auf Mutter und Sohn, was?«

Ich zog sie in eine stürmische, theatralische Cole-St.-Clair-Umarmung, bevor ich sie wie ein Tänzer wieder von mir wegkreiselte und zu meinem Vater ging. Als ich das Auto umrundete, starrte er mir entgegen, als wäre ich ein angreifender Bär. Aber ihn umarmte ich nicht. Stattdessen griff ich nach seiner Hand, die ich schüttelte, Mann zu Mann, und er starrte mich mit offenem Mund an. Dann dirigierte ich seine Hand mit meiner anderen durch einen gepflegten Bro-Handschlag, komplett mit High Five und Fäuste aneinanderstoßen am Ende.

»Was für ein traumhaftes Wiedersehen«, schwärmte ich, gleichzeitig an meine Eltern und die Partygäste gewandt, die immer noch zusahen. Ich ließ die schlaffe Hand meines Vaters los. »Was für ein großartiges Timing. Wie es der Zufall will, habe ich da drinnen nämlich gerade ein Meisterwerk aufgenommen. Glaubt mir, wenn ihr zwei euch das Ding erst mal in ohrenbetäubender Lautstärke angehört habt, schwingen eure Hüften von ganz alleine.«

Zu Demonstrationszwecken vollführte ich ein kleines Tänzchen. Mein Blick prallte von Jeremys ab – ich konnte den Ausdruck in seinen Augen einfach nicht ertragen – und schweifte weiter.

»Mit so was hatten wir gar nicht gerechnet«, sagte meine Mutter mit einem kleinen Hüstellachen.

Mein Vater hob eine Hand an den Kehlkopf. Er war Dr. St. Clair, mit einem Punkt mehr im Namen als sein verlorener Sohn und fünfmal so viel Bildung, eine Professorenversion meiner selbst. »Wir dachten, wir würden vielleicht irgendwo gemütlich zu Abend essen …«

Meine Vorstellung von einem gemütlichen Abendessen: ein Chili-Hotdog auf der Motorhaube eines Autos. Seine Vorstellung: eine Steakhouse-Kette.

Ich hielt das nicht aus.

»Tja, und stattdessen«, entgegnete ich, »findet ihr euch in Long Beach auf einer der glamourösesten Partys der Stadt wieder, so kann's gehen.« Ich griff nach Magdalenes Hand und legte sie in die meines Vaters. Dann nahm ich meine Mutter und zog sie sanft auf Magdalenes andere Seite. Auch ihre Hand legte ich in Magdalenes. Mit einer halben Verbeugung deutete ich theatralisch auf das Innere der Lagerhalle. Mit gespreizten Fingern präsentierte ich meine Vision.

»Und nun«, verkündete ich, »seht ihr das Tor zum Wunderland? Immer hinein ins Vergnügen! Willkommen im Leben! Willkommen in Kalifornien! Willkommen bei den oberen Zehntausend! Nur zu! Nur zu! Ihr Kameras! Seht, wie sie staunen!«

Meine Eltern spähten in die Lagerhalle, auf der Suche nach der strahlenden Zukunft, die ich ihnen versprochen hatte.

Dann, während sie Hand in Hand mit Magdalene dastanden, stieg ich in den Mustang. Der Motor lief noch. Sie hatten nicht mal Zeit, die Köpfe zu drehen.

Ich raste zur Parkplatzausfahrt und knallte im Fahren die Beifahrertür zu. Alles hinter mir verschwand in einer wabernden Staubwolke. Alles: die Dunkelheit und die Sterne und der Song, dem ich Atem eingehaucht hatte.

Kapitel 34

Cole

Ich fuhr.

Ein Teil von mir wollte endlos weiterfahren. Ein anderer Teil von mir wollte anhalten.

Ich wusste nicht, was schlimmer wäre.

Am Ende konnte ich mich nicht mehr auf den Weg konzentrieren, darum fuhr ich zurück zur Wohnung. Beinahe fürchtete ich, dass mich dort Kameras erwarteten, aber hinter dem Haus war alles dunkel, genau wie im Garten. Ich ging die Treppe zu meiner Wohnung hoch und schloss die Tür hinter mir ab. Meine Finger wurden immer kälter. Alles in mir fühlte sich zittrig an.

Ich machte mir nicht mal die Mühe, mir die Gesichter meiner Eltern vorzustellen. Sie mussten denken, dass ich sie hasste.

Ich hasste sie nicht. Ich hatte sie einfach nur nie wiedersehen wollen. Das war nicht dasselbe.

Mein Handy brummte, als eine SMS eintraf. Ich stand in dem winzigen dunklen Wohnbereich und starrte auf die Nachricht. Jeremy: *?*

Ich wünschte mir so sehr eine Nachricht von Isabel, aber es kam keine.

Ich hatte ihr die Wahrheit gesagt. Ich war vor meiner Vergangenheit davongelaufen und wohin hatte es mich gebracht?

Zurück zum Anfang.

Dir vertrauen?

Ich wusste nicht, wie ich das alles mit meinen Eltern und ohne Isabel überstehen sollte.

Ich wusste nicht, *warum* ich das alles mit meinen Eltern und ohne Isabel überstehen sollte.

Ich spürte den Blick der im Raum verteilten Kameras auf mir, darum ging ich ins Badezimmer und zog die Tür hinter mir zu. Ich ballte die Hände zu Fäusten. Dann löste ich sie wieder und schloss die Tür ab. Jemand hatte die abgeschraubte Schlafzimmerkamera aus dem Waschbecken geholt. Schwer zu glauben, dass die mich einmal wütend gemacht hatte.

Irgendwas stimmte nicht mit mir.

Der menschliche Körper will nicht verletzt werden. Wir sind so programmiert, dass uns beim Anblick von Blut schlecht wird. Schmerz ist eine komplexe Symphonie chemischer Prozesse, damit wir pfleglich mit unseren Körpern umgehen. Studien haben erwiesen, dass Menschen, die an kongenitaler Analgesie leiden – einer angeborenen Unfähigkeit, Schmerz zu verspüren –, sich aus Versehen die Zungenspitze abbeißen, Löcher in die Augen kratzen und die Knochen brechen. Wir Menschen sind wahre Wunder aus Hemm- und Kontrollmechanismen, die uns am Laufen halten.

Der menschliche Körper will nicht verletzt werden.

Irgendwas stimmte nicht mit mir, denn manchmal war es mir egal. Irgendwas stimmte nicht mit mir, denn manchmal wollte ich es.

Wir alle fürchten den Tod; wir alle fürchten die Leere; ständig tasten wir nach unserem Puls.

Ich war die Leere.

Wovor hast du Angst? Nichts.

Tu es nicht tu es nicht tu es nicht tu es nicht.

Doch mein Blick scharrte schon in sämtlichen Winkeln des Badezimmers nach einem Fluchtweg.

Dir vertrauen?

Vielleicht war ich einfach nicht fürs Leben geschaffen. Darum war ich so gepolt. Die Natur hatte mich hervorgebracht, um sich dann bei näherem Hinsehen zu fragen, was sie sich bloß dabei gedacht hatte, und für alle Fälle ein mentales Sicherungssystem eingebaut.

Im Notfall Reißleine ziehen.

Ich kauerte an der Wand und atmete in meine Hände. Victor hatte mir einmal erzählt, dass er noch nie über Selbstmord nachgedacht hatte, nicht mal eine Sekunde lang, nicht in seinen düstersten Momenten. »Wir haben nur ein Leben«, hatte er gesagt.

Selbst wenn ich glücklich war, hatte ich das Gefühl, immer auf der Suche nach den Grenzen des Lebens zu sein. Den äußersten Rändern.

Ich war dafür geschaffen zu sterben.

Ich zog an der Kordel des Badezimmerrollos.

Das ist zu viel das ist zu groß für das was passiert ist du musst aufhören.

Ich dachte daran, wie glücklich ich noch vor ein paar Stunden gewesen war, als wir den neuen Song aufgenommen hatten. Ich versuchte, das Gefühl wieder heraufzubeschwören, aber es blieb nur graue Theorie. Jeder chemische Hebel in meinem Inneren stand auf *raus hier raus hier raus hier* und glücklich sein war nicht mal eine Option.

Ich legte die Hände über meine Ohren wie Kopfhörer und lauschte im Geiste dem Song, den ich ins Leben gerufen hatte, etwas, das heute Morgen noch nicht existiert hatte.

Die Gesichter meiner Eltern.

Ich stand auf.

Ich musste dringend … *nichts* fühlen. Nur für ein paar Minuten.

Mehr war sowieso nicht drin für mich.

Wolf.

Clean, eisern, makellos. Das war ich gewesen und nun saß ich hier.

Ich ging ins Schlafzimmer, um zu holen, was ich brauchte, um die Verwandlung herbeizuführen. Nicht irgendeine Verwandlung, sondern eine unkontrollierbare, verheerende Verwandlung, eine, die mich fertigmachen würde. Nicht alle meine Wolfsexperimente hatten mich an angenehme Orte geführt. Aber ich wollte auch keinen angenehmen Ort. Eine winzige Stimme der Vernunft flüsterte mir zu, dass die komplizierte Prozedur ausreichen würde. Dafür, mir in Erinnerung zu rufen, warum ich ein Mensch bleiben sollte. Dafür, mich wieder zu beruhigen. Dafür, mir all die anderen Strategien in Erinnerung zu rufen, mit deren Hilfe ich dieses Gefühl in meinem Inneren unterdrücken konnte.

Doch der Gedanke schien es nur noch mehr zu nähren. Obwohl ich die nötigen Schritte langsam und mit Bedacht ausführte, raste und drängte die Zeit an mir vorbei, Vergangenheit und Zukunft zugleich. Ohne jede Mühe konnte ich Erinnerungen daran hervorrufen, wie ich genau das schon früher getan hatte, oder etwas Ähnliches, unzählige Male zuvor.

Wolf.

Meine Gedanken schweiften zu Sam in Minnesota, der den Wolf in sich so gehasst hatte. Ich konnte mich an seine genauen Worte erinnern, als er mir erklärt hatte, dass ich damit alles, was mich ausmachte, verlieren würde. Dass ich alles wegwarf, was gut an mir war. Wie rücksichtslos. Victor war als Wolf gestorben, der sich danach gesehnt hatte, ein Mensch zu sein, und ich verschenkte diese Chance für nichts und wieder nichts.

Das erklärte ich mir selbst. Dann noch einmal.

Doch dies hier war ein vorherbestimmter Moment. Und ich wusste bereits, wie er enden würde.

Obwohl ich allein im Badezimmer war, hatte ich das Gefühl, jemanden oder etwas bei mir zu spüren. Eine dunkle Präsenz, die in einer Ecke hockte und dann zur Decke hochschwebte. Die die Finsternis in mir nährte – oder sich *von* ihr nährte. Wir alle nutzten und wurden benutzt.

Ich drehte die Dusche auf und setzte mich auf den Rand des Toilettendeckels, in einer Hand die Spritze, in der anderen mein Handy. Ich wählte Isabels Nummer. Ich wusste nicht, was ich sagen sollte, wenn sie abnahm.

Aber sie würde sowieso nicht abnehmen.

Dir vertrauen?

Die Mailbox ging ran. Ein paar Minuten lang sah ich bloß zu, wie der Duschkopf literweise Wasser in den Abfluss spie. Ich dachte an die Wüstenlandschaft draußen. Dann stach ich mir die Nadel ins Fleisch.

Der Schmerz verriet mir, dass es funktionierte.

Ich lehnte die Stirn an die Wand und wartete darauf, dass er mich verwandelte oder tötete, was, war mir eigentlich egal. Nein, es war mir nicht egal. Ich hoffte auf beides.

Das Zeug, das ich mir gespritzt hatte, schlängelte sich durch meinen Blutkreislauf bis hoch in mein Gehirn. Als es dort ankam, kratzte und zerrte und nagte es an meinem Hypothalamus und schrie wieder und wieder seine Botschaft:

Wolf

Wolf

Wolf

Der Schmerz wischte meine Gedanken beiseite. Mein Bewusstsein stand in chemisch erzeugten Flammen, die an sich selbst erstickten. Ich krachte auf die Badezimmerfliesen, zitternd, schwitzend, würgend. Meine Gedanken gaben sich den Flammen hin.

Und dann …

Wurde es Licht. Ein heller Schein über mir, sein Spiegelbild in der sich ständig wandelnden, niemals wachsenden Pfütze. Kamen Geräusche. Rauschendes Wasser überflutete den Boden, sanft und stetig. Gerüche: Säure und Früchte, süß und verdorben.

Wolf.

Kapitel 35

Isabel

Ich fuhr.

Ein Teil von mir wollte für den Rest meines Lebens weiterfahren. Ein anderer Teil von mir wollte zu Cole.

Ich wusste nicht, was schlimmer wäre.

Irgendwann fand ich mich ein gutes Stück die Küste hinauf wieder, oberhalb von Malibu. Die Straße war dunkel und kurvig, auf einer Seite das felsige Ufer und das Meer und auf der anderen steil ansteigende, struppig bewachsene Bergflanken. Die Palmen waren weg, die Menschen, die Häuser. Auf meinem Weg irgendeine Canyon-Straße entlang hatte ich das Gefühl, direkt in den schwarzen Himmel oder das schwarze Meer zu fahren. Ich hatte keine Ahnung, wie spät es war. Es war schlicht das Ende der Welt.

Schließlich parkte ich den Geländewagen an einem Aussichtspunkt. Tief unter mir zeichnete die Brandung mit einer ungleichmäßigen weißen Linie die Küste nach. Alles andere war dunkel.

Ich stieg aus. Die Luft draußen war eisig. Meine Knie zitterten, meine Hände auch. Eine lange Minute stand ich einfach bloß schlotternd da, die Arme um mich selbst geschlungen, und fragte mich, ob eine emotionale Schockreaktion denn ohne Emotionen überhaupt möglich war.

Wahrscheinlich wurde es Zeit, mir einzugestehen, dass ich sehr wohl zu Emotionen in der Lage war und dass sie mir in den Rücken gefallen waren.

Ich öffnete den Kofferraum, holte den Kreuzschlüssel heraus und schloss den Deckel wieder. Ich dachte an das elende Gefühl in meinem Magen, als ich Cole auf der Party gesehen hatte. Es war genau dieselbe Empfindung gewesen wie heute Morgen, als die Stimme meines Vaters plötzlich so seltsam geklungen hatte. Als ich gewusst hatte, dass er mir etwas sagen würde, das ich nicht hören wollte.

Ich betrachtete den mondweißen Lack des Geländewagens. Ich umfasste den Kreuzschlüssel fester.

Und dann prügelte ich auf den Wagen ein.

Die erste Delle war nicht die beste. Mit einem Kreuzschlüssel Dellen in ein Fahrzeug zu schlagen, hatte nichts auch nur im Entferntesten Überraschendes an sich. So wie es eben ist, wenn man mit einem Metallgegenstand auf einen anderen Metallgegenstand eindrischt.

Doch der zweite Schlag. Der war es, der einen Schwall Gefühle durch meinen Körper jagte. Ich war überrascht. Ich hatte gar nicht gewusst, dass es einen zweiten Schlag geben würde oder einen dritten oder vierten, als es auch schon passiert war. Mir wurde klar, dass ich nie aufhören würde, auf den Wagen einzuprügeln. Ich zerbeulte Türen und Motorhaube und schlug einen Riss in die breite Kunststoffstoßstange.

Mein Kopf war leer bis auf die Gewissheit, dass ich das Auto morgen noch würde fahren müssen, also schlug ich nicht die Scheiben ein oder die Scheinwerfer oder sonst irgendwas, was den Wagen straßenuntauglich machen würde. Ich wollte ihn nicht völlig zerstören.

Ich wollte, dass er hässlich war.

Der Kreuzschlüssel grub sich in den weißen Lack bis hinunter auf das blanke Metall. Unscheinbar und zweckmäßig unter all dem Glanz.

Irgendwann, als meine Hand schon ganz heiß war, weil ich den Kreuzschlüssel so fest umklammert hielt, merkte ich, wie erschöpft ich war.

Ich fühlte mich hohl. Ich machte mir keinen Kopf mehr.

Was bedeutete, dass ich bereit war, nach Hause zu fahren.

Kapitel 36

Cole

Mr St. Clair?«

Ich machte die Augen nicht auf, aber ich wusste auch so, wo ich war. Oder zumindest, was für ein Ort es war. Ich kannte das Gefühl von Fliesen auf der Haut und den Geruch von Scheuermilch nur Millimeter von meiner Nase entfernt. Das Gefühl, wie sich mein Hüftknochen in den harten Boden zu graben schien. Ich lag auf einem Badezimmerfußboden. In meinen Ohren rauschte es.

»Cole? Hast du was dagegen, wenn ich reinkomme?«

Ich brauchte noch einen Moment, um zu begreifen, um welches Badezimmer genau es sich handelte. Ich musste meine Gedanken zurückverfolgen, die Möglichkeiten eingrenzen. Erde. Nordamerika. USA. Kalifornien. Los Angeles. Venice. Wohnung. Hölle.

»Cole?« Der Besitzer der Stimme zögerte kurz. »Ich komme jetzt rein.«

Über das Rauschen in meinen Ohren hörte ich, wie jemand am Türknauf rüttelte. Ich öffnete die Augen, nur einen Spalt. Die Aktion verlangte mir erhebliche Konzentration ab und war doch so sinnlos. Die Tür war immer noch zu. Ich fragte mich, ob ich mir die Stimme nur eingebildet hatte. Ich fragte mich, ob ich mir meinen eigenen Körper nur eingebildet hatte. Allein die Augen zu öffnen, war so schwierig gewesen, dass die Vorstellung, den Rest von mir zu bewegen, völlig abwegig erschien. Mein Mund war der trockenste Teil von mir, so als hätte sich mein Gesicht nach innen gestülpt.

Die Tür erzitterte. Ich war zu tot, um zusammenzuzucken.

Sie erzitterte noch einmal.

Dann sprang sie auf, doch meine Beine nahmen ihr den Schwung. Ein Paar schwarze Männerschuhe tauchte in meinem Sichtfeld auf, begleitet von Kaffeegeruch. Die Schuhe waren nicht neu, aber sie waren sehr sauber.

Die Tür ging zu. Die Schuhe blieben, wo sie waren.

Ich schloss die Augen. Ich hörte ein Rascheln und spürte jemandes Finger auf meinem Handgelenk, spürte, wie mein Atem auf irgendetwas Massives traf. Eine Hand prüfte, ob ich atmete. Ich roch Rasierwasser.

Leon stieß einen erleichterten Seufzer aus.

Einen Moment später verstummte das Rauschen. Es war gar nicht in meinen Ohren gewesen. Sondern immer noch die Dusche. Ich hörte, wie Leons Schuhe über den nassen Boden patschten.

»Kannst du dich aufsetzen?«, fragte er mich. Und dann, ohne meine Antwort abzuwarten, gab er sich selbst eine: »Na komm, hoch.«

Ein Handtuch wurde um mich geschlungen, ich spürte einen Ruck unter den Achseln und dann wurde ich plötzlich schmerzhaft hochgehievt, ein Stück gezogen und in die Ecke neben dem Waschbecken gelehnt.

Ich schloss die Augen wieder.

Irgendwo im Hintergrund hörte ich gedämpft Leon hantieren, er ließ Wasser ins Waschbecken und lief hin und her. Dann hielt er mir einen Becher an die Lippen und kippte ihn vorsichtig. Kurz herrschte Stille, als ich prustete und die Flüssigkeit einatmete, anstatt sie zu schlucken, und dann holte er mir noch mehr. Mit einem Mal fühlte ich mich schon viel lebendiger.

»Was ist das?«, fragte ich. »Was gibst du mir da?«

»Wasser«, antwortete Leon. »Du hast mittendrin gelegen, aber nichts getrunken.«

»Wie bist du hierhergekommen?«, fragte ich. Meine Stimme klang, wie Papier aussah. »Bist du echt?«

»Du bist nicht an dein Handy gegangen«, erklärte Leon. »Und ich dachte, du brauchst vielleicht Hilfe ... Ich hab die Folge gesehen.«

»Ist sie schon online?«

Er warf mir einen merkwürdigen Blick zu. »Ja, seit zwei Tagen.«

Ich stieß den Atem aus. Er roch ziemlich schlimm. »Oh.«

Leon holte einen Styroporbecher mit Kaffee aus dem Nebenzimmer. Er reichte ihn mir und behielt mich genau im Auge, um sicherzugehen, dass ich ihn nicht fallen ließ. Ich schlürfte vor mich hin, während er ein weiteres Handtuch auf den Boden warf und es mit den Füßen hin- und herschob, um die Mischung aus Wasser und Blut aufzuwischen.

»Der ist ja süß«, stellte ich fest. Man konnte es kaum Kaffee nennen. Es war Zucker, mariniert in Kaffee. »Genau wie ich ihn mag.«

Leon schüttelte den Kopf. »Die jungen Leute heutzutage.«

Plötzlich sah ich ihn gestochen scharf, entweder weil mich der Satz daran erinnerte, wie er mir im Studio den Energydrink mitgebracht hatte, oder weil das Wasser in meinem trockenen Mund oder der Zucker im Kaffee meine Lebensgeister langsam wieder wachrüttelte. Leon trug seine Arbeitskleidung, bestehend aus einem ordentlich gebügelten Anzug und den sauberen Schuhen. Die Morgensonne, die zum Fenster hereinfiel, erleuchtete seine makellose Gestalt, während er weiter mit Fuß und Handtuch über den eingesauten Boden wischte.

Ich schämte mich in Grund und Boden.

»Hör …«, begann ich. »Hör auf damit. Ich mach das schon. Oh Gott.«

Leon hielt in der Bewegung inne. Er schob die Hände in die Taschen seiner Anzughose.

»Ist das widerlich«, stöhnte ich, war jedoch selbst nicht sicher, ob ich damit den Boden meinte oder mich oder die Tatsache, dass Leon mich so sah. »Das ist … keine Seite von mir, die du hättest sehen sollen, Kumpel. Das ist nicht die glorreiche Zukunft, die ich für unsere Freundschaft im Sinn hatte.«

Leon zuckte mit den Schultern, die Hände noch immer in den Taschen. »Im Leben läuft nun mal nicht alles so, wie man es geplant hat.«

»In meinem schon.«

»Dann musst du das hier also auch geplant haben.« Seine Stimme war sanft.

Ich würgte den Rest des Kaffees hinunter. Mein Magen und mein Herz krampften sich gleichermaßen zusammen. »Jetzt habe ich meine ganze Glaubwürdigkeit verloren. Wie soll ich dich denn nun noch dazu überreden, deinen Job an den Nagel zu hängen?«

Leons Augen lächelten, obwohl sein Mund unbewegt blieb. »War das dein Plan?«

»Das war der Plan. Glück und Zufriedenheit für dich in diesem sonnigen Paradies, Leon.«

Er zog sein Handy aus der Tasche und stieg über das Handtuch auf dem Boden. Dann hockte er sich neben mich und streckte die Hand nach dem leeren Kaffeebecher aus. Im Austausch dafür gab er mir das Handy.

»Was soll ich damit?«, fragte ich.

»Gucken.«

Und ich guckte. Er hatte seine Fotogalerie geöffnet. Ganz oben war ein Foto von mir, fröhlich und unbeschwert, mit arrogantem Blick, die Finger zu einer Metal-Hand geformt. Ich sah das Foto, das wir auf dem Hollywood-Forever-Friedhof aufgenommen hatten, das mit den Palmensilhouetten vor einem strahlend rosa Himmel. Das Foto von uns im Riesenrad auf dem Santa-Monica-Pier, an dem Abend, als wir zusammen losgezogen waren, nachdem Isabel mich in meiner Wohnung allein gelassen hatte.

Diese Fotos hatte ich erwartet. Die anderen nicht. Ich sah Fotos von Surfern, die ins Wasser sprinteten. Menschenmengen vor Clubs. Einen verrückten, kamelförmigen Pflanzkübel mit ein paar Palmen darin. Die Skyline von L.A. vor einem glutroten Himmel. Die Leuchtschrift *Frolic Room* über dem Eingang einer Bar. Einen Pfau, der um eine Mauerecke lugte. Einen Mann in blauer Unterhose, der den Bürgersteig runterrannte. David Bowies Stern auf dem *Walk of Fame*. Ein Pagodenhaus in Koreatown. Ein fröhliches bonbonfarbenes Graffito auf der Flanke eines alten Vans. Ein Foto von seinem eigenen Spiegelbild im Lack seines Wagens, lächelnd, obwohl niemand bei ihm war.

Er hatte meinen Rat befolgt. Er war zu einem Touristen in seiner eigenen Stadt geworden.

»Es hatte nichts mit meinem Job zu tun«, sagte er. »Nur mit mir selbst.« Nach einer kurzen Pause fragte er: »Warum bist du vor deinen Eltern weggelaufen?«

Ich schloss die Augen. Ich sah die beiden so deutlich vor mir, neben dem Mustang, dass es mich immer noch fertigmachte. »Weil ich sie nicht angucken kann.« Schweigen breitete sich zwischen uns aus und Leon brach es nicht. »Ich dachte, ich würde werden wie sie, damals in New York. Ich dachte, so wird man als Erwachsener. Und das ertrage ich einfach nicht.«

»Hätte.«

Ich öffnete die Augen. »Was?«

»›Hättest du nicht ertragen‹, nicht ›erträgst du nicht‹. Du bist schließlich nicht wie sie geworden, stimmt's? Heute hast du doch wohl keine Angst mehr davor.«

Aber irgendwie hatte ich das noch immer. Es war nicht so sehr die Angst, wie sie zu werden – mehr die Angst, wieder der Cole zu werden, der ich gewesen war, als ich noch bei ihnen gelebt hatte. Der Cole, der die Welt so sattgehabt hatte. Das Ich, das erkannt hatte, dass es keinen Sinn hatte, hier zu sein, wenn »hier« für »das Leben« stand.

Mein Magen knurrte so laut, dass wir es beide hörten.

»Ich bin am Verhungern«, bemerkte ich.

Leon schlug vor: »Du solltest mit deinen Eltern frühstücken gehen.«

»Ich weiß nicht, wie ich je wieder mit ihnen reden soll.«

Er nahm mir sein Handy weg und richtete sich auf. »Genau wie mit mir. Aber vielleicht mit einer Hose an.«

Kapitel 37

Isabel

Ich fuhr ins .blush. Ich machte meinen Job. Ich verkaufte haufenweise Leggings. Sierra erinnerte mich an ihre Party.

Ich ging zu meinem Kurs. Ich absolvierte meine Klinikstunden. Ich rollte jede Menge alte Leute auf die Seite und machte jede Menge besudelte Betten sauber.

Ich fuhr nach Hause. Meine Mutter vereinbarte einen Werkstatttermin für meinen Geländewagen. Meine Tante schenkte mir ein Bouquet aus Visitenkarten von guten Therapeuten. Dabei hatte ich schon eine jahrelange Therapie hinter mir. Reden kann jeder. Es wäre mir lieber gewesen, wenn die beiden mich angeschrien hätten für das, was ich mit meinem Auto veranstaltet hatte – mein Vater hätte es getan. Aber der war nicht hier.

Und würde es nie wieder sein.

Cole simste mir: *Reden?*

Ich simste zurück: *Nein.*

Er simste zurück: *Sex?*

Ich simste zurück: *Nein.*

Er simste: *Sonst irgendwas?*

Ich antwortete nicht. Und er schrieb mir auch nicht mehr.

Immer dieselbe Leier: Job. GKPH-Kurs. Nach Hause. Job. GKPH-Kurs. Nach Hause.

Ich schrieb Cole nicht, aber ich aktualisierte immer noch seine Profile auf dem virtuellen Cole. Irgendwann würde ich mich mit ihm treffen müssen, um ihm das Handy zurückzugeben, und das würde ich ganz sicher nicht überleben. Gleichzeitig brachte ich es nicht über mich, ihn hängen zu lassen, indem ich seine Internetpräsenz als Geisel hielt. Außerdem waren die Updates auf dem virtuellen Cole alles, was mich noch daran erinnerte, wie anders mein Leben für kurze Zeit gewesen war.

Kapitel 38

Cole

Ich rief Grace an, bevor ich das Diner betrat. Das heißt, eigentlich rief ich Sam an, aber Grace ging an sein Telefon.

»Das ist das Ende der Welt«, sagte ich. »Ich treffe mich gleich mit meinen Eltern zum Frühstück.«

»Ich hatte heute Nacht einen total schrecklichen Albtraum über dich«, entgegnete Grace nachdenklich.

»Bin ich durch L.A. gestreift und habe wahllos Leute gebissen? Das ist nämlich schon passiert.«

»Nein«, sagte sie. »Du bist nach Hause gekommen.«

Erst jetzt fiel mir auf, dass mein Lieblingskamerateam direkt um die Ecke auf der Bordsteinkante hockte. Das bedeutete dann wohl, dass meine Eltern schon da waren.

Ich war immer noch nicht ganz überzeugt, dass ich die Sache wirklich durchziehen würde, egal, was Leon gesagt hatte. Die Wetterlage in meinem Herzen war eher wolkig.

Grace hatte unterdessen weitergeredet. Sie redete immer noch. Jetzt schloss sie mit: »Das war eigentlich alles.«

»Irgendwelche Ratschläge?«

»Cole, ich habe dir gerade einen Ratschlag gegeben.«

»Sag's noch mal. Aber in der Kurzfassung bitte. Grobe Zusammenfassung.«

»Sam hat gerade gesagt, ich soll dir sagen, Hauptsache, du tust ihnen nicht noch mal dasselbe an wie in der letzten Folge.«

»Ist eher unwahrscheinlich«, erwiderte ich. »Ich glaube nämlich nicht, dass sie noch mal die Schlüssel im Auto stecken lassen. Wünsch mir Glück.«

Das tat sie, aber ich war nicht besonders zuversichtlich. Ich betrat das Diner.

Ich sah sie sofort in einer der Sitzecken aus rotem Kunstleder. Sie wirkten wie ein bizarres Albumcover, ein perfekt zueinanderpassendes älteres Ehepaar, das genauso perfekt *nicht* zu der limettengrünen Wand hinter ihnen passte. Ich hatte dieses Lokal ausgesucht, weil ich gedacht hatte, es könnte ungefähr ihr Geschmack sein, aber es war gut möglich, dass meine Eltern einfach zu gar nichts in dieser Stadt passten.

Sie hatten mich gesehen. Sie winkten nicht. Das war nur gerecht. Ich hatte es nicht besser verdient.

Ich trat ans Kopfende des Tischs.

»Einen wunderschönen guten Morgen, werte Eltern«, begrüßte ich sie. Eine lange Pause folgte. Meine Mutter tupfte sich mit einer Serviette die Wange ab. »Darf ich mich zu euch gesellen?«

Mein Vater nickte.

Die Kameras positionierten sich am Tisch gegenüber. Meine Eltern beäugten sie misstrauisch. Dann schoben sie mir beide gleichzeitig eine Speisekarte über den Tisch zu.

Als ich saß, sagte mein Vater: »Wir haben noch nicht bestellt.«

Meine Mutter fragte: »Kannst du irgendwas empfehlen?«, was sehr viel besser war als all die anderen Fragen, für die ich mich gewappnet hatte, wie zum Beispiel »Wo bist du die ganze Zeit gewesen?« oder »Warum hast du uns nicht angerufen?« oder »Wo ist Victor?« oder »Kommst du wieder nach Hause?«.

Das Problem war, dass ich am liebsten etwas wie »Ich bin mit den Spezialitäten in diesem erstklassigen Etablissement nicht ausreichend vertraut, aber warum bitten wir nicht diesen freundlichen Mitarbeiter, uns aufzuklären?« geantwortet und mir den nächsten Aushilfskellner zwecks einer kurzen Showeinlage geschnappt hätte. Doch irgendetwas an der Art, wie die beiden das Gespräch eröffnet hatten – in der Rolle meiner Eltern –, schien diese Möglichkeit auszuschließen. Ich fühlte mich gezwungen, mich wie ihr Sohn zu benehmen. In dieses andere Ich zu schlüpfen. Mein altes Ich.

»Ich war selbst noch nie hier«, antwortete ich. Lahm. Feige. Meine Stimme war die eines Fremden. Meine Eltern trugen dieselben Klamotten wie das letzte Mal, als ich sie gesehen hatte, oder vielleicht wirkten ihre Kleider in meinen Augen auch alle gleich. Wenn jetzt noch mein älterer Bruder auf der Bank neben mir gesessen hätte, wäre die Familie St. Clair vollständig gewesen, so als hätte sich nie etwas verändert. Ich hatte keine Ahnung, warum ich hier war. Ich ertrug es einfach nicht.

»Wir haben das Haus gesehen, in dem du wohnst«, sagte meine Mutter. »Die Gegend wirkt ja sehr nett.«

Venice Beach war das Paradies auf Erden in der exakten Form und Farbe meiner Seele, aber es hätte keinen Zweck gehabt, ihnen das zu erklären. Ich hätte es ihnen niemals begreiflich machen können. Sie würden nur fragen, wie Menschen ohne Garagen leben konnten und warum die Bürgersteige so ungepflegt waren.

Meine Eltern blätterten in ihren Speisekarten. Ich schob die Salz- und Pfefferstreuer hin und her und ordnete die Tütchen mit Zucker und Süßstoff nach Farben.

»Hier steht nur was von Rührei«, sagte mein Vater leise zu meiner Mutter. »Meinst du, ich könnte stattdessen auch ein Spiegelei bekommen?«

Mein Gott, sie rochen sogar noch genauso wie früher. Dasselbe Waschmittel.

Warum fiel mir nicht irgendetwas in ihrer Sprache ein, das ich zu ihnen sagen könnte? Dann würde ich das hier vielleicht irgendwie überleben.

Die Kellnerin kam an unseren Tisch. »Haben Sie sich schon entschieden?«

Sie war dünn und zierlich, wie meine Mutter, und um die fünfzig. Sie trug eine altmodische Fünfzigerjahre-Kellnerinnenuniform mit Schürze. In der Hand hielt sie einen kleinen Notizblock und einen Stift. Ihre Augen wirkten müde, ergeben.

»Was ist denn das Beste hier?«, fragte ich. »Also nicht nur das Beste, sondern das Allerbeste. Das Gericht, für das Sie sich jeden Morgen diese Schürze umbinden und denken: ›Das ist der Grund, aus dem ich heute zur Arbeit gehe, damit ich ein paar glücklichen ahnungslosen Gästen dieses Gericht servieren und ihnen einen unvergesslichen Tag bereiten kann.‹ Genau das hätte ich gern. Egal, was es ist.«

Sie blinzelte mich bloß an. Sie blinzelte so lange, dass ich ihr schließlich Block und Stift aus der Hand nahm und »DAS ALLERBESTE« auf den obersten Zettel schrieb. Dann gab ich ihn ihr zurück.

»Ich vertraue Ihnen voll und ganz«, sagte ich dann.

Sie blinzelte weiter. »Und Ihre Begleiter?«

»Die auch«, erwiderte ich. »Das heißt, Moment.« Ich schnappte ihr abermals den Block aus der Hand und schrieb dazu: »ABER NICHTS MIT SCHOKOLADE«. In das Feld für den Gesamtbetrag schrieb ich »55 $«.

Dann gab ich ihn ihr wieder zurück.

Meine Eltern starrten mich an. Die Kellnerin starrte mich an. Ich starrte zurück. Mir fiel nichts ein, was ich hätte sagen können, also legte ich alles in ein Cole-St.-Clair-Lächeln.

Und plötzlich grinste sie, als könne sie gar nicht anders. »Gut«, sagte sie in völlig anderem Tonfall als zuvor. »Gut, junger Mann. Dann wollen wir mal sehen.«

Als sie sich auf den Weg zurück zum Tresen machte, wandte ich mich wieder meinen Eltern zu.

Und etwas Verrücktes geschah. Ich war nicht sicher, ob die Kellnerin vielleicht magische Kräfte gehabt oder Grace' Ratschlag wie ein Zauber gewirkt hatte oder ob es mir einfach irgendwie gelungen war, die feine Linie zu erkennen, die Leon, die Kellnerin und meine Eltern mit dem Rest der Welt verband.

Denn nach diesem kurzen Moment, in dem ich unsere Bestellung aufgegeben hatte, waren meine Eltern wie verwandelt. Mit einem Mal sah ich statt meiner Eltern einfach zwei Leute Ende fünfzig vor mir, ganz normale Touristen in dieser unbekannten, glamourösen Stadt, die beide müde waren nach einer Nacht in einem fremden Hotelzimmer und sich nach ihrem Alltag sehnten. In ihren Augen stand dieselbe Art von Erschöpfung wie in denen der Kellnerin. Ihr Leben war nicht so verlaufen, wie sie es geplant hatten, aber sie schlugen sich irgendwie durch.

Es war nichts Furchterregendes mehr an ihnen. Sie hatten keine besondere Macht über mich. Zumindest nicht mehr als jeder andere Mensch auch.

Es hatte nie an ihnen gelegen. Sondern immer nur an mir.

Diese Erkenntnis war wie ein Wort, das ich jedes Mal, wenn ich es hörte, neu lernen musste. Seine Bedeutung schien sich mir nie einzuprägen.

Sie waren einfach ganz normale Leute.

Ich fragte: »Hattet ihr eine gute Reise?«

Es war, als hätten sie die ganze Zeit bloß darauf gewartet, dass ich sie das fragte. Die Antwort quoll nur so aus ihnen heraus. Sie zog sich eine Weile hin und war unglaublich langweilig und beinhaltete kein einziges der Details, mit der ich sie aufgepeppt hätte, dafür allerdings ziemlich viele, die ich ausgelassen hätte. Und mittendrin brachte die Kellnerin uns allen Maracuja-Eistee, meiner Mutter einen Teller elegant drapierter Crêpes, meinem Vater ein Avocado-Omelett und mir eine Waffel mit einem breiten Cole-St.-Clair-Lächeln aus Schlagsahne darauf.

Nichts an unserem Gespräch war von Belang; wir redeten über absolut nichts Wichtiges. Aber gleichzeitig war auch nichts daran schrecklich, es sei denn, »langweilig« fällt mit in diese Kategorie. Wir hatten nichts gemeinsam und würden am Ende dieses Frühstücks wieder vollkommen getrennte Wege gehen – ich meinen, meine Eltern ihren und die Kellnerin noch einen anderen.

Ich hatte mir solche Sorgen gemacht. Es war ein solcher Kampf gewesen, nicht wie mein Vater zu werden. Aber jetzt, als ich ihm gegenübersaß, konnte ich mir nicht vorstellen, dass das jemals passiert wäre. Ich hatte so viel Zeit damit verschwendet. Und immer lief alles darauf hinaus, dass das Monster, gegen das ich mich immer wieder glaubte, wehren zu müssen, ich selbst war.

Nach dem Essen ging ich zum Tresen, um zu zahlen.

Die Kellnerin fragte: »Und, wie war das Essen?«

»Hätte nicht besser sein können«, erwiderte ich. »Da haben Sie wirklich eine exzellente Wahl getroffen. Morgen sollten Sie diesen Block da in dem Wissen schwenken, dass Sie eine Gedankenleserin sind.«

Sie lächelte hinter vorgehaltener Hand. Am liebsten hätte ich ihr für die düstere Erkenntnis, dass ich selbst mein größter Feind war, gedankt, aber ich wusste nicht, wie ich das in Worte fassen sollte.

Also schenkte ich ihr bloß wieder ein Cole-St.-Clair-Lächeln und ging zurück zu unserem Tisch.

»Das war nett«, befand meine Mutter. »Ein richtiger Glücksgriff.«

Sie würden mich nicht fragen, ob ich gerade versucht hatte, mir das Leben zu nehmen. Sie würden sich nicht nach Victor erkundigen. Sie würden überhaupt nichts Unangenehmes ansprechen. Und ich wusste nicht, warum ich darüber so erstaunt war. Schließlich hatten sie das noch nie getan.

Mein Vater hatte seine Serviette in zwölf verschiedene geometrische Figuren gefaltet. »Wir sollten uns wohl besser ein Taxi rufen, wenn wir pünktlich am Flughafen sein wollen. Kennst du die Nummer von einem Taxiunternehmen, Cole?«

»Ach was«, sagte ich und zog den Schlüssel zu meinem Mustang aus der Tasche. »Ich kann euch doch fahren. Schließlich habe ich ja jetzt einen Sportwagen.«

Kapitel 39

Isabel

COLE: *hab ein treffen mit meinen eltern überlebt jetzt bist du dran mit schreiben*

ICH:

COLE: *hier noch mal meine nr falls du sie verloren hast*

ICH:

COLE: *bitte*

ICH:

COLE: *isabel bitte*

ICH:

COLE:

Kapitel 40

Cole

Nachdem ich ein paar Tage lang nichts Spannenderes auf die Reihe bekommen hatte, als mir jeden Morgen eine Hose anzuziehen, rief Baby an. »Okay, die Zeit ist um, Cole. Was hast du für heute geplant?«

Ich war zu desinteressiert, um mir etwas Kreatives einfallen zu lassen. Also schlug ich mein kleines Notizbuch mit ihrer anfänglichen Liste auf. »'ne Spontanparty.«

»Super.«

Ja. Super. Spontanparty. Könnte klappen, sobald ich den ganzen Kram, den ich bei meiner Verwandlung ein paar Abende zuvor im Badezimmer zerdeppert hatte, zusammengefegt hätte. Die Nachricht würde ich über den virtuellen Cole verbreiten müssen. Ich hatte mich zwar eisern an meinen Vorsatz gehalten, Isabel nicht zu schreiben, bevor sie sich nicht meldete, aber das hier konnte nicht länger warten.

kannst du einen aus der cole crowd ne spontanparty für heute abend gewinnen lassen

Ich formulierte die SMS zehnmal um, bevor ich sie sendete. Sie war keins meiner besten Werke, aber sie durfte nun mal weder eingeschnappt noch drängelig klingen. Jedes Satzzeichen, das ich einfügte, verschob den Ton in eine der beiden Richtungen, darum verließ ich mich am Ende auf die gute alte Strategie, auf jegliche Art grammatischer Feinheiten zu pfeifen, um meine Gleichgültigkeit zu demonstrieren.

Isabel schrieb sofort zurück: *Gib mir 30 Minuten.*

Der Punkt am Ende ihrer Nachricht sollte mir wohl verdeutlichen, dass zwischen uns trotzdem nicht alles okay war. Neunundzwanzig Minuten später textete sie mir Namen und Adresse der Gewinnerin.

Ach ja, junge Liebe.

Nach sieben Minuten hatte ich das Badezimmer geputzt, nach weiteren neun traf T mit den Kameras ein und nach weiteren fünfzehn Jeremy mit seinem Pick-up.

Wenn man in einer Band ist, bringt man die ersten vierhunderttausend Jahre seiner Karriere damit zu, seinen Kram durch die Gegend zu kutschieren: Boxen, Boxenständer, Mischpult, Mikros, Mikroständer, Kabel, Mikrokabel, Boxenkabel, Instrumente, alles. Wenn du was vergisst, bist du am Arsch. Wenn was kaputtgeht, bist du am Arsch. Das Verlängerungskabel ist nicht lang genug? Am Arsch.

Wenn man aber erst mal den Durchbruch geschafft hat …

… Tja, dann lädt man seinen Kram in einen so gut wie nagelneuen Mustang und einen Pick-up und hofft, dass man nichts vergessen hat.

Ein Traum.

»Ich würde ja mit anpacken«, entschuldigte sich T, die Kamera auf der Schulter, »aber ich hab die … Ihr wisst schon.«

»Das Aufnahmegerät«, ergänzte ich und lud Leyla meinen Synthesizer auf den Schoß. Sie beschwerte sich nicht, weil sie einfach alles hinnahm, was das Schicksal ihr aufbürdete oder was weiß ich. Meine Meinung dazu: Das Schicksal war nichts als eine miese Schlampe, über die ich längst hinweg war. »Klar. Kein Ding. Sieh nur zu, dass du mich von dieser Seite erwischst. *Der hier.* Das ist meine berühmte Seite.«

Dann fuhren Jeremy und ich in Kolonne nach West Adams.

Die Häuser in dieser Gegend waren alt, ungefähr so alt wie die in meinem Viertel zu Hause in Phoenix, New York. Nur dass die Häuser in West Adams exotisch wirkten, denn sie waren rosa oder limettengrün gestrichen, mit Säulenvorbauten, ziegelgedeckten Dächern und filigranen Eisenbalustraden. Ich fragte mich, wie anders ich mich wohl entwickelt hätte, wenn ich in einem von diesen Häusern aufgewachsen wäre.

Shayla, die Gewinnerin der Party (Isabel hatte die Fans anscheinend gefragt, im Booklet welches meiner Alben ein Foto von meinem Hinterkopf zu sehen war), tickte beinahe aus vor Freude, als wir bei ihr ankamen.

Genauso wie die zweihundert Gäste, die schon da waren. Der virtuelle Cole hatte ein erstaunlich großes Einzugsgebiet.

Die versammelten Fans hatten bereits jede nur verfügbare Parkmöglichkeit am Straßenrand in Beschlag genommen, sodass wir unseren Kram in der Auffahrt ausladen und dann entscheiden mussten, wer von uns sich auf die Suche nach einem Parkplatz machen und dann zu Fuß nachkommen musste.

Auch das kam mir bekannt vor.

»Ohmeingottohmeingott«, quiekte Shayla. »Darfichdichumarmen?«

Sie durfte. Ich spürte, wie sie zitterte. Als sie mich wieder losließ, grinste ich sie an und auf ihrem Gesicht erschien ein Lächeln, das breiter und breiter wurde.

Manchmal kann ein Lächeln Unglaubliches bewirken.

Dies war so ein Manchmal-Moment. Ich brauchte ein Lächeln,

dringend, und ihres war perfekt. Nicht sexy oder so, aber voll unvoreingenommener Begeisterung.

Mein Gehirn stellte den Dienst ein oder zumindest der komplizierte Teil, sodass der einfacher gestrickte Teil, der Konzert-Teil, übernehmen konnte. Ist schwer zu erklären. Es hat nicht so richtig was mit Nervosität zu tun. Sondern mit irgendetwas anderem.

Hinter mir drängte sich die Menge, angeheitert und erwartungsvoll. Die Stimmung beflügelte mich und ebnete meine zerfurchten, wirren Gedanken. Ich hatte ganz vergessen, wie diese Auftritte sich anfühlten, dieses hektische Auslöschen jeglicher Emotionen. Plötzlich war für nichts anderes mehr Platz als für Cole St. Clair, den Sänger, den Rockstar.

Ich war dankbar dafür. Ich wollte nicht meinen Gedanken nachhängen müssen. Nicht jetzt.

Isabel …

Jeremy tauchte neben mir auf, die langen Haare hinter die Ohren gestrichen und eine blau getönte Sonnenbrille tief auf der Nase. Er sah aus wie John Lennon, wenn John Lennon blond gewesen wäre und ein Stückchen außerhalb von Syracuse, New York, geboren worden. »Cole. Was ist das Motto?«

»Musik«, sagte ich. Das war alles, woran ich in dem Moment denken konnte. Diese Leute wollten uns spielen hören und ich wollte für sie spielen.

»Sonst nichts?«

»Laut«, fügte ich hinzu.

Jeremy kratzte sich die spärliche Gesichtsbehaarung. Er war so blond, dass es schwer zu sagen war, ob er überhaupt Bartwuchs hatte. »Also ganz old school.«

Ich sah mich in der Menge um. »Das hier ist doch alles irgendwie old school.«

Und so machten wir Musik.

Für eine Spontanparty ist auf gewisse Weise viel mehr Vorbereitung nötig als für ein normales Konzert. Bei großen Auftritten hat man in den meisten Fällen eine Bühne und Beleuchtung und ein *Motto*, was für die Atmosphäre schon mal die halbe Miete ist. Man hat bereits eine Show, bevor man überhaupt ans Mikrofon tritt. Aber bei einer Party wie dieser ist man einfach einer von einem Haufen stinknormaler Leute in irgendjemandes Vorgarten. Nichts unterscheidet einen von seinem Publikum, außer dass man vielleicht einen Bass umhängen hat oder ein Mikro in der Hand. Jedes bisschen Show will erst mal sauer verdient sein. Mühsam herausgemeißelt aus Normalität und Chaos. Man muss lauter singen, höher springen, verrückter sein als jeder einzelne der Zuschauer.

Lektion Nummer eins: Erweck den Eindruck, dass du genau da bist, wo du hingehörst.

Berühmt ist, wer sich auch so *fühlt*.

Lektion Nummer zwei: Bloß nichts überstürzen.

Jeremy nahm sich Zeit, als er den Takt vorgab und dann langsam in den ersten Song überleitete. Mit seinem Bass bestimmte er das Tempo, ohne auch nur einen Blick über die Schulter zu werfen und zu gucken, ob die anderen ihm folgten. Als Nächste fiel Leyla – verdammt, ich wollte Victor, Victor, Victor – mit ein, *tapp-tapp-tapp-tapp-tapp-tapp*, und ich vergaß, vergaß, vergaß alles um mich herum.

Die Spannung stieg und stieg und stieg. Und dann machte ich eine kleine Geste mit der Hand, damit alle auf mich achteten, und schlug eine einzige Taste auf meinem Synthesizer an:

WÄMM.

Die Zuschauer rasteten aus. Und als ich dann das Mikro zu mir hindrehte und das erste Wort hineinsang …

Im Anfang war die Dunkelheit. Und der Alkohol.

Nein, Moment, noch mal von vorn.

Im Anfang war die Vorstadt. Und die Tage, die sich in undurchbrochener Gleichförmigkeit aufeinanderstapelten. Dann kam ich und das Reich der Engel war dem Untergang geweiht.

Nein, Moment, noch mal von vorne.

Im Anfang war ich, zusammen mit Jeremy und Victor auf einer Highschool-Bühne, als ich zum ersten Mal begriff, wofür ich geschaffen worden war. Es kam nicht auf einen Zuschauer an, nicht auf zwei oder zwanzig und auch nicht auf fünfzig. Es gab keine magische Zahl. Darauf kam es an: mich. Und sie. Auf das Schlagzeug, das kurz aussetzte, damit ich auf meinem Keyboard die fulminante Bridge dazwischenhauen konnte. Auf die zurückgeworfenen Köpfe. Auf das Zupfen und Schieben, das Zerren und Reißen des Basses. Auf all das, was man in die Gleichung einbauen wollte, um den Funken zwischen uns und dem Publikum überspringen zu lassen. Manchmal waren tausend Leute dafür nötig. Manchmal nur zwei.

An diesem Sommernachmittag in West Adams seufzte und schrie ich ihnen die Songtexte zu und sie grölten und schrien zurück. Jeremys Bass arbeitete sich erbarmungslos die Tonleiter hoch. Leyla, das Gesicht schweißglänzend, lieferte den Donner im Hintergrund.

Wir waren die Überlebenden. Die Wiederauferstandenen.

Und immer noch kamen neue Leute. Unser Lärm – ihr Lärm – lockte sie unablässig an, näher, näher, mehr, immer mehr.

Das war der Grund, warum ich das hier tat, warum ich nie damit aufhören würde, warum ich nie damit aufhören *könnte*.

Plötzlich, inmitten all dieser Perfektion, ertönte ein Gitarrenakkord. Gitarre? Gitarre.

Das ist ja wohl ein Witz.

Irgendein bleicher junger Typ hatte sich mit seiner Gitarre aus dem Publikum gelöst. Er sprang neben Leylas Schlagzeug auf und ab und drosch auf sein Instrument ein, als hinge sein Leben davon ab. Voller Begeisterung, ohne jede böse Absicht.

Bei einem echten Konzert hätten wir Sicherheitsleute und Roadies gehabt, die sich um so was kümmerten. Unser Job als Band wäre es gewesen, die Show am Laufen zu halten, während der Störfaktor entfernt wurde.

Hier waren wir auf uns gestellt.

Ich ließ Jeremy die Bassspur halten und Leyla den Takt. Das Mikro in einer Hand packte ich mit der anderen den Typen beim Arm, um sein Geklampfe zu unterbrechen. Dann riss ich ihn an mich, wie um zu tanzen, und kreiselte mit ihm Richtung Publikum. Ich schlang ihm den Arm um die Schultern und hielt mir das Mikro an den Mund.

»Ich glaube, der hier gehört zu euch!«, rief ich fröhlich ins Publikum. »Kümmert euch um ihn!«

Dann ließ ich ihn los. Zombiehafte Arme ergriffen ihn. Als sie ihn zu sich zogen, lächelte er selig zum Himmel hinauf. Ich stand nun direkt vor den anderen. Wir und sie, und *sie* waren so nah.

Plötzlich sah ich ein Gesicht aus der Vergangenheit.

Es war unmöglich; ich sah Victors Augen, Victors Augenbrauen. Mein Magen schien aus enormer Höhe herabzustürzen.

Es war nicht Victor. Es war seine Schwester, Angie.

Ich hatte noch nicht mal angefangen, diese Erkenntnis zu verarbeiten, als sie mich ins Gesicht schlug.

Es war nicht der beste Faustschlag der Welt, aber sie erwischte mich ziemlich gut – ich fühlte, wie meine Zähne sich in meine Lippe gruben. Wärme erfüllte meinen Mund. Adrenalin durchzuckte mich, bereit, einen möglichen Bedarf zu decken. In meinem Inneren krümmte und reckte sich ein Wolf.

Angie riss mir das Mikrofon aus der Hand und schlug mich damit. *Das* spürte ich. Hart traf es auf meine Wangenknochen und noch während ich instinktiv die Hand hob, ließ sie es als Nächstes auf meinem Hinterkopf niederkrachen.

Ein gut platzierter Haken haut einen nicht zwangsläufig um. Eiserne Entschlossenheit schon eher.

Außerdem hatte ich jeden Schlag verdient. Ich hatte alles verdient, was sie mit mir anstellte.

Ich habe ihn umgebracht, ich habe ihn umgebracht, ich habe ihn umgebracht.

»Du Arschloch!«, schrie Angie mich an und damit hatte sie nicht ganz unrecht, selbst wenn man Victor aus dieser Gleichung strich. Wieder schlug sie mich mit dem Mikrofon.

T tauchte neben uns auf, aber nicht, um zu helfen: sondern um zu filmen.

Angie warf sich mit ihrem ganzen Gewicht auf mich. Sie war nicht besonders groß, aber sie hatte die Gerechtigkeit und sämtliche physikalischen Kräfte auf ihrer Seite. Rückwärts stolperten wir in Leylas Schlagzeug und krachten zusammen zu Boden. Über mir sah ich blauen Himmel, die Dachkante von Shaylas Haus und mindestens zwei Kameras, dann verdeckte ihr Gesicht alles andere –

Sie roch nach demselben Shampoo, das sie schon benutzt hatte, als wir noch zusammen gewesen waren, damals, als Victor noch am Leben gewesen war und ich mich noch nicht so gehasst hatte wie in diesem Moment, nicht mal in den dunkelsten und widerwärtigsten Abgründen, in die ich mich während meiner Touren gestürzt hatte.

»Angie«, rief Jeremy, so alarmiert, wie ich ihn noch nie erlebt hatte. »Angie, jetzt komm aber.«

Ich spürte ein fieses Stechen im Rücken, so als wäre ich von einem Becken entzweigeschnitten worden. Ich schmeckte Blut. Sie musste mich härter schlagen, denn ich spürte noch immer alles.

Ich konnte nicht aufhören, Victors Gesicht in Angies zu sehen. Was ich diesen beiden angetan hatte, war nie wiedergutzumachen.

»Angie«, wiederholte Jeremy irgendwo außerhalb meines Sichtfelds. »Überleg doch mal, was du da gerade machst. Du bist im Fernsehen. Das wirst du nie wieder los. So was kannst du einfach nicht bringen.«

Leyla tauchte über mir auf. Sie ergriff meine Hand und zog mich hoch. Sie sagte nicht: »Das sind die Früchte dessen, was du in der Vergangenheit gesät hast.« Sondern sie fragte: »Alles in Ordnung, Mann?«

Ich stand mitten auf Shaylas Rasen und plötzlich sah ich keine Bühne mehr. Plötzlich sah ich nur noch einen Haufen betrunkener Leute vor einem alten Haus. Nur noch eine resigniert dreinblickende Exfreundin, in deren Hand ein blutbeschmiertes Mikrofon baumelte. An der Stelle, wo ich beim Singen auf und ab gesprungen war, war der Rasen zerwühlt. Ich sah darauf hinab, dann zu Angie, dann zu Shayla. Aus ihrem entsetzten Blick und daraus, wie warm sich mein Gesicht anfühlte, schloss ich, dass ich ziemlich stark bluten musste. Aber ich spürte nichts mehr.

»Tut mir leid, dass ich deinen Rasen kaputt gemacht habe«, sagte ich. »Sag der nächsten Band, dass sie einen Teppich auslegen sollen oder so.«

Sie rang die Hände. »Sollen wir die Polizei rufen? Oder einen Krankenwagen?«

Angie starrte mich an, noch immer das Mikro in der Hand. Sie sagte: »Du hast ihn zugrunde gerichtet.«

Dann ließ sie es fallen und verschwand in der Menge.

Wie es aussah, war unser Auftritt damit beendet, doch der Gedanke, unseren ganzen Kram abzubauen und ihn zurück in den Mustang zu schaffen, kam mir plötzlich vor wie eine unsagbar beschwerliche Aufgabe. Allein den Mustang zu finden, schien eine enorme Herausforderung. Es gibt eine Welle, die einen zu so einem Auftritt trägt, aber nachdem sie sich gebrochen und einen an den Show-Strand gespült hat, kommt keine neue, die einen wieder zurückträgt, schon gar nicht, wenn man weiche Knie hat und spürt, wie einem jeder Zahn im Schädel wackelt. Wenn man nur noch seinen toten Schlagzeuger vor sich sieht, und jedes Mädchen, mit dem man je im Bett war und sich am Morgen danach dafür gehasst hat.

Shayla brabbelte weiter irgendwas von der Polizei, aber ich wusste nicht, was das bringen sollte, es sei denn, die würden uns helfen, das Auto zu finden. Ich konnte meinen Herzschlag in meiner Stirn hören oder vielleicht auch in der Schläfe. Jeremys Stimme brummte weiter, ruhig und gelassen, und Leyla bildete ihr Echo.

Ich hätte mir Gedanken darüber machen sollen, wie ich diese Folge einigermaßen glimpflich zu Ende bringen könnte, aber ich hatte so die Befürchtung, dass sich sowieso alles auf Angies glorreiche Prügelattacke konzentrieren würde.

Ts Kamera beäugte mich erwartungsvoll. »Und *cut*«, sagte ich zu ihr.

Es war das Beste, was ich noch zustande brachte. Rauf, runter. Mein Bewusstsein rollte sich im Schatten all der Berge zusammen, die ich bezwungen hatte, um gleich darauf wieder in die Tiefe zu stürzen.

Jeremy ergriff mich beim Arm. »Cole«, sagte er, »komm.« Dann wandte er sich an T. »Das reicht jetzt, ihr habt ja wohl genug Material. Stellt die Dinger ab.«

Kapitel 41

Cole

Den Kopf an die Scheibe gelehnt, hockte ich auf dem Beifahrersitz in Jeremys altem Pick-up. Wir redeten nicht. Ich war sowieso heiser gesungen.

Er wohnte in einem Haus draußen in den Hollywood Hills. Obwohl wir uns geografisch gesehen gar nicht so weit außerhalb der Stadt befanden, kam mir die Gegend vor wie eine andere Welt. Schmale Straßen schlängelten sich die steilen Hügel hinauf, gesäumt von Briefkästen, Yuccapalmen, Orangenbäumen, staubigen Geländewagen und BMWs. Die Häuser wirkten wie bunt zusammengewürfelte Relikte aus den Zwanzigerjahren, einhundert Jahre alte Besucher aus einem Los Angeles der Vergangenheit.

Die Straßen wurden immer enger und steiler, die Kurven immer halsbrecherischer, bis wir schließlich das Haus erreichten, in dem Jeremy zusammen mit seiner Freundin wohnte. Das niedrige, hellgrün gestrichene Gebäude verschwand fast komplett hinter Rankgittern. Daneben wuchs ein Eukalyptusbaum, der wie ein Teil des Hauses wirkte – sehr passend für Jeremy. Ein staubiger, verbeulter Mustang, der ein paar Jahrzehnte älter war als meiner, stand halb unter, halb vor einem Carport aus Metall.

Jeremy parkte auf der Straße. »Vielleicht solltest du dein Arbeitshandy lieber im Wagen lassen.«

Verständnislos starrte ich ihn an. Dann sagte ich: »Das hat Isabel.«

Jeremy runzelte die Stirn. Wahrscheinlich ging er gerade im Geiste meine Online-Aktivitäten der letzten Wochen durch.

»Okay«, erwiderte er nur. Dann zog er die Handbremse an und legte einen Gang ein. »Na ja, dann lass eben alles andere, was mit der Sendung zu tun hat, im Auto.«

Wir stiegen ein paar rissige Betonstufen hoch, ich etwas langsamer als er. Von innen war das Haus genau so, wie ich es mir bei Jeremy vorgestellt hätte: bescheiden, geräumig und sehr spartanisch eingerichtet. Er führte mich in eine Einbauküche voll hässlicher, blitzsauberer Siebzigerjahregeräte und ich lehnte mich in den Türrahmen und bemitleidete mich selbst, während er in den Schubladen nach einem Geschirrtuch kramte.

»Halt still«, sagte er dann. Ich legte die Wange auf die Arbeitsplatte und er tupfte mir die andere Gesichtsseite ab. Einen Moment später war das Tuch voller Dreck und Blutflecken.

»Mein Gott! Jeremy! Und Cole? Cole St. Clair?«

Auf diese Weise erfuhr ich, dass Jeremy mit der Ukulele-Spielerin der Band zusammen war, die vor zwei Jahren unser Support gewesen war. Nur mit Shorts und BH stand sie in der Küchentür. Andere Mädchen wären vermutlich nicht begeistert gewesen, in diesem Bekleidungszustand unerwartet Gäste im Haus vorzufinden, aber ihre Haltung deutete darauf hin, dass sie nicht zu denen gehörte. Das letzte Mal, als ich sie gesehen hatte, war in Portland gewesen, wo wir ein Benefizkonzert zugunsten von Waisenkindern gegeben hatten.

»Hi, Star«, murmelte ich.

Star sah Jeremy an. »Hast *du* ihn etwa so zugerichtet?«

Jeremy tastete meine Stirn ab. »Weißt du zufällig, ob wir irgendwo einen Verbandskasten haben?«

Star trat neben ihn und beugte sich über mich. Sie roch nach Patschuli, süßlich und verträumt. Ich sah ihre nackten Beine und Jeremys nackte Beine. Die Art, wie sie nebeneinanderstanden, wirkte so entspannt, so natürlich, dass ich mich mit einem Mal für sämtliche Lebensentscheidungen, die ich bisher getroffen hatte, hasste. Ich wollte … Ich wollte … Ich musste mir den Kopf schlimmer angeschlagen haben, als ich gedacht hatte.

Ich wollte Isabel, aber sie zu wollen, war leider ein ziemlich aussichtsloses Unterfangen.

Star berührte ganz sacht mein Haar. »Vielleicht solltest du ihn ins Krankenhaus bringen, Jerm.«

Ich schloss die Augen. Lieber wäre ich auf dieser Arbeitsplatte gestorben.

»Er braucht nur ein bisschen Ruhe«, entgegnete Jeremy. »War ein ziemlich mieser Tag.«

Sie gingen ins Nebenzimmer und ließen mich allein, sodass ich sie nur noch leise murmeln hörte. In meinem Kopf waren ihre Stimmen genau wie dieses Haus: ruhig und unaufdringlich und vertraut. Ich hörte oft das Wort »er« und wusste, dass sie über mich redeten, aber es war mir egal. Die Leute redeten schließlich ständig über mich.

»Ich muss mal aufs Klo«, sagte ich zu Jeremy und sie deuteten beide um die Ecke und den Flur hinunter.

Im Badezimmer schloss ich die Tür hinter mir ab und schaltete erst das Licht und dann die Belüftung ein, dann lehnte ich mich ans Waschbecken und wiegte mich vor und zurück. Es gab keinen Spiegel, darum sah ich immer noch Angies Gesicht vor mir, Victors Gesicht, und erinnerte mich an jedes Gespräch, das ich je mit Victor über Drogen oder Wölfe oder Selbstmord geführt hatte. Ich holte eine Spritze aus der Hosentasche, zog mich aus, rollte mich unter dem Waschbecken zusammen und stach mir die Nadel ins Fleisch.

Ich war fünf Minuten lang weg. Nicht lange genug, als dass es viel bewirkt hätte, aber immerhin dämpfte es das schlimmste Zittern und ließ vielleicht sogar meine Kopfwunde ein bisschen verheilen. Ich hatte nichts kaputt gemacht und die Tür war immer noch abgeschlossen und Jeremy hämmerte auch nicht von der anderen Seite dagegen, also konnte ich keine verdächtigen Geräusche gemacht haben.

Ich zog mich wieder an, betätigte alibimäßig die Toilettenspülung und wusch mir die Hände.

Ich fühlte mich besser. Oder zumindest anders. Als hätte ich eine Reset-Taste an meinem Körper gedrückt.

Draußen stand Jeremy nachdenklich in der Küche. Als ich reinkam, seufzte er und sagte: »Sie ist losgefahren, um Wundsalbe und was vom Koreaner zu holen. Du bist immer noch kein Vegetarier, oder? Nein, dachte ich mir schon.«

Er reichte mir ein Glas Wasser und ein sauberes Geschirrtuch mit einer Tüte gefrorener Edamame-Bohnen darin als Eisbeutel für meinen Kopf und dann schlenderten wir durch sein Haus, um das nicht vorhandene Mobiliar sowie andere weltliche Güter und die Fülle von Bambusmatten und Topfpflanzen zu bewundern. Das Ganze wäre ziemlich unerträglich gewesen, wenn es nicht zum Glück auch ein sehr gemütlich aussehendes Sofa gegeben hätte, eine orangefarbene Beethoven-Büste und die holzverkleideten Boxen, die er für die allererste Folge der Sendung mit an den Strand gebracht hatte.

»Schönes Haus«, sagte ich zu ihm, denn die Art, wie er die Schuhe ausgezogen hatte und jetzt barfuß und voller Stolz durchs Haus lief, gab mir das Gefühl, dass er sich darüber freuen würde.

»Find ich auch«, sagte er.

»Und du bist mit Star zusammen«, bemerkte ich.

»Stimmt.«

»Sieht ja inzwischen richtig heiß aus. Wie lange geht das schon mit euch?«

»Zwei Jahre.«

»Wow.«

»Du warst eben ziemlich lange weg, Cole.«

Ich legte die Tiefkühlbohnen in die Küchenspüle und wir gingen nach draußen und die Treppe hinunter, um dort auf Star zu warten. Als wir neben dem Rankgitter voll roter Rosen standen, erzählte er, wie er von seinem letzten NARKOTIKA-Vorschuss das Haus gekauft hatte und dass er heute sein ganzes Geld an Star weitergab, die damit die Rechnungen bezahlte und sich um die Steuern kümmerte, und wie er Bandauftritte organisierte, wenn sie ihm sagte, dass sie Geld bräuchten.

»Sie nimmt dein ganzes Geld?«, fragte ich. Ein Kolibri sauste an meinem Kopf vorbei.

Er sah mich an. »Ich *gebe* es ihr.«

Grob zusammengefasst war also Folgendes passiert: Ich war zwei Jahre lang weg gewesen und währenddessen war Jeremy erwachsen geworden, Eigentümer eines Hauses und glücklich – nein, glücklich war er schon immer gewesen, aber jetzt war er sogar glücklich *liiert* – und ich war einfach zurückgekommen und wieder zu dem geworden, der ich schon immer gewesen war.

Mein Gesicht pulsierte oder vielleicht war es auch mein Herz. Ich hatte es so satt, allein zu sein, aber ich war nun mal immer allein, selbst wenn ich umringt von Leuten war. Und ich hatte es so satt, umringt von Leuten zu sein, aber ich war nun mal immer umringt von Leuten, selbst wenn ich allein war. Alle redeten die ganze Zeit davon, wie jeder auf Teufel komm raus einzigartig sein wollte. Ich hatte es so satt, der Einzige meiner Art zu sein.

»Ich glaube, ich kann das nicht«, sagte ich.

Jeremy fragte nicht: »Was?« Er rubbelte bloß mit einem Finger über den Lack des staubigen, zerbeulten Mustangs, der ein Stück in die Abendsonne hinausragte. Wieder schwirrte der Kolibri von zuvor an mir vorbei. Vor den Rosen zögerte er kurz, aber sie waren nicht das, was er suchte.

»Ich glaube, ich kann nicht wieder da raus und genauso weitermachen wie vorher. Das ertrage ich nicht.«

Er antwortete nicht gleich. Stattdessen kletterte er auf die Motorhaube des alten Mustangs und setzte sich im Schneidersitz darauf. Seine nackten Fußsohlen waren sehr dreckig und um den Knöchel trug er ein Hanfbändchen, an dem er jetzt herumzuzupfen begann. »Mit ›raus‹ meinst du auf Tour gehen?«

»Was könnte ich denn wohl sonst meinen?«

Er erwiderte: »Ist es wirklich die Tour, die du nicht ertragen könntest? Oder ist es vielleicht eher die Tatsache, du zu sein?«

Ich betrachtete die Rasenkante des winzigen, sonnenverdorrten Gartens. Reifenspuren überzogen die Auffahrt aus Kies und Staub. Star hatte den Pick-up mit meinem Handy darin genommen. Das heißt, wahrscheinlich hatte sie ihn nicht *genommen.* Sondern Jeremy hatte ihr den Schlüssel *gegeben.*

»Cole, ich finde, wir sollten mal über das Ganze reden.«

»Du willst das alles gar nicht wissen, Jeremy. Glaub mir.«

»Ich hab das Gefühl, ich weiß sowieso schon so einiges.«

Ich starrte die dämmrige Straße hinunter. Weit, weit unten flitzte ein kleiner Junge auf einem blassblauen Fahrrad auf und ab. Wie heimelig diese Gegend war. Und irgendwie viel kalifornischer als der ganze Rest von L.A. Mehr wie das Land Kalifornien. Als wären diese Häuser aus Gips und verblichenem Holz und all die staubüberzogenen Autos von Generationen von Erdbeben immer weiter hier raufgeschoben worden. Es gefiel mir gar nicht unbedingt besser als der Rest von Los Angeles. Aber irgendwie erweckte hier alles den Anschein, als wäre viel weniger Arbeit nötig, um es so zu erhalten, wie es war. Der Ort selbst wirkte, als würde es ihn nicht interessieren, ob man sich einfach mal einen Tag freinahm. Oder alt wurde. Das hier war ein Ort, an dem es möglicherweise sogar nachts dunkel wurde.

Jeremy sagte: »Weißt du, was das wirklich Schlimme ist? Dass du das alles ganz allein durchmachst. Dass du dich allein in Badezimmer einschließt. Es ist gar nicht die Sache selbst. Sondern das Geheimnis, das du daraus machst. Und dass du es nur machst, wenn es dir schlecht geht.«

Ich rührte mich nicht. Ich starrte bloß weiter zu dem kleinen Jungen hinunter, der ungleichmäßige Kreise vor dem Haus seiner Eltern fuhr. Es war, als würde die ganze Welt um mich herum zerknüllt wie Papier. Und selbst wenn ich einen Weg fand, sie wieder glatt zu streichen – die Falten würden immer zu sehen sein.

»Es gibt andere Wege, unglücklich zu sein, Cole. Bessere Wege, mit dem Leben klarzukommen, als einfach einen Stöpsel in seinem Gehirn zu ziehen.«

Meine Stimme war rauer, als ich erwartet hatte. »Ich hab's doch versucht.«

»Nein, du warst bloß glücklich. Du musstest es gar nicht versuchen – bis jetzt.«

Ich antwortete nicht. Es hatte keinen Zweck, ihm zu widersprechen. Er kannte mich genauso gut wie ich mich selbst. Er hatte meine Gedanken drei Alben lang mit dem Bass begleitet.

»Victor ist tot«, sagte ich.

»Ich weiß. Oder hab's mir zumindest gedacht.«

»Es ist meine Schuld. Das alles. Ich hab ihn da mit reingezogen.«

»Victor hat sich selbst da mit reingezogen«, entgegnete Jeremy. »Wir waren alle ganz normale Jungs aus New York. Ich bin dir schließlich auch nicht in irgendwelche Kaninchenlöcher gefolgt. Victor wäre auch ohne dich reingesprungen.«

Das glaubte ich nicht. Ich konnte sehr überzeugend sein.

»Wie kriegst *du* es denn hin?«, fragte ich.

»Ich lebe einfach, Cole. Ich verbarrikadiere mich nicht in meinem Kopf. Ich befasse mich mit Problemen, wenn sie auftauchen, und dann ist wieder Ruhe. Wenn du sie einfach verdrängst, bleiben sie für immer.«

Ich schloss die Augen. Unten auf der Straße hörte ich immer noch den kleinen Jungen mit seinem Fahrrad. Er erinnerte mich an den Jungen auf der Dachterrasse, der sein Flugzeug hatte abstürzen lassen, weil es nicht ums Landen ging, sondern ums Fliegen.

»Ich dachte immer, du würdest derjenige sein, der stirbt«, sagte Jeremy. »Ich hab fast damit gerechnet, dass eines Nachts das Telefon klingeln würde. Oder dass ich vor einem Konzert in dein Zimmer kommen würde und dann wäre es schon zu spät. Oder dass –«

Er brach ab und als ich mich zu ihm umdrehte, wie er immer noch im Schneidersitz auf der Motorhaube saß, sah ich, dass seine Augen glänzten. Er blinzelte und zwei Tränen rollten ihm über die Wangen, schnell und schimmernd wie Quecksilber.

Ich fühlte mich so schrecklich und gleichzeitig so gut wie noch nie in meinem Leben. Ich wusste nicht, was ich sagen sollte. Tut mir leid? Ich wollte niemandem wehtun?

»Keiner hat mir gesagt, dass es so schwer werden würde«, sagte ich.

»Warum ist für dich immer alles schwerer?«

Ich schüttelte den Kopf.

Ich wusste nicht, ob es für mich tatsächlich schwerer war oder ob ich bloß ein Mängelexemplar war. Ich wischte mir nachlässig mit dem Unterarm über die Nase und deutete dann auf den Mustang unter Jeremy.

»Der ist ziemlich genial«, bemerkte ich.

»Ja«, erwiderte Jeremy mit völlig veränderter Stimme. »ja, den gab's zum Haus dazu. Genau wie übrigens eine Müllpresse, aber die hat Star kaputt gemacht.«

Wir seufzten beide.

»Da ist sie ja wieder«, sagte Jeremy und richtete sich etwas auf, als sein Pick-up am Fuß des Hügels auftauchte. Der Wagen hielt neben dem kleinen Jungen, der auf die Fahrerseite kam und sich kurz mit Star unterhielt. Ich sah ihren langen gebräunten Arm aus dem Fenster hängen, die bunten Armbänder an ihrem Handgelenk, ihr Haar, das in dicken Strähnen ihr Gesicht umrahmte, und den Jungen, der sich auf seinem alten Fahrrad zu ihr vorbeugte, die Haare zerstrubbelt. Und plötzlich wurde ich regelrecht verschlungen von Nostalgie, von Erinnerungen an eine Vergangenheit, die nie meine gewesen war.

Ich wollte einfach nur glücklich sein. Ich wollte einfach nur etwas *erschaffen*.

»Du musst Schluss machen damit«, sagte Jeremy schließlich. »Sonst bleibt es für immer und ewig eine Möglichkeit. Du musst es aufgeben und es wirklich ernst meinen, sonst flüchtest du dich immer wieder da rein, sobald das Leben mal nicht so läuft, wie du es gerne hättest.«

Der Pick-up hielt neben uns. Star zog die Handbremse an und lehnte sich durch das offene Beifahrerfenster, um mich zu mustern. Sie lächelte entspannt.

»Okay, also hast du dich für das Leben entschieden, während ich weg war?«

»Sieht so aus«, erwiderte ich.

»Und meinst du es auch ernst?«, fragte Jeremy.

Ihm ins Gesicht zu sehen, tat weh, aber irgendwie auf eine gute Art. »Ja.«

Kapitel 42

Isabel

An diesem Abend traf ich mit Eissplitteraugen und Lippen zum Töten an Sierras Haus in den Canyons ein.

Party time.

Ich trug ein Kleid aus weißem Leder oder Kunstleder – den Unterschied konnte ich noch nie erkennen; konnte das überhaupt jemand? Aber wenn den anderen solche Details an mir auffielen, hieße das sowieso, dass mein Outfit nicht stimmte. Dazu trug ich weiße Sandalen mit turmhohen weißen Absätzen. Der einzige Farbklecks an mir waren meine horrorfilmesken Lippen. Niemand könnte behaupten, ich hätte ihn nicht gewarnt.

Früher hatte ich mich immer gefragt, wie es wohl war, auf eine Party zu gehen. Als ich elf oder zwölf war. In Filmen waren schließlich immer alle ganz wild darauf. In jeder Fernsehsendung machten die Mädchen sich Gedanken, ob sie wohl auf diese oder jene Party eingeladen werden würden und was sie dazu anziehen sollten, und es klang, als gäbe es ganz unterschiedliche Arten von Partys. Ich konnte mir nicht recht vorstellen, was daran so verlockend sein sollte, aber alle schienen derart versessen darauf zu sein, dass es unglaublich gut sein musste.

Inzwischen war ich schon auf so einigen Partys gewesen. Und zu der Einsicht gelangt, dass das Fernsehen im Grunde nicht gelogen hatte. Dort waren immer die wichtigsten Merkmale echter Partys herausgestellt worden: Alkohol, Knutschen, Musik, die besser klang, wenn man sie über die eigenen Kopfhörer hörte. Vielleicht hier und da ein paar Drogen oder Trinkspiele, Billard oder launiges Geplauder. Wobei das launige Geplauder ganz eng mit den Trinkspielen und dem Knutschen zusammenhing.

Vielleicht war ich bisher einfach nie betrunken genug gewesen.

Das Haus befand sich mitten in den Hollywood Hills, einer hoch gelegenen, edlen Wohngegend, von der aus man einen wunderbaren Blick auf ein paar andere, etwas weniger edlere Wohngegenden hatte. Es war eine riesige weiße, von Zäunen umschlossene Villa, die wie ein Tafelberg aus glattem Beton und Fenstern wirkte. Geschmackvoll verborgene Flutlichter geleiteten mich vom Taxi in einen Innenhof. Da es Sierras Haus und Sierras Party waren, plätscherte aus den Boxen verträumte Shoegaze-Musik. Es klang wie eine Kreuzung zwischen einem übergeschwappten Wasserglas und elektronischer Folter in Zeitlupe. Der Hof war bereits voller Leute.

Oh Mann, ich hasste sie jetzt schon.

Ich stolzierte hinein. Durch den unregelmäßigen Beat der Musik und die Massen von Menschen war es, als schwankte der Boden. Möglich, dass sich einige Köpfe in meine Richtung wandten. Genau konnte ich es nicht sagen. Ich zu sein, ging damit einher, dass ich keine der anwesenden Personen mehr als eines flüchtigen, abfälligen Blickes würdigte.

Ein Problem bei Partys war, dass ich nie so recht wusste, worauf das Ganze abzielte, und somit auch nicht, wann ich wieder gehen konnte. Ich suchte nach Sierra. Wenn sie mich sah, hätte mein Auftauchen wenigstens einen Sinn.

Ich ging am Rand des großen Pools entlang. Er war voller planschender Nymphen und die Beleuchtung wechselte alle paar Sekunden die Farbe. Rosa, Lila, Grün. Ein junger Kerl, halb im Wasser, halb draußen, grabschte mit seiner nassen Hand nach meinem Knöchel.

»Komm rein«, sagte er.

Ich blickte auf ihn hinunter. Seine Augen waren mit Glitzer-Eyeliner umrandet. Ich fragte mich, welche Eyeliner-Marke das wohl war, die im Wasser nicht verlief. Seine nasse Hand an meinem Knöchel erinnerte mich an Cole, der Monate und Monate zuvor etwas ganz Ähnliches gemacht hatte.

Kühl erwiderte ich: »Ich mach mich nicht gern nass.«

Ich hatte damit gerechnet, dass der Typ versuchen würde, mich umzustimmen, aber er blickte bloß verlegen drein und tauchte, zusammen mit jeglichem Respekt, den ich eventuell bereit gewesen wäre, ihm entgegenzubringen, unter.

In der Mitte des Beckens trieb ein Mädchen in trägen Kreisen auf dem Rücken, während ein Typ entspannt neben ihr herpaddelte und immer wieder ihre Hand küsste. Ich fragte mich, ob es eine Welt gab, in der ich hätte werden können wie diese beiden. Ich fragte mich, ob ich so geworden wäre, wenn ich Kalifornien nie verlassen hätte; wenn mein Bruder nicht gestorben wäre; wenn wir nicht aus Coles Nähe weggezogen wären; wenn meine Eltern sich nicht auseinandergelebt hätten.

Als ich mich vom Pool abwandte und die endlose geflieste Galerie betrat, die um das gesamte Haus verlief, bot mir jemand mit einem grünen Leuchtschlauch um den Hals einen Drink an. Es war ein Gemisch aus zwei verschiedenen Neonfarben, das ich einerseits sofort probieren wollte, das andererseits jedoch wie etwas wirkte, für dessen Aufnahme mein Organismus nicht geschaffen war.

Ich schüttelte wortlos den Kopf. Mein Bruder hatte einmal gesagt, Alkohol mache einen anderen Menschen aus einem – und daran hatte ich absolut kein Interesse. Was, wenn dieser Mensch noch schlimmer war als ich? Ein anderes Mal hatte meine Freundin Mackenzie behauptet, dass Alkohol nur das verstärke, was man ohnehin war.

Und das wollte ich der Welt lieber ersparen.

Im Gehen ließ ich meine Finger über die Metallbrüstung der Galerie gleiten. Im Haus selbst brannte kein Licht, dafür waren die Leute alle mit Leuchtschläuchen oder Weihnachtslichterketten oder irgendwelchen anderen blinkenden Deko-Artikeln behängt. Ich wollte nicht hineingehen, war mir aber ziemlich sicher, dass ich dort Sierra finden würde. Sie war so kindisch. Alles hier wirkte wie eine Fantasiewelt, ein zum Leben erweckter Kindertraum.

Nur dass sich auf dieser Party eine Horde verkleideter, sinnlos mit Glitzer bestäubter Erwachsener tummelte.

Ich hasste …

Warum konnte dieser Glitzer nicht ein bisschen auf mich abfärben?

Hände auf meinem Arm. Es war Sierra, die mich doch noch gefunden hatte. Sie wirkte wie eine Außerirdische mit ihren im Dunkeln leuchtenden Wimpern und phosphoreszierenden Punkten auf Nase und Wangen. In ihr Haar waren Glasfasern eingeflochten. Sie war keine Frau mehr; sie war ein Kunstwerk. Und alle ihre Freunde trugen denselben Glitzer-Leucht-Look wie sie. Sierra packte mich beim Arm. »Süße! Ich hatte so gehofft, dass du kommen würdest. Schnapp dir was zu trinken, einen hübschen Typen, einen Traum, das Leben ist schön!« Ihre Pupillen waren schwarz und zwei schimmernde Pünktchen in Neonpink und -grün spiegelten sich darin. Sie gab mir einen Luftkuss auf die Wange.

Als Antwort öffnete ich die Lippen und blinzelte, ließ meine Wimpern kurz auf den Wangen verharren. Diesen Ausdruck hatte ich im Spiegel geübt, ziemlich oft. Man konnte viel langsamer blinzeln, als man vielleicht dachte, und dadurch noch zynischer wirken.

Sierra war entzückt. Sie stellte mich ihren Freunden vor und zupfte an meinem Kleid, die Hand direkt auf meiner Brust, um dann den Kopf zurückzuwerfen, damit wir alle sehen konnten, was für einen langen Hals sie hatte.

Dann sagte sie: »Hier, du brauchst ein bisschen ...«

Von irgendwo zauberte sie ein Döschen Leuchtschminke hervor.

»Zumachen«, befahl sie.

Ich schloss die Augen. Ich spürte ihre Finger auf meinen Lidern, meinen Lippen.

»Und auf.« Sierra begutachtete mich mit einem strahlenden Lächeln. »Jetzt bist du eine von uns.«

Das würde ich nie sein.

»Na los, lauf«, sagte sie dann und wedelte mit der Hand. »Geh spielen. Und wenn du wiederkommst, will ich hören, dass das hier die sagenhafteste Party ist, auf der du je gewesen bist.«

»Tja, dann«, erwiderte ich. »Auf ins Vergnügen. Bis später.«

Ich war nicht unbedingt abserviert worden, aber ich fühlte mich so. Sierra dachte wahrscheinlich wirklich, dass ich mit meinem neuen Leuchtgesicht losziehen würde, um all ihre coolen Freunde kennenzulernen. Das hier war eine Kinderparty und Kinder liebten die Gesellschaft anderer Kinder.

Vielleicht hatte ich einfach nur keine Ahnung, wie so was ging.

Ich irrte durch ein dunkles Wohnzimmer (ein bleiches Sofa war dezent mit Leuchtfarben beschmiert worden), eine dunkle Küche (die Arbeitsplatte schimmerte in Neontönen), um schließlich in einem dunklen Irgendwas zu landen (kein Leuchten, außer einem kleinen Glastisch, der verzerrt mein Gesicht widerspiegelte). Die

Musik schien von überall gleichzeitig zu kommen. Es roch nach Orangen und Brezeln und Neonpink.

Während ich zwischen plaudernden Leuten, die sich gerade erst kennengelernt hatten, umherschlenderte, dachte ich darüber nach, dass L.A. keine Stadt war, um allein zu sein. Keine Stadt war eine Stadt, um allein zu sein, aber L.A. schwelgte in seiner Geselligkeit, beflügelte sie, ermöglichte sie. Dies war ein Ort, der einem unwiderruflich vor Augen führte, dass man, wenn es einem hier nicht gelang, gesellig zu sein, es nirgendwo sein würde. Dies war ein Ort, an dem man Fremde anlächelte, mit ihnen Händchen hielt, sie küsste, und wenn man es nicht tat, dann lag es schlicht daran, dass man nicht lächeln, Händchen halten und küssen wollte. Der Teil mit den Fremden war irrelevant.

Wie lange war ich schon hier?

»Isabel!«

Es war Mark, Sierras Mark. Er stand bei einer Gruppe von Typen, die alle genauso aussahen wie er: attraktiv, harmlos, braun gebrannt, gut gelaunt. Sie waren nur sichtbar, weil sie gleich neben einer Reihe von Fenstern standen. Dahinter fiel der Erdboden steil ab und weit unten regte sich rastlos L.A.

»Ihr leuchtet ja gar nicht im Dunkeln«, bemerkte ich.

»Wir sind eben von Natur aus helle genug«, entgegnete Mark. Seine Freunde lachten. Ich nicht. »Willst du was trinken?«

»Vielleicht was Nichtleuchtendes?«, fragte ich. »Gibt es in diesem Haus auch einfach ein Glas Wasser?«

»Wasser!«, echote einer seiner Kumpels. Sein Ziegenbärtchen war makellos getrimmt. »Hier? Mensch, das ist doch gar nicht koscher.«

»Kommt mir eher so vor, als wäre das das Einzige, was hier koscher ist«, gab ich spitz zurück. »Weißt du überhaupt irgendwas über jüdische Bräuche?«

»Ich bin beschnitten«, antwortete er. »Das ist doch ein jüdischer Brauch, oder? Oder halt, verdammt, bist du etwa Jüdin?«

Ich blickte ihn an. Blinzelte langsam. Öffnete die Lippen. Er sah zu. Dann sagte ich: »Ich dachte, du wolltest mir ein Glas Wasser holen.«

Er hastete sofort los. Mark lachte anerkennend. »Nicht schlecht.«

Als Antwort wurden meine Augen schmal. Ganz ehrlich? Das Geheimnis bestand einfach darin, die meiste Zeit über den Mund zu halten und wenn man ihn dann doch mal aufmachte, etwas Furchtbares zu sagen. Und schon machten alle, was man von ihnen verlangte.

Mark legte sich ins Zeug, um das Schweigen zu füllen. »Grubb hier und ich haben uns gerade über diesen Typen unterhalten, der einen Kampfflieger sicher gelandet hat, nachdem er einen seiner Flügel verloren hatte. Scheint, als wäre der abgefallen, einfach so, und trotzdem hat er noch 'ne Eins-a-Landung hingelegt.«

Grubb fügte hinzu, so träge wie ein Lavastrom: »Ist das nicht das Verrückteste, was man je gehört hat?«

»Ja, verrückt«, pflichtete ich ihm bei.

Mark hob die Hand an seinen Hals, dann an sein Kinn, doch sein Blick lag auf meinem Hals, meinem Kinn. »Wo bleibt denn bloß Lars mit deinem Wasser? Der braucht ja ewig.«

»Schon okay. Ich würde hier sowieso nichts trinken, was jemand anders eingeschenkt hat«, sagte ich. Ich ließ Marks Blick nicht los. Nicht weil ich mit ihm flirten oder sonst was von ihm wollte, sondern einfach, um zu sehen, was im Bereich meiner Möglichkeiten lag. »Da könnten schließlich Glühwürmchen drin sein.«

Mark nagte an seiner Unterlippe, als grübelte er über das Wasser nach, aber er wirkte nicht, als würde er an Getränke denken. Das Gefühl von Macht ließ mein Herz schneller schlagen. Es war ein

Spiel und was hatte ich zu verlieren? Ich wollte es einfach wissen. Ich wollte wissen, ob ich, wenn ich an jemand anderem interessiert war, ihn bekommen würde und wie viel Einsatz dafür vonnöten war. Konnte es tatsächlich so einfach sein, bloß schweigend dazustehen und es ihrer Vorstellungskraft zu überlassen, wer ich wirklich war?

»Okay, komm mit, wir holen dir ein Glas Wasser«, sagte Mark schließlich. »Du kannst auch zugucken, wie ich es dir einschenke. Vollkommen glühwürmchenfrei.«

Meine Handflächen wurden feucht. Das hier war kein Spiel. Nicht mehr. Das hier war Ernst.

Ich fragte mich, was Cole empfand, wenn er auf einer seiner Touren mit einem Mädchen schlief. War das hier der Reiz dabei? Die Jagd. Der Egoschub, die Wärme in meinem Bauch, das Bewusstsein, dass meine Lippen geküsst werden wollten und ich es nicht erwarten konnte, dass jemand den Reißverschluss meines Kleids öffnete und sah, wie gut ich in meinem BH aussah.

Ich hätte ihm sagen können, dass ich mir mein Wasser selbst holen würde. Ich hätte auf Lars warten können, obwohl die Chancen, dass Lars mit irgendetwas Alkoholfreiem zurückkommen würde, gleich null standen. Ich kannte die Männer schließlich, auch wenn ich dieses spezielle Exemplar nicht kannte.

Ich wollte einfach, dass etwas passierte. Ich wollte nicht mehr allein über diese Party schlendern müssen und darauf warten, dass … ich wusste nicht einmal, auf was. Vielleicht auf den Moment, in dem ich mir sicher war, dass ich gehen konnte. Dass ich hinreichend gefeiert hatte.

»Gut«, erwiderte ich.

»Bin gleich wieder da, Mann«, sagte Mark zu Grubb.

Gleich wieder da. Gleich wieder da. Weil das hier *nichts* war.

Ich folgte Mark. Zu meiner Überraschung führte er mich tatsächlich zur Bar und goss mir ein Glas Wasser ein. Er hielt es mir hin, ohne mich aus den Augen zu lassen. Dann wartete er ab. Mein Herz hämmerte. Ich wollte etwas erreichen, egal was, und wenn es nur eine Knutscherei mit Mark war.

Ich fragte: »Und wo soll ich das trinken?«

Mehr musste Mark nicht hören. »Komm mit«, sagte er. »Ich zeig dir was.«

»Was« war, wie sich herausstellte, eine runde Beton-Sternwarte ganz am Ende einer der lang gezogenen Galerien. Darin befand sich ein kleines Schlafzimmer mit einem perfekt eingepassten Spiegel an der gewölbten Wand und einer schicken roten Matratze nur Zentimeter über dem Boden, erhellt durch ein Deckenfenster, das den Schein der Flutlichter hereinließ. »Was« war, wie sich herausstellte, Mark, der die Tür hinter uns schloss, bevor er mir mein Glas aus der Hand nahm und es auf ein niedriges Tischchen setzte.

Dann fasste er mich mit beiden Händen bei der Taille meines Leder-Schrägstrich-Kunstleder-Kleids und küsste mich.

Es musste Kunstleder sein. Echtes Leder hätte ich niemals zu diesem Preis bekommen. Andererseits hatte ich es in einem Secondhandladen gekauft. Also war es zumindest möglich, dass jemand Gutbetuchtes es ausrangiert hatte.

Wir küssten uns noch immer. Er war genauso stürmisch und drängend bei der Sache, wie Cole es gewesen war. Es spielte keine Rolle, dass Mark mich kaum kannte. Er behandelte meinen Mund wie eine kostbare Sonderedition, nur noch für kurze Zeit erhältlich – jetzt zuschlagen oder nie. Aus irgendeinem Grund war die Erkenntnis befreiend und deprimierend zugleich, dass Leidenschaft nichts mit echter Zuneigung zu tun haben musste.

Er umfasste meine Hüfte, fest, aber es war nicht unangenehm. So also fühlte es sich an, wenn man bloß ein Objekt war. So also fühlte es sich an, jemand anderen bloß als Objekt zu betrachten. Wenn er keinen Namen gehabt hätte, hätte das irgendetwas geändert? Wenn er kein Gesicht gehabt hätte? Wenn er nur aus seinen Händen bestanden hätte oder seinem Becken, das sich nun drängend an meins presste …

Er löste sich von mir, nur für eine Sekunde.

»Sag nichts«, murmelte ich.

Er lachte in sich hinein.

»Nein, im Ernst. Halt den Mund.«

Er hielt den Mund.

Rein körperlich war nichts Schlimmes daran, mit diesem Typen rumzuknutschen. Oberflächlich betrachtet sogar eher im Gegenteil. Mein Mund öffnete sich unter seinem. Meine Rippen pressten sich an sein Sixpack. Seine Finger spielten mit dem Reißverschluss auf der Vorderseite meines Kleids und mir stockte der Atem, als er meinen Brustansatz küsste. Ich fühlte mich, als wäre ich jemand anderes. Von außen gaben wir zwei vermutlich ein schönes Paar ab. Das Ganze kam mir vor wie ein ziemlich erwachsener L.-A.-Moment. Zwei gut aussehende Menschen küssten sich in einem Observatorium, dessen Zweck es war, Menschen zu erforschen, begrapschten sich neben einem Bett, das für alles gedacht war, nur nicht zum Schlafen. Ich wusste, dass er mir das Kleid ausziehen würde, wenn ich ihn ließe, und ich sah keinen Grund, warum ich ihn daran hindern sollte. Ich würde es vermutlich nicht bereuen, selbst wenn es nicht berauschend würde. Zumindest wäre es eine ziemlich coole, ausgefallene Geschichte.

Sein T-Shirt war ein Stück hochgerutscht. Er war muskulös und kein bisschen aufdringlich. Alles in Ordnung. Alles gut.

Mein Kleid warf unregelmäßige Falten unter seiner rechten Hand.

Das sprach nun wieder nicht für Kunstleder, oder? Ich wusste es wirklich nicht. Ich würde wohl doch im Internet nachforschen müssen.

Er zog den Reißverschluss bis zu meinem Bauchnabel runter.

Okay, jetzt wurde es also ernst. Ich wartete auf das Gefühl, halb nackt zu sein.

Mark lehnte sich ein Stück zurück.

»Mein Gott«, sagte er, »bist du schön.«

Seine Stimme klang genauso wie im Laden, wenn er abends ins Hinterzimmer ging, um den Papierkram zu erledigen. Genauso wie neulich, als er mich gefragt hatte, ob ich Cole kennen würde. Was so viel bedeutete wie: genauso wie Mark, denn es *war* Mark. Wie kam er dazu, so was zu sagen? Vielleicht hatte er ja nicht richtig begriffen, worum es hier ging.

Ich erwiderte: »Ich hab doch gesagt, du sollst den Mund halten.«

Er lachte.

Ich nicht. Ich schlug seine Hand zur Seite und zog den Reißverschluss wieder hoch. »Okay, das war's.«

»Was?«, fragte er. »Im Ernst jetzt?«

»Ja, im Ernst jetzt.«

Ich hatte erwartet, dass er protestieren würde, aber er fuhr sich bloß mit der Hand durchs Haar. Seine Lippen waren neonfarben verschmiert. Von mir. Von meinen Lippen. Schließlich sagte er: »Tja, scheiße.«

Ein Teil von mir wollte sagen: *Ach, weißt du, was? Lass uns trotzdem weitermachen.* Denn jetzt blieb mir nichts außer einem bitteren Geschmack im Mund und dem dumpfen Gefühl von Hass, auf ihn, auf mich, auf alles.

»War wahrscheinlich sowieso eine blöde Idee«, fuhr er dann fort. »Ich bin nicht betrunken genug.«

Je mehr er redete und je mehr Zeit verstrich, seit wir uns voneinander gelöst hatten, desto klarer wurde mir, dass ich gerade fast mit dem Mann meiner Chefin geschlafen hätte.

Ich hatte mit dem Mann meiner Chefin rumgeknutscht, auf einer Party.

So eine war ich also.

»Du solltest besser wieder da raus«, sagte ich zu ihm. Meine Stimme klang einigermaßen gefasst, aber nur so gerade eben. »Sierra sucht bestimmt schon nach dir.«

Als er mich ansah, war sein Gesicht einen Moment lang verwirrt, bevor sich etwas wie Mitleid darauf ausbreitete. Er lachte, aber es war kein belustigtes Lachen und es war weder für mich noch für ihn selbst bestimmt. Ich kam mir naiv und dumm vor. »Nein. Tut sie nicht.«

Ich blickte ihn an, meine blauen Augen starr wie Eis hinter ihrer Maske, und wartete ab, bis sich die Unsicherheit endlich zurück in seine schlich. Dann sagte ich: »Ich gehe mir mal die Lippen nachziehen.«

Als ich meine Tasche vom Boden aufgehoben hatte, war er schon weg und die Tür stand einen Spaltbreit offen. Ich stellte mich vor den Spiegel und begutachtete meine neonverschmierten Lippen. Ich wischte sie ab und trug sorgfältig wieder meinen roten Lippenstift auf, zupfte meine Haare zurück in Form und zog den Reißverschluss meines Kleids zurecht, bis ich wieder genauso aussah wie vorher.

Dann holte ich mein Handy aus der Tasche. Ich frischte meinen Eyeliner auf, vorsichtig, um nicht das Neonblau zu verwischen, das Sierra mir auf die Lider getupft hatte.

Ich holte tief Luft.

Ich wählte Coles Nummer.

»Bist du nüchtern?«, fragte ich.

»Ach, komm. Ist das das Einzige, was –«

»Cole. Ja oder nein?«

Indigniertes Schweigen. »Ja.«

Meine Stimme klang ruhig, aber das kostete mich sehr viel Mühe. »Bitte komm mich holen.«

Kapitel 43

Cole

Ich musste ein ganzes Stück die Straße runter parken und als ich dann endlich bei der Party war, dauerte es noch eine Weile, bis ich Isabel gefunden hatte. Im Haus war es dunkel bis auf ein paar Schwarzlichtlampen, die die Mädels zum Leuchten brachten. Draußen dominierten Glitzer und experimentelle Tanzstile, weil es eben diese Art von Leuten war. Viele erkannten mich, weil es eben auch diese Art von Party war, aber gerade *weil* es diese Art von Party war, ließ sich niemand etwas anmerken.

Die Musik weckte in mir den fast unwiderstehlichen Drang, einen Hippie zu vermöbeln.

Isabel stand in der Nähe des Pools in einer Gruppe von Leuten, die mit dem Enthusiasmus und der fehlenden Grazie von Betrunkenen die Arme bewegten. Nein, sie stand nicht da, sie *posierte*. Eine Schulter nach unten gedrückt, das Kinn gehoben. Ihre Augen waren tiefschwarz geschminkt bis auf einen schmalen Streifen Neonblau, der die Farbe ihrer Iris betonte. Ihr Mund war ein Kunstwerk aus Glas, starr, wie gemeißelt. Sie trug ein weißes Lederkleid, in dem sie tausendmal eleganter wirkte, als es einem Großteil der Menschheit je möglich wäre. Inmitten von so viel Glitzer, so viel Lärm, so viel Dummheit, inmitten einer Welt, durch die auch ich mich laut und unbeholfen bewegte, war sie einfach nur schön.

Die Männer in der Gruppe beäugten sie voll furchtsamer Bewunderung. Sie betrachteten das Gesicht, das sie heute trug, und sahen darin eine umwerfende Eiskönigin. Etwas, das aufgetaut werden musste.

Alles, was *ich* sah, war ihre Traurigkeit.

Als ich näher kam, hörte ich ihre Stimmen. Die der anderen waren aufgedreht, laut. Isabels, leiser, klang gelangweilt und erhaben.

Ich trat hinter sie. Die anderen sahen mich, bevor sie es tat. »Hallo, Prinzessin«, sagte ich so laut, dass alle es hörten. »Die Welt hat angerufen. Sie will dich zurück.«

Sie drehte sich zu mir um und ihr Gesicht – in dem Sekundenbruchteil, als sie mich sah – hätte mich beinahe umgebracht. Nicht weil ihr Blick grausam gewesen wäre, im Gegenteil. Für den Bruchteil eines weiteren Sekundenbruchteils sah ich blanke Erleichterung in ihren Augen. Im nächsten Moment war der Ausdruck wieder hinter einer Maske verschwunden. Aber in mir währte er fort.

»Was, willst du etwa schon gehen?«, fragte eins der anderen Mädchen. Sie war blond und blauäugig wie Isabel, wirkte jedoch ein wenig älter und um ein paar Grad weicher.

Isabels Hand hing zwischen ihrem Bein und meinem. Ich fackelte nicht lange und verschränkte meine Finger mit ihren. »Ja, ich neige leider ziemlich zum Klammern. Sag's nicht weiter, okay?« Ich grinste sie an, demonstrativ hilfsbedürftig, und die Augenbrauen des Mädchens rutschten ein Stück nach oben.

»Wir sehen uns am Donnerstag«, sagte Isabel. Wie mühelos sie ihre Traurigkeit überspielte, indem sie sie offen vor sich hertrug. Ich konnte mich nicht erinnern, sie schon einmal so aufgewühlt erlebt zu haben. Vielleicht sagte sie auch noch etwas anderes. Ich bekam es nicht mit. Ich zog sie hinter mir her, führte sie weg, zwischen den Leuten hindurch, zum Tor hinaus, über die Straße zu meinem Mustang. Wir flohen vor jeder Spur von Neon, hinein in die Dunkelheit, aber ich ließ ihre Hand nicht los.

Dann waren wir beim Auto.

»Ich will fahren«, verlangte sie.

Ich wollte ihr den Schlüssel nicht geben. Wortlos reichte ich ihn ihr.

Sie fuhr zu schnell und bremste zu spät, aber das Besondere an Isabel Culpeper war, dass es ihr immer gelang, sich rechtzeitig zusammenzureißen, bevor sie zu weit ging.

»Wessen Party war das?«, fragte ich.

Isabels Lippen wurden schmal. Sie löste den Blick nicht von der Straße. »Von meiner Chefin.«

Sie trat das Gaspedal durch und der Mustang jagte über eine grüne Ampel. Wir würden sterben. Sie war so unerträglich sexy.

»Wo willst du denn mit uns hin?«

»Keine Ahnung«, erwiderte sie.

Der Motor grollte leise vor sich hin. Mir fiel auf, dass ich mich nicht erinnern konnte, je in einem Auto gesessen zu haben, ohne dass das Radio lief. Das Ende der Welt schien kurz bevorzustehen.

»Warum kann ich es einfach nicht?«, fragte sie plötzlich wütend. Wir heizten um eine Kurve. Es war gut möglich, dass der Wagen nach dieser Fahrt auf dem Schrottplatz enden würde, aber sie darauf hinzuweisen, schien mir keine gute Idee.

»Was denn?«

»Einfach mal alles vergessen. Irgendwohin gehen, mich hemmungslos besaufen und so tun, als gäbe es keine Probleme oder Konsequenzen. Ich weiß schon, warum. Weil die Probleme und Konsequenzen dann immer noch da sind. Einfach nur … Einfach nur wild die Nächte durchfeiern, lässt sie nicht verschwinden. Manchmal hab ich das Gefühl, ich bin der einzige zurechnungsfähige Mensch weit und breit. Diese Welt wird echt durch Dummheit angetrieben, wie kann das sein?«

Ihre Stimme wurde immer ausdrucksloser statt lauter. »Du kriegst das doch auch hin. Ich hab dich selbst schon betrunken erlebt. Und ich weiß, dass du vor Kurzem wieder ein Wolf warst. Ich kann das riechen. Ich bin schließlich nicht blöd.«

Ich antwortete eine ganze Weile nicht. Mir war klar, dass sie das noch wütender machte, aber ich wusste einfach nicht, was ich sagen sollte. Dass sie mir nicht vertraut hatte, machte mir immer noch zu schaffen, genau wie das Wissen, dass ich ihr Vertrauen auch nicht verdient gehabt hätte.

Gut, ich war die ganze Zeit nüchtern gewesen, aber ich hatte mich wieder in einen Wolf verwandelt und das war viel schlimmer.

Isabel starrte weiter auf die Straße. Sie kachelte um die nächste Kurve. »Hab doch wenigstens mal *Angst.* Warum hast du nie Angst?«

»Wovor soll ich denn deiner Meinung nach Angst haben?«

Der Wagen machte ein paar Hüpfer, als wir mit quietschenden Reifen vor einer einsamen roten Ampel zum Stehen kamen.

»Vorm Sterben. Vorm Scheitern. Vor allem Möglichen.«

Ich habe Angst, dass du nicht ans Telefon gehst.

Ich entgegnete: »Isabel, wo willst du denn mit uns hin?«

Eigentlich meinte ich diese Fahrt, aber irgendwie auch noch viel mehr.

Sie wiederholte: »Keine Ahnung.«

»Willst du nach Hause?«

Sie antwortete nicht. Das war ein Nein. Das war schon mal gut. Ich wollte nämlich nicht, dass sie nach Hause ging.

»Willst du mit zu mir kommen?«

»Ich habe keine Lust auf die ganzen Kameras da.«

Wenigstens für dieses Problem hatte ich eine Lösung parat.

Kapitel 44

Isabel

Cole nahm mich nicht direkt mit zu sich nach Hause. Er ließ mich den Mustang zwar hinter der Villa parken, aber als wir ausstiegen, führte er mich weg vom Tor und stattdessen zum Nachbarhaus.

»Das steht leer«, erklärte er. »Ist zu vermieten. Hab mich neulich schon mal da umgesehen.«

Drinnen war es dunkel, aber ganz anders als in Sierras Haus. Es war dunkel auf eine dämmrige, unvollkommene Art, die durch ihre Echtheit irgendwie tröstlich wirkte. Die Einrichtung war im Shabby-Chic gehalten, spartanisch, allgemeingefällig und preiswert – typisches Mietmobiliar.

Cole führte mich kurz rum, riss alle möglichen Türen auf, ohne mehr als nur einen flüchtigen Blick in die Zimmer zu werfen. »Schlafzimmer. Küche. Abstellraum. Badezimmer. Treppe zur Dachterrasse. Schlafzimmer. Durchgang zum Garten.«

Dann dirigierte er mich durch eine winzige Sitzecke zu einer Schiebetür, die von einem Bambuswandschirm verdeckt wurde. Er stemmte sich mit der Schulter dagegen, bis sie aufging. Auf der anderen Seite tat sich, unglaublicherweise, eine Miniatur-Gartenwelt auf. Ich begriff es erst, als ich schon durch die Tür war. In der Mitte stand ein weißes Sofa und nur drei Meter weiter führte eine weitere

Schiebetür zum Rest des Hauses. In dem winzigen Bereich dazwischen entspross, entrankte und entfaltete sich ein wucherndes Gewirr aus tropischen Pflanzen aller Formen und Größen. An einem Bäumchen hingen Orangen, an einem anderen Zitronen. Dichte Farngewächse drängten sich zu Füßen kleiner Palmen. Nach und nach, erst auf den zweiten Blick, zeigten sich geheimnisvolle Blüten, wie exotische Vögel. In der Luft lag der Duft von wachsenden Dingen, schönen Dingen, Dingen, die Menschen in Fläschchen füllten und sich hinter die Ohren tupften.

Cole legte mir die Hand aufs Haar und bog meinen Kopf zurück, bis ich gerade nach oben blickte. Und dort sah ich, was er mir zeigen wollte: die Decke, weit über uns, gewölbt und komplett aus Glas. Das hier war ein Gewächshaus. Oder nein, das traf es nicht ganz. Eher ein Wintergarten.

Die überwucherten Wände und die Dunkelheit schluckten jeden Straßen- oder Partylärm von draußen. Wir befanden uns mitten im Nirgendwo. Zurück in Minnesota. Nein, weiter weg als Minnesota, fremdartiger als Minnesota. An einem Ort, den noch nie zuvor jemand betreten hatte.

Cole ging zum Sofa und warf sich darauf, als hätte er schon die ganze Welt gesehen und die Nase voll davon. Nach einem Moment seufzte er, so tief, dass ich es mehr sah als hörte, das enorme Aufblähen seines Brustkorbs, bevor er die Luft wieder ausstieß.

Ich stellte meine Handtasche auf den Boden und setzte mich ans andere Ende des Sofas. Dann legte ich die Beine auf seinen Schoß und den Kopf auf die Armlehne und seufzte ebenfalls. Coles Arme ruhten auf meinen Beinen und er blinzelte zur gegenüberliegenden Wand hinüber. Seine Miene hatte etwas Erschöpftes an sich.

Ein paar graugrüne Minuten lang saßen wir einfach so da, während sich die Palmwedel und Farne rings um uns kaum regten. Neben mir hing eine üppige Trompetenblüte wie eine schweigende Glocke. Keiner von uns sagte etwas. Cole starrte weiter an die Wand und ich starrte weiter ihn und den Orangenbaum hinter ihm an.

Dann bewegte er die Hand und strich mit den Fingern sanft über meinen Fußknöchel.

Ich atmete ein.

Seine Finger verharrten auf meiner Haut, spielerisch, beinahe kitzelnd. Er fuhr die Form meines Knöchels nach, den Rand meiner Sandale: wie die Hände eines Bildhauers.

Ich sah ihn an. Er sah mich an.

Ganz langsam löste er den Riemen meiner Sandale. Sie landete mit dem Absatz voran auf dem Boden. Er ließ seine Hand über meinen Fuß gleiten, meinen Knöchel, hoch bis zu meiner Wade. Seine Finger hinterließen Gänsehaut.

Ich atmete aus.

Die zweite Sandale folgte der ersten. Wieder strich er mit der Hand mein Bein hinauf. Ich war vollkommen gebannt von der Art, wie er mich berührte. Es war, als bewunderten seine Finger jeden Zentimeter von mir. Als wäre ich etwas absolut Liebreizendes. Als wäre es ihm eine Ehre, auch nur mit den Fingerspitzen über meinem Körper fahren zu dürfen.

Ich bewegte mich nicht. Er wusste nicht, dass nur wenige Stunden zuvor auf der Party die Hände von jemand anderem auf meinem Körper gelegen hatten und meine auf seinem.

Aber …

Cole beugte sich vor zu meinen Lippen. Sein Kuss – sein Mund – war hungrig, voller Sehnsucht. Doch seine Hände lagen bewegungslos auf meinem Rücken, pressten sich gegen meine Hüfte, und es war, als würden sie einen stummen Schrei ausstoßen: *Ich liebe dich.*

Wie hatte ich bloß denken können, keinen Unterschied zwischen seinem und Marks Kuss zu erkennen? Wie lächerlich es mir nun vorkam, Cole auf seine Katastrophen, seine Lautheit zu reduzieren, so wütend auf ihn zu sein, dass ich all seine anderen, wahren Züge tilgte. Was bliebe von mir noch übrig, wenn man die Empfindsamkeit aus der Gleichung strich?

Eyeliner und ein weißes Kleid.

Ohne all unsere Sünden blieb nicht viel von uns übrig.

Als ich ihm die Arme um den Hals schlang, weinte ich.

Was für ein Dummkopf ich doch war. So ein perfekter Moment, so ein perfekter Kuss, und ich musste heulen. Mit mir musste wirklich einiges nicht stimmen. Ich war dermaßen verkorkst, dass ich nicht weinte, wenn es einen Grund dazu gab, sondern ausgerechnet dann, wenn gerade mal alles gut war.

Unsere Lippen schmeckten salzig. Cole hörte nicht auf, mich zu küssen, stattdessen glitten seine Hände meinen Rücken hinauf und er zog mich noch fester an sich. Nach einem Moment presste er seine Stirn an meine, ich umfasste mit beiden Händen sein Gesicht und so blieben wir eine Weile sitzen und atmeten den Atem des anderen. Plötzlich waren wir nur noch *wir* und kaum noch *er* und *ich*. Wir, wir, wir. Das hier war das Gegenteil von einsam.

Cole sagte: »Du bist das einzig Gute, was ich in meinem Leben je erreicht habe.«

Ich antwortete: »Tut mir leid, dass ich so ein Wrack bin.«

Er küsste mich wieder. Auf den Mund, auf den Hals, unters Ohr.

Dann zögerte er und lehnte sich ein Stück zurück. »Sag mir, dass dir das hier was bedeutet.«

Es war eine seltsame Bitte. Ich hatte das Gefühl, dass es eher andersrum hätte sein müssen. Schließlich war er der ehemalige Rockstar mit unzähligen Mädchen in unzähligen Tournächten. Er war derjenige mit dem nonchalanten Grinsen und dem ungezwungenen Lachen.

Aber das war nicht die Wahrheit. Nicht die ganze. Nicht in diesem Moment. In diesem Moment war in Wahrheit ich diejenige mit dem Herzen aus Stahl. Diejenige, die immer wieder davonlief.

Eine Träne tropfte mir vom Kinn aufs Bein. Mein Eyeliner hatte sie grau gefärbt.

Ich erwiderte: »Lass nicht zu, dass ich dich verlasse.«

Und dann, in unserem kleinen geheimen Eckchen von Los Angeles küssten wir uns und schlüpften aus unseren Kleidern. Seine Hände verehrten meinen Körper, mein Mund erforschte seinen und am Ende gab es nur noch: uns uns uns.

Kapitel 45

Cole

Dieser Ort. Dieser Ort. Ausgedörrtes Venice, ein menschengeschaffener Garten Eden, ein New-Age-Hipster-Palast voller Neon und Glitzer. Die Leute kommen hierher im Glauben an Vorsehung und Schicksal und Karma und an all die anderen Dinge, die nur hier Wirklichkeit werden, und das auch nur, wenn man sie selbst Wirklichkeit werden lässt.

Ich war einmal tot gewesen in Los Angeles.

Kapitel 46

Isabel

Ich öffnete die Augen und wusste nicht, wo ich war. Und dann, selbst als ich etwas wacher war, wusste ich es zwar plötzlich, aber ich verstand es nicht. Mein Gehirn war ein einziger Wust aus Bildern und Gefühlen. Meine nackten Beine auf einer Tagesdecke, ein Straßenlaternenmond vor dem Fenster, der spinnenartige Schatten, den eine Vase mit getrocknetem Schleierkraut an die Wand warf. Coles stoppeliges Kinn auf meinem Brustbein, seine Flanke, ebenmäßig, gebräunt und endlos, sein Bauchnabel, seine Hüfte, sein Fußknöchel über meinen gehakt, eine seiner Hände locker an meinem Hals, die andere mit gekrümmten Fingern auf der seidigen Haut direkt unter meinen Brüsten.

Endlich begann mein Verstand, die Bilder zu verarbeiten, sie zu Gedanken und Erinnerungen zu ordnen. Und schließlich verstand ich: Ich war nackt, vollkommen nackt.

Wir waren in einem der Schlafzimmer des leer stehenden Hauses. Wie berauscht von der Gegenwart des anderen waren wir gestern Abend durch schweißfeuchte Gefilde jenseits jeder Logik gedriftet, in dieses Zimmer gestolpert und dann auf der Tagesdecke eingeschlafen.

Jetzt musste es irgendwann furchtbar früh am Morgen sein und ich …

Was machte ich eigentlich hier? Wer war dieser Mensch da neben mir? Was hatte ich mir bloß dabei gedacht?

Ich entwirrte meine Glieder aus Coles und fand meine Kleider auf dem Fußboden. Ich griff nach meinem Handy in der Handtasche daneben. Zwei Uhr. Meine Mutter war noch bei der Arbeit; sie würde sich keine Sorgen machen. Aber Sofia saß wahrscheinlich da und wartete, mit ihren schlaflosen Eulenaugen, besorgt um mein Wohlergehen. Auf meinem Handy fand ich vier entgangene Anrufe von ihr.

»Hey«, murmelte Cole. Er wirkte jung und echt und verschlafen. Er hob bloß seine Finger von der Tagesdecke in meine Richtung. Schläfrig wiederholte er: »Hey.«

Mit einem Mal war ich wie erstarrt vor Angst, er könnte einen anderen Namen als meinen sagen. Ich wusste auf eine schmerzhafte, absolut unbestreitbare Art, dass es mir das Herz brechen würde, wenn er jetzt den Namen eines anderen Mädchens sagte.

»Isabel«, sagte er, »was machst du?«

Ich wusste es nicht. Ich fühlte mich unsicher auf den Beinen, als ich anfing, mich anzuziehen.

»Ich muss gehen«, antwortete ich. Meine Stimme hallte viel wacher durch den Raum als seine. Im Licht der Straßenlaterne erkannte ich deutlich eine Kommode, einen Spiegel, eine Glasskulptur in der Ecke. Es war, als gäbe es in dieser Stadt keinen Winkel, in dem es je dunkel wurde. Mit einem Mal erfüllte mich eine brennende Sehnsucht nach echter Dunkelheit, nach vollkommener Schwärze, die mich besser verbergen würde.

»Nein«, erwiderte er schlicht. Jetzt hob er den ganzen Arm und streckte ihn nach mir aus. »Bleib hier.«

»Ich kann nicht. Die anderen … Keiner weiß, wo ich bin. Ich muss gehen.«

»Bis morgen früh wird sich schon keiner ernsthaft Sorgen machen. Komm wieder ins Bett. Komm schlafen.«

»Ich kann nicht schlafen. Ich muss …« Irgendwie war ich überfordert damit, mein Kleid wieder anzuziehen. Es schien komplett auf links gezogen zu sein. Alles war falsch und meine Finger fühlten sich so ungelenk an.

Cole stemmte sich auf einen Ellbogen hoch und beobachtete mich dabei, wie ich wütend mit dem Stoff kämpfte. Endlich zog ich rabiat den Reißverschluss hoch; er war irgendwie schief. Aber wem würde das schon auffallen mitten in der Nacht? Niemandem. Ich konnte mich nicht erinnern, wo ich meine Autoschlüssel gelassen hatte. Vielleicht draußen im Wintergarten. Sie waren nicht auf dem Tischchen, nicht in meiner Tasche, nicht auf dem Fußboden – nein, nein, wir waren ja mit Coles Auto gekommen, ein Taxi, ich musste mir eins rufen, aber mir fiel einfach nicht –

»Isabel«, sagte Cole direkt hinter mir. Er fasste mich bei den Ellbogen und drehte mich zu sich um. Ich widersetzte mich, mein Körper steif. Ich konnte ihm nicht in die Augen sehen. »Wenn du wirklich wegmusst, dann fahre ich dich. Du stehst ja total neben dir.«

»Bitte lass mich los«, entgegnete ich, das Gemeinste, was ich je zu jemandem gesagt hatte, und dabei wollte ich nicht mal selbst, was ich von ihm verlangte.

Er ließ mich los. Ich erwartete, dass seine Miene leer werden würde, dass der echte Cole irgendwohin verschwand, wo ich ihm nicht wehtun konnte, aber er war noch da. »Tu mir das nicht an.«

Seltsamerweise schien die Betonung dabei auf dem Wort »mir« zu liegen. Als wäre ihm klar, dass er mich nicht davon abhalten konnte, »das« zu tun, was auch immer »das« sein mochte, aber ich sollte es zumindest *ihm* ersparen.

Ich wollte, dass meine Hände aufhörten zu zittern. Ich wollte, dass mein Gehirn endlich die Kontrolle über meinen Körper zurückerlangte.

»Ich muss gehen«, sagte ich. »Und das tu ich jetzt auch. Mach gefälligst nicht so ein Theater.«

Ich wusste nicht mal, was ich da sagte. Ich wusste bloß, dass ich wegmusste. Ich hatte alle meine Sachen. Ich würde mir ein Taxi nehmen. Ich würde bis zum Abbot-Kinney-Boulevard laufen und mir dort eins suchen.

Coles Stimme klang rau. »Okay, Isabel. Gut – ich hab's kapiert. Du bestimmst. Ruf mich einfach an, wenn du bereit dafür bist, okay? Was ich brauche, ist egal. Oder wie sehr ich … Ich hab's kapiert. Egal. Dann spielen wir eben nach deinen Regeln.«

Ich antwortete nicht. Ich war schon weg.

Kapitel 47

Cole

Light on
which one looks good today
Maybe me
Maybe not
do I match your shoes
your hair
your face
Maybe me
Maybe not
back on the rack
stretched but not worn
I am the used

Kapitel 48

Cole

Ich schrieb mein Album fertig.

Ich hatte schließlich nichts Besseres zu tun.

Der Himmel über L.A. war mit einem Mal voller Wolken und Smog. Ohne die strahlende Sonne und die satten Farben wirkte alles so anders. Die Häuser flacher, die Risse in den Straßen tiefer, die Palmen trockener. Es war nicht, als wäre das L.A., das ich liebte, plötzlich verschwunden, sondern mehr, als würde es sich verstecken oder schlafen oder als läge es bewusstlos im Straßengraben und wartete darauf, dass ich es fand.

Ich hatte das Warten so satt. Das Tun und Machen. Ich wollte einen Abschluss, ein Ende, das Gefühl, irgendwas geschafft zu haben.

Ich wollte, dass Isabel mich anrief und sagte, dass sie einen Fehler gemacht hatte, dass ich ihr fehlte, dass sie mich liebte.

Ich rief Leon an. »Hallo, Kamerad. Lust auf Mittagessen mit einem Star?«

»Eigentlich gern«, antwortete er freundlich. »Aber ich habe heute bis Mitternacht eine Fahrt nach der anderen.«

Das schien mir tausend Jahre entfernt. Bis dahin könnte L.A. in Schutt und Asche liegen. »Dann morgen. Chili-Hotdogs. Schreib's dir in deinen Terminkalender. Und diesmal fahre ich.«

Ich stieg in den Mustang und fuhr. Auf den Weg achtete ich nicht, aber irgendwie landete ich in Santa Monica. Ich wusste, dass Isabel dort war, aber das Auto wusste nicht, dass sie mich nicht sehen wollte. Ich parkte in einer riesigen Tiefgarage und blieb im Wagen sitzen. Am liebsten hätte ich mir einen Schuss gesetzt. Ich legte den Finger auf die Stelle, an der ich mir den Wolf injizieren würde. Beinahe konnte ich ihn schon in mir fühlen. Ich fragte mich, ob ich die Verwandlung wohl auch ohne Spritze oder einen Temperaturumschwung herbeiführen könnte, wie neulich, als diese halb nackten Mädels bei mir aufgetaucht waren und ich plötzlich nach Wolf gerochen hatte.

Ich hatte Jeremy gesagt, dass ich aufhören würde.

Die Sache war Vergangenheit. Ich hatte es ernst gemeint. Nur dass es eben ein kleines bisschen schwerer war, als ich erwartet hatte. Das heißt … eigentlich nicht. Ich hatte gewusst, dass es schwer werden würde.

Ein Entzug war nie einfach.

Isabel war nur wenige Häuserblocks von mir entfernt. Ich hatte es so satt, mein Handy nach Nachrichten von ihr zu checken.

Im Auto wurde es stickig. Ich öffnete die Tür und blieb noch eine Weile in der schummrig blauen Tiefgarage sitzen. Ich betastete mein Handgelenk, meine Armbeuge und dachte darüber nach zu verschwinden.

Dann hörte ich meinen Namen.

»Cole? Cole?«

Ich wandte den Kopf. Direkt neben meinem Auto stand ein eher kleiner Typ mit einer eher großen Nase und irgendwie schmalzig wirkenden rotbraunen Locken. Er musste ungefähr in meinem Alter sein. Sein Gesicht erinnerte an das eines religiösen Fanatikers. Dieses Strahlen war mir nur zu vertraut.

Ein Fan.

Ich setzte mein Cole-St.-Clair-Gesicht auf. Einen Stift für Autogramme hatte ich nicht dabei, aber vielleicht hatte er ja selber einen.

»Hey«, sagte ich, stieg widerstrebend aus und machte die Tür zu. »Wie geht's?«

Sein Mund formte lautlos und ehrfürchtig: *Wie geht's?* »Ich bin, äh, also ich … ich weiß gar nicht, was ich sagen soll. Tut mir leid für, äh, das Gestotter, aber du bist … ich bin …«

»Kein Ding«, erwiderte ich. »Lass dir Zeit.«

»Ich bin kein Stalker oder so, ich schwöre, überhaupt nicht«, fuhr er fort.

Nicht die allerbeste Art, ein Gespräch zu beginnen, aber ich hörte so was nicht zum ersten Mal. Also wartete ich ab.

»Ich hab gesehen, wie du hier reingefahren bist, ich gucke die Sendung, weißt du, und ich bin ein Riesen-NARKOTIKA-Fan. Ich hab alle eure Alben, doppelt sogar, und ich kaufe ständig noch mehr und die schenke ich dann so ziemlich allen, die ich kenne.«

An dem, was er sagte, war nichts Schlimmes, aber aus irgendeinem Grund spürte ich ein winziges Vibrieren in der Kehle, als er »NARKOTIKA« sagte. Eine Art klaustrophobisches Ziepen. Auf Tour hatte ich andauernd solche Gespräche geführt oder zumindest ziemlich ähnliche. Es war, als lebte ich plötzlich in einer Erinnerung und nicht in einem realen Moment. Als wären die letzten zwei Jahre nur ein Traum gewesen, aus dem ich jetzt langsam wieder aufwachte, um festzustellen, dass ich mein altes Leben nie hinter mir gelassen hatte.

»Das ist ja super«, sagte ich zu ihm. »Ist immer wieder schön, einen Fan zu treffen.«

»Nein«, entgegnete er. »Warte, darum geht's gar nicht. Als du verschwunden bist, Cole …«

Seine Stimme schien in meinen Ohren zu hallen.

»Als du verschwunden bist, hab ich auch eine ziemlich harte Zeit durchgemacht«, sagte er. Er schob seine Ärmel hoch. Im bläulichen Schatten der Treppe schimmerte ein Gewirr aus Narben auf seinen Unterarmen. Brand-und Schnittwunden. Alt. Es waren alte Narben. »Aber als ich dann gehört habe, dass du einen Entzug machst, da dachte ich, ›das schaffe ich auch‹. Und ich hab's geschafft. Wirklich, nur deinetwegen. Ich dachte mir, wenn du es schaffst zurückzukommen, zurück von den Toten, dann kann ich das auch. Du hast mein Leben verändert. Dieser eine Song von euch, *I put the coffin inside/ you don't need to bury me*, ich weiß, dass es darin um … um Wiederauferstehung geht.«

In »Coffinbone« ging es nicht um Wiederauferstehung. Sondern um Todessehnsucht. Alle unsere Songs von damals drehten sich um den Wunsch zu sterben. Meine Brust zog sich zusammen.

»Als ich gehört habe, dass du in der Stadt bist, um ein Album aufzunehmen, wusste ich, dass der richtige Zeitpunkt da war. Und dann hab ich eben gesehen, wie du hier reingefahren bist, und da wusste ich, dass das meine Chance ist, mich bei dir zu bedanken. Und dir das hier zu zeigen – 'tschuldige, ist noch ganz frisch.« Der Typ drehte sich halb um und zog sein T-Shirt hoch. Die Haut auf seinem Rücken war rot und wund unter einem brandneuen Tattoo.

In schnörkeliger Schrift stand dort: *I put the coffin inside/you don't need to bury me.* Und daneben ein Datum. Der Tag, an dem er in die Entzugsklinik gegangen war oder daraus entlassen wurde oder was weiß ich. Wahrscheinlich wartete er darauf, dass ich ihn danach fragte. Aber ich tat es nicht.

An der ganzen Sache war nichts Schlimmes, außer dass er sich eine Songzeile auf den Körper hatte tätowieren lassen, in der es darum ging, sich jede Sekunde des Tages nach dem Tod zu sehnen, und dass er das nicht begriffen hatte. Auch daran war eigentlich nichts Schlimmes, denn er hatte den Text einfach so verstanden, wie er ihn hatte verstehen wollen.

Das änderte jedoch nichts daran, dass ich die ursprüngliche Bedeutung kannte, und beim Gedanken an die Dauerhaftigkeit, daran, dass er sich meinen Todeswunsch für alle Zeiten unter die Haut hatte stechen lassen, drehte sich mir der Magen um. Das Gefühl hielt an, selbst nachdem er sein T-Shirt wieder hinuntergezogen hatte.

»Das ist ja genial, Mann«, sagte ich. »Freut mich für dich. Komm – Faust drauf.«

Er erschauderte und wischte sich das linke Auge, bevor er so zaghaft, wie es die Welt noch nicht gesehen hatte, seine Faust gegen meine stieß. Er wirkte, als könnte er jeden Moment in Ohnmacht fallen.

»Ich wollte dir nur sagen«, setzte er dann von Neuem an, »was für eine Inspiration du für mich bist. Ich wollte dich gar nicht abhalten von … Egal. Oh Mann, das ist echt der beste Tag meines Lebens.«

Ich zwang mich zu einem kleinen Winken und wandte mich dann ab. Als ich die Treppe hinunterging, hallten und schepperten die Metallstufen unter meinen Füßen. Meine Knie fühlten sich weich an und mein Puls hatte unvermittelt angefangen zu rasen.

Er hatte alles richtig gemacht. Er hatte mich nicht zu lange aufgehalten. Mich nicht gebeten, sein Gesicht oder seinen Schwanz zu signieren. Hatte bloß gesagt, was er zu sagen hatte, und war wieder gegangen. Er hatte sich eigenhändig aus dem Sumpf gezogen und es ungerechtfertigterweise mir in die Schuhe geschoben.

Dabei war mein eigener Zustand so fragil. Was passierte, wenn man seine Genesung von der eines anderen Menschen abhängig machte und sich herausstellte, dass dieser gar nicht geheilt war? Ich sehnte mich nach der maßlosen Zuversicht meiner ersten Tage in dieser Stadt. Nach meinem unverwüstlichen Selbstvertrauen.

Als ich schließlich vor dem .blush. anlangte, war meine Haut klamm. Ich spürte, wie mein Herz immer wieder stolperte. Mein Verstand sagte: Panikattacke. Mein Körper schrie nur noch. Jedes Fitzelchen meiner Haut sandte Tausende unterschiedlicher Impulse hoch zu meinem Gehirn: *Hau ab. Stürz dich in den Kampf. Mach, dass du hier wegkommst.*

Es gab nichts, wovor ich hätte Angst haben müssen. Ich hatte nichts zu befürchten. Aber dann drang das Bild des Tattoos in mein Bewusstsein wie eine Schaufel in frische Graberde. Und wieder drehte sich mir der Magen um. Plötzlich schien die Temperatur in ungeahnte Tiefen zu fallen.

Es ist doch gar nicht kalt hier, sagte ich zu mir selbst. Der Himmel war zwar bewölkt, aber es war nicht kalt. Ich blickte die Straße hinunter und stellte mir vor, dass die Autospiegel die Sonne reflektierten, dass weißes, gleißendes Licht die Gebäudeseiten versengte. Doch mein Gehirn schrie unablässig »Kälte«. Der eingebildete Frost jagte mir eine Gänsehaut über die Arme.

Mir war mehr als bewusst, dass, je öfter ich die Verwandlung herbeizwang, die Gefahr immer größer wurde, dass ich mich eines Tages ungewollt verwandelte. Und mit diesem Risiko spielte ich nun schon seit Wochen.

Nein.

Ich rief Isabel an. Meine Finger zitterten bereits so stark, dass ich kaum die Tasten traf.

Ihre Stimme war nur ein weiterer Kältehauch an einem frostig weißen Tag. »Culpep–«

»Bist du allein im Laden?«

»Cole, das ist jetzt nicht –«

»Bist du allein?« Sie musste Ja sagen, denn ich war schon hier, mein Gesicht spiegelte sich im schwarzen Glas der Eingangstür und meine Hand lag auf dem Türgriff. Ich musste den Kopf zwischen meine Knie klemmen und in eine verdammte Papiertüte atmen, mich in irgendeinem Zimmer einschließen, weit weg von diesen Wolken und dem Rest der Welt. Ich musste runter von der Straße.

»Ja. Mensch, was ist denn –«

»Tut mir leid«, sagte ich und legte auf. Ich ließ Handy, Portemonnaie und Schlüssel in den Pflanzkübel vor der Ladentür plumpsen.

Das durfte einfach nicht passieren.

Aber es passierte.

In der Sekunde, als ich die Tür des .blush. aufdrückte und der Luftschwall aus der Klimaanlage auf meine ohnehin schon kühle Haut traf, war es vorbei.

Isabel stand zwischen den Tischen voller Klamotten und starrte mich an. Ihr Gesicht wirkte irgendwie seltsam, es war, als könnte ich die Winkel und Ecken darauf nicht richtig erkennen.

Mein Magen verkrampfte sich. Meine Haut brach auf. Mein Atem riss in Fetzen. Ich konnte ihr nicht mehr sagen, was los war. Aber das musste ich auch gar nicht.

Sie schloss die Augen, nur für eine Sekunde. Dann öffnete sie sie wieder. Sie sagte: »Nein. Cole, ich kann nicht –«

Doch da war ich schon ein Wolf.

Kapitel 49

Isabel

Und plötzlich war es passiert, einfach so.

Die beste Vorgehensweise im Angesicht einer Katastrophe: den Kern des Übels identifizieren. Sich auf die Suche nach einer Lösung machen. Jegliche Lärmentwicklung unterbinden.

Die Katastrophe: Cole St. Clair war ein Wolf, mitten in Santa Monica, an meinem Arbeitsplatz, den ich gerade für ein kleines privates Event hergerichtet hatte, das Sierra für diesen Abend plante. Es wäre immer schlimm gewesen, aber unter den gegebenen Umständen sah ich mich inmitten einer Modeboutique, die von Hunderten brennender Kerzen erleuchtet war, einem Wolf gegenüber.

Den Kern des Übels identifizieren.

Cole St. Clair.

Sich auf die Suche nach einer Lösung machen.

Schon an dieser Stelle hätte ich am liebsten aufgegeben.

Da stand er nun vor mir, leibhaftig, genau, wie ich es die ganze Zeit über befürchtet hatte. Er war kein Monster. Er war einfach nur nicht Cole.

Er war jeder Wolf, den ich in Minnesota zurückgelassen hatte. Er war jede erschütternde, trauerbeladene Erinnerung, die in diesem Moment auf mich einstürzte. Er war jede Träne, die ich seit meinem Umzug nicht vergossen hatte.

Der Wolf rührte sich nicht. Seine Ohren drehten sich langsam in meine Richtung und dann wieder zurück zu den Geräuschen der Straße. Die Nackenpartie seines wunderschönen Pelzes stand vor raubtierhaftem Misstrauen zu Berge. Genau wie ich es von den vorherigen Malen in Erinnerung hatte, waren seine Augen noch immer Coles: leuchtend grün und durchdringend. Und doch war alles daraus verschwunden, was dieses Geschöpf zu Cole machte, und tierischen Instinkten gewichen.

Er ging in Fluchtstellung. Doch er konnte nirgends hin.

Ich hätte ihn nie zurück in mein Leben lassen sollen.

Das Wundersame an Sierras Entwürfen war, dass er in ihrer Mitte kein bisschen fehl am Platz wirkte, solange er sich nicht bewegte. Er wirkte wie ausgestopft und absichtlich dort platziert. Ich hatte in meinem Leben schon ziemlich viele ausgestopfte Tiere gesehen. Herzlichen Dank, Dad.

Dieser Gedanke brachte mein Gehirn wieder in Bewegung.

Denk nach, Isabel.

Ich betrachtete die Szenerie: Wolf, Kleiderstapel, Kerzen.

Den Kern des Übels identifizieren.

Die Kerzen stellten bislang kein Problem dar. Die Möglichkeit, dass wir entdeckt wurden, auch nicht. Das waren lediglich Eventualitäten.

Das Problem war der Wolf. Und wenn ich genau darüber nachdachte, wusste ich auch die Lösung. Ich war gut genug mit der Materie vertraut, um zu wissen, dass sein Körper bei diesen Außentemperaturen normalerweise automatisch menschliche Gestalt annahm. Das Rudel damals in Minnesota hatte sich jeden Winter in Wölfe verwandelt, aber hier im Laden herrschte ja nur ein künstlicher Winter. Ich hatte keine Ahnung, warum die Klimaanlage ausgerechnet in diesem Moment eine Verwandlung bei ihm hervorgerufen hatte, aber ich hatte sie schließlich höchstpersönlich mit ansehen dürfen.

Sich auf die Suche nach einer Lösung machen.

Ich warf einen Blick auf das Thermostat an der gegenüberliegenden Wand.

Wärme.

Ich sah auf die Uhr. Noch fünfzehn Minuten, bis Sierra hier auftauchen würde, um den Champagnerempfang vorzubereiten. Mein Herz hämmerte.

Verdammt noch mal, Cole, verdammt …

Ich machte einen Schritt, nur um zu sehen, wie er reagieren würde.

Der Kopf des Wolfs ruckte augenblicklich herum und folgte meiner Bewegung. Nichts an der Geste wirkte übermäßig aggressiv, doch mit einem Mal strahlte seine gesamte Haltung Gefahr aus. Ich sah die Wölbung seiner Schultermuskeln unter dem Pelz. Ich hörte das dünne, beinahe nicht vorhandene Schaben seiner Krallen auf dem Betonboden, als seine Klauen sich anspannten. Ich sah das tödliche Weiß seiner Reißzähne, als er lautlos die Lefze hob und wieder senkte.

Eine Warnung.

Der Wolf Cole kannte mich nicht. Es war vielleicht nicht sein oberstes Ziel, mir die Kehle aufzureißen. Aber wenn er mich als Bedrohung ansah, würde ihn auch nichts davon abhalten.

Ich wich seinem Blick aus. Ihn direkt anzustarren, würde er höchstens als Provokation auffassen. Ich machte einen weiteren Schritt. Dann noch einen. Ich kam ihm nicht näher. Keine Bedrohung.

Der Wolf drehte sich um, elegant und geschmeidig, und hinterließ einen Schnauzenabdruck auf der Innenseite der Glastür, bevor er sich wieder mir zuwandte. Tief über den Boden geduckt, immer auf der Hut, bewegte er sich weiter ins Innere des Ladens.

Solange er nicht in meine Richtung kam … Inzwischen hatte ich mich zum Thermostat vorgearbeitet. Ich stellte es auf »Heizen« und drehte es bis zum Anschlag auf.

Auf der anderen Seite des Ladens erhaschte der Wolf einen Blick auf sich selbst in einem der Dekospiegel, die dort an der Wand lehnten. Überrascht zuckte er zurück.

Er prallte mit der Hüfte gegen einen Tisch. Ganz obenauf standen drei hohe Kerzen über einem Display aus taupefarbenen Tops mit seegrasdurchwebten Ärmeln.

Im Spiegel sah ich die brennenden Kerzen schwanken.

Ich hielt den Atem an.

Die Kerzen fielen um.

Einen Moment lang, als die erste Kerze beim Aufprall erlosch, dachte ich, es würde noch einmal gut gehen. Aber dann folgten die anderen beiden. Eine von ihnen rollte mit zuckender Flamme zur Seite weg. Die dritte landete auf einem Top. Das Seegras fing sofort Feuer.

Verdammt, Sierra …

Das Spiegelbild der auflodernden Flamme erregte die Aufmerksamkeit des Wolfs. Noch tiefer auf den Boden gedrückt kroch er davon, aber es gab immer noch keinen Ausweg. Er versuchte, tapfer und gefährlich zu wirken, aber die Welt hier drin war klein und fremd und voller Feuer und er konnte sich nicht aus dieser Falle befreien.

Langsam wurde es heiß im Laden. *Na los, Cole. Mach schon.*

Von der brennenden Auslage begannen unregelmäßige, dichte Rauchschwaden aufzusteigen. In zwei Sekunden würde der Feueralarm losheulen.

Alles, was jetzt noch fehlte, war, dass die Feuerwehr hier auftauchte und die Polizei rief, die den Wolf erschießen würde.

Den Kern des Übels identifizieren.

Also musste ich alles auf eine Karte setzen. Ich schnappte mir eine vegane Lederjacke von der Wand, stürmte auf den brennenden Tisch zu und schlug das Feuer aus. Ich wusste nicht, woraus dieses vegane Leder bestand, aber es schmolz.

Während ich wieder und wieder auf die Flammen eindrosch, schoss der Wolf an mir vorbei, zurück in den Eingangsbereich des Ladens. Seine Augen lagen fest auf mir. Sie vergewisserten sich permanent, dass ich keine Bedrohung darstellte. Oder vielleicht vergewisserten sie sich auch, dass das Feuer keine Bedrohung darstellte. Egal, was ihm durch den Kopf ging, es führte jedenfalls dazu, dass er das vorderste Display übersah. Und geradewegs hineinkrachte. Dieses Arrangement wurde von dicken, niedrigen Kerzen geziert, die zumindest nicht umfielen. Aber der Wolf war mitten hineingetaumelt. Der Geruch nach angesengtem Fell stieg mir in die Nase.

Über mir heulte der Feueralarm los. Laut und schrill und gnadenlos.

Das gab dem Wolf den Rest.

Voller Panik rannte er gegen den gegenüberliegenden Tisch, sodass die Kerzen darauf in alle Richtungen flogen. Überall züngelten plötzlich Flammen auf und fraßen sich fest. Die Tische mit Oberteilen, die Ständer mit Leggings, Coles Kleiderhäufchen. Selbst Sierras Pflanzen ergaben sich ihrem Schicksal. Als Erstes kräuselten sich nur die trockenen Blätter in der Hitze, bis schließlich die anderen Feuer fingen. Der gesamte Laden wirkte plötzlich wie eine einzige riesige Zeitbombe.

Ich rannte wieder nach hinten zum Tresen, schnappte mir meine Wasserflasche und begoss damit den Rand eines Displays. Es war so sinnlos. Im Hinterzimmer – gab es dort vielleicht etwas Größeres? Wie lange würde es dauern, bis die Feuerwehr hier war? Sollte ich den Wolf einfach auf die Straße scheuchen?

Ich konnte nicht klar denken. Der Feueralarm schrie mich an, endlich den Laden zu verlassen.

Cole hatte sich zitternd in eine Ecke verzogen, die Ohren eng an den Kopf gelegt.

»Wie kann das immer noch nicht heiß genug für dich sein?«, fauchte ich ihn an.

Aber es war heiß genug. Denn das Zittern rührte von seiner Verwandlung her. Seine Klauen waren bereits zu Fingern geworden, die Halt suchend über die Wand und den Boden fuhren, sein Kopf war zurückgebogen, schaudernd, und dann war er wieder Cole, der Junge, das Monster. Nackt und menschlich, zusammengekauert in der Ecke.

Es tat weh. Mein Herz tat so schrecklich weh, als ich ihn sah, als ich seinen Wolfsgeruch roch, als ich mit ansehen musste, wie einfach alles in Flammen aufging.

Seine Augen waren weit aufgerissen. Zuckendes Feuer spiegelte sich darin.

»Oh Gott«, sagte er.

Dank des Bodens und der Wände aus Beton kamen die Flammen nicht näher. Die einzige Nahrung für das Feuer war alles, was Sierra geschaffen hatte, und alles, was ich gehegt und gepflegt hatte.

In der Ferne hörte ich Sirenen. Feuerwehr. Polizei. Kameras. Beweise.

»Du kannst nicht hierbleiben«, sagte ich zu Cole, wütender, als ich es mir je hätte vorstellen können, obwohl ich noch nicht so recht wusste, worauf eigentlich. Hastig schlüpfte ich aus meinen Stiefeln und den Leggings, die ich unter meiner langen Tunika trug. Letztere warf ich ihm zu. »Da, zieh das an. Und dann raus. Aus der Hintertür.«

Die Frontfenster füllten sich plötzlich mit dem Dunkelrot eines Feuerwehrautos.

»Aber …«

Mein Magen zog sich zusammen, als mir das Ausmaß der Zerstörung bewusst wurde. In fünf Minuten würde Sierra hier sein. Nichts schien mehr real. Oder, besser gesagt, nur das hier war real, während alles andere nie existiert hatte.

Ich schrie: »*Verschwinde endlich aus meinem Leben!*«

Cole schüttelte den Kopf, als sei er wütend, dann aber stieg er hastig in meine Lieblingsleggings. In dem Moment ging die Ladentür auf und ein Feuerwehrmann in voller Montur erschien darin.

»Sind Sie allein?«, rief er.

Ich warf einen Blick in die Ecke. Cole war verschwunden.

Wenn irgendwo ein Feuer ausbrach, konnte man sagen: »Alles ging in Flammen auf«, aber genauso gut: »Alles brannte nieder.« Auf und nieder zugleich. Es war überall dasselbe. Die reine Zerstörung.

»Ja«, antwortete ich.

Kapitel 50

Cole

Es gibt Dinge, die einem niemand über das Werwolfsein erzählt.

Niemand erzählt einem, dass man womöglich in einer zu engen Regenbogen-Totenkopf-Leggings aus einem brennenden Gebäude fliehen muss, um einer Anzeige wegen Brandstiftung zu entgehen. Niemand erzählt einem, dass einem im Rennen der Autoschlüssel einfällt, der in einem Pflanzkübel vor dem Gebäude liegt, das man gerade niedergebrannt hat, und dass man gezwungen ist, zum Tatort zurückzukehren, und zwar so unauffällig, wie es einem nahezu erwachsenen Mann in einer sehr farbenfrohen Leggings eben möglich ist, bevor die Hinterlassenschaft von jemandem entdeckt wird, der sie als »Beweismaterial« ansehen könnte.

Niemand erzählt einem, dass ebenjene farbenfrohe Leggings womöglich just in dem Moment, in dem man sich mit aller verbliebenen Würde und Eleganz neben den Kübel hockt, um den Schlüssel rauszufischen, vom Fußknöchel bis zum Allerheiligsten aufreißt.

Das Einzige, was einem vielleicht jemand erzählt – und das auch nur, wenn man danach fragt –, ist, dass Nacktsein in der Öffentlichkeit verboten ist.

Aber niemand erzählt einem, wie erschöpfend eine Flucht vor der Polizei sein kann, wenn man innerhalb kürzester Zeit zwei verschiedenen Spezies angehört und bereits einen Sprint zum Auto und wieder zurück in den Knochen hat.

Niemand erzählt einem, dass womöglich irgend so ein langhaariger Typ versucht, einem seine Telefonnummer zuzustecken, während man auf dem größtmöglichen Umweg zurück zur Tiefgarage flitzt und hüpft und schlackert, um die Polizei nicht zu seinem Mustang zu führen, von dem man sich inzwischen wünscht, er wäre schon dem letzten selbst verursachten Brand zum Opfer gefallen.

Niemand erzählt einem, wie viele Leute Fotos von einem drei viertel nackten Cole St. Clair schießen, der durch die Straßen von Santa Monica rennt.

Niemand erzählt einem, wie ekelhaft klebrig Lederbezüge sein können, wenn man mit nahezu blankem Allerwertesten darauf sitzt.

Niemand erzählt einem, wie sehr sich einem, obwohl man sich an die paar Minuten als Wolf nicht erinnern kann, das Gesicht der Jetzt-wohl-Exfreundin unmittelbar vorher und nachher ins Gedächtnis brennt.

Nichts erzählen sie einem. Oder nein, das stimmt nicht ganz.

Das erzählen sie einem: *Komm, werd ein Wolf! Du bist doch schon die ganze Zeit auf der Suche nach irgendwas und das, mein Junge, ist genau das, was dir gefehlt hat.*

Kapitel 51

Cole

F♮ LIVE: *Heute haben wir mal wieder Cole St. Clair an der Strippe, den früheren Leadsänger von NARKOTIKA. Er ist schon vor fünf Wochen bei uns in der Sendung gewesen, nachdem Baby North von sharpt33th.com ihn gerade unter Vertrag genommen hatte. Hab ich da eben ein kollektives Nach-Luft-Schnappen vernommen? Keine Sorge, wie es scheint, hat er es überlebt. Du bist so gut wie fertig mit deinem Album, oder?*

COLE ST. CLAIR: *Da.*

F♮ LIVE: Wie würdest du die Erfahrung auf einer Skala von eins bis zehn bewerten?

COLE ST. CLAIR: *Irgendwo zwischen F und Hydra.*

F♮ LIVE: Das ist genau die Art von Mathematik, wie ich sie von einem echten Rockstar erwartet hätte. Bevor wir eben losgelegt haben, hast du mir erzählt, dass du nur noch einen Titel aufnehmen musst. Und dann?

COLE ST. CLAIR: *Tja, sag du's mir.*

F♮ LIVE: Puh, das klingt ja ziemlich lebensüberdrüssig! Wie gefällt dir denn L.A.? Bleibst du uns hier noch eine Weile erhalten?

COLE ST. CLAIR: *Ich liebe diese Stadt, aber ich hab ziemlich viel Verwüstung verursacht. Ich glaube nicht, dass die Beziehung von L.A. und mir noch zu kitten ist.*
F♮ LIVE: Du hast sehr viel weniger Verwüstung verursacht, als die meisten von uns erwartet hatten.
COLE ST. CLAIR: *Tja, was soll ich sagen? Ich bin ein geläuterter Mann. Wie wär's, wollen wir uns jetzt nicht mal den Teaser-Track anhören?*
F♮ LIVE: Ihr Typen von der Ostküste seid immer so ungeduldig.
COLE ST. CLAIR: *Ich würde mich nicht unbedingt als Typen von der Ostküste bezeichnen. Im Moment bin ich eher – wie heißt das so schön? Staatenlos.*
F♮ LIVE: L.A. liebt dich immer noch, Junge.
COLE ST. CLAIR: *Ach Martin, wenn das doch nur wahr wäre.*

Kapitel 52

Isabel

Mir war klar, dass ich den virtuellen Cole bald würde zurückgeben müssen. Das Handy wie auch das Radio und ein Blick auf den Kalender verrieten mir, dass Cole mit seinem Album so gut wie fertig war und damit im weiteren Sinne auch mit Babys Show. Und im noch weiteren Sinne mit Los Angeles.

Im noch, *noch* weiteren Sinne: mit mir.

Nur dass das nicht stimmte. Ich war zuerst mit ihm fertig gewesen.

Vielleicht hätte ich ihm das Handy einfach ans Tor hinter seinem Haus legen sollen. Dann wäre es vorbei gewesen, endgültig, für immer. Glatter Schlussstrich.

Das einzige Problem dabei war, wie sehr er mir fehlte.

Es ging einfach nicht weg. Es wurde nicht weniger. Die ganze Zeit redete ich mir ein, dass ich ihn, wenn ich mich beschäftigt hielt, meinen Kurs zu Ende brachte, Collegebewerbungen schrieb und mich in meine Zukunftsplanungen stürzte, vielleicht wenigstens für eine Minute am Tag nicht vermissen würde.

Aber alles in dieser gottverdammten Stadt erinnerte mich an ihn.

Ein paar Tage nach dem Brand bekam ich einen Anruf von Sierra. »Hallo, Süße? Es tut mir so leid, dass ich dich angeschrien habe.«

Zu ihrer Verteidigung sollte ich wohl erwähnen, dass sie mich mitten in den rauchenden Überresten ihrer Existenz vorgefunden hatte. »Ach, ich finde, schreien war die einzig angemessene Reaktion.«

»Aber nicht dir gegenüber. Das ist mir jetzt auch klar. Tut mir furchtbar leid, dass ich dir die Schuld gegeben habe.«

Wie sich herausstellte, tat ihr außerdem leid, dass sie die Brandschutzbestimmungen missachtet hatte, indem sie einer Angestellten aufgetragen hatte, so viele Kerzen anzuzünden, ohne dass ein einziger Feuerlöscher in der Nähe war. Wie sich herausstellte, hoffte sie, dass ich keine Anzeige erstattete.

»Wann kannst du wieder eröffnen?«, fragte ich. Ich wollte mir keinen neuen Job suchen müssen. Ich wollte mir wieder keinen Kopf machen müssen.

»Die gesamte Herbstkollektion ist hin«, sagte Sierra. »Ich muss sie aus dem Gedächtnis noch mal komplett neu machen. Aber ich weiß auch nicht, ob das Energiegleichgewicht in dem Laden noch stimmt. Ich weiß es nicht. Ich muss jetzt erst mal ein paar grundlegende Entscheidungen treffen.«

»Tut mir echt leid«, sagte ich. Ich war selbst überrascht über meine Worte. Noch überraschter war ich allerdings darüber, dass ich sie tatsächlich ernst meinte.

»Ach was, meine Schöne, ich war sowieso viel zu festgefahren in letzter Zeit. Eigentlich ist das sogar gut für mich – diese ganzen alten Ideen sind passé und haben Platz für eine neue Sierra gemacht! Komm auf jeden Fall zu meiner nächsten Party, ja? Das mit dem Schreien tut mir immer noch leid. Kommt nicht wieder vor, versprochen. Oha, ich muss dann auch los. Bis bald, Liebes. Tschau-tschau!«

Ich legte auf. Bei der Erinnerung an ihre Party musste ich an Mark denken, wodurch ich wiederum an Cole denken musste.

Er fehlte mir. Er fehlte mir die ganze Zeit.

Das Einzige, was meine Laune ein wenig hob, war die Eingangshalle in der Villa Katzenjammer. Meine Mutter hatte all ihre Hochzeits- und Ehefotos abgenommen, die dort gehangen hatten. Die Bilder von ihr und meinem Vater waren Bildern von ihr und mir gewichen, auf denen wir uns so ähnlich sahen wie zwei Schwestern. Oder von ihr allein, strahlend, mit ihrer Doktorurkunde in den Händen. Obwohl sie über dieses Foto besser noch mal genauer nachgedacht hätte. Zwar war das Gesicht meines Vaters darauf nicht zu sehen, aber auf eine Art war er trotzdem mit auf dem Bild. Denn das Lächeln in ihrem Gesicht hatte ihm gegolten, als er das Foto geschossen hatte.

Aber mir sollte es egal sein. Das Einzige, was ich in dieser Fotowand sah, war die Warnung, dass fünfzig Prozent aller Ehen geschieden wurden und die restlichen auf dem besten Weg dorthin waren.

Ich würde aufhören, Cole zu lieben. So einfach war das. Diese Wand war der beste Beweis dafür, dass ich eines Tages aufhören würde, etwas für ihn zu empfinden.

Ich schloss die Augen. Na ja, nicht ganz. Denn wenn meine Lider aufeinandertrafen, würde das die Oberflächenspannung durchbrechen und meine Tränen würden zu fließen beginnen.

»Isabel, komm doch mit«, sagte Sofia zu meinem Rücken.

Meine Lider flogen auf, so weit, wie es ging. Ich drehte mich nicht um.

»Mitkommen? Mit wem?«

»Mit Dad und mir«, sagte sie. »Wir wollen –«

»Nein, ich hab zu tun.« Ich spürte sie immer noch direkt hinter mir, also fügte ich hinzu: »Aber danke, dass du fragst.«

Sie rührte sich nicht. Ich brauchte mich nicht umzudrehen, um zu wissen, dass sie gerade all ihren Mut zusammennahm, um etwas zu sagen. Am liebsten hätte ich sie angefahren, sie solle es endlich ausspucken, aber zum Gemeinsein hatte ich einfach keine Energie mehr übrig.

»Du hast doch gar nichts zu tun«, brachte sie schließlich tapfer hervor. »Ich hab dich beobachtet. Mit dir stimmt irgendwas nicht. Du musst … Du musst ja nicht drüber reden, aber ich finde wirklich, du solltest mitkommen.«

Ich konnte einfach nicht glauben, dass ich so schlecht darin war, meine Gefühle zu verbergen. Was ich außerdem nicht glauben konnte, war, dass ich anscheinend einen so großen Teil meiner eisigen Ausstrahlung eingebüßt hatte, dass Sofia schon meinte, mich direkt darauf ansprechen zu können.

»Sag Ja«, drängte Sofia. »Ich geh dir auch nicht auf die Nerven.«

»Du bist gerade *dabei*!« Ich wirbelte herum. Sie wirkte kein bisschen eingeschüchtert, obwohl sie zumindest die Hände vor dem Bauch gefaltet hatte.

»Draußen ist es so schön«, sagte sie. »Und ich nehme meine Erhu mit. Wir wollten uns an den Strand setzen.«

Sie löste ihre Hände und griff nach einer von meinen. Ihre Finger waren weich und warm, als wären gar keine Knochen darin. Ach, na gut, warum denn auch nicht? Schlimmer als jetzt konnte ich mich sowieso nicht mehr fühlen. Als Sofia mich sanft mit sich zog, widersetzte ich mich nicht. Zumindest bis wir die Tür erreichten.

»Warte, meine Stiefel.« Damit meinte ich außerdem: *Meine Haare. Und mein Gesicht. Und meine Klamotten. Und mein Herz.* Es gab so viele Sachen, die erst noch in Ordnung gebracht werden wollten, bevor ich das Haus verließ.

»Wir gehen zum *Strand*«, entgegnete Sofia. Sie ließ meine Hand los und schnappte sich ein Paar Flip-Flops meiner Mutter von dem Schuhstapel an der Wand. Die drückte sie mir in die Hand und ging ihre Erhu holen.

Unglaublicherweise fand ich mich kurz darauf in Flip-Flops, Laufshorts und einem Tanktop in meinem Auto Richtung Strand wieder. Ich hielt ganz am Ende des Parkplatzes, wo ein Grüppchen schwitzender, braun gebrannter Jungs Volleyball spielte. Mein Onkel (Ex-Onkel?) Paolo war schon da. Er trug noch seine Rettungssanitäteruniform, die mich entsetzlich an die Polizisten beim Bassisten-Casting in Coles Show erinnerte. Er wuschelte Sofia durchs Haar wie einem Kind (sie lächelte selig) und legte ihr dann den Arm um die Schultern. »Ich wollte eigentlich Cupcakes mitbringen. Aber dann dachte ich mir, nein, Sofia hat bestimmt sowieso irgendwas dabei, woneben alles, womit ich aufwarten könnte, aussähe wie der letzte Mist! Darum hab ich stattdessen Bier dabei!«

Er meinte natürlich keinen echtes Bier, sondern Root Beer. Die Flaschen waren feucht beschlagen. Sofia war entzückt, denn natürlich hatte sie Cupcakes dabei, die aussahen, als stammten sie frisch aus der Konditorei. Ich war beeindruckt, wie gut Paolo seine Tochter kannte.

Die beiden waren so betont glücklich zusammen, dass ich mir wie das dritte Rad am Wagen vorkam, während ich half, unseren ganzen Kram zu einem freien Fleckchen am Strand zu schleppen. Sofia breitete eine Decke aus und ihr Vater holte einen Stapel Kreativ-Magazine hervor, die er für sie gesammelt hatte. Ich gab mir wirklich Mühe, darin einen Hauch von Berechnung zu erkennen, irgendeinen Hinweis darauf, dass er das alles nur aus schlechtem Gewissen tat, weil er sie mit Lauren allein gelassen hatte, aber es war vergeblich. Denn er war ganz offensichtlich nichts als ein überarbeiteter, übermüdeter Rettungssanitäter, der sich aufrichtig freute, Zeit mit seiner Tochter verbringen zu können, die er wirklich gut kannte.

Es gab nur einen Menschen, der mich genauso gut kannte.

Alles würde besser werden, wenn er erst die Stadt verlassen hatte.

Wenn ich nicht mehr genau wusste, wo er war. Ich musste den virtuellen Cole loswerden. Am besten gleich heute Abend. Ich wusste, dass Cole ins Studio wollte, um sein Album fertig zu machen. Dort könnte ich das Handy einfach auf sein Auto legen.

Ich durfte nicht zu genau darüber nachdenken.

Sofia und ihr Vater plauderten ununterbrochen und gestikulierten dabei wild mit den Händen. Dann holte Sofia ihre Erhu hervor und begann zu spielen. Es schallte über den ganzen Strand, aber niemand störte sich daran. Das hier war L.A. Die Leute hier hatten schon alles gehört.

Ich lehnte mich zurück auf die Ellbogen und wandte das Gesicht zum Himmel, die Augen geschlossen. Meine Kopfhaut kribbelte, als meine Haarspitzen hinter mir durch den Sand strichen. Meine nackten Füße ruhten neben der Decke im Sand und ich grub die Zehen hinein.

In meinen Gedanken legte Cole mir wieder und wieder auf dem Friedhof den Kopf auf die Schulter. Wieder und wieder wurde er ein Wolf. Wieder und wieder baute er so viel auf, um es gleich darauf wieder einzureißen.

Denk an deinen Kurs, Isabel, ermahnte ich mich im Stillen. *An deinen Abschluss. Daran, dass du mal Ärztin wirst. Das hier ist das Leben.*

Ich fragte mich, wie lange es wohl dauern würde, bis mein Vater zu Besuch kam und mit mir an den Strand fuhr, bevor er wieder in sein Leben in San Diego zurückkehrte.

Sofia hörte auf zu spielen.

Mein Onkel fragte: »Möchtest du darüber reden?«

Der Grund dafür war, dass ich weinte. Ich setzte mich auf und zog die Knie an den Körper, immer weiter, bis ich in sie hineinweinte.

Das Leben war ein *Arschloch.*

Sofia legte mir die Hand auf den Rücken, was ich normalerweise nicht geduldet hätte, aber ich war zu fertig mit der Welt, um zu protestieren.

»Irgendwann wird es einfacher«, sagte Paolo.

Ja, das wusste ich. Das war ja gerade das Schlimme an der Sache. Das Schlimme war, dass man die Menschen, die man liebte, nach und nach vergaß. Die Toten, die Menschen, die einen großgezogen hatten, und sogar diejenigen, die man eigentlich bei sich haben wollte.

In meinem GKPH-Kurs hatte ich gelernt, dass der Körper zwei verschiedene Arten von Tränen produzierte, jede mit einer ganz eigenen chemischen Zusammensetzung. Eine davon wurde permanent erzeugt, um die Augen feucht zu halten. Diese trat auch in Aktion, wenn man etwas ins Auge bekam, Schmutz zum Beispiel. Der Fremdkörper wurde eingeschlossen und hinausgespült. Die zweite Art bildete sich, wenn man traurig war. Es gab Theorien, nach denen diese Tränen die Stoffe, die der Körper in depressiven Phasen produzierte, nach draußen schwemmten. Man weinte sich seine Traurigkeit sozusagen aus dem Leib.

Ich wusste also, dass es eine ganz profane Erklärung dafür gab, warum ich mich besser fühlte, nachdem ich geweint hatte.

Doch selbst dieses Wissen verhinderte nicht, dass es mir tatsächlich ein kleines bisschen besser ging.

Nach einer Weile hob ich den Kopf gerade so weit, dass ich die Wange auf meine Knie legen konnte. Ich fragte meinen Onkel: »Liebst du Tante Lauren noch?«

Ich hatte fest damit gerechnet, dass Sofias Hand auf meinem Rücken sich anspannen würde, aber das tat sie nicht.

Paolos Miene wurde wehmütig. »Ich mag sie sehr gern. Sie ist eine nette Frau.«

»Was ist denn dann schiefgelaufen?«

Er dachte kurz darüber nach. Mir schoss durch den Kopf, dass mein Gesicht aussehen musste wie ein Schlachtfeld. Sofia nahm meine Haare zu einem Pferdeschwanz zusammen und ließ sie wieder los.

Schließlich antwortete Paolo: »Ich glaube, wir waren einfach keine Freunde. Es war nur Liebe. Vernarrtheit. Wenn wir nicht gerade ein Date hatten, haben wir eigentlich nie etwas zusammen unternommen. Wir brauchten immer einen Vorwand. Und nach einer Weile hatten wir einfach keine Lust mehr, nach Vorwänden zu suchen. Wir hatten beide andere Freunde. Man kann nicht mal sagen, dass wir uns auseinandergelebt hätten. Wir waren nie richtig zusammen. Unsere Beziehung ist an mangelnder Freundschaft gescheitert.«

Ich dachte an mich und Cole. Waren wir Freunde? Oder war das zwischen uns bloß Vernarrtheit?

Ich spürte, wie Sofia ihren Kopf auf meinen Rücken legte und seufzte. Sie musste traurig dreinblicken, denn ihr Vater blickte auch traurig drein. Dann sagte er: »Heirate nur deinen besten Freund, Sofia. Als dein Vater kann ich dir nichts anderes raten.«

»Ich dachte, als ihr Vater würdest du ihre Verehrer mit der Schrotflinte verjagen. Sind Väter nicht dazu da?«, fragte ich.

»Deiner vielleicht«, entgegnete Paolo. »Der verjagt mit seiner Schrotflinte so einiges, jegliche Lebensfreude mit eingeschlossen.«

Wir lachten beide, hämisch, überrascht und schuldbewusst zugleich. Ich setzte mich auf, schob Sofia von mir und setzte uns beide so, dass unsere Schultern aneinanderlehnten. Dann streckte ich die Hand nach einem Root Beer aus. Zum ersten Mal seit einer Woche fühlte ich mich nicht furchtbar. Vielleicht war das alles ja gar nicht so schlimm. Vielleicht würde ich es überleben.

Ich dachte an den virtuellen Cole. Wägte die Möglichkeiten gegeneinander ab, ihn Cole persönlich in die Hand zu drücken oder ihn an seinem Auto zurückzulassen.

Dann fiel mir noch eine dritte Möglichkeit ein.

Ich zog den virtuellen Cole aus der Tasche, dann mein eigenes Handy. Ich vergewisserte mich, ob ich Babys Telefonnummer eingespeichert hatte.

»Entschuldigung, ich muss mal kurz telefonieren.« Ich hielt den virtuellen Cole hoch. »Das hier gehört eigentlich Baby. Ich muss es ihr heute Abend zurückgeben.«

Als ich aufstand, wollte Sofia mir die Schulter tätscheln, doch dann wurde ihr klar, dass ich das nicht mehr dulden würde, jetzt, da ich nicht mehr weinte. Also stieß sie stattdessen ihre Flasche Root Beer gegen meine. Langsam lernten wir, miteinander umzugehen.

Während ich Babys Nummer wählte, fragte ich mich, ob ich das wirklich durchziehen wollte.

Das hier war das Leben. Das hier und nichts anderes. Die Entscheidung war gefallen.

Kapitel 53

Cole

Für den letzten Track brauchte ich ewig und ich war mir sicher, dass ich gerade ziemlich lausiges Fernsehen ablieferte. Ich hatte ihn mir bis zum Schluss aufgehoben, weil es der schwierigste war – dieser langsame Kram, der auch noch schön klingen sollte, lag mir einfach nicht besonders. Es war leicht, mieses Songwriting hinter einem Schlagzeugsolo oder einem rasanten Takt zu verstecken. Die Leute sahen über alles Mögliche hinweg, solange sie nur dazu tanzen konnten.

Aber »Lovers (Killers)« war kein Lied zum Tanzen. Es sollte das Outro werden, der letzte Track des Albums, der letzte Ton im Ohr des Hörers. Da war schummeln einfach nicht drin.

Wir saßen jetzt schon seit sieben Stunden an der Aufnahme. Ich war mir sicher, dass Leyla und Jeremy mir beide den Tod wünschten und nur in ihrer persönlichen Entwicklung zu weit fortgeschritten waren, um es mir ins Gesicht zu sagen. Gerade ließ ich Leyla ihren Schlagzeugpart zum neunten – zehnten? Eher zum zehnten – Mal einspielen. Ich saß auf der Kunstledercouch im großen Aufnahmeraum und lauschte über Kopfhörer Leylas Schlagzeug in der Kabine. Jeremy neben mir auf dem Sofa sah aus, als sei er entweder eingeschlafen oder völlig in sich gekehrt.

Auch T und Joan im anderen Teil des seelenlosen Studios wirkten, als könnten sie eine Mütze Schlaf vertragen. Das hier war nicht gerade die allermitreißendste aller bisherigen Folgen. Ich wartete die ganze Zeit darauf, dass Baby mir irgendwelche Knüppel zwischen die Beine warf, aber es schien fast, als hätte sie selbst die Nase voll von ihren Spielchen.

Leyla fing noch mal von vorn an. Im Gegensatz zu uns anderen wurde sie mit der Zeit immer besser, so als entfesselte sie nach und nach eine völlig andere Version ihrer selbst. Der Unterschied war so krass, dass ich sie am liebsten noch drei oder vier weitere Male hätte spielen lassen, einfach um zu sehen, was passierte. Ein kleines bisschen schade war es schon, dass ich sechs Wochen gebraucht hatte, um zu lernen, mit ihr zu arbeiten, und jetzt war sowieso bald alles vorbei.

Vorbei.

Ein ziemlich großer Teil meiner Gedanken huschte immer wieder zu meinem schwarzen Mustang, der draußen parkte. Bevor ich hergekommen war, hatte ich alles, was ich aus Minnesota mitgebracht hatte, zurück in meinen Rucksack gepackt und ihn auf die winzige Rückbank gequetscht. Heute Nacht würde ich bei Jeremy schlafen und für morgen waren eine Abschlussbesprechung mit Baby und ein paar Interviews mit irgendwelchen Magazinen geplant. Und dann …

Ich hatte keine Ahnung.

Ich wollte nicht zurück nach Minnesota. Aber hier konnte ich auch nicht bleiben. Ich sah überall nur sie, in allem, was mir begegnete. Vielleicht würde ich eines Tages wieder hier leben können, aber nicht jetzt, nicht so. Ich ertrug es nicht, L.A. jeden Tag zu sehen, aber es nicht fühlen zu können.

Ich ließ den Kopf in die Hände sinken und lauschte. Es gab keinen Grund, Leyla ihre Spur noch einmal neu einspielen zu lassen. Sie machte das völlig okay. Mein Gesangspart war es, der noch nicht okay war. Bis jetzt klang ich ein bisschen wie unter Narkose.

Ich stand auf und machte eine Kopf-ab-Geste in Richtung des Technikers in der Tonkabine. Ich hatte erfolglos versucht, mir seinen Namen zu merken, und jetzt, da sich das Ganze sowieso seinem Ende zuneigte, erschien es mir nicht mehr der Mühe wert. »Das war gut. Sie ist dann fertig. Aber ich muss noch mal rein.«

Alle im Raum stießen einen kollektiven Seufzer aus, alle bis auf Jeremy. Er sagte bloß: »Irgendwann musst auch du mal ein Ende finden, Cole.«

»Es ist zu Ende, wenn ich sage, dass es zu Ende ist.« Ich ging in die winzige Aufnahmekabine mit den Glaswänden.

Drinnen setzte ich mir wieder die Kopfhörer auf und während der Tontechniker an seinen Reglern fummelte und sich für die neue Aufnahme bereit machte, versuchte ich, mir zu überlegen, was ich an meiner vorherigen Performance noch verbessern konnte. Vielleicht sollte ich noch ein paar Harmonien einsingen.

Oder vielleicht sollte ich auch einfach nicht klingen, als hätte ich ein gebrochenes Herz.

Nervös trat ich von einem Fuß auf den anderen. Ich war mir der Kameras, die durch die Glaswände der Kabine auf mich gerichtet waren, sehr bewusst. Ich fühlte mich wie in einem Goldfischglas.

»Okay«, sagte der Techniker. »Alles bereit. Kannst loslegen.«

Ich hörte das inzwischen allzu vertraute Synthesizer-Intro, mit dem »Lovers (Killers)« anfing, dann Leylas leise einsetzendes Schlagzeug und schließlich Jeremys sanften, zurückhaltenden Bass. Meine Stimme ertönte in meinen Ohren, ein Cole mit gebrochenem Herzen, voller Heimweh nach einem Zuhause, das er noch gar nicht verlassen hatte, aber kurz davorstand. Ich wartete auf eine passende Stelle, um eine weitere Harmonie hinzuzufügen, aber ich fand keine.

Ich schloss die Augen und lauschte meiner trübselig gesungenen Beichte. Ich wollte nicht weg.

Wegen der Kopfhörer spürte ich mehr, dass die Tür aufging, als dass ich es hörte. Ein kühler Luftzug wehte in die Kabine.

Ich öffnete die Augen.

Isabel stand in der Tür, so cool und elegant wie eine Handfeuerwaffe.

Hinter ihr, durch die Scheibe, sah ich die Kameras, die auf uns gerichtet waren, und in der offenen Eingangstür, die den Blick auf die abendliche Dunkelheit freigab, stand Baby. Auf dem Parkplatz hinter ihr reckten ein paar Hundert Leute die Hälse, um einen Blick ins Studio zu erhaschen.

Ich verstand gar nichts mehr.

Isabel kam in die Kabine. Sie hob den Arm, nahm mir die Kopfhörer ab und legte sie behutsam auf den Hocker neben mir. Ich konnte nicht an ihrem Gesicht ablesen, was sie vorhatte.

Babys breites Grinsen und der perfekt auf Isabel abgestimmte Kamerawinkel deuteten darauf hin, dass Isabel sich – unbegreiflicherweise – bereit erklärt haben musste, sich filmen zu lassen. Dass sie sich bereit erklärt haben musste, in der Cole-St.-Clair-Show aufzutreten. Dutzende von Gesichtern drängten sich näher, in der Hoffnung, einen besseren Blick auf das zu bekommen, was auch immer hier drinnen vorging. Sie wirkten … erwartungsvoll.

»Isabel …«, begann ich. Aber ich wusste nicht, was hier los war, also wusste ich auch nicht, wie der Satz weitergehen sollte.

»*Tada*«, sagte Isabel. Das riesige Mikrofon vor mir nahm ihre Stimme auf, sodass sie durch die Kopfhörer auf dem Hocker drang. Ein Lächeln lauerte in ihrem Gesicht. Ein echtes.

»Vielleicht mag ich ja keine ›Tadas‹, Culpeper«, entgegnete ich, obwohl es nichts auf der Welt gab, was ich lieber mochte.

Das wusste Isabel auch, also schloss sie bloß fest die Arme um mich. Es war das erste Mal, dass sie mich in den Arm nahm, bevor ich es bei ihr tat. Das erste Mal, dass sie mich so festhielt, als wolle sie mich nie wieder loslassen.

Dann sagte sie, laut genug für das Mikrofon: »Bleib bei mir.«

Ich war *immer* bei ihr geblieben. Sie war diejenige gewesen, die ständig abgehauen war.

»Und woher soll ich wissen, dass du auch bei mir bleibst?«

Sie flüsterte mir ins Ohr: »Ich liebe dich.«

Dann legte sie ihr Gesicht an meine Schulter und ich schmiegte meins an ihres und wir hielten einander einfach nur im Arm. Es fühlte sich an wie etwas Verlässliches, endlich. Ich dachte an die Male, die ich vor einem Abgrund gestanden hatte, ob nun echt oder nicht, auf der Suche nach etwas, ob nun echt oder nicht, und nie gefunden hatte, was ich brauchte.

Jetzt wusste ich es. Das hier war genau das, was ich brauchte.

Mein Herz pumpte flüssiges Sonnenlicht.

Ich wollte nicht an die Kameras denken, aber jetzt, als ich wieder Luft bekam, war es schwer, sie zu ignorieren. Schwer war auch, nicht daran zu denken, dass Isabel ein absolut perfektes Ende für diese Show kreiert hatte, weil sie einfach ein teuflisches Genie war und weil sie mich kannte. Diese Zuschauer mussten gerade innerlich ausrasten.

Ich spürte, wie Isabel zitterte, und es dauerte einen Moment, bis mir klar wurde, dass sie lautlos lachte, bevor sie plötzlich innehielt.

»Okay«, flüsterte sie dann auf Höhe meines Schlüsselbeins. »Tu es. Ich weiß, dass du daran denkst. Also tu's einfach.«

Sie hob den Kopf. Ich sah sie an. Dann fragte sie, gerade laut genug für das Mikrofon: »Warum bist du hergekommen, Cole?«

Ich berührte ihr Kinn. Diese Stadt, diese wunderschöne Stadt, dieses Mädchen, dieses wunderschöne Mädchen, die Musik, dieses Leben. »Ich bin deinetwegen hergekommen.«

Ihr Mund zuckte, denn sie wusste, dass die Tatsache, dass ich es vor einem riesigen Publikum aussprach, es kein bisschen weniger wahr machte.

Und dann küssten wir uns. Es war der perfekte Kuss. Für die Leute im Studio gab es kein Halten mehr.

Ich hatte immer gewusst, wie ich eine perfekte Show abliefern konnte, wenn ich nur Cole St. Clair war.

Aber zusammen waren wir besser.

Epilog

Cole

F♮ LIVE: *Heute haben wir mal wieder Cole St. Clair an der Strippe, den Leadsänger von NARKOTIKA, der uns das allererste Interview seit dem Erscheinen von* »Heart (Attack)« *gibt. Cole, die meisten Bands gehen auf Tour, nachdem sie ein Album rausgebracht haben. Du hast stattdessen ein Tonstudio eröffnet. Vielleicht können wir uns darüber mal unterhalten. Das heißt, vielleicht sollten wir noch ein bisschen weiter ausholen. Seit du nach L.A. gezogen bist, hast du einen Ausflug ins Reality-TV überlebt, zwei verdammt großartige Alben aufgenommen, ein Tonstudio eröffnet, das wahnsinnig erfolgreiche Album von* Skidfield *produziert und jeden Monat dieses Jahres einen neuen Song digital veröffentlicht, mit* »Heart (Attack)« *als grandiosem Finale. Du hast die Angebote aller großen Plattenfirmen ausgeschlagen. Und jetzt sag mir bitte, dass du dir außerdem endlich einen Hund gekauft hast.*

COLE ST. CLAIR: *Einen Hund nicht. Aber wir haben uns entschlossen, Leyla als Schlagzeugerin zu behalten. Die ist auch ziemlich haarig.*

F♮ LIVE: Siehst du dich inzwischen selbst als Label? Ist da was dran?

COLE ST. CLAIR: *Wow, jetzt mach aber mal halblang, Martin. »Label« klingt gleich so ernst. Im Moment würde ich es eher so beschreiben: Manchmal kommen ein paar Freunde vorbei und dann gehen wir zusammen ins Studio und schmeißen ein bisschen was zusammen.*
F♮ LIVE: Freunde wie Skidfield zum Beispiel?
COLE ST. CLAIR: *Zum Beispiel.*
F♮ LIVE: Das, was ihr »zusammengeschmissen« habt, hat sich über eine Million Mal verkauft.
COLE ST. CLAIR: *Tja, wir sind eben ziemlich gute Freunde.*
F♮ LIVE: Ich wette – was ist das denn für ein Lärm bei dir?
COLE ST. CLAIR: *Los Angeles. Leon, kannst du denen da vorne nicht mal ein bisschen Feuer unterm Hintern machen? Martin, vielleicht erinnern Sie sich ja noch an meinen furchtlosen Fahrer. Sag mal Hallo, Leon.*
LEON: *Hallo.*
F♮ LIVE: Leon! Wohin fahren Sie unseren Helden denn gerade? Ins Studio, damit er den nächsten Indie-Kracher aufnehmen kann? Oder will er heute den Broadway erobern?
LEON: *Darf ich's ihm verraten?*
F♮ LIVE: Was verraten? Ist das Cole, der da im Hintergrund rumschreit? Was hat er gesagt?
LEON: *Er hat gesagt: »Ich muss nie wieder arbeiten!« Ich fahre ihn nämlich gerade zur Zeugnisübergabe seiner Freundin, die ihr Medizinstudium abgeschlossen hat.*
F♮ LIVE: Moment – das ist doch Isabel, oder? Das Mädchen aus der Show. Gib mir noch mal Cole.
COLE ST. CLAIR: *Klar ist das die Isabel aus der Show.*

Wer denn sonst? Und jetzt gratulier mir endlich. Ich wollte schon immer mal mit einer heißen Ärztin ausgehen.

F♮ LIVE: Herzlichen Glückwunsch. Nach d–

COLE ST. CLAIR: *Ach, wisst ihr, was, Leute? Ja. Ich glaube, ich steige einfach mal hier aus.*

F♮ LIVE: Warte! Wo seid ihr denn gerade? Auf dem Freeway?

COLE ST. CLAIR: *Jep. Okay, Martin, ich bin dann mal weg. Du kannst ja inzwischen mit dem Song weitermachen, den ich dir geschickt habe, und ich rufe mal wieder durch und frage, wie er angekommen ist.*

F♮ LIVE: Schön gucken, bevor du über die Straße gehst, Cole! Immer schön gucken!

COLE ST. CLAIR: *Sicher doch. Also, mach's gut. Leon, kommst du mit?*

F♮ LIVE: Und, kommt er mit?

F♮ LIVE: Cole?

F♮ LIVE: Leon? Ist da noch irgendwer im Auto? Tja.

F♮ LIVE: Ladies and Gentlemen, das war Cole St. Clair von NARKOTIKA.

Tage zwischen Frost und Glück

ISBN 978-3-8390-0167-7 ISBN 978-3-8390-0173-8 ISBN 978-3-8390-0174-5

Jeden Winter wartet Grace darauf, dass die Wölfe nach Mercy Falls zurückkehren – und mit ihnen der Wolf mit den goldenen Augen. Ihr Wolf. Ganz in der Nähe und doch unerreichbar, lebt Sam ein zerrissenes Leben: In der Geborgenheit seines Wolfsrudels trotzt er Eis, Kälte und Schnee, bis die Wärme des Sommers ihn von seiner Wolfsgestalt befreit. Es ist September, als Grace und Sam sich verlieben. Doch jeder Tag, der vergeht, bringt den Winter näher – und mit ihm den endgültigen Abschied.

Mit ihrem Bestseller *Nach dem Sommer* schafft Maggie Stiefvater ein großartiges Liebespaar, das weltweit Millionen Leser begeistert hat.